边走边吃边聊

北京站
老站长见闻录

石玉林 著

中国文史出版社

图书在版编目（CIP）数据

边走边吃边聊：北京站老站长见闻录 / 石玉林著
. — 北京：中国文史出版社，2018.6

ISBN 978-7-5205-0358-7

Ⅰ.①边…　Ⅱ.①石…　Ⅲ.①散文集—中国—当代
Ⅳ.①I267

中国版本图书馆 CIP 数据核字（2018）第 137919 号

责任编辑：王文运　高　贝

出版发行：**中国文史出版社**
社　　址：北京市海淀区西八里庄 69 号院　邮编：100142
电　　话：010-81136606　81136602　81136603(发行部)
传　　真：010-81136655
印　　装：北京地大彩印有限公司
经　　销：全国新华书店
开　　本：787 × 1092　　　1/16
印　　张：26.75
字　　数：400 千字
版　　次：2019 年 2 月北京第 1 版
印　　次：2019 年 2 月第 1 次印刷
定　　价：68.00 元

自 序

宋诗以理性见长，我很喜欢程颢《秋日》中的诗句，"万物静观皆自得，四时佳兴与人同"，给人一种生活的启迪。这"万物"中，吃饭、游览、聊天三项在人的一生中，其常态性和重要性，大概都能名列前十。

由于我长期从事铁路的客运、货运工作并且担任过铁路旅游公司的CEO，不免走南逛北地去过不少地方，看过许多美景和古迹，品尝过各地美食。在这些吃与走的过程中，我最感兴趣的是这些美景、古迹和美食背后的文化内涵。看的多了，品尝的多了，听到的也多了，于是就想把这些都记下来，写给朋友们共欣赏，也就有了以下这些文字，权当聊天。

俗话说："民以食为天。"这是一个浅显而绝对的真理，不吃饭就不能生存。"人是铁，饭是钢，一顿不吃饿得慌"，不吃饭而又活得自在逍遥的是神仙或是"超人"。如今五十大几靠上的、经过了"三年困难时期"的人，对于饿的记忆会更深刻，从而对吃的欲望也更强烈。

过去的岁月，特别是 20 世纪六七十年代，在中国还有一句经常说的话——"人活着并不是为了吃饭"，一定要说"吃饭是为了革命"。当历史的风沙渐渐将这些看似颠扑不破的真理光环抹去后，其实留下的还是一个真理：吃饭就是为了活着。它与活着再去干什么是两个分支的理论范畴。

如今富裕起来的能够吃饱饭的中国人，又将"吃饭为了活着"发展到如何吃好、吃出味道、吃出享受、吃出文化，老年人更讲究吃出健康……依次种种。

人类的任何发展过程都是在循序渐进中有一个突变，那么在"吃"上面的突变表现在哪里呢？历史浩渺，无从查证，只能从传说中去寻求了。

美景和古迹包含的历史文化和种种传说与故事，更是无比丰富，令人听之闻之，心向往之。中华民族文化的厚重和丰满也往往蕴藏其中。

现在人们富裕了，喜欢外出旅游，或国内或国外。没有准备的旅游往往很累，不免是"白天看景、晚上逛庙，上车睡觉、下车拍照"。看也好，拍也罢，总有个"内行看门道，外行看热闹"。看完热闹的，回家什么都记不得了。如果我们出行前有个准备，了解那些景、庙乃至美食的故事或内涵，你的旅游也许会更有意义。因此，我书写的这一切也许是你旅游中的一些"提点"。

在吃饭和旅游中，讲讲这些故事和传说是不是会很有意思？

对本书中"边走边吃"和"边吃边聊"两部分，要问有什么区别，其实区别不大。前一部分着重对那些美食来源的探讨，而后一部分则在品尝美食过程中，把我所去地方的古迹、美景和人文写了进去。

"边聊边走"则是选定了从北京到广州的京广铁路沿线的车站，来讲述这些地方美景、古迹和美食的传说与故事。我曾长期担任北京站站长，聊聊这方面的话题，还是有资格的。而其弥足珍贵又令人惋惜的是，随着高铁的出现，昔日繁华和似乎不可替代的原有铁路各站，改变了许多；有扩建的，有移址的，有的停止使用，有的已经消失或者正在消失。如此，留下那些尚存的记忆更显得必要而且重要。

我不想把什么事物都贴上文化的标签，好像不这样做就不与时俱进、就没文化似的。我只想说，走着、吃着、聊着，是一种对待生活的态度。"没文化真可怕"较之"态度决定一切"，还是后一句有分量，与每个人过好每一天、度过一生都有关系。何况，我们一起走、吃、聊，是何等惬意，何等有历史、有文化！

书中所写不恰当、不完善的地方，敬请各位方家批评指正！

石玉林

2015 年 12 月 12 日于北京

序 二

二哥要出书，约我写篇序，内容任意写，而后他审定。于是想起一首打油诗："天下文章属三江，三江文章属吾乡。吾乡文章属吾弟，吾为吾弟改文章。"

我十几岁时就知道这首诗，半个世纪过去了，也没派上用场。如今总算变成铅字，有个了结——嘻！

笑话归笑话，我始终认为二哥的天分是很高的。他干了一辈子铁路，当了半辈子领导，退休后"想做一些自己愿意做但总没有时间做的事情"，于是寄情文字，从事笔耕，区区数载已硕果累累。这从我们全家只有他一人戴眼镜这一点来看，也可以得到印证。记得十年前他的文章《苦涩年华》在大型文学刊物《长城》上以两万字的大散文问世，编辑部和读者好评多多，使得鬻文半世也没卖出个好价钱的我不免暗生妒意，便对其他几位兄长说："不想二哥一夜之间暴得大名。"说是不想，其实早有预感：其天资聪颖，兼积蓄经年，今厚积薄发，必大器晚成。前不久，年逾古稀的二哥以两部长篇小说《雪雾》《雪霁》以及纪实文学《北京站往事》，被批准加入中国作家协会。老了老了，居然还当上了作家！

我有三个姐姐、四个哥哥、两个妹妹，亲兄弟姊妹十人。哥儿五个的名字中间都是"玉"字，后一字依次为虎、林、敏、魁、新。大哥属虎，故以名之；但他少年时，大概是初中升高中吧，就将自己的名字改为石乐铭，一直用到现在。对此我一直不解，二哥曾为我释疑："他可能喜欢'关乐铭'牌钢笔吧。"二哥说的这种钢笔是20世纪五六十年代的名牌，学子们都以胸兜别上这么个闪闪发光的物件而自我感觉良好，一副舍我其谁的样子。我信以为真，大哥确实也才华外溢。后来我学识渐长，方悟出大哥名字改得相当讲究。铭者，刻也，记也，于石上刻字以记，建功立德也。且姓与名字义联通，自然天成，可谓绝妙极佳。由此，我也清楚了二哥当年的解释实际是调侃，竟把他老弟糊弄了这么多年。

关于名字，还有一件往事可追。二哥在一篇文章中谈到，他名字中的"林"字本是麒麟的麟，四吉之一，上小学时因笔画太多而改之。大哥本名虎，二哥本名麟，都是王者祥瑞之兽，往下该怎么排呢？我们哥儿几个闲聊，说彪字还可以，豹字也凑合，北宋时不是有个潘豹吗？我四哥就不高兴，说潘豹让杨七郎打擂打死了，我不叫石玉豹。其实大伙儿就是没事瞎侃说着玩儿，他还真噘嘴，真生气。顺便说一句，我四哥小名叫傻子，有时挺憨憨可笑的。其实我知道他是"仰巴脚吃芝麻——往里傻（撒）不往外傻（撒）"，心里很是明白。轮到我了，掐指一算，强悍凶猛的大型哺乳动物也就剩下狼、豺、狗了，总不能叫玉狗吧。我灵机一动，说，我属兔，叫玉兔怎么样？二哥一笑：嫦娥抱着的那个？我说是呀。那会儿不兴说"美女"，兴的话我会说："天天让美女搂着，多恣儿！"二哥哼哼一声，问："你体重多少？"我愣了愣："一百三吧。"二哥掷过来一句："那嫦娥还不把胳膊累折呀，早把你从月亮上扔下来了。"

于是笑声四起。我清楚记得，那是个月朗星稀的夏夜，一家人在小院葡萄架下乘凉。在东北一个小火车站工作的二哥回家探亲，我在石家庄屠宰厂烧锅炉，也就二十出头儿的岁数。

几年后，二哥调到北京站工作，我则考上了河北大学。

之所以做上述两段回忆，是重温一下弟兄之间的亲情，温馨，亲切，还有些感伤。从中可以看出我们兄弟之间的关系和交往的方式风格，体味出二哥幽默洒脱的性情。大哥比我大13岁，二哥比我大九岁，我小时候跟他们是玩不到一块儿的。更要命的是，我这人天性愚钝，别人两三岁时的事都能记得，我七八岁时还浑蛋的很，总角之忆一片空白。我的额头有块小小的疤坑儿，二哥说是我五岁时，他举我玩，猛力杵到门框上碰的，为此爸爸还嚷了他一顿。他说我当时像杀猪一样嚎叫，我听着也像猪一样没反应，因为我一点儿也想不起来。大哥19岁考上北京师范大学，二哥16岁就到天津读高中，从此一直在外地；过年过节，回家探亲，一年中弟兄们相聚的日子也就有数的几天。但我们兄弟姐妹的关系一直是很好的，非常非常好，相互关心，不断走动，有事帮忙，无事问候，端的是姐妹洽洽、兄弟怡怡。原因很多，但我认为最重要的一条是家教。

此处不便展开，展开就是一部长篇小说，还得是三部曲。

还是说说这本书吧。本书由三部分组成，"边走边吃""边吃边聊"和"边聊边走"，像是回文体，绕了一圈又回到原点，可见作者用心精致。我通读一遍，综其印象，是一句世人耳熟能详却又永无终极的评语：真、善、美。

首先是真实。书中收录的几篇文章或片段，像"文革"中徒步长征凑钱吃武昌鱼等故事，在我曾任主编的史学刊物《文史精华》上刊登过。二哥的许多文章，发表后都有影响，多家报刊予以转载。个人的经历成为可以入史的东西，确实可以跟别人吹吹牛皮了。这个"真"亦指"为人但有真性情"。我举两件小事：一是十几年前，我们哥几个结伴去正定大佛寺游玩。从大悲阁下来，我说这尊中国古代最大的铜铸佛像，双手合十的左小臂上有个比蚕豆大点的洞，透着亮儿，可以看出铸铜很薄，足见工艺精良。二哥忙仰头。我说在下面看不到，得上三楼。他有点见急："你在楼上怎么不说？你们等我会儿！"说完径自蹬蹬地再次爬上很陡很高的楼梯，十分钟后下来，年逾花甲的人了，像小学生考了一百分。还有一次，我在家请四个哥哥吃饭，端上一道红焖肘子。二哥是老毛病，先照相，后讲解，什么京菜鲁菜，什么色香味形，我一看老大、老三和老四都是埋头苦干的样子，赶紧扒下连皮带肉的一块儿，留存在小碗里。在这部书里，读者可以尽览作者的这种性情和表现。

善良是指心地纯洁，纯真温厚，本身是一种情感、一种美感。通观全书，无论选题取材，还是记事抒怀，字里行间都流露出作者的率真、诚恳、淳朴、宽厚和悲悯，坦现出一种感人至深的人文主义情怀。文若其人，人亦若其文。

三则是美感，文图并茂。二哥行文，用裁取得当、布局合理、文通字顺、表述清晰等中学老师批作业的词汇来下评，就太小儿科了。美感是什么？一千个人有一千个说法；我用个形而下的方式，让人读得进去、读了这篇接着读下篇、一气读完后再掩卷感叹几句的书，就是美感，就是读者认定的硬道理。

俗话说，文章自己的好，老婆别人的好。在这儿我改一下，文章二哥的好，作为二哥的老婆——我二嫂，那也是特别的好。二嫂出自洛阳老城书香门第，工作上兢兢业业，生活中贤妻良母，是我们家族所有成员都敬重的人，包括我的先严先慈在内。从二哥的书中，也可以看出他们夫妻恩爱，伉俪情深；虽然落墨不多，但非常真切感人。其实，二嫂的才华，较之二哥是毫不逊色的，可谓蛾眉不让须眉，经常给二哥的文章挑错；只不过人家一向低调内敛，不像姓石的那么张狂外露罢了。

老要张狂少要稳，我觉得二哥的人生轨迹正是这条格言的形象诠释。他在学习上、工作上、事业上都很成功，是我们老石家的骄傲；在各式各样的生活领域里，表现得也是相当优秀，给兄弟姐妹，起码给我，做出了榜样。当然，一个人有一个人的活法，二哥生活积淀厚实，知识层面广博，悟性高，韧性强，心态好，表现欲旺盛，具备写作天赋，退休后笔耕不辍，乐此不疲，并且在今后很长一段时间还要继续乐下去，这也许属于个性化现象。但从中可以体味出一些共性化的启迪，那就是——人生永远从现在开始，脚下永远是新的起点；那就是性格决定命运，心态决定生活，兴趣决定事业；那就是"人生好比旅途，到哪里并不重要，重要的是沿途的风景和看风景的心情"。

我将我的感悟留给自己，同时愿意献给这本书的读者，献给我的兄弟姐妹，我永远的二哥，永远的亲情。

石玉新

2016 年 1 月 1 日石家庄

[石玉新，《文史精华》杂志原主编，河北省文史研究馆馆员，正高二级编审，中国作家协会会员。作品有：文史专著《东陵盗宝记》《清宫八大疑案》《华夏姓氏考》，电影剧本《夜盗珍妃墓》《新中国第一大案》等。《侵华日军暴行总录》（主编之一）获第十届中国图书奖，《张之洞全集》（副主编）获第四届国家图书奖提名奖。]

目 录

第一辑
边走边吃

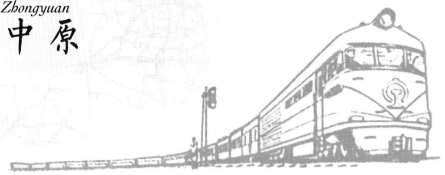

彭祖——烹饪祖师爷

人类是从什么时候开始烹调美味的呢？真是无从考察。传说在人类发展史上，华夏第一个将食物做出味道、既美味又有营养的人是"彭祖"。

帝尧时期，尧由于终日忙于治水，终于体力不支而昏倒，多日不能进食。这时有人做了一碗用野鸡肉熬制的汤献于帝尧，尧用过后不但苏醒了，而且体力大增。这个进汤的人是颛顼的第八代玄孙钱铿，他是个善于鼓捣食物的人。由于进汤有功，于是钱铿受到了尧的褒奖。尧将今天的徐州地方作为钱铿的封地，建立了大彭国。钱铿就是后人所称的彭祖了。后人将那野鸡肉熬的汤称为"天下第一羹"。

屈原《楚辞·天问》中有句："彭铿斟雉，帝何飨？受寿永多，夫何久长？"汉代王逸注："彭铿，彭祖也，好和滋味，善斟雉羹，能事帝尧，帝尧美而飨食之也。"陶文台《中国烹饪史略》称彭祖为"中国第一代职业厨师"。由此彭祖就如同中国的竹、木、泥、瓦匠将鲁班尊为祖师爷一样，被尊为厨行也就是烹饪行业的祖师爷了。直至现今，

彭祖塑像

彭祖墓

许多地方初学烹饪的学徒都要先拜彭祖这个祖师爷呢！

据说彭祖极为长寿，到商朝还活着。不过，后来因事得罪了商王而被追杀，就逃回了他的出生地，现在四川的彭山县去了，死后也葬在此地。

彭祖不仅烹饪有术，而且是个善于通过保养和锻炼获得长寿的人，据说他活过了800岁。当然，这个数字听起来让现在的人难以置信。不过有一种解释，我认为是有道理的，古时（也有说在古时的彭山地方）的纪年方法与今日不同，那时的一年是以60天计算的。也就是说彭祖的800年之说也就相当于今日的130多岁，这还是可以相信的。

彭祖除了给后人留下了品尝美味的"膳食术"外，还有保养身体的"房室术"和锻炼身体的"气功导引术"。此三术在彭山的养生殿里都有图文并茂的描述。

彭祖留下的拿手好菜并不多了，据说有"雉羹""羊方藏鱼""麋鱼鸡""云母羹"等。下文咱们专门说说"雉羹"。

在现代旅游业中，讲究六个字，"吃、住、行、游、娱、购"。不用解释你也能明白旅游中所能涉及的事情，而吃显然是第一位的。好了，在拜望了烹饪始祖"彭祖"老太爷后，我们就"边走边吃"吧！

徐州 "三汤" ——说的是三种汤吗

我第一次见到有关徐州 "汤" 的介绍时，还以为徐州有三种不同的美味汤等着我去品尝呢！

有关徐州 "汤" 的介绍上面说徐州有 "雉羹、辣汤和饦汤"，这个饦（音同啥）汤的 "饦"，汉语字典里没有这个字。其写法是左偏旁是 "食"，右边是 "它" 字，硬要在电脑上打出来就是 "饦" 的样子了。雉羹大家已经知道了，上一篇文章已经讲了，那是彭祖老太爷的烹饪开篇之作，那辣汤和 "饦" 汤是什么样呢？我也是到了徐州才弄明白。

20 世纪 90 年代中期的一日，我们乘早晨的火车来到了徐州。接站的朋友就直接将我们带到了 "马市街饦汤馆"，并告诉我们这里是最具徐州饮食特色的著名早点铺。真是不谋而合了，就是想喝 "饦" 汤的，朋友却为我们想到了。

为什么叫 "马市街"，也是有来路的。原来在这条街的南面就是当年西楚霸王项羽观看部下操练的戏马台，由于部队在这里操练，贩马的贩子们就云集在此，形成了马市。虽然霸王早已 "乌江自刎"，但戏马台依然矗立，而马市街也保留了下来。

"马市街饦汤馆" 是一个三间门面的两层小楼，还没有进店就看到熙熙攘攘的食客进进出出，大有门庭若市的感觉。朋友带着我们穿过端着大碗，或站或坐、呼噜呼噜地喝着热气腾腾的什么汤食的满满当当的人群，上了二楼。上面明显的人少，

徐州马市街饦汤馆

而且有干净的空桌位留给我们。朋友解释说，这里是包位的，而且是头一天为你们预定好的。所谓包位就是套餐了。油条、烧饼、小菜，当然必不可少的就是"饣它汤"了。一客位套餐大概是 15 元钱，如果单卖"饣它汤"，一碗是 2 元。而楼下大众版的，只卖 8 角一碗。

"饣它汤"端上来了，是一大碗灰乎乎的稠汤，上面漂着鸡蛋的蛋花。用筷子搅一搅，里面有鸡丝和米粒。喝在嘴里，是辣、香、咸、鲜的味道。不错，挺好喝，正对我的口味。朋友介绍说，这汤是用鸡肉和猪骨熬制了十几个小时才成的。里面的米粒是大麦粒，也有用薏米粒的。在装碗时泼上生鸡蛋，这可是彭祖的传统"雉羹"做法了。

"为什么叫'饣它汤'呢？"我迫不及待地问。

朋友说这就有故事了，是有关乾隆皇帝下江南时留下的：乾隆皇帝微服私访过徐州时看见满大街的老百姓喝汤，也来了一碗，味道真不错。就问卖汤的伙计："这汤是啥汤？"下面的传说就不一了：有说当时伙计回答的是"辣汤"，大概是口音的关系，乾隆皇帝听成是"啥汤"了，回去自作聪明地编了个自造的字；也有说乾隆皇帝品尝到这汤的美味，十分惬意，便问厨师："是啥汤？"答曰："就是 sha 汤。"这时，乾隆又问："sha 字怎样写的？"厨师顿时傻了眼，用指比画着"食"字右边加个"它"字，乾隆亦不识这个字，也就接受了这个自造的汉字，而且高兴地封徐州"饣它汤"为"天下第一羹"。反正不管怎么说，这"饣它汤"是来自乾隆的故事了。

其实，很久以前在彭城这地方，对彭祖流传下来的"雉羹"名字早就不在民间叫了。因为这汤里放了大量的胡椒粉，汤是辣的，当地老百姓就称其为"辣汤"。

到此，我也得了一解：所谓徐州的三汤"雉羹、辣汤和'饣它汤'"原来就是一种汤。按现在普通的说法就是徐州老百姓爱喝的辣汤了。

后来又听到一些说法：有说徐州范围靠北面的人多称此汤为"饣它汤"，靠南面的称为辣汤。我看没有什么必要去考证了。徐州的辣汤也是"与时俱进"的，当地有个"两来凤"饭店，就是将传统的辣汤加入了鳝鱼丝进行改进，很受徐州市民的欢迎。

徐州人是酷爱辣汤的。有一次，我乘火车去上海，同包厢里有一个大学毕业后在北京工作了七八年的徐州年轻人，聊起来他对徐州的怀念。他说在北京什么都好，就是不满意没有卖辣汤的地方。也是凑巧，几年前，我在西城区南线阁路与南线里交口的地方，发现有一徐州驻京办事处，在那里办了一个饭店，里面就有辣汤。一罐够四人用的量，价格是 15 元。我当即推荐给他，他高兴地表示回京一定去光顾。

前两年，我给住在那里附近的朋友打电话，问那个饭店的情况，朋友说已经歇业装修了，最近朋友又告诉我，那个饭店开业了，可惜打出了淮扬菜的招牌。看来，在北京是没有地方去找"饳汤"、辣汤或雊羹了。

羊方藏鱼——中国第一菜

前面讲到雊羹是"天下第一羹"，由中国的烹调祖师彭祖所创，彭祖还创造了"中国第一菜"呢。

有朋友问，为什么称"中国第一菜"，不比照"天下第一羹"的名字叫"天下第一菜"？那到底有没有"天下第一菜"呢？这里面的故事就多了。当然有"天下第一菜"，但那是近代起的一个江苏菜的菜名，也有说是清乾隆皇帝给这菜起的名字。卤汁浇锅巴的"一声雷"，就是这"天下第一菜"了。

由彭祖创造的就叫"中国第一菜"，也称之为"羊方藏鱼"。这里首先要搞清楚的是，"天下第一菜"和"中国第一菜"分别是两道菜，不要搞混了。

那年去徐州的时候，与徐州的朋友谈起"羊方藏鱼"，他虽在徐州多年却并不知道徐州有这道菜。听我一说，朋友也很感兴趣。于是，朋友很有心地很快就找到了做这菜的饭馆。

我们兴致勃勃又怀着好奇的心情来到那个不大的饭馆。在店家端上那闻名遐迩的"羊方藏鱼"时，却使我有些疑惑，那只是一大盘羊肉块和鱼块烹制的菜肴。不过，菜的口味的确不错。同来的几个人，不管是外地的还是当地的都是第一次吃，大家都说好吃，我也就把自己的疑问咽回去了。后来，翻了翻有关资料才知道，正宗的"羊方藏鱼"应该是如下的做法：

将一方状生羊肉用花椒、精盐、绍酒、葱姜搓抹，腌六小时，再下水锅中氽水，洗净。将鲫鱼宰杀收拾干净，在鱼面两侧剖上花刀，抹上精盐和绍酒。用刀从羊肉侧面剖开，将鱼藏入。放入锅中，加清水、精盐、绍酒、葱姜、花椒，烧沸后移小火炖至羊肉酥烂，加入味精，淋芝麻油即成。这里的关键是整条的鲫鱼放在大块的羊肉里焖制而成的。

有关彭祖创制"羊方藏鱼"还有一段故事：传说，彭祖的小儿子叫夕丁，夕丁从小就非常喜欢捕鱼，而彭祖恐其溺水坚决不允许。一日，夕丁又去捕鱼，刚到家，彭祖也回来了，夕丁赶忙让其母剖开正在炖着的羊肉，将鱼藏入其中。不一会儿饭锅里发出奇香，这样就被彭祖发现

羊方藏鱼

了。彭祖一尝，感觉异常鲜美，于是如法炮制，便产生了彭祖发明的"羊方藏鱼"这道菜，被后世人称为"中国第一菜"。有说由此还创建了一个至今常用的汉字"鲜"，这"鲜"字不就是"羊"和"鱼"的佳配吗！看来，这道菜不应该是彭祖原创的，而是他儿子首先发明的了。

　　历来的事物都是"与时俱进"的，食物也如此。我们在徐州吃的那餐羊肉块炒鱼块的菜肴是"羊方藏鱼"的改进版。这种做法比较简单，出菜快，而且很入味。只是羊和鱼互"藏"了。于是，我的疑惑也解除了。

　　如果说"羊方藏鱼"是彭祖发明的"中国第一菜"，那随着历史的传沿，在中国用羊和鱼搭配形成的菜肴还有许多。据说徽菜里有"鱼咬羊"，陕西的清真菜里有"鱼羊合鲜"等，都是可称为名菜和特色菜的。如果你有兴趣可以去发掘一下，品尝后会使你惊喜不已的。

西安泡馍——赵匡胤的"发明"

　　西安是历史文化古城，也是个著名的旅游城市，旅游景点极多。大小雁塔、兵马俑、西安城墙、钟楼、鼓楼、碑林……令人目不暇接。而西安的饮食也是极具特色的，特别是面食更让人垂涎三尺。老孙家泡馍、贾三灌汤包、石子馍、臊子面、饺子宴……对了，还有 biangbiang 面。这biangbiang 只是个发音，根本就没有这个字。可是在卖 biangbiang 面的地方还真把它"画"出来了。

　　咱说说名气最大的泡馍吧！西安的泡馍有用牛肉汤泡的、有用羊肉汤泡的，它应该属于清真食品了。到底是什么时候出现在人们的生活中的，与历史上什么人物有关系？则众说不一。就连出现的朝代也是宋、明、清和民国初年的说法都有。时间最早的，是发生在北宋初的一个故事：

　　说当年宋太祖赵匡胤未发迹时流落在长安，穷困潦倒，经常身无分文，饥饿难忍。有一天饿了，在身上摸来摸去，摸到两块干馍，因太干了咬不动，没法吃下去。正为难时，发现路边有一牛肉铺，店主正在煮牛肉，他便前去想求得一碗牛肉汤，好把干馍泡软再吃。那店主见他可怜巴巴的，便让他把馍掰碎，给他浇了一碗翻滚的牛肉汤泡了泡。赵匡胤接过泡好的馍，一闻真香啊！便狼吞虎咽地吃了起来。吃得他身上发热，饥寒全无，可以说是"爽"透了。这碗牛肉汤泡干馍让赵匡胤永远难忘了。

十年后，赵匡胤当了皇帝。有一次他行至长安，路经当年的那个牛肉铺，那里正在煮肉，香气四溢，使他想起十年前牛肉汤泡馍之事，不觉食欲大开，便让随从停车，命店主做一碗牛肉汤泡馍。店主一看当今皇帝来了，可忙了手脚。再说本店内也不卖馍呀，用什么泡呢？情急之中，忙叫老伴立马烙了几个饼。当时又无发面，他老伴儿就急急忙忙烙了几个死面饼。老伴儿也是心急火燎，烙出的饼有点儿生。店主一看是死面的，还不熟，怕皇帝吃出生味来，便把馍掰得碎碎的，浇上汤又煮了煮，放上几大片牛肉，精心加上调料。赵匡胤一吃，还真有当年的味道。非常高兴，大加赞扬，当下命随从取银百两送给店主。"皇上吃泡馍"这事很快

羊肉泡馍

在长安传开了，牛肉泡馍就成了长安街上的著名小吃。此后店主就借着大宋皇帝的仙气经营这泡馍了，自然是门庭若市，泡馍也就成了传世的美食。

且不管这故事的真实与否，也不管当了皇帝的赵匡胤就那么随便地路过小店，停车就食是不是合理。总之给泡馍的来路找了个说法——因皇帝而产生的泡馍，自然身价就高了。这也是宣传效应嘛！不过有人考证这泡馍还真是北宋出现的，北宋大文学家苏东坡曾有"陇馔有熊腊，秦烹唯羊羹"的赞美诗句，这后一句就是说牛羊肉泡馍的。

也有人说这泡馍在春秋战国时就出现了。

宋太祖赵匡胤画像

不管怎么说，改革开放以来，牛羊肉泡馍也大踏步地走出西安，走出陕西，踏遍全国，如今在五大洲都有市场了。

记得我第一次知道有泡馍这种食品，还是在"文革"期间去西安串联的时候。有一个在西安上大学的高中同学当了回东道主，请我吃泡馍，到西安城里钟楼旁边的一个当时挺有名的泡馍馆去。不过"文革"中已经没有什么出名不出名的饭馆了，都差不多，有泡馍卖就不错了。穷学生花两毛多钱，交四两粮票，吃了挺大的一碗。只记得馍是要自己掰好的，那时掰得大小有大拇指一样。感到稀罕的是桌上的辣椒、醋和蒜是随便用的。这在当时的北京也是不可能的，感觉西安人好大方呀。

再吃泡馍，就是改革开放以后的事了。当然自不必说泡馍的汤肥了、肉多了、作料全了，而最大的变化是馍掰得越来越小了，要掰成苍蝇头（比喻不当，应该是蜜蜂头）那么大小，才拿去泡。据说掰小了才是正宗的吃法，旧时食家讲究掰馍要像蜜蜂头，太大了五味不入；太小了又易煮糊。原来如此，我还以为掰得小小的，是闲着没事，摆谱瞎折腾呢！

据说这泡馍的吃法也很有讲究，一说"单走"，馍与汤分端上桌，这馍（饼）最好是发面的，掰到汤中吃——这吃法我还没有见过；二是"干泡"，煮好后碗中不见汤；三为"水围城"和"口汤"，前者汤多一些将馍围在中间；后者食后碗底余一口汤——为什么？还没有搞清！泡馍吃的次序讲要从碗一边一口一口吃，使鲜汤热气经久不散，保持长久些。

哈哈！吃一碗泡馍，规矩还不少呢。这真是"内行吃个门道，外行吃个热闹"。记得当年我和那同学吃泡馍的时候，三下五去二，连滋味还没有尝过来，一大碗泡馍就见底了！

Biangbiang 面——秦始皇与穷秀才争版权

看过一部描写西安市民生活的电视连续剧《西安虎家》，听了演员李琦演唱的主题歌，就是关于西安那个"biangbiang"面的笔画怪怪的

"字"。去过多次西安，也看到过这个"字"，但都没有引起太多的注意，开始觉得可能是我们常见到的把"招财进宝""黄金万两"之类的词组放在一起联写的一样吧？直到听了这歌，才对这个根本没有的"字"和名字怪怪的面条有了兴趣。

演员李琦演唱的歌词大概是"一点冲上天，黄河两道弯，八字大张口，言字在中间，左一长、右一长，左一弯、右一弯（注：弯是丝字旁，没有下半部），中间又坐马大王，心字底、月字旁，挂个丁杆叫马郎，叫马郎，叫马郎，赶着车儿进咸阳。——根本就没有这个字呀，来上一碗，心呀么心欢畅！"因此也确定"biangbiang"面只是个发音，汉字里没有这个字。可是古人还真创造了一个"画符"。

但有一种说法，此字为陕西名吃 biangbiang 面的专用字！古称渭水 biangbiang，是古时人用渭河之水和面，做成的面条！并说《康熙字典》中有这个字。是否真有没有考证，不得而知。

那年和一个香港铁路的朋友到西安，在我的建议下去寻找 biangbiang 面。找是不难找的，在西安大街小巷里都有卖的。"油泼辣子 biangbiang 面"应该是西安人的最爱之一。不过按我这外地人看，这面吃得不敢恭维，一是卫生的条件有点儿差，也许卖这面的饭馆都如此，反正带着这香港的朋友觉得很没什么面子；二是对"油泼辣子"有点儿畏惧，满碗都红红的，吃在嘴里辣的"吸溜、吸溜"的，也不知道怎么吃完的，当然剩下了大半碗汤；三是这面也没觉得吃出什么特别的味道来呀？除了上面说的辣，再就是一碗里就一根"裤带"面条，宽宽的，吃着倒是挺有咬头，大概是面和的劲道，面扯起来也有劲儿的结果吧。

那是什么原因吸引我们去吃这面的呢？当然是传说，是这怪怪的"biang"字。不过，应该首先说说对这"biang"字的语言描述在基本一致的情况下，还是稍有变化：

（一）一点撩上天，黄河两道湾，八字大张口，言字往里走。你一扭，我一扭，你一长，我一长，当中夹个马大王。心字底，月字旁，留个钩担挂麻糖，推个车车逛咸阳。

（二）一点飞上天，黄河两头弯，八字大张口，言字往进走。左一扭，右一扭，东一长，西一长，中间夹个马大王。月字边，心字底，挂个钩担挂麻糖，坐个车车逛咸阳。

（三）一点飞上天，黄河两头弯，八字大张口，言字走进来。左一扭，右一扭，左一长，右一长，中间来个马大王。心字底，月字旁，两个贼娃立在旁，坐上车车走四方。

其实，这都是民间口口相传的结果。由聪明的人再不断地加入自己的理解所致。

但这还仅仅是对这不是字的字的描述。那这字是怎么来的呢？也有不同的说法，我也简化地描述一下。

一说与秦始皇有关。秦始皇为抵御匈奴入侵，筹划修筑万里长城之事劳累过度，龙体受病卧榻不起，对御膳房做出的各种山珍海味都食之无味。皇帝有病急坏了太监，其中一名太监突然灵机一动，竟跑到集市上给皇上端来一碗面。秦始皇一闻到这浓烈的辣子、葱味，竟然胃口大开

北京的 biangbiang 面馆

了，不想一吃大发而不可收拾，大声赞叹：民间竟有比山珍海味还香的食物！忙问这是何物？答曰：biangbiang 面。biangbiang 面还成为秦始皇御宴必备品。

那这面是咋来的呢？原来咸阳街头常有一位老翁推车沿街叫卖，做面时在路边架锅劈柴生火，从渭河里舀水和面。如遇食客，将和好的面一扯、二扯、七八拉，扯到九拉到十，将面拉成又长又宽裤带面，面片抛向空中，准确回落在滚开的锅里，煮熟后捞到大老碗里，老翁取出各种调料，调入面碗中，然后将铁勺烧热清油猛地"呲啦"往上一泼，递给食客。真是香气四溢，筋软滑溜，味道地道，口感爽快。

问他这叫什么面，老汉说甩起面来 biangbiang 地发响，吃在嘴里 biangbiang 作声，就叫 biangbiang 面了。biangbiang 面在秦始皇吃到以前，已经在咸阳家喻户晓了。有好事者还作诗道："推车咸阳街头转，遇见官府老爷汉，禀告君王好御膳，君王知晓要接见，端来一碗 biangbiang 面。"

秦始皇痊愈后，特意到咸阳街头视察老翁做面。看完突然高声道："啊！大秦人了不起，大秦要统一，大秦要团结，要勇敢骑马打胜仗，保我大秦江山！盼望大秦人天天吃 biangbiang 面，月月逛我朝咸阳！"说完叫侍从端来文房四宝，并挥笔写下一个古朴苍劲的"biang"字，从此 biangbiang 面就名正言顺地被当朝皇上造出来了。

听完这个故事，你会一片茫然？秦始皇也没有说明白这"biang"字是什么意思，说的和写的怎么也对不上茬口。

后来，又有人编了一个故事：说过去有一位怀才不遇、愤世嫉俗、贫困潦倒、饥寒交迫集于一身的秀才来到咸阳。路过一家面馆时，听见里面"biang、biang"之声不绝，此时饥肠辘辘，不由地踱将进去。见师傅在扯面，煮熟，浇上油泼辣子，热腾腾的。秀才大叫："好啊！店家来一碗。"

秀才高高兴兴地吃完面，可一摸兜，坏了，一时忘形竟忘了囊中早已空空如洗，顿时窘住。秀才一面摸，一面思量脱身之计。他与店小二搭讪："小二，你家这面何名？""何名？"店小二学着秀才的腔调说："biang、biang 面。"秀才问："biang、biang 字咋写呢？"这家饭店其面做法特殊，面与面板摔打撞击，"biang、biang"也，可这二字咋写店小二答不上来。于是秀才就提出写出"biang、biang"二字，换这碗面吃。店小二告知店家，店家答应了。

秀才可作难了，书上没这字呀？造字也只皇上才可以呀！秀才满腹心酸，一腔惆怅：寒窗苦读，落到赖账这般田地，天理不公啊！什么"日月当空照"的狗皇上，你害得民间疾苦，哀鸿遍野不说，还有只能你皇上可以造字，我秀才何尝不能？于是，只见他提起笔来，笔走龙蛇，大大地写出了一个"字"！他一边写一边歌道："一点飞上天，黄河两边弯，八字大张口，言字往里走，左一扭，右一扭，西一长，东一长，中间加个马大

biangbiang 面牌匾

王，心字底，月字旁，留个勾搭挂麻糖，推了车车走咸阳。"一个"字"，写尽了山川地理，世态炎凉。

这个故事也有点理不顺，也没有讲明白这"字"组成的实际意义。

前些日，央视某台有个节目讲这"字"是秦朝的宰相李斯造的。我看也未必！李斯那年月盛行的是"小篆"。而从这"字"组成看来，显然是宋体字。李斯如何在公元前200年时，就发明了公元后1000年的宋体字?

其实呢，传说的东西不是历史考证，也不是科学研究，别太认真喽！还是李琦歌中唱得好："根本就没有这个字呀，来上一碗，心呀么心欢畅！"

洛阳浆面条——北京豆汁也可为浆

我的夫人是河南洛阳人，于是，此生我也就结识了洛阳，也结识了洛阳人最得意的浆面条。

这话说起来快40年了。那年一家人回洛阳拜访岳母大人，岳母很高兴，执意要给我们做顿洛阳人最喜欢吃的浆面条。那时"文革"还没结束，弄顿像样的饭食还挺不容易。只记得岳母起大早和小舅子去浆房买了一大搪瓷盆的浆水回来，说还没有发酵好，要等到了晚上才能做了吃。岳母准备了许多吃面的菜码，还炒了一盘辣椒，说是拌面吃的。

晚饭时，用发好的浆水煮面条，再下菜码，和我河北家乡的煮面条汤没有什么区别，只是感到有股淡淡的酸味。浆面条煮好了，盛出来，浆糊糊地一大碗，就像是煮糟了的烂面条。心想这就是孩儿他妈经常念叨的最好吃的洛阳浆面条呀？

样子虽然不怎么靓，可吃到嘴里的感觉却十分好，用一条现在的广告词来说就是："味道好极啦！"

吃了第一碗，余兴未减，再吃了第二碗，吃意还没消。看我吃的兴头，岳母很高兴，一个劲儿地说：吃吧、吃吧，这东西好消化，吃不坏人的，也撑不着。那天，吃了几碗，没有记住，反正是感觉有点儿像陈佩斯演的小品吃面条，腰都直不起来了。

从此，洛阳浆面条就给我留下挥之不去的印象。

不知什么原因，以后去过多次洛阳，总是来去匆匆，再没有吃到那诱人的浆面条。退休那年，又和夫人去了一趟洛阳，那时岳母已经故去多年了。去前就与夫人讲，这次去一定要吃到浆面条。可是，大过年的，哪里去弄浆水？我想如果岳母还在的话，一定有办法的。可弟弟妹妹们都觉得那是日常的吃食，过年不能摆上来的。平时街上倒是有卖的，可是过年都关门了。我还在想，是不是现在条件好了，没人吃这吃食了？走在老城大街上特别关注了一下，时不时地发现有许多出售浆水的标示，只是春节期间都不营业了。看来，浆面条仍然是洛阳人生活中不可或缺的，我只是没有赶对时间罢了。回来的路上，

原处于北京磁器口的锦馨豆汁店

还一个劲儿地后悔没有实现吃浆面条的愿望。

回到北京不久，有一天夫人说，今天晚上给你做浆面条吃。我说，你开国际玩笑呢，你哪儿来的浆水？没有得到回答。不过，晚饭真是浆面条，样子、味道与当年吃过的洛阳浆面条竟然别无二致。原来夫人在北京发现了一种与洛阳浆水一模一样的东西，那就是豆汁。

豆汁是北京的特产。有人说，不喝豆汁儿，算不上地道的北京人。因为豆汁儿的气味及味道独特，只有长期食用，才会产生好感，从小在北京长大的北京人自然是喝豆汁的佼佼者了。豆汁儿的样子不咋地，灰不出溜的，在面上还浮着一层灰白的沫子。喝豆汁要趁热喝，一端起碗来，有点儿馊了吧唧的味儿，还有股子泔水味儿直往上冲。吃在嘴里的味道很难形容，有酸味，但不是醋的酸劲儿，回味可是甜的。据说常喝豆汁益寿延年，所以老北京人爱喝，尤其是许多北京的演艺界的名人都爱喝。北京卖豆汁儿的店已经不很多了，大部分集中在城里。我曾经住在花市，经常去位于东城区磁器口东榄杆市的老字号"锦馨豆汁店"，可惜，三年前我搬走后，这家店也拆迁了。听说还回迁在老地方的附近了，不过，我去找过一次，不知所在。以后有时间再去找吧。此外，位于西城区平安里护国寺街的"护国寺小吃店"和天坛北门等处也有豆汁卖。

前面说过，煮浆面条的水不是常用的清水，而是一种特制的面浆。洛阳的浆水都是专门做浆水的浆房做的。做浆时，先把绿豆用水浸泡，膨胀后放在石磨上磨成粗浆，用纱布过滤去渣，然后放在盆中或罐里。一两天后，浆水发酵变酸。买回去就可以做浆

这组套餐是老北京人的最爱（豆汁、焦圈、咸菜和芝麻烧饼）

面条了。

而北京豆汁实际上是制作绿豆淀粉或粉丝的下脚料。它用绿豆浸泡到可捻去皮后捞出，加水磨成细浆，倒入大缸内发酵，沉入缸底者为淀粉，上层清水撇去，中层漂浮者即为豆汁。发酵后的豆汁须用大砂锅先加水烧开，兑进发酵的豆汁再烧开，再用小火保温，随吃随盛。因此用北京的豆汁做浆水面，那可是"姓何的嫁给了姓郑的——正（郑）合（何）适（氏）啦"。

很好，我终于吃到了盼望许久的浆面条。由此，也为久居北京的洛阳人找到了一个可解思乡之苦——"能吃上浆面条"的好办法。在北京的洛阳人，有兴趣就去卖豆汁的店里打几斤豆汁回去做下试试吧！

不过，如今河南出现"方便面"式的"浆面条"了。做好的配料，一冲开水就可以食用了。

洛阳浆面条

臊子面——蛟龙之肉为卤料

如今在神州大地上，随处都可以看到陕西特色小吃"岐山臊子面"的招牌。据考证，中国面条的历史有 4000 多年，那是从考古的化石中发现的。不过，那时是怎么吃的，却无从考察了。最早能够叫上名字并有传说的，就是 3000 年前周文王在其老家岐山发明的臊子面了。

首先弄清楚什么是臊子。"臊子"同"燥子"，就是用肉末儿做的用来拌面条的卤料。

关于岐山臊子面的传说有好几个版本，比如说，彰显好"嫂子"的"嫂子面"转化的"臊子面"的传说，但更多的是周文王创臊子面的传说。

其中流传最广的是臊子面在岐山被称为"蛟汤面"说法：周文王在渭水之滨猎获一条大蛟龙，用其肉做成臊子，祭祀完毕后，用臊子烹汤大宴将士，由于将士太多，故在汤中加了杂面条，规定大家只吃面不喝汤，剩汤回锅，以保证在场的所有将士都能尝到这蛟龙的珍馐味道。从此，这臊子面成为岐山节日庆典的主宴，以表示大家福祉共享。当然，不可能老抓到蛟龙了，这臊子就用家畜、家禽的肉末代替了。也有说臊子面是周朝时祭祀的一种礼仪转化过来的。不管怎么样，臊子面是流传下来了。

岐山周公庙里周公塑像

经过几千年的锤炼和演变，岐山臊子面的制作要求，要达到具有九大特点："薄、筋、光、酸、辣、香、煎、稀、旺。"薄，即是面条像纸一样薄；筋，要像皮筋一样耐嚼；光，面条擀的像绸缎一样光滑；酸，必定是要放醋了，而且最好是岐山香醋；辣，一定要放红飘飘的油泼辣子；香，即吃起来要满屋飘香味；煎，是指汤，让人吃喝起来感到特别烫嘴唇；稀，就有些怪了，只一筷头儿的少量面条；旺，就是油要旺，臊子肉油和炒臊子的油多的一口气都吹不透才行。越说越神奇了，是不是这样？还真没有见识过，有机会还是到岐山吃吃正宗的臊子面吧！

有年开春去西安，并去参观周公庙。这可是个机会，虽然西安市里的臊子面可街都是，但是到"原产地"去品尝臊子面，那感觉就不一样了。

从周公庙出来，驱车向西，到蔡家坡，就是岐山了。特意找了个专门经营本地特色饭菜的饭店就餐，当然主题就是臊子面了。

不过，饭店里满墙的岐山香醋的广告吸引了我，看过后的感觉是，醋在岐山地方也是不可或缺的东西。

果不其然，上来的第一道菜红烧排骨竟然如同醋泡过的一样，应该叫"醋熘排骨"更合适。但经老板讲，我才明白，这的确是岐山菜的特点，也是从古时传下来，为防止食物变质，用加醋腌制保护，因而延续下来了如此的饮食习惯，就不足为奇了。而在细细品味后，觉得这种"醋熘排骨"还真有点儿特色，回味无穷。

臊子面上来了，每人两碗，分别是细面条和宽面条两种。红红的油泼辣子，看着挺吓人，但吃起来并没有想象中的辣，而且是可以不喝汤，吃起来只有"一口香"，辣的"任务"就好解决了。果然，岐山的臊子面九大特点俱全，我也算把正宗的岐山臊子面吃到了。

岐山地方也随着旅游事业的发展将本地的特色推出："游周公庙、品臊子面、住农家院、感受西周文化底蕴"成了旅游招牌。而臊子面更是重点。著名作家贾平凹为其书写的"问周公谁领风骚，岐山面誉满神州"，更是把岐山臊子面推上极致。

告别岐山，带上点特产吧，那就是：油锅盔、岐山臊子、手工挂面、西岐香醋，还有油泼辣子。

武昌鱼——美味的"革命鱼"

20世纪60年代，毛主席的一首诗词："才饮长沙水，又食武昌鱼"，使全国人民知道了武昌鱼这个名字。武昌鱼也因为领袖吃过、赞扬过，而成为人人向往的美味"革命鱼"了。

"文革"的时候，在1966年的秋天，为了减轻各种交通工具的压力和负担，当年的"中央文革领导小组"号召全国师生徒步串联。我们一行十几个大学生也进行了从北京到井冈山的2000多公里的徒步"长征"。那时虽然一路上都有接待站，每顿饭要交四两粮票和一毛钱。但由于一路上经过的地方大部分是农村，吃的尽是粗粮和少量的蔬菜，没有什么油水。大家走得相当辛苦。俗话说"吃肥走瘦",路上的伙食只能够维持我们身体的最低消耗量,人人都瘦了一圈儿。能遇到个改善伙食的机会,就成了我们最大的奢望。

步行接近武汉时,有人就谈论起毛主席的诗词"才饮长沙水,又食武昌鱼"了。长沙水,出自"常德德山山有德,长沙沙水水无沙",而武昌鱼原名"团头鲂",原产于湖北梁子湖,肉腴味美。于是大家一下子把注意力放到武昌鱼那里去了。有人发言道,毛主席说过:"革命不是请客吃饭",那吃饭就是为了革命,在吃饭中就有"革命与不革命"的问题。既然毛主席都夸武昌鱼,那这武昌鱼一定是"革命鱼"了。我们也一定要吃一吃这"革命鱼"是什么味道,也是为革命而吃鱼吧。

这位同学的发言还真得到了大家的一致赞同。想想那时为解个馋,能找出多么美妙的借口。

随着武汉的临近,这个吃武昌鱼的信念也越来越强烈。大家真有一股"不到长城非好汉,不吃到武昌鱼就没完"的决心。

在武汉停留期间,终于有一天,我们几个"食武昌鱼"的坚定者会在一起,出发寻找卖武昌鱼的饭馆了。经过几条街道的寻觅和挑选,认定了一家两层三开间的饭馆。这个叫"红旗饭店"的饭馆坐落在长江大桥西侧不远的江南岸,面向长江。饭店门口挂着一块黑板,上面写着"武昌鱼,每条一元五角,米饭不加钱"。看到此板,大家一阵激动。这个激动来自两个方面:一方面从后面的字看,米饭不加钱,大家形成错觉,理解为米饭随便用;第二方面激动的是,价格太贵啦!一元五角相当于我们一个人五天的生活费,太奢侈了,几个人不约而同地转身离开饭店,向江边走去。

可是,大家又都不甘心就此罢了,也是太向往这武昌鱼了。终于几个人达成了共识:"既然要达到这个革命的目标,就一定不能放弃。"决定每人花七角五分,每两人买一条合着吃。虽然这也相当于每人两天半的伙食费,但既然是为革命吃鱼,就来一次革命行动吧!

于是马上行动,几个人迅速闯进饭馆交了钱,真怕再改变了主意。交钱拿到取饭菜的条子，就去窗口排队领取那鱼和每人一碗饭。鱼和饭摆到桌子上时，大家的心情是十分激动的。一个多月没有见到鱼、肉荤腥，胃肠都鼓足劲儿了，更有一种理想即将实现的自豪和无比的满足。我们每两人一组比较平均地将鱼分为两半，鱼是清蒸浇汁，汁不少。小口尝，直感到鱼肉真香、真好吃。但我们还是急忙先用饭，因为我们想就着这半片鱼多进一些米饭。当我们吃完第一碗再去加饭时，却被告知"米饭不加钱"不等于不限量，服务员说："你们买一条鱼，给两碗饭已经够多，不可再加饭。"没办法，只好很仔细地白嘴将剩下的鱼慢慢吃完，悄悄地走出了饭馆。虽然对每人花掉了七角五分钱吃顿不太饱的饭有些心疼，但仍然都有一种满足。不管是为了革命而食鱼，还是食了一条"革命鱼"，吃到毛主席都吃的鱼，觉得进行了一场革命行动的成功感满强烈的。

武汉长江大桥旁留影（中排右三是作者）

40多年过去了，前不久，又去了趟武昌，抱着怀旧的心情试图去找那个"红旗饭店"，哪里还有痕迹！飞速发展的城市建设，真是旧貌换新颜了。

随便去到一家饭店，专门点了武昌鱼，

在黄鹤楼遗址（二排右一是作者）

一条一斤多的鱼价格已要 30 多元了。显然不会是野生的梁子湖鱼，武昌鱼现在基本是由人工养殖供应市场需求了。厨师精心制作的清蒸武昌鱼，端上来品相漂亮，蒸得恰到好处，可以说物有所值。可是我却再也吃不出当年的味道了。

最近看了一段访谈毛主席当年的厨师程汝明的视频，才知道毛主席当年吃的所谓的"武昌鱼"实际是"长沙鱼"。

1957 年 6 月，毛主席乘坐的专列停在长沙，赴武汉那天上午，程汝明和另一位厨师李锡吾还以为在此操持下一顿饭。突然，毛主席身边的警卫来通知他们快做准备，马上就要动身。他和李师傅这才匆忙把准备在长沙烹制的食品收拾起来，其中就有长沙地方提供的团头鲂。当时专车上还没有电冰箱，运行时要吃的鱼、肉类食品，就冷藏在放有冰块的自制冰箱里。吃饭的时候，列车已经开到了武汉，程汝明就为毛主席烧制了团头鲂鱼。毛主席食后，觉得很可口，在到长江游完泳后挥毫填词时，还难忘悠然的鱼香。"宁饮建业水，不食武昌鱼"古民谣，自然浮出脑际，他稍加变动，用于自己新词的开篇："才饮长沙水，又食武昌鱼。"毛主席并不知道这是长沙的"团头鲂"，应该是"长沙鱼"呀。

听了这段访谈，让我们感到历史的真相背面，还有多少鲜为人知的故事呀！

臭鳜鱼——原产地是黄山

入夏去了一趟江苏，途经扬州时，陪同的朋友老俞点了一道菜，说是尝尝"腐败鱼"。我一听，以为是价格较高的鱼；一看菜单是"臭鳜鱼"，连连摇头。吃过臭豆腐，还没有吃过臭鱼，能好吃吗？老俞说，和臭豆腐一样，这鱼闻起来臭，吃起来香。一吃，果不其然，这臭鳜鱼还真的使我大开眼界，吃得津津有味。

回到北京，同儿子谈起。儿子说臭鳜鱼不是扬州菜，正宗的是安徽的

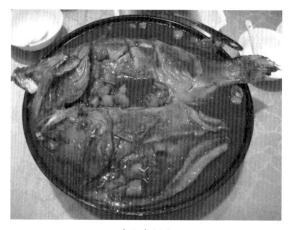

黄山臭鳜鱼

徽菜。北京有许多徽菜馆呢，哪天我们一起去尝尝。听儿子一说，赶紧上网查，果然臭鳜鱼以黄山臭鳜鱼为正宗。原来它的出现也不过百十年间的事。

具体到黄山臭鳜鱼的来历，有许多说法："臭鳜鱼"又称"腌鲜鳜鱼""臭实鲜"，原名实为"屯溪鳜鱼"，屯溪就是黄山的一个区了。而"腌鲜"，在徽州土话中就是臭的意思。一种说法是：当年某徽商坐船回家探亲，因为路远天热，携带的鳜鱼未保存好发臭了。贤惠的妻子舍不得丢掉，用浓油赤酱处理了一下，没想到歪打正着，发臭的鳜鱼竟然味道好极了。于是，徽商借此推广，臭鳜鱼竟成了徽州招牌菜。另一个传说是：早年徽商远行，沿途放排，打鱼为食。为防止鳜鱼时间久了，易生异味，便以盐抹之，翻来覆去，千里之外鱼仍未变色，形正而味浓，滚油爆炒，具有特色的臭香扑鼻诱人，成了一道名菜。

更有一个具体的说法是上百年前，臭鳜鱼产生在黄山西南麓的小村落扁担铺。有一年，徽州府调来了个姓苗的知府，他嗜鱼成性，食不离鱼，且爱吃活蹦乱跳的鲜鳜鱼。这可就难坏了手下的衙役们。因为徽州境内重峦叠嶂，水流湍急，难产大鱼，吃鳜鱼都要从贵池、铜陵等沿江地区靠肩挑运进，往返一趟要六七天时间。由于当时没有保鲜设备，鱼一腐烂就只好丢弃。所以，这是个艰巨的任务呢。有一次，负责给苗知府运送鳜鱼的衙役王小二雇了八个挑夫到江边去收购了活鳜鱼，然后赶紧往回赶，可是天公不作美，上路后天气热了起来，鳜鱼在桶中开始窒息。不巧又遇雨路阻。在扁担铺住店后，王小二打开桶盖看看，不少鱼已经窒息而死了，散发出一股臭味。王小二情急生智，忙叫挑夫把鱼刮鳞剔腮，剖肚剔肠，然后在鱼身上抹上一层食盐杀杀臭味。为试鳜鱼"腌鲜"的味道如何，王小二提出几条大鳜鱼叫扁担铺一饭店厨师煎烧。厨师放了佐料红烧后，大家试着尝了尝。真是不吃不知道，吃了吓一跳。大家认为虽与鲜鳜鱼味道相差很大，却别有一番风味。

王小二心中大喜，因其兄长王老大是府前街一家名餐馆的厨师，王小二一回到徽州府，没有忙着去衙门复命，而是将臭鳜鱼全部交给了王老大。王老大如法炮制，又拉出来一条"徽菜珍品风味鳜鱼应市，本店免费品尝"的横幅。于是，应者云集，吃过的都连连道好。问王家兄弟是用什么神奇的佐料烧制的，王家兄弟笑而不答。这时，王小二才从府前街端了一锅"风味鳜鱼"送到苗知府的餐桌上。那苗知府顾不了多问，张口一尝，道："风味鳜鱼，名不虚传！"原来这"风味鳜鱼"闻起来臭，吃起来香，既保持了鳜鱼的本味原汁，肉质又醇厚入味，同时骨刺与鱼肉分离，肉成块状。苗知府吃了还想吃，不再向王小二追问要吃鲜鳜鱼的事了。

臭鳜鱼由此声名远扬，一跃而登上徽菜谱。自此以后，王小二也不干公差了，向苗知府辞职"下海"了，和其兄王老大合开了一家"风味鳜鱼馆"，不久就腰缠万贯，成富翁啦！故事说得挺好听，其实就是一个歪打正着的事，和中国的许多名菜一样，都有着"巧合"的故事而已。要知味道如何，还是有机会亲自去品尝吧！

隔周，儿子真来接我们去吃徽菜了。去的地点就是西城区天宁寺西里的"华亭湖"。饭店外面打着"中国徽菜健康餐厅"的招牌，里面有一条横幅是"总书记家乡菜"。对，胡总书记的祖籍是安徽绩溪呀。饭店的菜式里就有一道"总书记菜"，是一份泡发的萝卜干及其他干菜加肥肉片炒的菜，很朴实，只是有点儿辣。其他如土鸡汤泡炒米、蒌蒿炒腊肉、炸臭豆腐等都不错。当然最诱人的还是臭鳜鱼。点了一份大份的臭鳜鱼，味道比扬州吃的更是地道，再加上正宗的名牌诱惑，吃起来更是美滋美味了。五个人点了四菜一汤，这臭鳜鱼下饭最是对路子，只有这臭鳜鱼没有打包，全部吃光了，可见受欢迎的程度。此外，给个小贴士：在徽菜馆点一壶安徽名茶"六安瓜片"，为享用佳肴锦上添花。

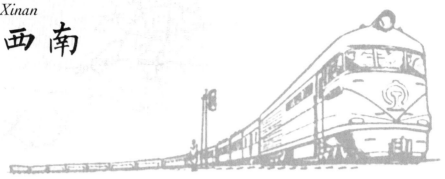

"大救驾"——救的是哪位皇帝的驾？

　　说起饮食中的"大救驾"，在神州大地上应该有两个，当然都与皇帝有关了。

　　在安徽有一种点心称之为"大救驾"。来源是公元956年，后周世宗征淮南，命大将赵匡胤率兵急攻南唐（今日的寿县）。由于南唐守军誓死抵抗，赵匡胤久攻不下，历经整整九个月的围城之战才打进了寿县。赵匡胤由于操劳过度，病倒了，水米难进。这时军中一位厨师采用优质的面粉、白糖、猪油、香油、青红丝、橘饼、核桃仁等作主料，精心制作成带馅的圆形点心，进献赵匡胤。他拿起一只放进嘴里，只觉香酥脆甜，十分可口。于是一连吃了许多，身子顿觉增加了力气。此后，他连续吃了几次，很快恢复了健康。

　　后来，赵匡胤黄袍加身，当上了大宋朝的开国皇帝，谈起南唐一战，对在寿县吃的点心总有念念不忘之意。他曾对部下说："那次鞍马之劳，战后之疾，多亏它从中救驾呢。"于是寿县这道点心的"大救驾"声名大振，"大救驾"的风味糕点也传世了。

安徽这种"大救驾"我没有见过，更没有吃过。但我吃过云南的"大救驾"，是一种有肉、有饵块、有菜的大杂烩。

2003年时去了趟昆明，同行者是腾冲籍人，建议我们去他的家乡看一看。

腾冲在云南的西部，从昆明出发，一直向西过大理，再过保山就到了。腾冲有许多可参观的景点和历史遗迹，其中火山群是绝佳的景点；而历史的遗存中，抗日战争中国民党军队与日本侵略者对峙多年，抗日战死将士的"国殇园"也应该去瞻仰。

在乘汽车行进的路上，时近中午感到饿了，却没有到达较大的市镇，于是就在路边一个小店去解决饿肚皮的问题了。我们北方人经常讲的是饿得很了，突然能吃到东西时，会说"真是救了驾了"。在那里，我们还真遇到"大救驾"。

大家饥饿难当，让店主人抓紧弄东西吃。其实，小店里也没有太多的花样可吃，很快就见店主人端上来两样吃食。一是"沾水菜"，是将一种叫"苦菜"的青菜和其他几样菜用开水烫过，和水一起端上来。还有一小碗由辣椒、葱和酱油、盐组成的配料，将菜沾着配料吃。很简单，但觉得清口，很有味道。另一种受欢迎的就是"大救驾"了。那是由云南特有的饵块（一种米粉做的米糕）、云腿（云南火腿）以及青菜和西红柿炒的一盘杂烩。东西很简单，但马上解了饿。因为有主食又有菜和肉，大家吃的很有滋味，也就很难忘了。

关于云南这种"大救驾"饭菜的来历却有故事，它发生在南明最后一个皇帝永历帝朱由榔身上。朱由榔（1623—1662）于1646—1661年在位16年。他是明神宗的孙子，明思宗的堂弟。在清朝入侵、明朝风雨飘摇的时候，他于清顺治三年（1646年）在广州做了皇帝，年号永历，史称永历帝。永历帝倚仗张献忠建立的农民政权"大西"的余部李定国、孙可望等在两广一带抵抗清朝，因此维持时间较长。1661年，清军攻入云南，永历政权灭亡。永历帝被清军逼到缅甸，逃到缅甸首都曼德勒，被缅甸王收留。后来吴三桂攻入缅甸并威逼缅甸国王将永历帝交出，于是，永历帝被俘，押回昆明。永历十七年（1662年，清康熙元年）1月被绞死在昆明（也有说是吴三桂让部下用弓弦勒死的）。

永历帝被处死的地方原来是个卖篦子的地方，叫"篦子坡"，后来人们就谐音为"逼死坡"。辛亥革命成功后，蔡锷等人在这里立下一块刻着"明永历帝殉国处"的石碑，至今还在此处保留。永历帝死后庙号昭宗，谥号匡皇帝。清乾隆年间上谥号"出皇帝"。他在位期间，没有什么突出的事迹可言表，却留下与吃有关的故事和留给后人两样佳肴，其中就有"大救驾"。

话说1658年12月，清军三路入滇，集于曲靖。由桂、黔转滇落脚在昆明的永历帝朱由榔，被迫弃城西逃，在众将士的护卫下，经楚雄、过大理、奔永昌（今保山）。吴三桂得昆明后，又马不停蹄地跟踪追击，并在高黎贡山东坡磨盘石一带大胜明军。为抗击清军追剿，李定国派靳统武领兵护送永历帝避走滇西重镇腾冲，自己率大军与吴三桂清军决一死战。永历一行整夜奔走，快天明时才进入腾冲地界，已经饿得走不动了。靳统武派人前去一个小村庄，寻找食物。村民急忙间准备上来一大盘炒饵块。饥饿的永历皇帝大口吞食，连声夸赞："好吃！"他又说："多亏你的炒饵块救了我的大驾，朕日后必有重赏于你。"

村民是等不来重赏了，因为永历帝没有翻盘的机会了。不过，这"大救驾"的饭菜却传了下来。

云南昆明的"大救驾"

永历帝留下的另一菜肴是"坛子鸡"。他逃到缅甸，稍事安定后又想起了吃喝，御厨特意为他精心制作了一种"坛子鸡"。后来，这"坛子鸡"也成了一道传世的名菜。

位于北京东角楼附近的云南省驻京办事处的云腾宾馆就供应云南菜肴，当然有"大救驾"了。不过这里的"大救驾"比腾冲的更为精细，用饵块或饵丝烹制（饵块或饵丝都是米类制品），饵块切成菱形片，加鲜猪肉片、火腿片、酸菜、葱段、菠菜段、番茄丁、糟辣子、鸡蛋等炒香，加入少量肉汤焖软，再用精盐、酱油、味精调味，最后用酸菜和肉汤再煮成一碗汤，和装在盘中的饵块一同上桌，当然价格也不菲了。

东坡肘子——苏东坡的爱情故事

四川眉州是苏东坡的老家。到了那里要问有什么好吃的？当然是由他而来的享誉神州的"东坡肘子"了。我们知道苏东坡在杭州治理西湖时发明了"东坡肉"。那"东坡肘子"会不会和"东坡肉"一样呢？

查了资料才知道关于"东坡肘子"诞生的传说，版本竟不下十个，其中最为著名的就是"转移说"和"性情说"两类。好家伙，真不简单，都成"说"啦！

"转移说"是指当年苏东坡被贬到岭南后，十分郁闷，就"化悲痛为食量"，潜心研究起烹饪来。因此在大量佳肴的诞生中，首屈一指的就是"东坡肘子"了。

而"性情说"就发生在他老家眉山：苏东坡与妻子王弗新婚燕尔，夫妻恩爱，尽享鱼水之欢。一天，王弗为给丈夫补身体，特意炖了一对猪大腿。守在炉边时竟打了个盹，忽然被焦煳味惊醒了！她忙断火，一看汤已收干，靠锅底的猪皮略带一点儿焦黄。眼看到了开饭时间，她急中生智，在猪腿上淋上卤汁，撒上姜

"三苏祠"中王弗的塑像（左一）

丝、蒜泥和葱花。不料竟成了醇香厚味的猪腿，令东坡食欲倍增。这也是歪打正着，王弗十分惊喜，于是隔三差五地为丈夫做这菜。这样"东坡肘子"也就诞生了。

当然还有另外的故事：宋神宗元丰年间，苏东坡因反对王安石变法，得罪了朝廷和当朝官员，被以文字狱"乌台诗案"的罪名抓进御史台监狱，关押了132天。后来，被贬为检校水部员外郎黄州团练副使。苏东坡以戴罪之身贬居黄州（今湖北省黄冈市黄州区），俸禄大减，这时家里人口却增添了不少，造成生活拮据。据说他得每月把领到的俸银分为30份，挂在房梁上，每天只取一份用于家计。有了结余才会高兴地存入竹筒，以备有客人来时打酒喝。那时，苏东坡发现黄州人不喜欢吃猪肉，当地肉价很贱，于是他便常买猪肉回来，用老家眉山煮肉的方法来烹调。他写过一篇《猪肉颂》记录此事：

> 黄州好猪肉，价贱如泥土。
>
> 富者不肯吃，贫者不解煮。
>
> 慢着火，少着水，火候足时它自美。
>
> 每日起来打两碗，饱得自家君莫管。

苏东坡用这诗具体介绍了"东坡肘子"的制作过程，黄州老百姓都学会了，以至流传至今。这样说来"东坡肘子"的产生是在"东坡肉"之前，因为苏东坡是后来才到杭州任太守时，创制了"东坡肉"的。

关于"东坡肘子"的传说还有许多，不好一一介绍了。因为是传说，谁也搞不定苏东坡到底是不是创制了"东坡肘子"。后来又有一种传说，我认为倒可能是"东坡肘子"的真正来源，特介绍一下：

据说20世纪40年代，四川大学中文系有四位学生想创业，在古诗文中查到了汉朝班固的两句话："委命供已，味道之腴"，于是这四位书生便在成都开办了一家"味之腴"餐厅。当时，他们从苏东坡的传世墨迹中辑得"味之腴"三字，并以此刻匾做成店招，除了向世人宣称这三字系苏东坡亲手所写以外，还反复强调店内所卖"东坡肘子"的制法乃是苏东坡亲手创制并秘传下来的。如此这般，"东坡肘子"的美名自然也就不胫而走，传遍了全国，"味之腴"的生意当然也就十分红火了。

看来，所有的传说都不过是商家的炒作而已。如果苏老先生活着，那收的广告费可就了不得了。

不管怎样，到了眉州吃当地正宗的"东坡肘子"是正事。于是就找到了很排场的"苏轼酒楼"，准备大快朵颐了。上来就点"东坡肘子"，服务员说当然有，我们这里是最正宗的了。好，就是它了。

书上说眉山的"东坡肘子"制作特点首先在选料上，只选猪蹄膀，洗净后放入清水中炖，炖至八分火色，将肘子捞起来，再上蒸笼蒸。经两次脱脂后，肘子已达肥而不腻、粑而不烂的境地。食用时有两种形式：一是清汤式。即将蒸熟的肘子取出放碗内，灌以炖鸡的汤，若无鸡汤，白开水也行。加少量盐、葱即可。最好另碗盛酱油，食时蘸点酱油，其味更鲜。二是作料式。即将蒸熟的肘子取出盛在碗内，将配好的作料浇上，即可食用。眉山的"东坡肘子"作料十分讲究，由 17 种原料组成，具有鲜明的特点，且适合东南西北四面八方的客人。

四川眉山的东坡肘子

正在我们幻想着美味的佳肴时，服务员把"东坡肘子"端上来了。真快！可一看就有点傻眼了。眉山的"东坡肘子"真是红的透亮，可那是一层辣椒。想起来，那书上发表上述做法的人肯定不是四川人，他忘了，四川人没有辣椒是不吃饭的。

不过话说回来，现代东坡肘子的做法由于选料不同，各地风味也不同。目前，全国各地东坡肘子的制法各具特色，但苏东坡是眉山人，那带辣椒的"东坡肘子"始于四川，则肯定无疑义，那就认定是最正宗的吧。

"天下第一羹"——究竟谁是天下第一

在本书开始，我就提到了彭祖和"天下第一羹"，那是我曾去过当年彭祖的封地"彭城"，也就是现在的徐州，在那里吃到了流传至今、据说就是彭祖创制的"雉羹"。现在徐州人称其为"辣汤"，因为里面放了许多胡椒粉。我想这大概是历史进程中"雉羹"的演变，因为胡椒传入中国应该是唐朝以后的事，据史载是唐僧西域取经携回的。彭祖当年为尧帝制的"雉羹"，肯定是没地方找胡椒粉的。但不管怎么说，"辣汤"的主要用料是鸡、猪骨和加入大麦粒熬制而成，与当年述说的彭祖用野鸡加稷米（一说薏米）同炖而成是相似的。但我还是想知道，正宗的"天下第一羹"究竟应该是什么样子。

终于有机会到了彭老先生出世及逝世的地方彭山县（今四川省眉州市彭山区），并去了埋葬他的彭祖山（又称寿山）。因此也就决心去探察一下"天下第一羹"的真实面目。

果不其然，寿山到处都挂着"天下第一羹"的招牌，而且在一些小饭店的面前，居然还在笼子里放着几只真的野鸡，当然就是"雉"了。和朋友转了几圈，还是没有敢在那些小铺面里停留，虽然他们都言之凿凿，说自家店的"天下第一羹"绝对是正宗的。最后我们决定去在网上已经早有宣传，而且规模看来挺不错的"彭祖膳斋"。

不想，挺大的带庭院的饭店里竟没有顾客。喊来服务员一问才知道，寿山的游客平日并不多，来店里就餐的人也就少了。因此要就餐必须是头天预定的，膳料都是按预定的情况准备的。不过还好，今天有两桌开餐，知道我们就两个人时，请示老板娘就答应我们就餐了。啊，总算是不虚此行了。服务员小姑娘拿来餐单一看——不错！"天下第一羹""羊方藏鱼""云母羹"……我所知道的彭祖的拿手菜在单上还都有，另外有一个没有听说过的"彭祖肘子"。得，两个人就点两个菜，"天下第一羹"和

"彭祖肘子"。点"彭祖肘子"也是为了和"东坡肘子"比较一下有什么区别。

在等菜时，和服务员小姑娘聊起了"天下第一羹"的做法。没想到她居然不知道徐州的"辣汤"。那他们这里的"天下第一羹"是什么样，她也说不清，就知道是用鸡做的。于是，寿山的"天下第一羹"暂时就成了谜了。

第一道上来的是"彭祖肘子"，挺漂亮，红红的，不用问就是辣子。果然与眉山的"东坡肘子"如出一辙。当然，可以理解，眉山与寿山相隔只有30多里，苏东坡与彭祖也算是老乡了，做出一样的肘子来就不足为奇了。

真有经营"天下第一羹"的饭店

老板娘亲自送上了一大盘青菜，说是送给远道来的客人，我们当然"笑纳"了。真的，我看这青菜比那肘子不在以下。

最后上来的是压轴儿的"天下第一羹"。好大的有点古朴的粗瓷碗里满满的一碗汤，用汤匙挑起，里面是几块鸡骨和几种中药。喝一口，自然是鸡汤的味道，说不上有什么特别。看一看中药，除枸杞外，其他却说不出是什么东西。问过服务员小姑娘才知道，是天麻和淮山。到现在才明白，彭祖是讲究"养生"的，自然要用中药来补身了。不过，我还

天下第一羹——只是一碗鸡汤

有怀疑，在彭祖那个年代有将天麻、淮山和枸杞用于烹饪的知识吗？

不管怎么说，在彭祖的故乡喝了彭祖扬名的"天下第一羹"也算是了却了一个心愿。至于哪个是正宗的"天下第一羹"倒是次要的了。世界上的事物都是变化的，"天下第一羹"也是如此，它经过人们的传说和不断地加工，演变成后人觉得适宜的汤品，并会不断地坚持说自己的传承就是正宗的。

如果真存在彭祖，存在他制作的"天下第一羹"，我想在远古那个刀耕火种的时代，充其量也就是一碗野鸡煮的汤，甚至连盐都没有放呢。

过桥米线——动人的爱情传说

到昆明，当然要吃"过桥米线"了，这是云南的代表作之一嘛！

记得20年前的20世纪90年代初，第一次去昆明，那里的朋友接待我吃的就有这过桥米线。那大大的一碗鸡汤，端上来时，朋友一再嘱咐"小心、小心"，怕烫着我。在往汤里放入鸡片、豆芽、韭菜等配料后，朋友示范着将放在另一碗里已经煮熟的米线挑一箸，在热汤里过一下再吃。也就是这一示范，我就自作聪明地认为所谓"过桥米线"就是将米线在鸡汤里蘸一下，也就是"过一下桥"。哈哈！就这，让我20多年来都认为"过桥米线"就是"过汤的米线"。

直到这次再去云南，到了蒙自，才知道自己自作聪明的误解。"过桥米线"原产于蒙自，并且有一段人们口口相传的动人爱情故事：

蒙自有一个南湖，清朝初年，有位书生家住在湖边。为了考取功名，这书生在湖中菘岛的一间茅屋里每日用功读书。这岛与湖岸有一桥相连，书生妻子每天给他送来饭菜。但每次送到后，饭菜已经凉了，书生吃得很不舒服。妻子看到丈夫日渐消瘦，很是着急。

一天，妻子炖了一只鸡，连肉带汤送来给丈夫滋补身体。连日操劳的妻子走到桥中间时竟晕了过去，好长时间她醒来之后，发现鸡汤还是热的。聪明的妻子发现汤上的一层油起了保温作用，由此得到启发，每日给丈夫送来鸡汤、生肉、蔬菜和米线放在一起食用。于是书生身体日渐强壮，更加用功读书，终于考取了状元。

众人前来贺喜时，书生妻子又炖了一只鸡、米线、生肉招待客人，客人吃得兴致大发，问书生妻子这种吃法名字，她立刻想到每天走过的小桥，顺口说："过桥米线。"从此"过桥米线"名声鹊起，流传至今。

这次到昆明，在火车站新开张的米线店里又吃到了"过桥米线"，价格也不算贵，15元一份。

过桥米线由鸡汤、米线和鸡片及作料组成。吃时用大瓷碗一只，先放熟鸡油、味精、胡椒面，然后将鸡、鸭、排骨、猪筒子骨等熬出的汤舀入碗内端上桌备用。

这汤滚滚的，被厚厚的一层油盖住不冒气，食

过桥米线

者千万不要以为那汤是凉的，猛地喝汤，肯定会烫伤。要先把生鸡蛋磕入碗内，接着把生鱼片、生肉片、鸡肉、猪肝、腰花、鱿鱼、海参、肚片等生的肉食（这里豪华了一些，其实没有那么多东西的，有前三四样就不错了）依次放入，并用筷子轻轻拨动，好让生肉烫熟。而后加些熟肉，再加入豌豆类、嫩韭菜、菠菜、豆腐皮、米线，最后按自己的口味加入酱油、辣子油。

上面介绍的是豪华版的，在昆明火车站那份绝对达不到这个程度，否则，老板要赔死了。

北京也有卖"过桥米线"的，位于二环路东便门角楼附近的云腾宾馆（原是云南省驻京办事处），那里的"过桥米线"应该比较正宗。不过价格也可以，传统的要20元，海鲜的要40元。

但是，你绝不可按我介绍那豪华版的去要求店家。现在的食品，说正宗也不过是比较而言，即没人再去将鸡、鸭、排骨、猪筒子骨等熬汤，也不会把生鱼片、生肉片、鸡肉、猪肝、腰花、鱿鱼、海参、肚片等生的肉食加入；如果是海鲜的，那价格可就高多了。

成都小吃——"少不入川、老不离蜀"

成都文殊坊小吃一条街

为什么把成都小吃和"少不入川"放在一起？确实有点联系，但不是全部。"少不入川"是这次去四川才了解的，这是一句老话了。有不同的版本：如"少不入川、老不离蜀""少不入川、老不入广"等。

总之一个道理，就是四川的条件太好了，少年时代去四川容易被那"温柔之乡"腐化，消磨斗志。反之，老了在四川倒是个养老的好地方。广州是个凭奋斗才能站住脚的城市，所以老了再去就没有落脚之地了。其实，这都是一面之词。四川出生的著名历史人物和许多伟人也不在少数嘛！

不过四川的美誉"天府之国"也是名副其实的：山川秀美、物产丰富、佳肴诱人、美女如云……大概去过四川的人都不会否认，当然也是四川人自己的骄傲。

扯远了，还是说说成都小吃吧。在北京，成都小吃的连锁店到处都有，四川的饭店也处处可寻，在北京品尝成都小吃也不是不可能。但人们还是相信"原产地"的"正宗"。

有专家考证成都小吃物美价廉，各种糕点、面条、汤圆、小菜、肉制品和豆制品，花样百出。光从大的种类上划分，就有500种。小吃的特点是量小方便、价廉物美、口味良好。另外许多小吃的卖家也非常专业化，如卖汤圆的只做只卖汤圆。

成都小吃通常以姓氏、地点和经营形式命名。其中大多数是以姓氏命名，"钟水饺""韩包子""赖汤圆""张凉粉"等等；也有用地名命名的，如"川北凉粉""耗子洞鸭子"等，"耗子洞"就是一个地名。还有典故类的"夫妻肺片""龙抄手""陈麻婆豆腐"等等。

当然各种小吃各具有其特点，如"钟水饺"就有别于北方的水饺，它的馅是纯肉的，吃时拌上甜辣的红油蘸水，别有风味。

到成都自然要品尝小吃了。但又不想一家店、一家店地串着吃，于是，当地的朋友就带我们到成都著名的庙宇文殊院附近的文殊坊去了。那里有一家挂着"成都名堂"牌子的"钟水饺"店，出售成套的成都小吃。虽不能将成都小吃一网打尽，也可以开开眼界了。

麻婆豆腐——要吃正宗得入蜀

爱吃麻婆豆腐，首先是因为豆腐表面盖着一层红色的辣油，卖相极佳、香气扑鼻，趁热吃时会辣得使人大汗淋漓，不由得让人胃口大开，食欲大进。

麻婆豆腐是一道最著名的四川菜，是用嫩豆腐、牛肉末、干辣椒、花椒、郫县豆瓣酱

成都文殊坊的陈麻婆豆腐店

等烧制而成，麻辣鲜香，嫩滑可口。

麻婆豆腐的发祥地，据说是在四川成都北门外万福桥边。在清朝同治年间，那里有一个名为陈兴盛的小饭铺，店主陈春富之妻陈刘氏善烹小菜。为适合来店就餐的船夫、挑夫小贩口味，做出一种烘豆腐。这菜用豆腐为主料，配以少量牛肉末，素中见荤，还可解馋，麻辣又可以开胃下饭。尤其是，陈氏与往来船工关系甚好，经常到停泊的船上将卸空的油篓控下油来，烹出油大味香的烘豆腐，价格自然便宜，因此很受欢迎，在成都地面名声大振。

陈刘氏脸上有些麻子，被人戏称陈麻婆，她的烘豆腐便被称为"麻婆豆腐"，店名也被唤作"陈麻婆豆腐店"。此后，不仅船夫、挑夫小贩们热捧，连文人士子也蜂拥而至。清末就曾经有《竹枝词》称道："麻婆陈氏尚传名，豆腐烘来味最精。万福桥边帘影动，合沽春酒醉先生。"

陈麻婆豆腐出了名，各饭馆群起而效之，就像北京的"王麻子刀剪铺"，真假"王麻子"到处都是了，而且"真王麻子""老王麻子""真真王麻子""真真老王麻子"……不过"麻婆豆腐"还好，上了川菜的名榜，吃川菜的食客一定要点它了。而且名字只有一个"麻婆豆腐"，顶多加上"陈麻婆豆腐"。

据传1956年公私合营时，"陈麻婆豆腐店"作价300余元之后转为国营。

成都的麻婆豆腐

不管怎样，陈麻婆也和苏东坡的"东坡肘子""东坡肉"一样，将一个大众喜欢的菜肴"麻婆豆腐"传了下来，并且走进了千家万户。因为"麻婆豆腐"备料简单、操作便利，可以成为老百姓的家常菜，不一定非到饭店里去品尝。

不过，话说回来，要吃正

宗味道的"麻婆豆腐"还是要到成都。我试过，在北京虽然不少成都饭店或小馆，但也许是入乡随俗的关系，即使是成都来的厨师也会感染上北京浮躁的气息，做出来的"麻婆豆腐"就是达不到成都原地的风味。当然，也许有原料的问题。

"宫保鸡丁"——鲁、蜀、贵之争

去贵州的大方县，在吃饭时上了一盘酱糊糊、辣糊糊的鸡丁。主人说这是"宫保鸡丁"，是贵州的名菜。听这一说，心里有些打鼓了。过去只听说那种加了花生米和辣椒的爆炒鸡丁是四川的名菜，没听说是贵州的呀？可主人坚持说这道菜的发明者丁宝桢就是贵州织金人，所以说这菜是贵州名菜是没错的。虽然很疑惑，但也不好驳主人的面子，含糊地品尝了那盘酱糊糊、辣糊糊的鸡丁，但感觉不如四川的正宗。

回到北京查了些资料，才发现这"宫保鸡丁"还大有来头，不仅涉及四川、贵州，还与山东扯上了关系。

清同治六年，贵州平远州（现在叫织金县）的进士丁宝桢，被朝廷任命为山东巡按，入驻济南府。丁宝桢在山东干了两件大事。一件是诛杀了私自出宫的太监安德海而载入了《清史》；另一件就是发明了"宫保鸡丁"这道流传于世的名菜。

这丁公平素两袖清风，深居简出，就连府邸也不甚讲究，独独钟爱美食，也就是爱吃美味。据说在山东时，有一次换上青衣小帽，带一家仆从府衙后门溜出去趸摸好吃的。到大明湖附近一农家篱笆围墙，院中有一老妇正在喂鸡，丁公心念一动，何不借此了解一下民情，遂带着仆人走了过去。

贵州的"宫保鸡丁"

济南人素有好客之风，老妇察言观色，见来人口音不似本地人，兼之身材魁梧，气宇轩昂，随从又是毕恭毕敬，感觉定非等闲之辈，遂一面把丁公让进屋里坐下沏茶喝水，一面使人把湖边酒楼做大厨的儿子叫了回来。

丁公和老妇聊了半天家常，饥肠辘辘，突然闻到一股子香味轻轻地飘了进来，稍顷就见一浓眉大眼的汉子用四方托盘端着几个菜走了进来。九转大肠，红烧肘子，糖醋鲤鱼，还有一个菜是丁公吃遍大江南北未见过的，偏又奇香无比，让人垂涎欲滴。丁公忙不迭夹起一方块状物放进嘴里，只觉舌尖微麻，轻轻一嚼，脆嫩可口，感觉似肉非肉，似鸡非鸡，妙不可言。忍不住问汉子，此菜何名。汉子微微一笑说："爆炒鸡丁。"丁公大奇，问做法。汉子道："此乃取当地笨鸡鸡脯肉切丁，鸡丁外薄裹淀粉糊，利于快熟且防味泄，后配以花生、胡椒，旺火油炒而成。"丁公闻之大喜。回府不久就派人用重金把汉子聘为家厨，有客到必以"爆炒鸡丁"为压轴菜，百吃不厌，很受客人们的欢迎和赞赏。

不久，这道菜便进入了清宫，成为宫廷菜系中的一道佳肴。清朝总督是地方的最高长官，对总督的尊称叫"宫保"，由于首创者丁宝桢后来升任四川总督，是"宫保"官衔，所以这道菜被称为"宫保鸡丁"，并很快成为广大食客百食不厌的珍馐佳肴。后经厨师们的不断改进创新，成为享誉全国的鲁菜系的名菜。

当然这是山东人的说法。

四川人听了，就不干了。说丁公后来奉调任四川总督，临行征求那个给他做饭的汉子意见，能不能随行？因丁公在山东赈灾治水，勤政爱民，颇有政绩，汉子感其恩重，遂携家眷一起随丁公进川了。汉子进川，当然把"爆炒鸡丁"也带到了四川。他的后人通过学习川菜的特点，把胡椒换成辣椒，做出了川味的"爆炒鸡丁"。丁公去世后，

四川的"宫保鸡丁"

由于他曾任山东巡抚，后封"太子少保"，以后又任四川总督，故当时人称"丁宫保"。后人为了纪念他，所以把他喜欢吃的这道菜称为"宫保鸡丁"，再后来被四川当地官员作为贡菜献给皇帝，正式进军北京，不但发展成为御用菜，而且也成了川菜系的领头菜。

这个不辣"宫保鸡丁"应该是山东版的

事情还没完。丁保桢是贵州人，所以，贵州人当然不能让外省人把便宜都占光了。于是，贵州菜里也就有"宫保鸡丁"，而且是他们自称的"正宗宫保鸡丁"。在贵州，"宫保鸡丁"也是老资格了，它的做法带有明显的贵州特点。贵州人把辣椒先捣碎，然后用甜酱炒辣椒，再过油，辣椒就成糊状的了。也就是我见到的那种酱糊糊、辣糊糊的鸡丁。所以也叫"糊辣子鸡丁"或"糊辣子"。

其实，说来归去，这道菜都没有跑出神州大地这个圈去，再争论也就是个辣子鸡丁加花生米。

"清官菜"——野菜名曰"龙爪"

到贵州大方县，去了一趟支嘎阿鲁湖，原来它是个拦了河坝形成的人工湖，是国家"西电东送"工程——洪家渡水电站建成后形成的一个常年蓄水、面积 80 平方公里左右的水库，位于大方县东南部。水库的建成也成了大方县旅游的新亮点，为这个全国贫困县带来了一个致富的效益增长点。

支嘎阿鲁是彝族古代的一个英雄，因此也就用这个英雄的名字命名，使得大方县有了一股"古彝圣水"。

大方县是个山区，各处的海拔高低错落，相差很大。山的高处严寒还没有消尽，而低洼的湖面及四周已然是春意盎然了。

支嘎阿鲁湖风景区景色优美，广阔的水域，湖中座座原是山头而今漂浮在水面的岛屿，初春的春草衬着早开的花朵，真是美丽的图画。

到了湖边，肯定是要吃鱼的，支嘎阿鲁湖人工饲养的鱼类有多种，其中无鳞鲶鱼的味道十分鲜美。而入乡随俗，吃鱼也是贵州的大众吃法，火锅炖鱼，放上不少辣椒。过去听人说过，湖南、贵州、四川三省一个比一个能吃辣，有"不怕辣""辣不怕""怕不辣"之说。到底谁更能吃辣，且不好追究了，反正此行让我知道了，过去只认为四川人爱吃辣子是错误的。

吃火锅鱼时，上了几种配菜一起涮着吃，都是时令的蔬菜。其中有一种菜，样子有点像蒜薹。只是店家将其中间剖开，并用开水焯了一下，去其苦味。经询问，原来这是当地一种常见的野菜——龙爪菜。

龙爪菜因其长出的长梃末端像龙爪而得名，其实就是一种蕨菜。蕨菜是到处都有的，但单单在大方县有一段故事，使其得到了一个"清官菜"的美名。

在清朝的嘉道年间，大方出了一个名人叫侯光职。他曾历任广西陆川、柳城、兴安等州县知州、知县，后升任郁林直隶州知州，诰封奉政大夫，五品衔。侯光职是闻名当朝的清官，道光皇帝因此嘉奖他，赏戴花翎。

侯光职在柳城县任上时，丁忧回籍守丧。假满即将赴任前，他想理应带点薄礼慰问同僚、属下和地方贤达，但苦于地方上没有名产、特产。正时值仲春季节，他看到家乡山岭间，野草初绿，乡蕨抽薹，顿时想到此物可充饥做菜。于是嘱家人采摘数百斤，晾干后包装成二斤一袋，有百袋之多，用马驮随他运至广西。前来探望的同僚、属下等人都得到馈赠。照他所说方法做了吃后，众人倍感可口、味道极佳，齐赞他家乡出了名菜。侯光职说：我的家乡盛产此品，高山野岭，田边地角，取之不尽，用之不竭，家乡乡民称之曰"龙爪菜"。此后，侯光职每次回乡都带去若干"龙爪菜"，凡得到的人都以此为荣。由此，"龙爪菜"之声誉流传广西。又因

"龙爪菜"就是一种蕨菜

他在广西各县州勤理民政，关心民间疾苦，惩恶扬善，政声卓著，深得老百姓和地方贤达的拥戴，民间把"龙爪菜"誉为"清官菜"。

为官应该清廉，封建社会的官宦也有清官，侯光职就是一个例子。我想大方县应该好好地利用一下这个不可多得的"财富"，注册"清官菜"，将"龙爪菜"更有力地推广开去。不仅为大方人民带来财富，也能让"清官菜"这一有启示意义的野菜带来一股清风，让清者扬眉吐气，让浊者心惊肉跳。

"怪噜焖鸡点豆腐"——阉过的公鸡更好吃

到贵州去会遇到这样一道吃食叫"怪噜焖鸡点豆腐"，而且数大方县地方最正宗。名字是不是怪怪的？先要分别解释一下这些不常见的词：

"怪噜"本是贵阳的特色牌类游戏，主要有三人怪噜和四人怪噜两种玩法。三人"怪噜"使用 39 张扑克牌进行游戏，包括 3 到 J 各 4 张，2 张 Q，1 张 K。是不是很有特色和古怪？而在贵州，人们进饭店会说"随便随便，来几个炒随便拌怪噜"。这是因为在贵州有许多黔菜系列没有适当的称谓，人们便随意地称为怪噜菜。即将各种主料、辅料、调料混在一起拌、炒、烧、炖等制作出来的，如怪噜花生、怪噜鸡丝、怪噜回锅肉、怪噜红烧肉等。还有炒随便（将各种时令蔬菜或肉类在同一锅中加调料随便炒制，只要味道醇正可口即可）、煮随便、炖随便、烧随便等。这些菜又乱又美，堪称一绝。

所以我体会"怪噜"就是有特色的贵州各地的随意菜肴。而"怪噜焖鸡点豆腐"当然是大方县地区具有特色的吃法不同的美食了。

而为什么用煽鸡呢？煽鸡是什么？

煽鸡就是被取掉了生殖器官的公鸡。那这鸡就是鸡中的"太监"了，而偏偏这种鸡最嫩、最好吃。

公鸡如果不煽，不仅吃得多还不安生，长出的肉粗糙不好吃。而煽过的公鸡身上少了雄性激素，不但老实了，而且进食快，长得也快，肉质还细嫩可口。所以养鸡场里的小公鸡除了配种用的外，所有肉用的公鸡一律要实行"宫刑"——煽，看起来很残酷，但也是生产需要，没办法的事。

据说，煽鸡技术出自华佗的真传。当年曹操患了"痛头风"，让华佗诊出了病根，对曹操建议要用他的"九针术"实施脑外科手术，也就是现在说的"开颅"。可是心机多端的曹操一听说把脑袋打开，害怕了。怀疑华佗图谋不轨，想将自己置于死地，于是把华佗关起来，找借口要杀华佗。华佗自知生还无望，就将其尽毕生心血所著的医术书籍送给了待他不错的老狱卒。不想老狱卒把书拿回家后，无知的狱卒老婆受了"知识越多越反动"的影响，竟然在老狱卒不在家时，将所有医书悉数投入炉灶内，当成柴火烧了。等老狱卒回来，连忙从火坑里往外掏，可惜只救出了煽鸡阉猪之术部分。从此，老狱卒改行当了"煽匠"，成了传承煽鸡阉猪技术的鼻祖。

在老辈子，煽鸡师傅一般只需带着一只捕鸡的小网，一只竹片绷子，一把小刀，工具十分简易，走南串北找活儿干。技术熟练的师傅，煽一只鸡只需十几秒钟。鸡主人只要远远指出是哪只小公鸡要煽，煽鸡师傅背后掏出网兜一挥，那鸡就稳稳地抓了过来，把鸡头一扭，包在鸡翅下。在鸡肋下迅速地拔几把毛，把鸡再牢牢地夹在自己膝下。从腰间解下黑布包，将一套黑不溜秋的手术刀具一字摆在脚边的地下。吩咐户主准备好一小盆凉水。然后，用利刀剖开鸡腹寸把长的口子，将富有弹性的竹片绷开刀口，小心翼翼地将手术刀探进鸡腹之中，割下两枚腰果般大小的东西——就是鸡的睾丸，放在碗内清水中，让主人验收。手术完毕，捏合创口，扯下一把鸡绒毛敷在刀口之上，将鸡松绑，被施以了"宫刑"的小公鸡立马逃之夭夭。一时三刻后，那刀口就能自行愈合，手术痊愈率达 100%。被煽的公鸡再也没了追赶异性的邪念，代表阳刚之气的鸡冠也萎缩了许多，它已经性情温和，无私无欲，一心长肉，且肉质鲜美。并没有了公鸡那种腥膻味，是酒桌上的上乘之品。

煽鸡技艺是靠师承传授，千百年来保持的这一习俗，现在民间还不时地出现并流传着。不过随着时代的变迁和科技进步，当代大的养鸡工业已不需要煽鸡了。只给雄鸡注射雌性激素，或把这种激素掺在饲料中就解决问题了。

贵州大方县的"煽鸡点豆腐"火锅

知道了煽鸡是美味的，那有特色的（怪噜）煽鸡点豆腐就好解释了。就是做豆腐的师傅在豆浆点卤水过程中，把切成小粒的煽鸡肉加入，这样出来的豆腐里就有了煽鸡肉。加有鸡肉的豆腐不管（随便）怎么吃，是放在火锅里，还是用开水烫过沾作料吃，都是美味的。

都说大方的怪噜煽鸡点豆腐是贵州省最出名的，这或许是因为自古传下来的，也许是大方的水好豆子好，反正有原因，时间太短，无法详解。我吃的是火锅，因为不善于吃辣子，就来了个清汤火锅，当然是"味道美极了"。有豆腐加鲜嫩的煽鸡肉一起炖起来的汤食，能不美味吗？

想吃吗？去大方县吧！整个一个为大方县做广告了！

"叫花鸡"——在日本很吃香

20 世纪 90 年代中期，我曾去日本同东日本 JR 铁路公司会谈一项国际运输的协议。日方高层领导很是关注，特意在日本东京市区一个叫"六本木"的地方定了一家中华料理馆子，请我们这些中国客人吃中国的杭州菜。没想到在这里我还是第一次吃到自己国家的名菜"叫花鸡"。

据说，在日本请人吃"叫花鸡"是一件很郑重的事，只有在请尊贵的客人时才会点这道菜，一般人都是很难吃到的。

去的那家菜馆是个华人开的。由于主人方打了招呼，所以准备得十分周到，华人老板也亲自出马了。其他的过程和菜式就不表了，就说那"叫花鸡"吧！

在国内时，我虽然多次去过杭州，但从来没有与这"叫花鸡"遭遇过。只是听说吃这鸡很麻烦，是要提前预订的。而且，较好的饭店里价格也很贵，大约接近 200 元一只了。

不用说，在日本这里也是提前预订了的。

笑眯眯的菜馆老板，是一个中年男子。他亲自从侍者

手里将一个装在盘子里的黑乎乎的泥疙瘩放在餐桌中央，并将一把木槌交到我这个主宾手里。在翻译的解说下，我明白是让我"开槌"了。其实，不是用力砸的，那样就会使泥土四溅，满桌皆泥土了。烧过的泥土已经很酥软了，用木槌轻轻地一碾就开了，露出了包裹鸡的荷叶。日本朋友们虚张声势地鼓起掌来，无疑是在营造气氛了。老板又亲自指挥侍者将泥土清理掉，换盘后，只留下干净的荷叶和冒着热气、散发着香气的鸡。

到此，老板还没有招呼大家开餐的意思。原来，这老板还搞了一个小把戏。他将鸡从腹部切开，竟然露出一个剥了皮的热气腾腾的熟鸡蛋来。然后，仍请我将鸡蛋切开，里面竟是一个小油纸卷。这时，JR 货运公司的老总拿过纸卷将其打开，则露出一条标语，上面写着"欢迎中国铁道贵宾"。当然，这鸡蛋是事先将煮熟的鸡蛋剥了皮，又把那纸卷塞入鸡蛋内的。不过此一举竟然引来了宴会的高潮，双方为此频频举杯。如此一折腾，那"叫花鸡"的味道就没有留下太多的印象了，似乎和其他蒸鸡、烤鸡的味道没有什么太大的不同。不过，对"叫花鸡"的名字却由此而忘不了。

回国后，看过资料才知道了"叫花鸡"的来历。传说是过去有一个要饭的叫花子，得到一只鸡，由于没有做鸡的家伙什，只好用泥巴将其带着毛糊起来，堆一堆柴火烧。结果，烧熟后扒开泥土，连毛也脱离了，里面的鸡肉竟然十分美味。

但后来具体是怎样流传于世成为一道名菜的，则有很多不同的版本：首先是出产地有不同的说法，一说出自江苏虞山；一说出自浙江杭州。据说，这两个地方还为"所有权"争论得不可开交呢！

再者，如何传世的除上面讲的两种外，更有另外三种传说：一是讲元末时朱元璋起兵造反。一次兵败，流落荒野，饥饿难当。见一叫花子老头在野地里烧一堆泥土。老头将泥土砸开，取出来的是只烧熟了的鸡，老叫花与朱元璋分食，当然是美味无比，救了朱元璋一命。因为朱元璋也要过饭，鸡又是老叫花烧的，所以就传称"叫花鸡"，后来朱元璋当了皇帝，此鸡也荣升为"富贵鸡"了。第二种说法与前一个传说有异曲同工之处，只是将朱元璋换成了乾隆皇帝，将兵败流落荒野换成了乾隆下江南走错了路，流落荒野遇到叫花子烧鸡。第三种说法与前两个有点区别，是把传说放在明朝大学士钱牧斋身上，说他散步路过一地，见一叫花子用泥土烧鸡吃，让仆人前去要了一块，一试，十分美味且其香无比。回来依法炮制，当然是进行了加工和添加了不少料啦，并取名"叫花鸡"。

如今说来，哪个正宗、哪个传说更靠谱，其实都不重要了。先人们在生活和生产实践中为咱们留下了一道美味大餐，尽情享用就是了。

不过细听一听，江苏与浙江的传说中，那叫花子如何得到的鸡却是稍有不同的：江苏的传说中说一个老太太见叫花子可怜，送他一鸡的；而浙江的传说是讲叫花子偷了一鸡去烧烤的。看来浙江人编的故事没有江苏人考虑的周到，浙江的传说没有考虑后人的感受呀！因此吃江苏的"叫花鸡"时，人们会因为老太太的善心，胃口大开。而吃浙江的"叫花鸡"时，会不会让人感觉到有股"贼腥味儿"而影响食欲呀？

要用木槌砸开泥巴

据说，现在江浙一带的"叫花鸡"已经遍地开花了。路边的小贩推着三轮车，后面的铁皮箱里架着十几个泥土包裹的"叫花鸡"，下面还有炭火保温呢。还贼便宜，一只"叫花鸡"15元就可以买走。不过，你需要有敢吃的勇气啦！

从鸡里取出一个欢迎纸条

深井烧鹅与古井烧鹅——"深井""古井"
意义大不同

自 20 世纪 90 年代以来去过广东多次，而且 21 世纪初在香港待过近四年，对广东饭菜是"广吃博尝"了。但菜好、菜奇是一码事，有没有故事和文化又是一码事。在香港期间，屡屡听到香港的朋友自嘲说那里是"文化沙漠"。此言虽不可当真，但也悄悄地让人感觉到同内地相比，那里的文化色彩（就说饮食上的文化色彩）似乎还是少了一些。

我自己胡思乱想，这大概与富足的程度有关吧。在富足的广东、香港，人们有的是吃的，只注意怎么好吃、怎么做就得了，不用讲什么故事、传说就能吃上了。而相对于过去北方贫瘠的内地，没有太多可享有的食物，于是有点东西就编出一套套的故事，来个"精神会餐"吧。当然这是玩笑了。

但仔细想想，广东菜讲饮食文化故事还是有不少可谈的。

在香港的时候，午餐是叫"外卖"的。香港的小饭店不设专门的人员应付送餐，可它不乏送"外卖"的队伍。那就是大批生活较拮据的市民加入了进来，每到中午就会到相熟的饭店为其向写字楼送餐。饭店只收饭单上标明的饭菜钱，而客人需要另外每份饭菜付两元钱给送餐人员。如此，在饭店、送餐人和客人之间形成一个公认的模式，很自然，而且有诚信。不过，仅此也可以了解居住香港的不都是有钱人了。

我每每选择的是一客"烧鹅脾"的菜饭。一快餐盒的米饭上有一只鹅脾、几根青菜，还有一塑料盒的"罗宋汤"。那时这份饭菜需要付 26 至 28 元（包括 2 元送餐费）。需要解释一下的是鹅脾就是鹅的大腿，所谓"罗宋汤"就是胡萝卜、白萝卜、圆白菜熬的汤。

那鹅脾真是不错，令人难忘。其实在香港其他高档或一般的宴请中，烧鹅似乎是不可或缺的，有时是在冷荤的拼盘里，有时是单一件的。香港的烧鹅以"深井烧鹅"最著名，香港有一个地名叫"深井村"，店家往往都打这招牌经销烧鹅。无独有偶，不仅香港有"深井村"烧鹅出名，而在广州市黄埔长洲岛的"深井村"也是以经营"深井烧鹅"出名。广东人都认那里的烧鹅，慕名而来吃烧鹅的人络绎不绝。其实，对于不明就里的人们那是个误会。所谓"深井烧鹅"指的所谓"深井"，是一种特殊的深井烤炉形式。它是在地上挖出来的一口干井，下堆木炭，井口横着铁枝，烧鹅就用钩子挂在这些铁枝上，吊在井中烧烤。由于井是在地里挖的，周围都是密不透风的泥土，在这种深井中烧烤，炉温更加均匀稳定，因此出品上乘。并非是一个什么叫"深井"的地方出的烧鹅。那两个叫"深井"的地方实际是"因名得福"罢了。不过，那里的烧鹅也确实不错。

真正因用地名制作而在广东一带出名的烧鹅是"古井烧鹅"。这里就有一段历史故事了。

传说700多年前，在新会县的南海之滨，发生了震惊历史的宋元崖门海战，宋军大败，幼年的宋帝赵昺被丞相陆秀夫背负着投海殉国。跟随南宋皇帝逃至新会的一名皇宫御厨，为躲避元军的搜捕，逃难到了崖门出海，取水道去了西岸，从此隐姓埋名，凭借一套南宋宫廷秘制烧鹅的手艺，以制卖烧鹅为生计。因其烧鹅专为皇帝享用，所以色香味特佳，被人们传为"奇香烧鹅"，生意越做越好，越做越大，名声也越传越广。

这名御厨十分感念南宋皇太后杨淑妃。杨淑妃作为一位

陆秀夫背负小皇帝投海殉国

女性，在南宋即将灭亡之际，受命于危难之时，以坚强的意志，挺身而出。在众君臣的拥戴下，她先后两次拥立起南宋的最后两位小皇帝并临朝听政。在风雨飘摇、岌岌可危的逆境中支撑大局，殊死抵抗了元军的大举进犯。直至得悉宋少帝昺蹈海殉国后，她也坚贞不屈，悲愤地赴海而死，以身殉国。于是，这御厨决定秘制烧鹅的这门厨艺"传女不传男"。后来

他的女儿带着他传下来的宫廷秘方，嫁回宋元崖海大战发生地的古井镇，继续操业。于是，广东葵乡新会也就有了这一驰名省港澳的特色菜肴——古井烧鹅。

广东烧鹅

古井烧鹅其外表不仅金红亮丽，而且皮脆肉嫩骨香，价钱虽比其他地方烧鹅贵上二三成，但仍畅销城乡。不过现如今，当年那南宋御厨的"传女不传男"的遗言早已失效了。

有机会去广州或香港，千万要记住品尝因地名而出名的"古井烧鹅"和因制法而出名的"深井烧鹅"呀！

河豚——吃它要有冒死的胆量

冒死吃河豚——这个题目古来就有许多人写过了。我总认为是虚张声势，有那么严重吗？到底有没有那么可怕，这一切只有你亲身体验过才会知道。

宋代大文豪苏东坡有诗句："竹外桃花三两枝，春江水暖鸭先知。蒌蒿满地芦芽短，正是河豚欲上时。"推崇河豚为极品美食。吴王夫差曾将河豚与西施美女相比，河豚肝被称为西施肝，将河豚的精巢名为西施乳。都是美食极品。

河豚是一种海、江洄游性鱼类。因其口小头圆，腹白背黑褐，形似豚，而得名河豚。河豚在生长过程中，大量吞食水中带毒藻类，毒素一点一点积累在体，其卵、血、眼睛、肝脏等部位含有剧毒。河豚虽有剧毒，但其极为美味。据说食用河豚，不仅有着一种美味享受，对人也有益健康。河豚富含非常丰富的胶原蛋白，使皮肤增白、增弹，是滋容养颜的名品；含有独特的天然生物活性物质鱼精蛋白，具有特殊的抗生作用，对人体内肿瘤有很好的抑制作用。

每年端午前后，从南通到南京，一些人工养殖的河豚能够供人食用。河豚产卵期间也是河豚最为美味的时候，前去的食客如云集。一些大胆食客还对河豚的肝脏，尤其对被称为"西施乳"的河豚精巢食有独钟。由于河豚有剧毒，弄不好，食者会丢掉性命。因此，民间就有了"冒死吃河豚"之说。

我是在一次"不好意思"推却主人盛情的情况下，硬着头皮"冒死吃河豚"的。我事先当然知道河豚的厉害，所以在常州，朋友提出去吃河豚时，马上一口拒绝了。但朋友不依不饶，说这里经营河豚已许多年，没有一例中毒的事件发生，而且食客盈门，我总不会拿先生您的生命开玩笑吧？说得有理，而且人的心理上有种天然的冒险精神。于是，心一横，还是答应了。

在江边的一个酒家，看到里面的食客坐得满满的，自己的情绪安稳了点儿。然而还是去做了两件事：一是去后厨见了大师傅，听他吹牛，在精神上得到一点安慰。再一次得到他亲口说的："我们一切按程序办，熟了，我会先吃一口，要有毒，我先玩完！"铮铮诺言后，比较踏实地回到桌边。在回到饭桌的路上做了第二件事，看看食客们吃的是不是河豚。朋友告诉我："看到了吧，那黑乎乎的就是河豚。"心里有了把握，这么多人不怕死，我也别装孬种了。来吧，不能就让赶上我倒霉，有毒的那条就给我留着？

朋友点了一桌子菜，道道都很美味。我吃着还琢磨，这菜真够多了，朋友不会改变主意不要河豚了吧？从心里还是不愿去冒那个险。但朋友似乎必定要"招待"我，河豚是一定要上的。河豚在最后才正式登场了。每人都是两条，一看就是红烧的，不太中看。小心翼翼地用舌尖抿了抿，还真是鲜美，比刚才吃过的菜都有滋味。吃了几口，没有中毒的感觉。于是把毒不毒的问题放在了一边，要了一碗白饭，自顾自地就埋头吃起来。而同时就餐的各位也同样都不吱声、不交谈地各自努力吃饭。我想，大家嘴上不讲，其实心里还是让那个"毒"的阴影笼罩着……吃完了。朋友问好吃吗？我说当然好吃，如果一开始就吃它，恐怕后面的菜就都别吃了。朋友说：对，所以河豚一定在最后上。并且调侃说，要不要再来一份？我说，算了吧！今生就这一次了！朋友哈哈大笑，说也对，美味不可多餐呀！

后来，翻了些有关河豚的资料。看完真有些汗颜，不是吃了一定怎么样，而是，"不怕一万，就怕万一"的理论造成的精神压力实在是受不了的。河豚的致命毒性主要来自于一种神经毒素——河豚毒素，其毒性相当于剧毒药品氰化钠的 1250 倍，只需约 0.48 毫克即可致人于死地。河豚中毒来势凶猛，一般进食后半个小时至 4 个小时内就会发病。开始时手指、口唇、舌尖发麻或刺痛，进而出现恶心、呕吐、腹痛、腹泻，四肢无力，继而全身麻木，严重者四肢瘫痪、呼吸困难，甚至昏迷，最后因呼吸麻痹而死亡。河豚毒素主要含在其肝、脾、肾、卵巢、睾丸、眼球、皮肤及血液中，以卵、卵巢和肝脏毒性最大，肾、血液、眼睛和皮肤次之。河豚毒素对热稳定，100℃ 8 小时、120℃ 1 小时才能破坏。盐腌、日晒亦均不能破坏毒素。

因其剧毒，所以加工程序十分严格，《考吃》中记载古人烹杀河豚的方法，其小心谨慎近似于外科手术。主要过程是，先割鱼鳍、鱼嘴、鱼眼，再剥鱼皮，接着剖开鱼肚取出鱼肠、肝脏、卵巢和肾等含剧毒的内脏，再把鱼肉切成小块放

吃河豚要有点儿胆量

入清水，漂洗干净。每条河豚的加工去毒需要经过30道工序，一个熟练厨师也要花20分钟才能完成。在法律上允许食用销售河豚的日本，一名合格的河豚厨师至少要接受两年的严格培训，考试合格以后才能领取执照开张营业。

我国对于河豚鱼的食用和销售管理十分严格，《水产品卫生管理办法》明确规定："河豚有剧毒，不得流入市场。捕获的有毒鱼类，如河豚应拣出装箱，专门固定存放。"但一些商家为利益驱使，对国家规定视而不见，甚至推出系列"河豚宴"招揽顾客。另外在我国南方沿江、沿海地区，很多人都认为，只要专业厨师烹饪得法，吃河豚就不会中毒。其实就算技术再娴熟的厨师也难保万无一失。虽然河豚肌肉中一般不含毒素，但其内脏毒素可以通过多种途径渗入肌肉，使本来无毒的肌肉也含毒。如果遇到了野生剧毒河豚，再高明

生河豚

的厨师、再专业的烹饪都无济于事。一旦中毒是没有特效解毒药的。据有关资料报道，全世界吃河豚鱼的死亡人数每年都在200人左右。目前，我国一些沿海省份的科研机构已经展开了对河豚的研究工作，相信河豚真正安全地为人类造福的日子不会太久了。

我吃过河豚，可以说幸运地尝到美味了。但我还是建议朋友们在对河豚的研究没有突破、吃河豚依然要冒险的时候，最好别去碰它！

东坡肉和梅菜扣肉——殊途同源

说起杭州菜来，有名而且有典故的有许多。如我已经介绍过的"叫花鸡"，此外西湖醋鱼、宋嫂鱼羹、东坡肉都有来路。好，今天就说说东坡

肉吧。

"上有天堂，下有苏杭"，尤其是杭州西湖的美景名扬天下。苏东坡的诗："水光潋滟晴方好，山色空蒙雨亦奇。欲把西湖比西子，淡妆浓抹总相宜。"把西湖不管晴天、雨天的美景描写得淋漓尽致。在中国，人们把杭州作为此生必到的旅游地之一，其强烈程度恐怕仅次于北京。可是许多人并不知道，在历史上北宋时期，西湖的美景差点消失。

北宋时大文豪苏东坡先后两次出任杭州。第一次是做通判（1069 年），写下了许多赞美西湖的诗。而到 1088 年，西湖因久未整治日见颓败。当苏东坡第二次出任时，适逢大旱，葑田已占湖面的一半。苏东坡见状十分痛心，疾呼："若再不整治，更二十年无西湖矣！"于是决心疏浚西湖，保住这一人间的瑰宝。但整治西湖需要大量的人力物力，并且当时还有人出于私利出来表示强烈反对。

苏东坡出于拯救西湖的一腔热情，亲手撰写了《乞开杭州西湖状》，上书朝廷，要求拨银。经过多次上奏，才引起了朝廷的重视，同意疏浚西湖，但所拨款项极少，只给了他 100 名僧人的"度牒"去化缘募款。苏东坡没有灰心，亲自发起募捐，还将自己的字画义卖，感动了社会上的各方面人士和杭州的百姓。经过努力，终于在西湖上将葑土淤泥筑成一条近 6 里长、沟通南北的长堤，保住了西子湖如画的秀色。人们为了纪念他，把这条长堤称为"苏公堤"，简称"苏堤"。如今当你漫步在苏堤上时，绝不会想象当时修筑它的艰难。这是一项造福群众、深得民心、让人们永远怀念的工程。

西湖疏浚，杭州百姓抬猪挑酒到苏东坡府上感谢。苏东坡推辞不掉，只好收下。面对堆积如山的猪肉，他采取四川眉山炖肘子的方法，再结合杭州人的口味，让厨师将肉切成方块，加入姜、葱、红糖、料酒、酱油，用文火焖得酥烂。然后再按疏浚西湖民工的花名册，每户一块，将肉分送过去。民工们吃到别有风味的红烧肉，十分高兴，纷纷将此肉叫做"东坡肉"。

有个聪明的饭馆老板，特请出太守府的厨师，按照苏东坡的方法制作出"东坡肉"出售，大受市井百姓欢迎。一时间，别的饭馆也纷纷效仿，杭州的各饭馆都卖起了"东坡肉"。"东坡肉"遂成为杭州菜系的第一名菜。

如今杭州的"东坡肉"已经传播广远，全国各地已有不同地方的"东坡肉"。如江苏的扬州和苏州的"东坡肉"、云南大理的"东坡肉"以及苏东坡故乡四川眉州的"东坡肉"。其中，不少是苏东坡去各地任官时，自己传播过去的，也不乏各地慕名学做的。看来，苏东坡真可称为"厨艺亲善大使"了。如黄州的"东坡肉"、江西永修的"东坡肉"都流传着类似的故事，但"东坡肉"的真正发祥地是杭州。

东坡肉

上面说的"东坡肉"都与苏东坡在杭州首创的"东坡肉"有关，而且还叫"东坡肉"。不过广东惠州一个与"东坡肉"有关的菜，却不叫"东坡肉"，叫"梅菜扣肉"。

"梅菜扣肉"是广东菜，具体来说是广东惠州菜。苏东坡从杭州离任后，曾去广东惠州为官。但他发现惠州的菜式和厨艺欠佳。于是，派专人到杭州学艺，并将杭州"东坡肉"的做法加上广东的特产梅干菜（也就是梅雨季节的干菜），遂做成极美味的菜肴。很快也传播出去，成为广东的名菜。

中国古代有名的菜肴非常多，但由文人做出的比较鲜见，苏东坡是最出名的一位，还有一位是创制了"霉干菜烧肉"的明代绍兴的大文豪徐文长。

绍兴的"霉干菜烧肉"，后来也有衍生出来的"霉干菜扣肉"。这里要注意，"霉"和"梅"一字之差，却是浙江与广东的两种出名的菜肴呀！

阳澄湖上品闸蟹——"第一个吃螃蟹的人"

金秋十月正是江南开始品尝大闸蟹的时节。

十月中去了一趟上海，朋友请我吃了一次大闸蟹，不但知道了"第一个吃螃蟹的人"是谁，并且见到了阳澄湖上可称得上"第一个吃螃蟹的人"。

到了上海，朋友说去吃大闸蟹，而且是到阳澄湖上最好的一片水域。我这个北方人虽然吃过很多年的蟹，但与对吃蟹精通透亮的上海人相比，就完全是门外汉了。朋友问我，知道"蟹"字是怎么来的吗？——当然是古代传下来的！——废话！还是不知道吧。讲一个故事给你听：当年大禹治水，手下有一个领头的壮士叫"巴解"，奉大禹的命令在阳澄湖一带治水。当时此地有一种"夹人虫"毁坏庄稼，还伤了不少治水的人，使巴解很气恼，决心消灭这害人虫。于是就带领众人在驻地周围挖了壕沟，在沟边架起大锅烧水。夜间点起火把吸引"夹人虫"前来，等虫爬到沟底，倒滚水下去，将"夹人虫"烫死。"夹人虫"死后变得通红，对它深恶痛绝的巴解拿来食之，味极鲜美。于是，巴解招呼大家同食，从此螃蟹就成了人类盘中的美餐。

因此，巴解成了"第一个吃螃蟹的人"。人们为了感谢巴解，就在"虫"字上加巴解的名"解"字为"蟹"，用来称呼"夹人虫"。为纪念巴解，称阳澄湖边治虫的地方为"巴城"。

朋友说着指向隔湖的一片高楼群说："那就是苏州市昆山区的巴城镇，也是上海人消费大闸蟹的集中地。不过，今天我们去的地方在湖中间，更正宗。"

汽车在阳澄湖边的一个小镇停下来，不久一个中年汉子就找到我们，将我们领到湖边的一条快艇上，扬长而去。这时，朋友才告诉我，吃蟹的地方在湖中的莲花岛。到岛上去只有乘船，刚才在路上用手机已和老板通了话，这快艇是老板特地派人接我们的。

和驾艇的汉子搭上话，知道这艇是私人的，如今莲花岛上几乎家家都有这样的快艇，进出岛就方便多了。过去出岛乘人摇的小船，一趟要一个小时，后来有了机动的大船也要半小时，如今蟹民都富裕了，买得起快艇，乘快艇只要五分钟。说话间，快艇穿过一片片大网围起的"蟹池"间的夹道，推开那浑浊的湖水和零落的水葫芦草，来到了莲花岛。只见，临湖而居的居民家家都有一个水中的凉棚，汉子说，这是停放快艇用的。快艇拐过居民区，来到岛的朝东方向，湖面豁然开朗。湖边一排溜七八家建在大船上的两层食肆巍巍壮观。我们的快艇就在最漂亮的一座停了下来。一个年及不惑的中年人迎了出来，朋友介绍他是这里的老板。

老板为我们点了阳澄湖另外有名的湖虾、湖螺和鱼，还有自己种的青菜。当然最主要的还是大闸蟹，并且为款待老主顾特地选的是半斤的雄蟹和四两的雌蟹。说起老主顾的关系，朋友说他认识老板已经有十多年了。刚开始到岛上来吃蟹时就在老板的家里，由家人用土灶煮蟹，很有农家风味的。并说老板是莲花岛上第一家办饭店接待客人的，也称得上是阳澄湖上莲花岛里"第一个吃螃蟹的人"。

在老板这里，我了解了不少关于大闸蟹和阳澄湖的故事。这里的阳澄湖在苏州境内，而京剧《沙家浜》所说的"阳澄湖"实际是常熟的"尚湖"。大概是阳澄湖的名气大，所以在写剧本时就借用了。

老板说他小时候，阳澄湖的蟹很多，经常是现抓几个当晚饭吃，湖水是可以见到底的。而今湖水的污染太严重了，你看都浑浊的什么都看不到了。既是如此，莲花岛一片的水域还是阳澄湖上最好的。

说起大闸蟹，老板更是行家里手。他说，所谓大闸蟹是"秋风起、蟹脚痒"。秋后，蟹是要爬到长江口去，在海水与江水的交接处去产卵的，第二年，幼蟹再爬过上海的闸口到湖里生长，所以称之为"大闸蟹"。现在由于长江的污染，哪里还有大闸蟹在江口产卵和爬回湖里生长的环境。现在的大闸蟹实际上都是在育苗场买回的蟹苗，再在阳澄湖区进行养殖而成的。

交谈中，我们已品尝了虾、螺和鱼，而压轴的蟹上来才真正地叫绝。通红的、硕大的阳澄湖大闸蟹，虽然经老板的介绍已知道"原来意义的大闸蟹"早就名存实亡了。但也许是经过了阳澄湖水的培养，端上来依然是金毛、紫盖儿（活时是青盖儿）、白腹。谁人能认为它不是正宗的阳澄湖大闸蟹呢？

阳澄湖水乡

写到这里，以下真正的"品蟹"我就不好写了，免得对蟹情有独钟又颇有研究的本地人笑话。

我只感到"原来意义上的大闸蟹"虽然已经不存在了，但毕竟还有可以称道的

非比寻常的正宗阳澄湖大闸蟹

"现在意义上的大闸蟹"可吃。如果再不重视环境的保护，任现在的江河湖海继续污染下去，我们的子孙后代恐怕连"现在意义上的大闸蟹"都吃不到了！

苏州人的那碗面——吃面请到"朱鸿兴"

以前，我写过一篇文章叫《黄河边上的那碗面》。由于自己是北方长大的，我一直认为只有北方人才爱吃面、会做面和会吃面。在大学时，供应的大米很少，一旦食堂里卖米饭，就会看到南方同学争先恐后和兴高采

烈的样子，这更加深了南方人只会吃米饭的印象。同班有一位苏州同学，有一次聊天，说苏州的面条很好吃的，而且他们苏州人也是最爱吃面条的。我却不以为然，觉得也许就你们家特殊吧！

直到 20 世纪 80 年代中期，在《收获》杂志上看到陆文夫先生写的小说《美食家》，被陆先生绘声绘色描写苏州人吃面的情节深深打动。印象最深的就是那个叫朱自冶的破落资本家，每天不管天气如何，都早早起来，脸不洗、牙不刷，但要穿戴整齐，叫上一辆黄包车，为的就是赶去吃一碗朱鸿兴面馆的头汤面。而且到朱鸿兴吃头汤面的讲究，说得透透彻彻。硬面，烂面，宽汤，紧汤，拌面；重青（多放青葱），免青（不要放青葱），重油（多放点油），清淡点（少放油），重面轻浇（面多些，浇头少点），重浇轻面（浇头多，面少点），过桥——浇头不能盖在面碗上，要放在另外的一只盘子里，吃的时候用

苏州朱鸿兴面馆

筷子将面条拽过来，好像是通过一座石拱桥才跑到你嘴里……这一系列的名词，把"苏州人的那碗面"丰富多彩的味道和生活写尽了。从那时起，我开始相信苏州人是会做、爱吃和会吃面的，也知道还有一种称号叫"美食家"。

不过，看是看了，没有亲眼见到苏州的那碗面，还是没有切身的体验，感觉那还是在小说里的描写而已。

时间过去了十多年，终于有机会到苏州出差了。可是，事情总是满满当当的，把到苏州要去吃面的事情早忘掉了。

不过，意外的惊喜经常会出现的，我入住的那家宾馆还是比较高级的，房费里包括免费供应早餐。第二天早上，去到餐厅的时间较早，偌大

的厅堂很有些富丽堂皇。当然是自助餐，不过中西式的餐点花样颇多。

在我漫不经心地拿起盘子夹上油条和打了豆浆向餐桌走去时，一个意外的惊喜出现了。在餐厅的一角，有一个戴着高高厨师帽的师傅在揉面团，旁边是热气腾腾的开水锅。我的脑海里马上出现了已经沉淀了几十年的"苏州人的那碗面"记忆印象，忙不迭地趋向前去。果然，厨师就是为餐客们准备早餐面的。

到近前看到，锅是两个，一个是滚开的开水锅，一个是冒着香气的高汤锅。而在案前摆的是青葱、红油、酱油、米醋、盐、胡椒粉等调料。一看就知道是清汤面。

不过，这时吸引我的是厨师的神奇手艺，一个小小的面团在他的手里三下五去二，竟然变成一缕细细的面条。太快了，我真没看清楚是如何做成的，直到现在对我都是个谜。我看见过兰州厨师的拉面，那真可称为"武把式"，大拉大捋，那一大团子面拉出来够十个人吃的，动作大，场面也显赫。而苏州厨师如同在绣花，但也是快针速成。不显山、不露水的，面条拉出来了。

这时，就见他将那拉好的面放进开水锅，用筷子搅了搅。放下筷子，又揪下一块面，再一次几下拉好一缕面后，刚才煮在锅里的面就捞出、装碗、加汤，递给了我。厨师在示意我自己放作料的同时，又再重复上一次煮面、拉面的程序，招呼下一个客人去了。

有句话叫"说时迟，那时快"。我虽然费了不少文字描写这过程，其实整个过程的时间却不超过两分钟。

在厨师给我加汤时，我想到了"宽汤"一词，可我嘴里说出来的是北方话"多放点儿汤"。自己加作料，别的不用了，加一大汤匙的青葱吧，咱也来个"重青"的。

端过碗，坐到了餐桌前，想起陆文夫先生小说里的描写，汤面的汤最为讲究，应该先喝口汤，就能品出汤面的好坏。果然，这面汤真的鲜咸可口，顿时使人胃口大开。听人说过苏州汤面的汤最为讲究，好像要用猪肘子、黄鳝鱼骨、鸡架子等添加秘制的调料，文火慢熬。大概此汤也是如此做成的。接着吃面，才发现苏州的面是那么滑爽，说句奉承的话，这面比北方的面有咬头。

好吃，不错！那就再来一碗。好在客人不多，于是又等厨师拉了一碗。这碗面，我就来了个"紧汤"和"免青"。细细品来，同样美味。

两碗过后，意犹未尽。本想再来一碗，见客人已经排出七八个了。由此作罢。但是嘴里还馋馋的。

据说，苏州最正宗、最有名的卖面的饭店就是陆文夫先生在《美食家》中描写的朱鸿兴面馆。朱鸿兴是做这面条起家的人物，如今早已是故人了，但他的苏州汤面创制方法却流传并发扬下来，成为苏州的一张著名的光彩名片。

苏州拉面制作现场

苏州的汤面不仅就是我吃到的清汤面一种，朱鸿兴面馆里花样多多，什么焖肉面、肉丝面、爆鱼面、什锦面、香菇面、虾爆鳝糊面、三虾面、三鲜火鸡面、虾仁蟹粉面、蜜汁葱油蹄膀面、咖喱蛋汁排骨面、冻鸡面等，有几十种呢！那次从怡园经过，看到老店就在它的对面。于是，下决心，下次来时一定光临。为的是坐在店堂里向服务员交代所要面和吃法后，听听跑堂的服务员用纯正吴侬软语吆喝喊出一连串的切口："来哉，清炒虾仁一碗，要宽汤、重青，重浇要过桥，硬点！"

我在热切地等待这一天到来——哈哈，可从那以后，再没去过。为了那碗面，一定再去苏州一趟，一定去"朱鸿兴"！

龙井虾仁——误打误撞成名菜

去杭州慕名到西湖边的"天外天"品尝杭州菜。什么"东坡肉""叫花鸡""西湖醋鱼""宋嫂鱼羹""龙井虾仁"都点到了。陪同去的朋友说这杭州菜几乎是一道菜一个故事。好，今天就说说"龙井虾仁"吧。

1972 年，周总理陪同美国总统尼克松到西湖"楼外楼"用餐时，服务员奉上一盘"虾仁晶莹鲜嫩、茶芽翠绿清香"的菜肴。尼克松品尝后，赞不绝口，这便是世上闻名的"龙井虾仁"。

据传，"龙井虾仁"这道名菜与乾隆皇帝下江南有关。有一次，乾隆便服游西湖时，下起了小雨，乾隆只得就近到一茶农家中避雨。茶农热情好客，为他奉上香醇味鲜的龙井茶，乾隆品尝到如此好茶，喜出望外，心想要是带一些回宫里就好了，可又不好意思开口向茶农要。于是，趁主人不注意时，抓了一把茶叶，藏在便服内龙袍的口袋里。

雨过天晴，乾隆辞别了茶农，继续游览西湖。乾隆流连于美景之中，不觉已到黄昏时分，于是来到一家小酒馆用膳。点了几个小菜，其中有一道是清炒虾仁。点好菜后，乾隆口渴，想起口袋里的龙井茶，便撩起便服取茶给店小二。店小二看到了里面龙袍的一角，吓出了一身冷汗，拿了茶叶跑进厨房，见到正在炒虾仁的厨师，说皇帝到了。厨师惊慌之中把小二拿的茶叶当成作料撒进虾仁里，店小二又在慌乱之中将"茶叶炒虾仁"端给乾隆。不想，乾隆看到此菜虾仁洁白鲜嫩，茶叶碧绿清香，胃口大开，一尝之下，更是清香可口呢，连连称道："好菜！好菜！"

龙井虾仁

从此以后，这道慌乱之中炒出来的"龙井虾仁"，就成为杭州名菜。

但这故事无从考证。乾隆微服私访也不可能一个人吧？偷茶叶也不应该他亲自动手呀！再说，那厨师就是把茶叶放在锅里了，也不会忙乱地把一个从没做过的菜端出去吧。因此，此故事也不好信。

不过另一个故事似乎有道理：相传，杭州厨师受苏东坡词《望江南》"且将新火试新茶，诗酒趁年华"的启发，选用"色绿、香郁、味甘、形美"的明前龙井新茶和鲜的河虾仁烹制而成。成菜虾仁白玉鲜嫩，茶叶碧绿清香，色泽雅致，滋味独特。杭州"天外天"菜馆就是该菜的发源地。

再有一说，乾隆皇帝下江南时，正好是清明节。他游览了西湖龙井，茶农将新茶进献给他，他带回行宫。御厨在炒"玉白虾仁"时放进茶叶，烧出了这道名菜。

说是厨师发明的这道菜就有道理了。

杭州"天外天"酒楼的"龙井虾仁"这道名菜很出名。这个菜，不仅用料别出心裁，火候也必须掌握得恰到好处。制作时，厨师用油滑锅再下熟猪油后，立即放入上过浆的虾仁，约滑15秒钟，就倒入漏勺沥去油，再同用沸水泡过的新茶一起下锅，用料酒一喷，在火上一颠，就起锅装盘。功夫就是在这一转眼中把这道名菜烧出来。

这道菜的做法，看似简单，但越简单的菜越不好做，关键在厨师对火候的把握。没有两下子，千万别伸手，以免把鲜虾和上好的龙井茶叶糟蹋了！

佛跳墙——四种传说来正名

去福建出差，当然要品尝福建的美食，不过得先说说福建泉州一个寺庙的楹联。这个楹联很简单，而且很是直白。上联是"此地古称佛国"，下联是"满街都是圣人"。是不是很有意思，看了之后的感觉是不是飘飘然的，被称为"圣人"，当然会很惬意吧？不过，认真一想，这明明是写楹联的和尚在拍香客们的马屁嘛，天底下哪儿有那么多"圣人"？不过是为了让被拍得晕乎乎的香客们多掏银子罢了！

据说这是宋代大理学家朱熹对泉州的评价。不是和尚的杰作，别冤枉了出家人。

仔细琢磨，这"此地古称佛国"就有意思了。佛国里一定"佛"很多了，那可能"佛"太多，住的太拥挤。所以在福建就有了一些"佛"们受不了，就跳墙逃出来了，于是就有了福建的福州"佛跳墙"的名菜——开玩笑，纯粹是调侃了。只是这楹联，我印象太深了，看过许多庙宇，还没有发现过如此"通俗"的楹联。

接着说去吃美食吧，当然是去吃前面讲的"佛跳墙"了。

在福建的福州一家饭店里，主人在主菜"佛跳墙"没有上来之前，请大家喝啤酒。喝啤酒，各地有各地的特点，东北人喝啤酒，时兴一口气干上一大扎，大概是一公升，显得极豪爽；北京人讲究嘴对一瓶啤酒一口干，也是痛快。当然，绝大部分地区和人群的喝法还是用普通的玻璃杯，大约有四两容量大小，慢慢地喝，或偶尔干上一杯。不过，我发现福州人喝啤酒与外地有些不同。服务员送上来的竟然是只有普通杯子约三分之一的小玻璃杯。我正纳闷，不是喝啤酒吗，干吗拿小杯，是不是改主意了，要喝白酒了？

主人见我如此神态，马上说道，这是福州地方现在喝啤酒的特殊用杯。正好，这个喝法的发明者就是这里的老板，咱请他来给北京的客人介绍一下。

说话间，一个略微发福的中年人被服务员请了过来。听说让他介绍小杯的来历，他却不好意思了，埋怨主人要他丢丑了。他说，其实这并不是他发明的，整个福州所有饭店都普遍用这种小杯的。这小杯的啤酒也就盛100克啤酒，正好是一大口可以喝下去。这不过是为了让客人多喝酒的办法罢了。

为什么？我听了更纳闷了！老板说，这是有人研究过的，一杯一口地喝啤酒，比用大杯喝啤酒，客人的消耗量大约多出三分之一。这其实是运用了人们比较恐惧大杯，而轻视小杯的心理因素，使得客人没有心理压力，因为藐视小杯的量，而不推辞劝酒的结果。

对！有道理，福州的商家真会动脑筋。怪不得"满街都是圣人"呢！

既然"圣人"在此，我们就别错过机会，请老板讲讲"佛跳墙"的故事吧。不想，这老板一下子讲出来四个不同版本的故事：

一说，在1300多年前的唐朝，有一位高僧光临福建传经宣法，他住的寺院相毗邻有一家菜馆做出一道好菜，时常有一股异样的菜肴香味飘出，令高僧动了凡念。终有一日，高僧按捺不住，跳过墙去大快朵颐，一饱口福，以致破了戒规，被赶出佛门。可见"佛跳墙"这道菜的魅力。

二说，从前有一帮要饭的乞丐。这些乞丐把从饭铺里要来的各种残羹剩饭和残杯里的剩酒全集在一起，放在破瓦罐点上柴火加热，准备果腹（有点像当年朱元璋在破庙里吃的"珍珠翡翠白玉汤"了）。这时，有一位饭铺老板经过此处，突然闻到街头有一缕奇香飘过。于是便寻香而来，发现这香味是从破瓦罐里出来的，是将剩酒与各种剩菜倒在一起加热发出来的。因此，老板得到启发，回店后以各种原料杂烩于一瓮，配之以酒，创造了"佛跳墙"。

三说，福建风俗中有一个规矩叫"试厨"。按这规矩，新婚媳妇，过门的第三天需要在夫家面对大庭广众下厨做饭菜，看看新娘子治家的本领。（旧时代，在全国各地大概都有类似的规矩，"三朝入厨下"嘛。）

有一女子平时不事家务，不会做菜，出嫁前就发愁了。母亲为女儿想了个办法，把家藏的山珍海味翻出来，配制后分包在荷叶小包里，并配以各种配料，反复叮嘱女儿各种原料的烹制方法。

谁知这位新娘子到了试厨前一天，慌乱中忘记了母亲教的方法。她到了晚上来到厨房，把母亲包好的各种原料一包包解开，堆了一桌无从下手。此时，又听到公婆要来厨房，匆忙中将所带的原料都装入桌边的一个酒坛内，又用包原料的荷叶包住坛口，把这酒坛放在快灭火的灶上。想想明天要试厨，新娘子怕自己无法应付，就悄悄跑回了娘家。

没想到，第二天婆家派人来请新娘子快回去，说新娘子制作的那坛佳看浓香四溢，宾客们闻到香味都齐声叫好，都等着一观新娘子的风采呢！这就糊里糊涂地创制成了"佛跳墙"。

四说，此菜创于清道光年间，福州市聚春园菜馆郑春发曾以烹制此菜蜚声遐迩。郑春发原在清代布政司周莲府中当衙厨。有一天，周莲应邀赴当地最大的钱庄老板的家宴。钱庄老板娘素有一手绝妙的烹调技艺。为了趁机巴结一下周莲，便亮出仿古人用酒坛煨菜的拿手菜。打开坛口，此菜香气四溢，令人垂涎吞液，直吃得坛底朝天了，周莲仍不忍放下筷子。

回府之后，周莲让郑春发仿做。根据周莲描述，郑春发反复试制，反复调整，原料多用海鲜，少用肉，终于达到了理想的境界，效果大大超过钱庄老板娘。深得周莲赏识并起名为"坛烧八宝"。后来周莲破落，郑春发离开布政司。为了生活，自己开设了聚春园菜馆，将"坛烧八宝"作为招牌菜拿出经营，不久便声名大振。

据称，这道佛跳墙前后共改换过三个菜名。刚开始叫"坛烧八宝"，后来叫"福寿全"，再后来才叫"佛跳墙"。至于从"福寿全"改为"佛跳墙"，也有两种说法。

一是，一天有一帮秀才在聚春园宴饮并轮流赋诗。其中一位赋诗曰："坛启荤香飘四邻，佛闻弃禅跳墙来。"意思是此菜香味太诱人，连佛都会启动凡心。于是，此菜得名"佛跳墙"。

二是，由于此菜启坛后浓香四溢，刚巧饭店隔墙有个寺庙，香气使隔墙庙里的和尚垂涎欲滴，于是不顾一切清规戒律，越墙而入，请求入席。于是，此菜得名"佛跳墙"——得，又在糟改和尚啦！

正说话间，一个古香古色的大瓦坛端上餐桌，打开坛口，果然香味扑鼻，让人垂涎欲滴。夹一块不知什么放在嘴里，甘美无比且入口即化。此时，老板又介绍起原料及加工做法，可我只顾饕餮大餐了，根本没听进去。

后来，查了一下资料，原来此菜由18种主料、12种辅料制作而成。其中原料有鸡肉、鸭肉、鲍鱼、鸭掌、鱼翅、海参、干贝、鱼肚、水鱼肉、虾肉、枸杞、桂圆、香菇、笋尖、竹蛏等。调料有蚝油、盐、冰糖、

佛跳墙

加饭酒、姜、葱、老抽、生抽、上汤等。各种原料分别加工调制后，分层装进绍兴酒坛中。坛中有绍兴名酒与料调和，先以荷叶封口，而后加盖。用质纯无烟的炭火（旺火）烧沸后再用微火煨五六个小时而成。

如此贵重的原料，如此精工细作，怪不得如此美味呀！

"鲃肺汤"——笔墨官司炒起的名菜

"鲃肺汤"原名"斑肝汤"，现在一般就简称"巴肺汤"了。提到"巴肺汤"就一定要提到苏州太湖边上木渎镇的"石家饭店"，就一定要提到国民党元老于右任，因为木渎镇"石家饭店"的"巴肺汤"最好吃、最有名，且"巴肺汤"因于老先生而名声远播。

"斑肝汤"的历史很长，系采用太湖中特产的斑鱼的肝和鱼背上两片肉辅以火腿片、香菇、笋片等，用鸡清汤烧制而成。这菜中的鱼肝细嫩，汤味清鲜，别有风味。据传，于右任老先生曾于1929年和1933年先后两次到石家饭店品尝了"斑肝汤"，都赞赏此菜风味别具。1929年，于右任和友人去游太湖赏桂花，归途中在石家饭店品尝到了"斑肝汤"。食后，他即兴题诗："老桂花开天下香，看花走遍太湖旁。归舟木渎犹堪记，多谢石家鲃肺汤。"从此巴肺汤名声大振，石家饭店也名声远播。

1933年于右任再次来石家饭店品尝，餐后欣然挥毫写下了"名满江南"四个古朴遒劲的大字，制成青龙招牌，竖于柜台上，石家饭店更加风光一时。

可明明是"斑肝汤"，到了于右任的笔下，为何成了"鲃肺汤"呢？有人分析，因为于老先生是陕西人，对"吴侬软语"听不太懂，故写错了，鱼肝在民间俗称"鱼肺"。当时为诗中的这个"鲃"字，有人在报纸上写文章讽刺于先生不辨"斑肝""鲃肺"，因而引起一场笔墨官司。谁知报纸上争来争去，却把"斑肝汤"的名声越炒越大，以后由于于老先生的地位高，其书法久负盛名，这诗也写得有味道，"鲃肺汤"反而取代"斑肝汤"流行起来。最终成为名扬大江南北的珍馐，成为人们争相而食的佳肴。

记得有一年秋天到太湖，去一家饭店吃饭。当地的朋友就点了这"巴肺汤"，并介绍说这是"河豚汤"，当时就吓了我一跳！怎么，吃河豚？我过去经历过吃河豚的惊险心理过程，绝不敢吃了。等端上来看，不是河豚的模样呀：一小盅汤，里面是一小片紫红色的肝，还有"扎扎巴巴"带小疙瘩的鱼皮肉。不清楚是什么，有点不敢下箸。

朋友介绍，这"鲃肺汤"里的"鲃肺"实乃鲃鱼的肝。因肝的体大且形似肺，而被称为肺。鲃鱼又称斑鱼，是河豚鱼的当年幼鱼，大小不盈掌，全身无毒。巴肺汤只取鲃鱼的肝及背上两边的两片肉烹制而得。小河豚又叫"泡泡鱼"，它的皮就是带刺的。不过，你尝尝，绝对好吃。

经朋友这样一讲，我才敢吃了。一试果然汤极鲜美，鱼肝肥嫩，吃在嘴里滑溜溜的，没什么特殊的感觉，大概是味道都融入汤里了吧。那带小刺疙瘩的鱼皮，肉质也极细腻，真是好味！

那河豚本是洄游鱼类，春季的时候亲鱼由大海入长江内河湖泊产卵，幼鱼也会在江河湖泊中生长。河豚是因为吃了有毒的水草，毒素在体内积累，才成剧毒的，而幼鱼时就无毒性了。江南一带管它叫河豚斑子，太湖一带叫它小鲃鱼。

河豚每年过完年从海边游来，开始上市，春江水暖的时候，味道最是鲜美。一直吃到清明，清明一过，它一产卵就体瘦皮硬，不好吃了。而产下的卵孵化成小鲃鱼而可食时，就要到每年桂花开的时节了。主产在太湖的野生的鲃鱼，只在桂花开前后不过40天左右的时间最味美，桂花一谢，鲃鱼也就绝迹无踪。所以巴肺汤极其稀贵，也是这个原因了。不过如今，已开始人工饲养鲃鱼，不但可常年供应，而且价格也跌了不少，巴肺汤也平民化起来，不仅只在太湖边可以尝到了。

那次吃过后，又听到这样的故事：据说，乾隆皇帝下江南的时候，在苏州木渎品尝了镇上石家饭店烹调的斑肝汤，大概是被"鲜"糊涂了，抑或是做皇帝的人缺乏生物常识，不知道鱼是用鳃呼吸的，没有肺，所以竟然把鲃鱼的肝误认为是肺，称其为"鲃肺汤"。皇帝可是金口玉言，他都这样叫了，老百姓也只能这样叫，所以就一直叫到今天。

也许是先入为主，我还是相信前面关于于右任老先生的传说。而"乾隆皇帝下江南"的传说就打折扣了。因为木渎的石家饭店原来并不叫这个

鲃肺汤

名字。初名"叙顺楼菜馆"，创业于乾隆五十五年（1790年），由一个叫石汉的人办的夫妻老婆店，小本经营。说乾隆光顾过，有点牵强。至20世纪20年代，石汉的重孙石仁安经营时，初具规模，为两楼两开间木结构房屋，店堂与厨房隔街分设，并形成了以十大名菜为主的独特的菜肴体系。民国18年（1929年），国民党的另一名元老李根源先生才为该店更名为"石家饭店"的。

记住了：鲃鱼是河豚的幼崽，而鲃鱼肺实际是鲃鱼的肝哟！

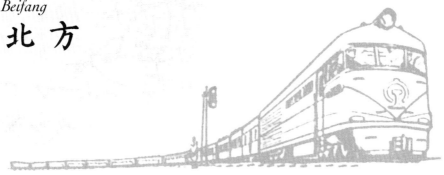

"扒糕"——老一辈人童年的最爱

少年时代是在河北石家庄市度过的，对石家庄也留下了许多美好的回忆。"扒糕"这个不起眼的小吃，就是我始终难以忘掉的东西。

20世纪50年代时，确切地说是三年困难时期前，石家庄的大街小巷到处都会遇到卖这种食品的。往往是一个小地桌、几个小板凳放在那里。旁边是一个大笸箩，盖着白布。笸箩里就是摆着整整齐齐的、黑乎乎的、鞋底子一样大小的、椭圆形的"扒糕"。5分钱就可以买上一个，如果有3分钱，摊主也会揽住这份生意，当然拿3分钱去光顾的大多是我们这样想解馋又没钱的小孩了。

记得，那时的小商贩对大人小孩都会一视同仁的。让你坐在小凳上等，他会掀开白布，从笸箩里取出一个或大半个（看你是花5分还是花3分了）"扒糕"来。没有所谓的案板，就放在他的左手上，右手（我似乎还没有碰到过左撇子的摊主）用一把带木把的小刀，刀形似乎是前面尖尖的。在他的横切、竖切下，没几下子，一堆碎菱形条的"扒糕"就放在一个带着简单的蓝色花纹的小碟子里了。然

后是将一个更小的碟子放在你的面前，往里面倒一些他砸好的蒜泥和醋。如果赶上会做生意的主儿，你还会得到一滴香油或炸好的辣油。

下面就可以吃了，而那时的吃法也是后来不常见的了。不是筷子，是一种特殊的"叉子"。那是用短短的竹片做成的，在竹片一端的大约三分之一部分，把中间掏空，形成两个尖尖的叉头。很别致，很有特色。当然，我很喜欢，而喜欢的主要意义还在于可以用它叉"扒糕"吃。

蘸着摊主给放的蒜泥和醋，品尝着带着荞麦面香和带有花椒香的很有咬头儿的筋道的"扒糕"，嘴里很是得意了，也是解馋了。

荞麦是一种低产的农作物，一般在高寒地带或贫瘠的土地上种植。还有就是种地的误了节令，最后补种一茬荞麦，因此有"头伏萝卜、二伏菜、三伏种荞麦"的谚语。真正长在地里的荞麦是什么样，我真没有见过。上大学时，同宿舍的老秦经常讲一个农民的儿子上了学，忘了本，问他爹爹"红秆儿、绿叶、开白花"是什么，让他爹大骂一顿，知道了那就是荞麦的外观。那时候荞麦是比较低档的粮食，价格也便宜，所以做的"扒糕"也便宜。记得新中国成立初期，经济条件大都不好。过年时，一般家庭都会包两样饺子，一白一黑，白的是白面皮儿的，黑的就是荞麦面的皮儿，让孩子们掺和着吃，可见荞麦面在当时的地位是不高的。

"扒糕"筋道是因为在里面加入了一些榆皮面，就是将榆树皮扒下来，晒干磨成的面。加了榆皮面让荞麦面更抱团和筋道，只是做熟的"扒糕"比较发黑。加了花椒粉肯定是为了提味道的。

儿时的记忆就是这样的

从石家庄买回的扒糕味道已经不似以前了

三年困难时期开始后，什么吃的东西都缺乏了。"扒糕"也在街头销声匿迹了……

改革开放后，"扒糕"又重回街头。大约在20世纪80年代中期，我的小家又回到了石家庄。那时，我还在丰台的铁路上工作，星期天只休一天。周一的早上要赶凌晨4点10分的火车回丰台，于是3点半就要起床赶车。那时候肯定是在夜色中步行两公里路了，不可能在半夜里有公共汽车，而且出租车也没有兴起。

时间可好在4点前要经过桥西区清真街的北口。四周都是寂静的，只有一处亮着灯。那里是一个简陋的门脸房，也是一家卖"扒糕"的作坊。主人白天是摊主，晚上是加工者。那是个有残疾的中年人，不管是春夏秋冬，也无论是风雪雨雾，始终在操劳着。

虽然我是急促地赶路，但常年的不经意地一瞥，也大致弄明白"扒糕"的制作过程。那是简单而劳累的活儿。首先是在一个大铁锅里将水烧开，再将计划好的荞麦面一点点加入，并不停地搅动。这是很费力气的事，锅里的糨糊般的东西不能糊了，还得掌握什么时候要熟了。这应该是个技术活儿吧！灭火后，不能让锅里稠稠的东西过凉，否则就是一大团"扒糕"了。还要趁着热和劲儿，用手一坨一坨地挖出来，拍成巴掌大小的块贴在木板上。等晾凉了，就成了。我很佩服那个摊主，身残着，但奔生活的劲头是高涨的。我只是一个在他身边匆匆而去的过客，但从他那里看到了生活中是充满激情的，当然也知道了"扒糕"的奥妙。

只要星期天我回到石家庄，都会在白天去光顾那里买上一两块"扒糕"。或者坐在他那依然是小地桌、小板凳的地方，回味一下儿时的感觉。我印象特别深的是，他砸出来的蒜泥与众不同，特别有味道。而"扒糕"买回去，就着自己砸的蒜就吃不出那味道了。后来，有人告诉我，是因为摊主没事就在捣蒜罐里捣蒜，那蒜可是有功夫了！

后来，进了北京，与那段夜观"扒糕"的情缘也就断了，而且"扒糕"也少吃了。

有人说，"扒糕"是北京的小吃，我看不太准确。我先后在北京30年了，没有发现哪里有卖"扒糕"的。当然，肯定是有卖的，只是太少了，毕竟不是北京人眼中的名吃。据看到的宣传上说，河北的高阳是"扒糕"的特产。我看也未必，应该是整个北方地区流传了不知多少年月的民间小吃吧！

此外，还有一事，我始终有些疑惑，到底应该叫"扒糕"还是应该叫"爬糕"。如果按它的制作过程，用手去"扒"出一坨一坨的来，然后成型，似乎就应该叫"扒糕"；而按它们一块一块地"爬"在木板上的样子，叫"爬糕"也就对了。我记得，我小时候应该是叫"爬糕"的。现在不管叫哪个音的词，大家都明白就可以了。

如今，我每次回石家庄都会执着地找"扒糕"吃，但是再也找不回当年的味道了。一是不筋道了，因为没有了榆皮面。现在都在保护生态，扒榆树皮不等于伐树一样吗？肯定是不可以的。二是近年来，荞麦面的身价大大提高了。有一次，我到卖杂粮的市场去转了一转，竟然发现最高价的杂粮就是荞麦面，比精米、精面的价格都高。因此，许多"扒糕"里只是加了少许的荞麦面，而更多地加入了白面或其他杂粮。三是最重要的，"扒糕"不再是熬制出来的，而是"蒸"出来的了。

在这时，更让我想起那个半夜里忙碌着熬扒糕的残疾人的身影……

"摊黄菜"——让太监逼出来的菜名

去哈尔滨时，到南岗区花园街43号的"老厨家"就餐。这家餐馆的主人是当年哈尔滨"关道"的主厨郑兴文的第四代传人郑树国。郑树国是个能干和善言的年轻人，不仅掌握祖传的掌勺秘籍，而且对祖家历史也能娓娓道来。

"关道"是清朝政府的道台府衙门，相当于现在黑龙江省政府的省长办公厅。郑树国的祖上到"关道"主厨，这里面有段故事，也让我知道了一个长期不解的疑问：炒鸡蛋为什么叫"摊黄菜"？

郑树国的曾祖父郑兴文是道台府菜的创始人。当年郑兴文的父亲在北京是做茶行生意的。郑兴文跟着父亲在京城闯荡，结识了不少达官贵人，常出入酒楼、饭

老厨家的招牌

店应酬。慢慢地郑兴文喜欢上厨艺了，并且对宫廷的菜也有了掌握。于是不顾家庭的反对，执意去开饭店，另辟蹊径，居然很成功。在 20 世纪初，于北京的东华门大街开了一个中档的饭店"真味居"，他将鲁菜融入宫廷风味创新为郑式新菜，深受食家欢迎，生意十分火爆。不想好景不长，开了三年就被迫停业了。

被迫停业的原因是得罪了宫里的太监，而且还不是一般的太监，是名震九城的大太监小德张。说来是个误会，可这误会却正撞在枪口上。

郑家菜有了名气，自然来客熙攘，宫里的太监也闻香下轿，小德张也是这里的常客。可有一日小德张就餐时，饭店里的一个伙计将一份寿面上错了。本该给其他客人上的面，上在了小德张的桌上。而这碗面里偏偏按客人的要求卧了俩鸡蛋。这下可坏事了，因为太监是没有"蛋"（睾丸）的。小德张自然会认为是侮辱他了，当时就掀翻了桌子，不管掌柜的出面怎么解释也没有用。最后，小德张留下一句话，我看今后你这买卖就别在京城做了！

郑兴文见得罪了当势的大太监，只好马上歇业关门，逃出了京城。这时，正赶上在哈尔滨官府做事的亲戚介绍"道台府"招聘主厨，便借机去了哈尔滨。

这就引出了本文的话题，在中国的许多饭菜中，还夹杂着"太监文化"呢！

这是自打清朝以后流传在北京饮食界的一大奇事儿。过去的饭馆忌讳说鸡和蛋，这应该和宫里的太监有关。太监经常出宫采办食品或是借办事之便下馆子解馋，久而久之，就成了饭馆的大主顾。太监没有男性生殖器，因此就特别忌讳他人提及。所以就把"炒鸡蛋"改叫"摊黄菜"了。

炒鸡蛋又叫摊黄菜

那时，凡是拿鸡或是鸡蛋做的菜，饭馆的菜单上都不直呼其名。如鸡杂碎叫做"什件"，炸鸡叫做"炸八块"，酱鸡叫做"酱牲口"，卤鸡叫做"卤牲口"。炒鸡蛋叫做"摊黄菜"，熘鸡蛋叫做"熘黄菜"，炸鸡蛋叫做"炸荷包"，鸡蛋炒饭叫做"苜蓿饭"，鸡蛋汤叫做"甩果汤"，鸡蛋炒肉叫做"木樨肉"（木樨：指经过烹调的打碎的鸡蛋，多用于菜名、汤名，如木樨肉、木樨汤、木樨饭等）。推而广之，生鸡蛋叫做"白果"，鸭蛋叫做"青果"，鸡蛋糕叫做"黄糕""喇嘛糕"等。

也经常见到将炒鸡蛋叫"炒木须"的，其实是木樨之误也！桂花又称木樨，樨笔画稠密，店家写它不出，久而久之，无人知它是何物了。木樨，又作木犀，即桂花。属木樨科常绿灌木，如银桂、四季桂等，开暗黄色碎花，极香。搅碎的炒鸡蛋，蛋黄白混合，色如桂花叫木樨，是因两者颜色、形状相似。所以在饭馆里凡以炒鸡蛋为辅料的菜肴都称木樨。除了木樨肉，也有木樨炒饭、木樨黄瓜、木樨豌豆等。其实，"苜蓿饭"也应是"木樨饭"，只不过被讹叫讹写了。

现在到饭店去没这些讲究了，除了"木樨肉"作为一个完整菜名留下来，其他则直呼鸡蛋就可以了。所以，清朝的太监也为中国的饮食文化留下了"遗产"。

突然想起北京铁路局的所在地在北京海淀区的"木樨地"，应该旧时是种桂花的地方了。建议市政在这里广种桂花，以正其名。哈哈，中国的文化真是博大精深呀！

哈尔滨"道府菜"——曾经的对俄外交菜

　　曾在东北待过不少年，后来去哈尔滨也有许多次，对哈尔滨的餐饮没有什么太多的印象。除了那里的俄罗斯风味餐饮外，中餐无非是国内各种菜系的混合而已。再就是家常的东北熬菜、炖菜了。

　　去年圣诞节期间去了一趟哈尔滨，才发现原来哈尔滨也有自己城市的餐饮名片，那就是别具一格的"道府菜"。

　　"道府菜"是 20 世纪初，北京的郑兴文于哈尔滨道台府做主厨期间，在北京王府菜的基础上逐步摸索发展起来，并经过后三代传人传延和推广出来的哈尔滨官府菜系。据哈尔滨餐饮界的评价，应该属于哈尔滨菜系中层次最高的菜系。

　　在哈尔滨位于南岗区花园街 43 号的"老厨家"饭店，有幸会到了"道府菜"的第四代传人郑树国，听他介绍了有关"道府菜"的一些故事，并品尝了几个有特色的正宗"道府菜"。

　　清朝末年，政府在哈尔滨设立了道台府。郑树国的曾祖父郑兴文在北京开饭店得罪了宫廷太监小德张，被迫离开北京，到这里应聘为道台府的主厨。那时候，哈尔滨的外国势力主要是沙皇俄国，道台经常要接待俄罗斯的官员，于是道台府主厨郑兴文的任务就很重了。在接待中，他发现俄罗斯人对偏甜和偏酸的菜有兴趣。善于钻研的郑兴文就将鲁菜中的一道咸鲜口味的"焦炒肉片"加糖和醋，形成酸甜口味的"锅爆肉"。俄罗斯人品尝后大加称赞，以后每次来

哈尔滨老厨家经营"道府菜"

都要点这道菜。由于俄罗斯人的发音不准，将"锅爆肉"叫成了"锅包肉"，以后就没有人叫"锅爆肉"了，而"锅包肉"也成了"道府菜"中的传统保留菜。

后来，清政府为庆祝哈尔滨灭鼠疫成功，在沈阳召开"万国鼠疫大会"，郑兴文被点名为主厨。在沈阳，"锅包肉"有了进一步改进，由加糖和醋改为加西红柿。因此，沈阳现在也有"锅包肉"这道菜，但它与哈尔滨的"锅包肉"是有区别的，那就是加入的配料有加糖和醋与加西红柿之分别。一般菜讲究"色、香、味、形"，而"锅包肉"却多了一个"声"。因为这道菜是外焦里嫩的，嚼在嘴里，发出的声响很好听。不过，这菜要趁热吃，凉了就"皮"了，也发不出"声"了。

"熏卤鸭"是一道入口绵软、香溢满腮的菜。其形成属于"妙手偶得"。据说第一任道台是江浙一带的人，对餐饮很讲究的。有一次招待从南方来的朋友吃饭，朋友带来了两只卤鸭。第一天吃了一只，当然味道极佳。第二天，郑兴文见剩下一只，就熏了一下呈上去了。道台见熏过的鸭子颜色很重，就不满意了，让人撤下去。朋友说既然做了就尝尝吧！不想，再熏过的卤鸭大有特色。道台十分高兴，忙吩咐，今后就是道府接待外客的保留菜了。

"道府菜"中的"清炖狮子头""猪头焖子""油浸鱼"，这次都品尝了，十分独到。当然"道府菜"中不只有这几种菜式，还有"飞龙宴""火锅宴""鳇鱼宴"……都摆出来要吃好几天。

在同主人的交谈中，他对其曾祖父在道府主厨期间所做的一件爱国的大事十分自豪：

俄国的十月革命成功后，于1920年盘踞在西伯利亚的白匪也垮台了。中东铁路管理局的原沙皇俄国的局长霍尔瓦特及其护路军还在垂死挣扎，勾结日本驻哈尔滨领事，密谋由日本提供贷款和出兵40万，抢夺中东路权。在奉天的张作霖获悉后，做出对霍尔瓦特余孽斩草除根的决定，要以犒军和慰问的方式解除霍尔瓦特余孽武装，收回路权。

郑兴文正是这场"鸿门宴"的主厨，他使出浑身解数，准备了一桌桌让霍尔瓦特们拍案叫绝的筵席。再加上一瓶瓶美酒，在觥筹交错中把霍尔瓦特们撂倒了。不费一枪一弹成功缴械，夺回路权。这事儿体现了任何爱国的人都可以用自己的本事做出爱国的事，吃饭也有政治的。

当年道府接待俄国人的餐厅

离开哈尔滨时，买了一盒道府食品。回京后打开看，原来正是"道台府"的"坛焖鸡"，是慢火焖制，而不是现在许多种用高压锅速成的所谓品牌鸡。家人品尝后，一致赞扬，好多年没有吃到这么好吃的鸡了，真是不同凡响呀！

因此，我建议有朋友去哈尔滨时，不要错过去南岗区花园街43号的"老厨家"品尝"道府菜"。而且一定要去"道台府"买正宗的"坛焖鸡"呀，你一定会觉得不虚此行！

开江鱼——不可多得的美味

在东北地区，特别是吉林省和黑龙江省，每逢春季清明过后，雪化冰融，大江如松花江、黑龙江，加上成千上万的中小江水河流先后解冻开化。在冰封的江河里憋了长达四五个月的鱼也解放了——可见天日了！可也倒霉了，人们也在等它们呢！等着把它们捞出来，下锅品尝。这就是人们称谓的吃"开江鱼"。

憋屈了四五个月的鱼儿随着开江都被唤醒，而后"鱼贯而出"，这些鱼儿在整个冬天里忍饥挨饿，体内的脂肪已经消耗殆尽，体内废物排放得很干净，肉质也变得非常紧密，因此鱼肉会异常鲜美，与其他时节的江鱼或海鱼有很大区别。用冰清玉洁形容其肉质亦不为过。烹调过后，滋味之鲜美难以形容，也只有亲自品尝后方可有发言权。

"开江鱼"被形容为不可多得的美味。在东北有一套比较低俗的民谣，略带点黄，不过都是表白东北民情物产的。其中有个"四大香"就是"开江鱼、下蛋鸡、回笼觉、二房妻"。可见"开江鱼"的香美是广为流传的。不过"开江鱼"只在开江的时候才有，一年之中，也只有 4 月份 20 多天的时间中才可以吃到鲜美的"开江鱼"。再迟些，春气入水后，鱼儿开始化育了，它吸收了物华的同时也吸收了浊气，鱼儿就没了那种鲜美劲儿，与平时一般的鱼就没有什么两样了。

据史书记载，辽代自圣宗起，直至天祚皇帝，每年都要千里迢迢地从京城出发，带领群臣和后宫嫔妃们到松花湖巡游、春猎，并凿冰取鱼，举行"头鱼宴"。可见吃"开江鱼"也是有历史源头的。

我在 20 世纪的 70 年代，被分配到黑龙江北大荒的一个小火车站上当工人七年。那个年代国民经济停滞不前，人民生活很艰难。每月每人只配给三两油，刚够果腹的定量里有三分之二都是粗粮。平时基本上没有肉食供应，记得到新年时每人供应四两肉，春节供应八两。你说连半斤、一斤都不给，这数是怎么计算出来的？由此，人们很难沾到腥味。还好，车站领导还想着为职工谋点儿福利。那就是每年的清明后，组织人员到 200 多公里外的同江去弄点"开江鱼"，给职工和家属们打打牙祭。

好像去的人每年都是那两个职工，一说是有亲戚在那儿，也有说常去就交了朋友。反正他们去了，肯定不空手回来。每次都是到县里的汽车队租一辆解放牌的大卡车，再从货场拉两块苫货的篷布。为的是用一块垫在车底，一块盖在顶上把鱼装回来。一般连来带去得三天。具体如何弄到了那三吨鱼，就不得而知，反正大家都是祝愿他们平安又满载而归的。小车站有百十多号职工，整回来的鱼要平均分配，钱也是均摊。除去水分和损耗，每人可分 30 多斤呢。而我这双职工就是 60 多斤了。

分鱼的日子是最幸福的了，人们把日常生活的纠结和不快都忘了。纷纷提着、挑着装得满满的"开江鱼"的土篮（一种柳条编的、带提手的浅筐，人们用来挑土用的，那时没有什么可用的容器使用）回家。不久鱼香就飘满家属宿舍区了。

　　"开江鱼"的鱼种，主要是鲫鱼，当地人叫"鲫瓜子"，一般四五两重。也有两三斤的鲤鱼和狗鱼。如果摊上一两条鳌花或鳊花，就如同抓到彩了。记得算下来所摊的每斤价格：鲤鱼3毛4分、鲫鱼2毛4分、狗鱼1毛4分。很有意思，都带4分，而且

1977 年的福利屯火车站

好像许多年都没有变过，所以我也记住了。

　　"开江鱼"的做法因人而异，有的白水煮，有的酱炖，而我是用关里"红烧鱼"的办法做的。但那时油太少，炸鱼过油是不可能的，只有少量油煎一下而已。不过，不管怎么做，鲜美的"开江鱼"都好吃。

　　其实，我最喜欢的是吃最便宜的狗鱼。狗鱼应该属于鱼类里的"食肉动物"，它长着密集而锋利的牙齿，专门吃其他鱼类的小鱼。它细长的身条就是一肉棍子，少鳞，外皮是黄绿色的，上面还有一些黑点。如果是母鱼，则会有鱼卵。那是一大块一手攥不过来的疙瘩，同鱼一起炖出来，味道极其鲜美，是绝佳的下酒菜。后来，看资料说狗鱼卵是有毒的，不宜食用。也许当时吃得少，没有觉得怎么样。也许自己早中毒了，不知道罢了——我说怎么老是忘事呢？哈哈，玩笑了。

　　如果是鲤鱼，在鱼肉吃得差不多的时候，将剩下的鱼骨架和汤一起放入豆腐再炖，则更是美味佳肴了。

　　60 多斤鱼，一家四口是要吃一阵子的。那时当然没有冰箱，春天里那东北的天然冰箱也失去了作用。只好将煎过的鱼，多放些盐放在外面还不太热的天气里。但一放味道就一天比一天差，而且天气升温特快，必须在一周内解决问题。再好的东西连续吃也要反胃的，本来挺美味的东西到后来如同嚼木渣了。即使如此，我们仍然盼望着每年一度的"开江鱼"。

　　离开东北 30 多年，再没有机会去品尝那美味的"开江鱼"了。

据说在东北，"开江鱼"已经成为开发地方经济和发展旅游业一大亮点。由吉林省承办的"吉林松花湖开江鱼美食节"自2006年起举办以来届届均取得成功。不过时至今日吃"开江鱼"已有了不同的声音：

一是不法的商贩出售假"开江鱼"，侵害老百姓的利益。

二是对食用"开江鱼"给食者健康带来的隐患日益受到重视。因为在那千里冰封、万里雪飘的季节里，江水水位已降至全年最低点，水的径流量也大大减弱。因为江水的水质较差，有害物质一般都超标。冬眠于这种水体中的鱼儿会不同程度地吸入一些有机物和重金属等有害物质。人们吃了开江鱼，蓄积在鱼体中的这些有害物质就会随着鱼肉一起进入胃肠，吃时一定要谨慎。告诫人们在烹调时要讲究科学方法，去脏除鳞后一定要清洗干净，并放进清水里浸泡一段时间，使有害物质尽可能多地溶解于水里；再者最好扔掉鱼头。

三是在哈尔滨市，有人在大力提倡拒绝食用"开江鱼"，提议将"开江鱼"从饭桌上撤下来。因为从环保的角度考虑，这个季节正是鱼儿繁衍的时候。前面说过，那鱼肚里大把的鱼子，就是数万条鱼苗呀！保护河流、保护生态，不吃"开江鱼"是明智之举。但执行起来得多难呢？为了后代，应该用立法来禁止才有效吧！

写到这里，我也就不再想去吃什么"开江鱼"了。让刚蹦出冰封河流的鱼儿们多享受一下阳光、空气和水吧，享受多一时的生命快乐。这样，它们就会得到更多的机会繁殖，给人类创造更多的价值。

李鸿章烩菜——是冀菜还是徽菜

节日间，一家人开车回石家庄老家。赶上高速公路出车祸，大塞车。到石家庄时已经快20点了，比预计时间晚了将近三个小时，大家已是饥肠辘辘了。不管三七二十一，先找个地方解决吃饭问题吧。从高速公路入口进市区不远，一个很靓的招牌吸引了大家——"保定会馆"。不错，这是专门经营河北保定"官府菜"的冀菜馆呀。

古城保定在清代是直隶总督府所在地，也是省、府、县三级政权所在地。那时直隶官府间竞相斗富，府中多讲求美食并各有千秋。通过吸纳各流派饮食文化精华，并借鉴保定民间菜制法，直隶官府菜的菜肴结构和筵席格局初步形成并留下不少的美食佳品。而清朝的皇帝中就有康熙、乾隆、嘉庆、光绪以及慈禧太后等多次到古城保定府巡幸，在行宫设御赐宴，保定的名厨也往往奉召入宫，为帝妃炊膳，这就使得宫廷和保定烹调技艺得到不断交流和升华，逐渐形成直隶官府菜的饮食风格。

我听了解情况的朋友讲过：直隶官府菜口味酱香浓郁、器皿华贵大气。一般品论菜式时，看的是"色、香、味、形"四样。而这直隶官府菜，还要加两样"皿与室"，就是盛菜的器皿和就食处所的装饰，如桌椅、房间的摆设等，要体现官府的气势和排场。

既然如此，就是它了，去吃。果然，门前灯火辉煌，厅里气势不凡。有点官府的排场。

服务员拿上菜单，我除看到炸烹虾段、荷包里脊、锅包肘子、总督豆腐、直隶海参这些直隶官府菜的代表作外，还看到了"李鸿章烩菜"。不由得心存疑惑？这"李鸿章烩菜"又叫"李鸿章杂烩"或"李鸿章杂碎"，这不是安徽的徽菜吗？怎么也是冀菜呢？由于饥肠辘辘，顾不得刨根问底了。匆匆点了锅包肘子、总督豆腐和保定现在挺畅销的手掰肠等，解决了肚子问题。

回来后，没有忘却那件"公案"，看看这"李鸿章烩菜"到底是怎么来的？

据《清朝野史大观》记载：李鸿章出使欧美时，"在美思中国饮食，嘱唐人埠之酒食店进馔数次。西人问其名，华人难以俱对，

保定会馆

统之名曰'杂碎'。自此杂碎之名大噪"。杂碎在安徽方言里即杂烩。因为李鸿章为安徽人，所以"李鸿章杂烩"便成为安徽名菜。据说此菜驰名中外，凡在欧美的中国餐馆无不经营此菜。这么说来，此菜之所以归类徽菜是借了李鸿章是安徽人的光了。

不过比较多的说法是，冀菜系中的保定官府菜是清朝年间才逐步发展起来的，由于传说清朝末年李鸿章有一次出访欧美等国，在美国的中国菜馆曾宴请美国公使吃饭，席间上了一道烩燕窝，因杂以鸡丝和火腿共煮，当公使询其菜名时，李鸿章以"杂碎"回之，此菜由此得名。

河北的李鸿章杂烩

更有一种说法是在保定和白洋淀一带，是说李鸿章代表清政府与列强签订了许多不平等条约，老百姓痛恨他丧权辱国。老百姓吃杂烩就是骂李鸿章，解恨又解馋。

但据直隶官厨董茂山、王锡瑞的传人，保定饮食业元老王志义厨师讲：清朝辅国重臣李鸿章官拜直隶总督兼北洋大臣，在直隶任上近30年。1896年奉慈禧太后旨意出使欧美各国，在外数月，因不习惯西餐，很是思念家乡饮食。李鸿章回到直隶总督署后，曾给膳食总管董茂山谈及此事，董茂山心领神会，便与师弟、长春园掌柜王锡瑞共同研究，二人根据保定府自古擅做烩菜的传统，精选上等的海参、鱼翅、鹿筋、牛鞭等配以安肃（指今河北的徐水）的贡白菜、豆腐、宽粉等，加入保定府三宝之一的槐茂甜面酱精心烩制而成，在总督署东花厅的宴席中奉上此菜，李鸿章品尝后翘指称赞。后来直隶官府官厨便逐步将此定名为"李鸿章烩菜"。看来"李鸿章烩菜"应该属于冀菜系。

北京烤鸭——它是何时进京的

　　北京烤鸭驰名中外。有朋友到北京来，请吃烤鸭是首选。素有"不到长城非好汉，不吃烤鸭真遗憾"的说法，特别是头次来北京，一定不能不请吃烤鸭。北京烤鸭是北京名食，它以色泽红艳、肉质细嫩、味道醇厚、肥而不腻的特色，被誉为"天下美味"。而今，北京经营烤鸭的饭店颇多，除了有名的"全聚德""便宜坊"外，又出现了"鸭王""大董""天外天""金百万""大鸭梨"等一大批也小有名气的烤鸭店，而且都是广设分店。就是一般的饭店也多有烤鸭卖。

　　如此看来，在北京吃烤鸭那是太方便了。不过，懂行的食客还是要挑选一下的，因为虽然都是烤鸭，做法和风味却有不同。因此，考究的食客就会选择而食了。如"全聚德"的制作方法是"挂炉烤鸭"，讲究片下的每一块肉上都必须有皮，除品尝挂炉烤出的鸭肉外，鸭的头、脚、内脏都可入菜，可谓鸭的"洋洋大观"。到"全聚德"食客多选择全鸭菜。"便宜坊"的"焖炉烤鸭"是北京烤鸭两大流派之一，因烤制过程不见明火，比

北京前门全聚德烤鸭店

吃烤鸭的食客对厨师"片鸭"感兴趣

较入味，皮酥肉嫩，口味鲜美，而且烤鸭表面无杂质，被誉为"绿色烤鸭"。而到"鸭王"去，是为了品尝"新派烤鸭"的味道。其他店的烤鸭，也以其不同的特点吸引着不同喜好的顾客群。

人人都兴高采烈地品尝烤鸭，直吃得满嘴流油。可有心的外地朋友提出一个问题：北京烤鸭是北京原产的吗？如不是本地原产，那是何时、从何处传来的？也就是现在的北京烤鸭何时进京？

这个问题还不好立即回答上来。回来查了资料才知道这问题也不是好回答的。因为，北京如果从建立金大都开始就算建立北京城的话，那也不过800多年的历史。相对于五千年文明古国，它的历史就短了。而浩瀚的饮食世界里，烤鸭一定早在其他地方发明了。所以，烤鸭很难说是北京原产的。

果然，据记载，南宋时在临安就有一种"炙鸭"，是用火烤的。元破临安时，元将伯颜曾将百工技艺迁大都，由此烤鸭技术传入北京。而北京的白色"填鸭"，也是远在辽金时代为帝王们狩猎时得到的一种纯白野鸭，放在北京的玉泉山以填食法喂养，成为后来的北京填鸭。烤鸭在元代时已经成为宫中佳肴。由此说来，"烤鸭"在元代就进京了。

而另外的说法是，朱元璋建都于南京后，明宫御厨便取用南京肥厚多肉的湖鸭制作菜肴，为了增加鸭菜的风味，采用炭火烘烤，使鸭子入口酥香，肥而不腻，受到人们称赞，即被皇宫取名为"烤鸭"。公元15世纪初，明代迁都于北京，烤鸭技术也带到北京，并被进一步发展。

其实两种说法并不矛盾，南宋临安的"炙鸭"既然可以传入北京，也一定可传入南京。等朱元璋建都南京，就成为明宫的"烤鸭"也未可知。再由明朝迁都带入北京，与元朝宫里的"烤鸭"合为一体，也是师出同门，顺理成章的。

按时间顺序讲"北京烤鸭"传入北京，还是在元朝比较恰当。不过，元朝时，烤鸭还只是宫中佳肴，在明朝才走入民间。"便宜坊"就是明朝永乐年间（1426年）开业。"全聚德"虽然更出名，却是清朝同治三年（1864年）开业的，比"便宜坊"晚了400多年呢。

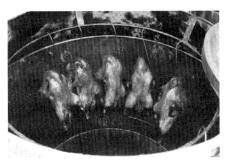

便宜坊的焖炉烤鸭不见明火是很环保的

有朋友说得好，不管从何时、何地传入北京的，只要好吃就行了！听到此言，我无话可讲喽！

东北杀猪菜——东北人豪情的全体现

又回了趟阔别多年的黑龙江省，眼前的许多景象让人留恋。尤其是城市和县镇里，大大小小饭店的幌子让人感到亲切，这在关里是很少见到的。东北到处都有，即使在20世纪六七十年代那种特殊的日子里都没有消失过。如今饭店挂的幌子更多，更鲜艳，展示着社会生活的繁荣。

饭店挂出幌子，第一要展示的是开门营业了，欢迎客人光顾。于是，在大早上经常能看到，饭店服务员用长杆子挂幌子，而到晚上关门时，再摘下。第二是表明饭店的性质，别进错了门——挂红幌子的一般是汉族、满族人或朝鲜族人开的馆子，里面的肉食是以猪肉为主的；蓝幌子是回民的清真饭店；至于黄幌子就是素菜馆了。第

挂有幌子的饭店

三是幌子挂的多少将饭店分出等级档次来：小吃店或经营单一主食，如饺子馆、面馆等，挂一个幌子；挂两个幌子的属一般饭店，酒水炒菜，一应俱全；挂四个幌子的就是能包办酒席的较高档饭店了；据说还有挂八个幌子的，那是可以提供满汉全席大宴的特级饭店了。我也是只听说过，没见过。其实，现在走在大街上，挂两个幌子的居多。

饭店挂出幌子的确是个很好的宣传招牌，客人不用进店打探，一目了然，事先就选择好吃什么，进哪类饭店了。不知道为什么在关里就没有推广开来。

在牡丹江，看够了幌子，该吃饭了。我头天和朋友约好要去吃"杀猪菜"。朋友也特意安排到据说是当地很有名气的吃杀猪菜的饭店去，不过是在郊区。去了才知道，有名气，不一定就是挂四个幌子的大饭店，而是一个很普通的小饭店。从只有一间大的门脸儿看，挂一个幌子就够了。可是里面挺大，还有楼上一层，客人是满满当当的。朋友说这里吃饭是要预订的，看来"好酒不怕巷子深""好饭不怕路途远"。

看过电视连续剧《东北一家人》，都知道那个"达达杀猪菜"馆。也会知道杀猪菜主要食谱是猪血肠、白肉，还有翠花上的"酸菜"。大概这是东北杀猪菜的基本调。

这家杀猪菜馆还是很地道的，猪肉是早上刚从屠宰点运来的，新鲜，还保证卫生和质量，所以信用好，大家都吃的是放心肉。

上的菜也不同凡响，大盘的白肉、血肠外，还有心包肉、熘肝尖、熘两样以及猪蹄、猪尾骨。不错，很有东北农家菜的味道和感觉。朋友劝着酒，真有点"大碗喝酒、大块吃肉"的豪情。

我特意要吃一次杀猪菜，其实是为了追寻一下往日的情怀。

20世纪的70年代初，我这个"臭老九"大学毕业被分配到北大荒的一个火车站上劳动锻炼。车站是一个小县城的所在地，站里百十号职工。按说，北大荒是个很富饶的地方，可是那年头"宁要社会主义的草，不要资本主义的苗"，生产搞得一塌糊涂，人民的生活可想而知。每月不多的定量粮食里，绝大多数是苞米楂子和高粱米。每人每月三两油，肉食基本没有供应。私人买卖那是不可能的，都当资本主义专政了。要想吃肉，那只有一个字，难！

职工们没办法就自己养猪。那时，还好的是农村还有"赶社会主义大集"。开春，在集上还能买到猪秧子。车站上起码有三分之一的职工家都业余养猪。

养猪可不是容易事，猪饲料就是一大难关。那时连人都吃不饱，拿什么养猪？所以，养猪户的难处可想而知。我看到的是，养猪的都是全家动员，夏天打猪草，给猪熬猪食。秋天顺着田里的垄沟，一粒一粒地捡拾收获完大豆后落下的豆粒，收集起来的豆子可以到油坊换豆油和喂猪的豆饼。到秋后，已经飘雪了，还要到郊外农田里翻收获后的玉米秸堆，企望从里面发现遗留的零星苞米……经过近一年的全家奋斗，到年跟前，猪养到一百七八十斤时，就可以杀了。

东北人豪情、讲义气，从杀猪请客这样的事上可以看出来。虽然自己辛苦了一年，当杀猪时，不仅亲戚、邻居要请到，班组里的同事也不能少了。就是平时在工作中有点磕磕碰碰、关系不融洽的，这时也要请。这也是个疏通关系的好时机。俗话说："宁落一屯，不落一人。"

经常是快下夜班时，某位养猪的师傅打电话（当然是工作电话了）："下班儿没事吧？今天我杀猪，中午到我那儿去吃肉。最好早点儿了，帮把手！"口气是不容置疑的，就是有事儿，也要闪开。何况，谁也不愿错过这难得的享口福机会。

还没有走到师傅家院子的门口，老远就听见猪高一声、低一声的狂叫。赶到一看，几个汉子正在满院子逮猪。此时，有灵性的猪大概知道死期来临了，拼命狂奔，最终还是被制服，四个蹄子被捆起来。

不管谁家杀猪，有个约定俗成，提前把车站的地秤拉来，过秤，目的是检验一下成果。第一秤，就是猪的毛重，也叫"活掉毛"，将捆好的活猪放在地秤上过。

接着杀猪师傅操刀（当时车站有个高师傅，那是行家里手，每杀必到），一刀毙命，猪的殷殷红血流入血盆。

杀猪前，会在院子里搭一个木架，用来把宰过的猪吊起来。在此前，高师傅会在猪后腿处划个口，将猪吹起来。

吊起来并吹起来的猪，在滚烫的开水浇泼下，被很快地刮去浑身的猪毛，变成大大的白条猪了。再往后，锋利的尖刀划开猪的肚皮，五脏六腑流落在地上的席子上。

去了"下水"的猪被抬到案子上，剁去猪蹄和猪头（这头要留到二月二"龙抬头"时才吃），再放到地秤上过。打出来的重量要与毛重比较。如果是70%，就是"七扣"，表示猪不瘦，也不太肥。而"八扣"就肥了，"六扣"就瘦了。不管几扣，都是主人的心血，一片赞扬声是不可避免的。

秤完的猪肉，主人要亲自把最好的后腰上的肉切一大块，立马拿去上锅煮。那时，东北住家都是烧炕的大灶，"八印"的大锅足够煮二三十斤肉的。

杀猪菜之血肠

在收拾猪肉的同时，灌血肠的也在进行，一边将开膛出来的明肠洗净，一边由有经验的师傅出手用盐、明矾、葱花等调料调制血浆（各家掌握的尺度不一样，用料和口味各有差别），并开始灌肠。

下锅的猪肉只需煮八分熟，就起锅切小块，上盘、上桌。而血肠煮的时间更短，全凭感觉和经验，才会不老也不过嫩。

东北人爱吃的杀猪菜

这边忙活着，那边主人已招呼客人上炕入席了。什么席？都是热炕头的炕席，大家围炕桌盘腿而坐，摆上来的，就是三样：热气腾腾的白切肉、红艳艳的血肠，还有是一大盆煮熟的土豆粉做的粉条（有时也会是女主人亲自做的凉粉皮）和白菜丝拌的凉菜。

在东北请客，酒是一定得准备够的，一般请十个人来，最少准备十斤酒。主人将酒往大碗里斟满，不会有太多的客套话。基本是："大家喝酒，话不多说了，咱们一切都在酒里了，我先干为敬。"

"一切都在酒里！"包含了多少辛酸苦辣，也体现了主人的爽气和自豪。接着，就是主人的让菜："叨肉！叨肉！别客气，可劲儿造，肉有的是。"

那年代，酒肉都不用让的，肚里没油水的汉子们好不容易得到补充的机会，可真是大碗喝酒，大口吃肉了。那是个相互体贴、相互认知的时刻，那酒把大家的距离拉得更近了，向主人道辛苦，向同事问候，气氛洽洽；那是个相互理解、冰释前嫌的时刻，所有工作中的不顺、误解在这一刻会得到谅解和消除。

酒加了一次又一次，菜换了一拨又一拨。基本上大多数人已有点差不多的时候，女主人会出现，端上大盆的肉汤熬酸菜和热腾腾的馒头。一边会端起酒碗，说自己不会喝，也不知道大伙儿吃好没有，我敬大伙儿，多包涵呀。每当这时候，总有起哄的，非让女主人斟满不行。女主人当然不示弱，不过，谁叫的号，谁也得喝。于是女主人倒满，那个起哄叫号的也是一碗。可想而知，女主人不会有事，那个不知深浅的最后得抬着出去……

在一片多谢的告别声中，结束了那朴实无华的杀猪菜宴。以致许多年后，仍然忘不了那段情、那段回顾。

北京前门大街"都一处"的烧卖——乾隆御赐的店名

说起来，挺有意思。你说关于这美食、吃饭与历代皇帝牵扯在一起的，最多的是谁？当然就要算清朝的乾隆皇帝了。什么徐州的"sha 汤"、苏州的"巴肺汤"、"天下第一菜"、杭州的"龙井虾仁"……仔细数数应该不下几十种。可是认真琢磨一下,那些传说只能当个笑话听,可靠的成分不多,而且没有留下什么可以称得上真凭实据的东西,就是那么一说而已。

哎,你还别说,还真有一个靠谱儿的,就是如今北京的老字号、卖烧卖最出名的"都一处"。

前门大街"都一处"门前雕塑

乾隆为"都一处"题的匾

郭沫若题的"都一处"

据介绍,坐落在繁华的前门大街36号的"都一处"烧卖馆,始建于乾隆三年(1738年),是北京有名的百年老店之一。乾隆十七年的大年三十晚上,乾隆皇帝从通州微服私访回京途经前门,当时所有的店铺都已关门,只有这家"王记酒铺"亮灯营业,便进店用膳。由于招待周到,酒味浓香,小菜可口,乾隆皇帝对小店产生了兴趣,便和店主闲谈起来,询问酒店叫什么名,店主回答:"小店没名。"乾隆听后说:"此时京城开门的就你一家,就叫都一处吧!"乾隆回宫后亲笔题写了"都一处"店名,将其刻在匾上。几天后宫中派人送来这块虎头匾。从此"都一处"代替了"王记酒铺",生意十分红火。

随着时间的流逝,历史的

变迁，"都一处"经历了多次装修翻建，1964 年扩建后的新楼为两层，营业面积达 170 平方米。同年秋天，郭沫若到店观赏乾隆御赐的虎头匾后，又为"都一处"写了匾。"都一处"不仅在北京，在全国也很有名气。

要说这事儿靠谱，主要是说那个乾隆御赐的虎头匾祖辈流传，如今还在。而且，发生在乾隆当政的时候，事情就发生在天子脚下，作假是不可能的。如果瞎侃，那可是掉脑袋的事。后来这饭店一直开着，改朝换代，招牌没变，所以，"都一处"与乾隆有关应该没错。

可是，翻开如今的说明书，也还是有许多介绍不清的地方。比如乾隆去的那个小饭铺，是谁开的？就有"王记酒铺"与"李记酒铺"两种说法。说"王记酒铺"的介绍说是山西人王瑞福创办的这个饭馆；说"李记酒铺"的介绍说是创办人姓李，原籍山西。虽然没有说出名字，但在介绍"都一处"的烧卖卖出名时，这里的掌管是"李"姓的。那么说，这 200 多年间，饭店易主了吗？可是没有这样的说法呀。

这"都一处"卖烧卖出名的事，相传却是歪打正着的。据说，乾隆当年去喝过酒的地方，只是门前悬一酒葫芦上写"李记"二字的小酒铺。因地处众多名店之中，竞争不过人家，便在营业时间上专做人家不做的买卖。就有一年除夕之夜，商家都休息了，李家仍照常营业，接待那些外出躲债的人，赚些小钱，让乾隆碰上了。但就是乾隆题了门匾，生意好了，经营品种也没有太大变化。直至道光年间，还是以卖酒、马连肉、晾肉、煮小花生、玫瑰枣等小菜为主。

直到同治午间（19 世纪 70 年代），李静山写的《增补都门杂咏》中记载："京都一处共传呼，休问名传实有无。细品瓮头春酒味，自堪压倒碎葫芦。"说明"都一处"此时增添了烧卖，也添了炸三角。它的烧卖皮薄馅满味好，也是有些名气的。

到了 1931 年，"都一处"传到李德馨的父亲手里。他父亲认为干饭馆没有干钱庄的赚钱多，因此，就让年轻的李德馨去钱庄学徒。李德馨生意学满，父亲也病故了。他只得回"都一处"来支撑祖业。可是李德馨每天花天酒地，任意挥霍，对店里的学徒、伙计非常刻薄，不仅工钱少，年终"馈送"更少，而且伙食极差。学徒、伙计怨恨，但敢怒而不敢言。如果辞柜不干，就失业了。于是，为泄怨气，红案的炒菜多搁油、白案的做烧卖馅多放作料、掌酒的多给顾客打酒，想用这法儿把店搞垮、解恨。可是，过去饭馆的利钱大，浪费一二勺子油，一时半时是搞不垮的。反而，来"都一处"吃饭的客人越来越多了，都说"都一处"的酒、菜、饭质好量多。这"都一处"的马连肉、晾肉、炸三角、烧卖就成了别具特味的美食，人人传颂。

这个介绍说明两条，一是"都一处"如果中间没易主，创业时应该是"李记酒铺"，店主姓李；二是"都一处"最有名的烧卖，到乾隆的孙子的年代"都一处"才开始经营的，乾隆肯定是没有吃过的。那年的年三十，乾隆也许顶多搞了个熘肉片、摊黄菜，再来个花生米和大拉皮。

"都一处"在新中国成立后先公私合营又改为国营，原来的店主也就没地方找去了。可是"都一处"做烧卖的传人却代代相传下来。2008年"都一处"确定了它的第八代传人、一个年仅25岁的河南姑娘吴华侠。

1999年，年仅16岁吴华侠第一次上北京，在一家饮食集团公司旗下的技校学面点制作。2001年，"都一处"缺人手，紧急招两个干活儿利索的人进店，吴华侠凭着干活儿认真、性格够冲，幸运地被挑中了。恐怕连她自己都想不到，几年后会被选为京城名店的烧卖技艺第八代传人。而今，"都一处"的烧卖已成为全国非物质文化遗产了。吴华侠在成为"传人"的

"都一处"的烧卖

过程中，付出了多少努力，经历了多少艰辛，她凭着什么技艺获得成功，这里就不介绍了。有兴趣的朋友来北京"都一处"品尝烧卖，再看看她的事迹吧。不过，吴华侠捏出来的烧卖有103个褶，而普通的烧卖只有30多个褶，就可以看出其技艺

超群。

别说了，去实地品尝吧。不过，兜里带够钱啦。东西好，价钱也不会便宜。我在 20 世纪 90 年代去过，那时的价格不说了，反正没现在贵。2010 年有朋友去过，报了个价（参考吧，价格会变的，还有大小笼呢）：马连肉 20 元一份，乾隆白菜 18 元一碟，烧卖一笼 10 个——猪肉馅 26 块、三鲜馅 28 块、什锦的 32 元。哇！小米粥一碗都 8 元呀。不过朋友连连称赞味道不错，价钱也可以接受。

北京"一条龙"涮肉馆——光绪带来的名号

北京的前门大街在经过大规模的整修和改建后，重新开街了。得去那里看看，看看曾经多次畅游其间、流连忘返过的地方。

不错，整修过的前门大街给人的整体感觉还是古朴的，看来设计者和建设者都力图还原本色。实际上任何事物都是会变化的，而且每隔一段时间情况都会不一样。就这前门大街已数百年的历史，经过那么多的时代变迁，街面的变化也无时不在变化。开业的、歇业的、失火拆除门面的、发财盖楼扩营的……你说你复古，复的是哪段时期的古？就是那些昌盛不衰的老字号也不是一成不变的吧？所以到了那里就不能挑剔，这儿像那儿不像的，每个去过前门大街的人都可能保留着自己当时看到的记忆形象。

比如那个叫作"一条龙"的老字号饭馆，现在看来比我 20 世纪 60 年代初见到的就漂亮多了。我记得那时就是个灰巴出溜的两层小楼，可没有现在这么漂亮。

前门大街的"一条龙"

当然都 40 多年了，这中间，在 80 年代还让一把火把它烧光了。当然是不同时期的人，见到的模样会不一样了。据说这次就是按清朝末年的模式改建的。"一条龙"饭馆的前身是南恒顺羊肉馆。据史料记载，是山东禹城韩家寨一位姓韩的人，于清乾隆五十年开办的。这个姓韩的人开始开的是个羊肉铺，经过几十年的苦心经营，到清同治年间已经有了一间筒子房的门脸。门脸的店门冲着前门大街，后门在珠宝市，房子上头还建起了暗楼。经营项目有涮羊肉、炒菜、杂面、抻面等，羊肉铺改成了羊肉馆。服务态度好，买卖也越来越兴隆。

话说光绪二十三年（1897 年）春末，有一老一少来此处吃饭，样子像是少主老仆。二人落座，发现谁也没带钱。当时的南恒顺掌柜看二人穿戴打扮不像蒙吃骗喝的，忙说："没啥，您二位先用饭，等啥时有功夫了，给小店带来就行了。"二人用过饭后走了。到了第二天，宫里太监把钱送来，才知道是皇帝来过。这掌柜的可高兴了，随即将皇帝坐过的凳子用黄绸子包好，供奉起来，还有皇帝用过的紫铜火锅。皇帝在南恒顺吃饭的事很快在北京传开了，都赶来和"皇帝"凑热闹来了，南恒顺的生意更为兴旺。皇帝可是真龙天子呀，于是人们暗地里把南恒顺叫"一条龙"了。

光绪二十六年，京城闹义和团，南恒顺也被火烧了，连光绪坐过的宝座也烧没了。事变过后，"一条龙"盖成了三间门脸、二层暗楼的店堂。1912 年后，清朝灭亡，南恒顺才敢正式挂出了"一条龙"羊肉馆的牌匾。1983 年夏初，"一条龙"又不慎失火，店房再被烧毁。后来，"一条龙"又筹资建房，在旁边的一块地皮上重建，挂着老招牌南恒顺羊肉馆。

其实，关于这个传说，后半部分没什么可说的，这前面就有不同的说法了。有说，"一条龙"的牌子是 1921 年才挂出的。当时的南恒顺老板很会做生意，他根据光绪曾经来吃过饭的传说，和食客们都叫这南恒顺为"一条龙"，于是请原任清朝工部正七品笔帖式（秘书）杨铎声题写了"壹条龙"牌匾，正式将南恒顺改名"一条龙"，从此，生意更兴旺。

这里说的传说是有道理的，因为"一条龙"拿不出像"都一处"那样的乾隆御笔。就是个坐过的椅子也在大火中烧没了，那据传光绪用过的紫铜火锅恐怕也烧没了，不过铜的东西能保留下来，可能有人信，于是就不知从哪儿找了个火锅应景了。虽然杨铎声题写的"壹条龙"牌匾现仍在店内珍存，但也不能说明光绪当年来这里吃过饭。不过现在光绪同他老祖宗乾隆一样，都是在为后人做广告而已了。在一条大街上，有两个皇帝吃过饭的传说造就了两个老字号，恐怕举国唯一吧！

传说归传说，"一条龙"经营的涮羊肉还是出名的。20世纪60年代，有机会随已在北京工作的大哥去开了一次斋，如今记忆深刻。那时一个火锅的锅底，四人用的四毛钱。羊肉片在"一条龙"一斤卖一块一，一般饭店九毛钱。当然，那羊肉的部位和加工的刀法绝对上乘。加工肉片的师傅在案首操作，食客是看得见的。那羊肉要冻起来才好切，当然是自然冷冻，那是还没有冰箱的时代。切出来羊肉片真的薄如纸。

印象最深的是一楼东南角那个大台子，上面架着个大火锅，火锅的外围一圈分成若干格子。有一圈食客，每人一个在自涮自食。大哥告诉我这叫"共和锅"，是最便宜的大众共用的火锅，一位锅底是一毛钱。当然它有个好听的寓意，那就是推翻清王朝、建立共和。

当时，我很好奇，凑过去细看，发现那格子是在锅边上焊的铁丝，上面挂着铁皮，把一格一格地隔开，铁片的下面没有焊死，里面的汤是串着的。当时还说，不买肉也可以尝肉汤了。还真别说，真有一位是这样的，买一盘白菜、一两酒，就涮白菜吃，我想也是财政匮乏，又想解馋的无奈之举吧。

多少年之后看到一位作家谈到"共和锅"的事，说这火锅是清朝灭亡后兴起的。我看也不一定，这种方便大众的火锅也许早就在民间使用和流传了。"共和"了，就因物举事了。也许早先就叫"共和锅"，也未可知吧！

现在在北京是见不到这种锅了，可能会有与携带传染病菌者共食造成后果的，因为太不卫生，卫生检查部门不会允许饭店如此经营的。说实在的，现在那种共用大铜火锅也有共食者相互传染的问题，好在家人、朋友都相互了解，有病者会避讳，而公共场合就难免了。

外地可能还有这样的"共和锅",不过,上面的格子都是整体的,底部焊死了,相互不再串通。

如今到"一条龙"吃饭,首先迎接你的是戴瓜皮帽、穿长袍马褂的店小二和穿清宫服饰的仕女。一声"来啦,您那,里边请!"是不是有点光绪皇帝驾到的感觉?去试试吧。那里的涮羊肉还是很不错的。

门钉肉饼——皇家大门钉子起出的名字

到过北京故宫的人,大概都对大门上一排排金晃晃的门钉印象很深,而且一定知道那是九九八十一个。门钉是干什么用的?原来那硕大的门是由一块一块木板拼起来的,怎么拼起来让它们结合在一起呢?就是在它后边要有横木连接,然后在前边用门钉固定起来。门钉除了有这个结构的功能之外,还有装饰的功能,在它外边扣一个帽,就是那金晃晃的大门钉啦。

据说在中国古代门钉就有了,但钉门钉的多少并没有什么严格的规定。到了明清两代,门钉的使用就象征着官家的权威了,特别是清代对门钉有极其严格的规定。皇帝居住地方的大门一定是九九八十一个,因为九是老阳之数,也是最高规格了。而那门钉并不是整个的金疙瘩,是用铅做的,钉帽就是镀金的而已。

紫禁城的东华门上的门钉个数是个例外。东华门每一扇门上的门钉都少了一行,成八路门钉,八九七十二了。关于为什么是72个,说法不一,有一种"罪门"说,什么意思呢?说东华门门钉原来也是81个,明末李自成起义军攻陷北京,崇祯皇帝仓皇逃出了东华门,到现在的景山自缢了。清初重修东华门时就

门钉肉饼

减了一行门钉，是责备这个门有"没挡驾之罪"，没挡住皇帝去上吊，你这个门有罪，减一排钉。还有一种"鬼门说"，因为清代几个皇帝，顺治、嘉庆、道光等死后都出东门送殡，其实明清两代一样，都是进东华门迎阴灵的，灵柩都是从东华门迎进来的，因而门钉用阴数（偶数为阴数），象征是鬼门。还有说相声说的，因为那时候，文武百官上朝都走东华门，这门是给文武官员准备的，所以少9个门钉，剩72个啦。哪个对？大概都有不周全的地方。有专家用易经解释就更复杂，这里就说不清了。咱们就听上面那些有趣儿的说法，当故事听吧。

皇帝的居处是这样的，那其他王侯大臣们呢？当然也有严格规定：亲王府按照建筑形式是正面五间，门钉是纵九横七，七九六十三；世子府制金钉比亲王减二，五九四十五等等。郡王、贝勒、贝子都一样，宫门的门钉横竖都是七，七七四十九。侯以下的，一直到男，公侯伯子男减到五五，五五二十五，均是铁制的。只要不是官府的人，不管你是多阔的财主，就是全国的首富，没有官职的，家门上一个门钉都不能有！

还是说相声说的"要不怎么管平民百姓叫'白丁儿'呢"，就这么留下的规矩。千万不能自作主张安上几个，那时候是要杀头的啦！

不是说吃的吗，说了这么多门钉干什么？这是因为要说的那种肉饼就是和门钉一个模样的。传说，清朝时，御膳房为慈禧做了一道有馅的点心，慈禧吃过后觉得很适口，问厨师这种食品叫什么名字。御膳房的高厨一时没想好，情急之中想到宫廷大门上的钉帽，就随口回答说"门钉肉饼"。于是，这食品的名字就这样产生了。看来这祸国殃民的老太后，在饮食上还留下不少闲话呢！

这门钉肉饼跟灌汤包有点相似，在焦黄的面皮里面，饱含着浓浓的汤汁，集合了牛肉的鲜和大葱的香，特别诱人。一定要趁热吃，否则凉了，流出来的牛油遇冷凝固，吃着都糊嘴了。不过也不可太性急，要是迫不及待一大口咬下去，烫嘴不说，还会滋你一身油呢。

"饥饿是最好的美食"

其实，这句话在说法上是不完全准确的。饥饿是人和动物的生理现象，怎么能当作食物去对待呢？这不过是笔者"弄墨"的结果而已。正确的说法似乎应该是："饥饿时吃到的食物是最好的美食。"

这个道理应该每个人都懂的，也几乎所有的人或多或少地有过这样的体验。尤其是那些经过了"三年自然灾害"困难时期的人群，更会有深刻的体会。不过，人是善忘的，当我们吃饱了的时候，所有的食物就都不再是"美食"了。

那年回老家，经过一个粮食干部培训学校，虽然原有的学校改为他用了，但它的外表模样还认得出来。见到它，突然想起困难时期时，曾经利用上学的假期在这里干过临时工。也回忆起那时记忆最深刻的往事，就是每天早饭的时候，在用粮票买了一两玉米面粥后，每人还可以买两根蒸熟的不大的胡萝卜。在那物质极其贫乏的年代，吃胡萝卜无疑就是吃"小人参"了。但它绝不是我们现在说的"胡萝卜相当可保养的小人参"，而是保命的"美食"。吃着那两根难得的胡萝卜时我就想，以后有条件就天天吃它。

可当困难时期过去，有一次心血来潮，蒸胡萝卜吃，才发现真的好难下咽呀！

"饿了吃糠甜如蜜，饱了吃蜜也不甜。"这句老话是对"饥饿是最好的美食"最好的注解。而历史上有关这样故事的传说也连带出不少皇帝呢。

乾隆皇帝下江南，迷途中饥饿难忍。有老太婆给他一个糠窝窝，乾隆吃了感觉那是天下第一美食了。回宫后，天天山珍海味的吃烦了，想起了那个糠窝窝。御厨们是绝做不出来的，杀了也做不出来，于是派人请老太婆进宫亲制。乾隆吃了老太婆亲手做的糠窝窝，可根本就咽不下去了，

莱州小豆腐

于是责怪老太婆。老太婆说了这有名的一句话："饿了吃糠甜如蜜，饱了吃蜜也不甜。"聪明的乾隆当然领悟了。

无独有偶，同样的故事，同样的情节也发生在宋代的开国皇帝赵匡胤身上。不过传说是不一的。

一说赵匡胤年轻时贫穷，流浪在松江（现上海）泗泾镇一带，常常饿得眼冒金星。后来到镇上孙寡妇家去帮工。孙寡妇摘了些萝卜叶和益母草，磨成细末，煮成"小豆腐"给他吃。（如此说来"小豆腐"就不是我们理解的用豆类做成的豆腐了。）赵匡胤一尝，觉得味道好极了。后来，赵匡胤登基做了宋朝的开国皇帝，也是山珍海味的吃腻了，想起了自己当年在泗泾吃过的"小豆腐"，吩咐御厨去做，当然做不成当年的味道。一怒之下，把厨师杀了。第二个厨师当然也做不出，吓跑了。

再后来赵匡胤下江南路过泗泾，找到了当年收留他的孙寡妇，在答谢她当年对自己照应之恩后，又让她再煮一次"小豆腐"吃。孙寡妇对他说："恐怕皇上不会再要吃了。"赵匡胤依然坚持要她做给自己吃。于是，孙寡妇照原式原样做了一碗"小豆腐"，可赵匡胤吃了第一口就吐了出来。孙寡妇说道："皇上，你知道民间有句俗话，叫'饿汉糠如蜜，富家蜜不

甜'吗？"

据说在泗泾镇上的松江酿造厂后院，曾有一棵枝繁叶茂、树干上刻有"干霄蔽日"四字的大白果树，树身上有一圈圈印痕，老人们说，这是当年赵匡胤当皇帝后路过拴马时留下的痕迹，新中国成立后还在，不过现在没有了，唯留下这棵树的照片保留在松江博物馆里。赵匡胤吃"小豆腐"的故事也一直流传至今。

二说在山东莱州城西北曾经有座海神庙，西廊外另有一座孙母祠，内塑一位拄着拐杖的老妇，身旁蹲条白狗，当地人称之为"打狗孙妈妈"。这个孙妈妈也演绎了一段同样的故事，不过赵匡胤当年不是打工的，而是流浪汉，讨饭时被一头白狗咬。孙妈妈闻声打狗，并将自己留做下顿饭的半钵小豆腐端了出来，给赵匡胤一阵狼吞虎咽吃了。以后的故事情节也和前一个一样，只是孙妈妈说的话变成山东话了："这就叫'饥食糠觉甜，饱吃肉嫌黏'哪！"

后来赵匡胤命在莱州监修东海神庙的大将郑子明，于庙内建孙母祠以感谢孙妈妈的救命之恩。就从那时起，每年四月初三，这里都要举行盛大的庙会，当地家家户户还要吃小豆腐哩！可惜，东海神庙解放战争中因战事需要拆除了，孙母祠当然也没了。不过，现在到莱州时来碗小豆腐吃还是有可能的。

明朝开国皇帝朱元璋的"珍珠翡翠白玉汤"就更是个典型写照了。这次倒不是皇帝没有觉悟，而是皇帝要教导臣子们别忘本。于是，想起了"文革"当中的吃"忆苦饭"，有点闹剧的味道，也有点教育的企图，就是太机械了吧！

黄河边上的那碗面条

没事呆坐在书桌前，眼盯着书本上的中国地图。突然把书本竖起来，有了一个"重大"发现。看，我们古老而伟大的母亲河——黄河，多么像用两根筷子挑起来的一缕"面条"哇！两根筷子，一根挑在河套的拐弯处，一根挑在山西同陕西最北端的交集处、也是黄河的拐点上。而顺着两个筷子头垂下来的，一根在潼关打了个弯儿，向右直平平的漂在锅里。而另一条刚挑出汤面儿，飘撒在半空。

多么美妙的画面，多么得当的奇思妙想。如果有哪个企业家要用这个创意，开发"黄河"系列面条，可以同本人联系啦——开个玩笑啦。

是的，面条的确与黄河母亲分不开呀！黄河流域的炎黄子孙得以世代传延下来，就有面条的哺育功劳。面条是什么时候发明的，目前还众说不一。但就当前考古发现证明，4000年前就在甘肃地区出现了，比意大利的考古发现早了2000多年。中国的传说中，有周文王传授"岐山臊子面"的故事，可见面条历史之悠久。真正有面条记载的文字根据出现在宋代，而在元代的记述中，面条的做法已有几十种了。

北方人爱吃面食，而对面条又情有独钟。沿着黄河一路走来，处处可见那一碗"面"。而且花样翻新，使你日尝百味，又目不暇接。

处在黄河下游和入海口的山东，自然是面条的故里。在北方，只有鲁菜名列全国八大菜系之一，晋、冀、鲁、豫的饮食文化自然源于山东。据本人的非正统考证，打卤面的"卤"字，在古时"卤"与"鲁"是相通的，使人自然想起打卤面起于山东。而山东人爱吃煎饼蘸酱卷大葱，那么炸酱面起于山东也顺理成章了。北京引以为豪的炸酱面和河北人、天津人爱吃的打卤面，其实是山东面的延伸。

逆黄河而上，进入河南，食面条的方式有所变化。河南人的面条多以汤面出现，众多的品种中又首推河南烩面和河南洛阳的浆面条最有特色。烩面多用风味不同的牛肉汤或羊肉汤配以宽面条。洛阳的浆面条则是用发酵的酸浆水来煮面条，其中又以绿豆浆粉最佳。洛阳的浆面条风味独特，也是洛阳人最中意的食品。

黄河在潼关拐了一个九十度的大弯儿。山西的汾水、陕西的泾水和渭水也先后加入了黄河大合唱。黄河两岸的山西、陕西的面条水平则达到了极致完美。山西号称"山西面食甲天下"，面条的品类有200多种，最有名的自然是山西刀削面。刀削面据说最早出现在元代，元朝统治者为防止百姓造反，实行十户一刀的政策。因此就有人在偶然中发现用薄铁皮可削面，此法在明代改良为刀削面。山西人把做刀削面变成了一门艺术，有的可以在一丈远的地方把面准确地连续不断地削入锅中，有的可以把面团顶在头上，双手用刀不间断地削下去……看削面，有如看杂技表演。当然，山西的抻面、扯面、刀拨面、拨鱼儿……也十分有名。

陕西同山西一样，把面条做的无与伦比。陕西人也把吃面当成生活中不可缺少的一部分，有歌谣道："八百里秦川风飞云扬，三千万子民高唱秦腔，生猛海鲜想都不想，一碗冉面喜气洋洋——不给辣子嘟嘟嚷嚷。"陕西人吃面爱放辣子，从著名的岐山臊子面和油泼辣子面那红红的一层辣油上就能领略到。

陕西有一种 biangbiang 面十分有名。据说这种面名称的由来有两种解释，一说是在做面时，面摔在面板上发出的 biangbiang 声。一说是陕西捧着大海碗，吃面条吃得得意时，嘴里发出的 biangbiang 声。而关键是它只有发音，没有相应的汉字表示。因此也就有了许多故事，在陕西的不少面馆门上就有了一个大大的怪字，像"招财进宝"之类的连体字，其实也不像。具体如何写的，我在前文已经显示。

陕西还有一种浆水面，与河南洛阳的浆面条大不相同。它是用青菜，尤以用芹菜发酵制浆水来下面条。而且吃陕西浆水面要分季节，在春、秋季节虽也可吃，但夏季吃最诱人。

继续溯黄河水而上，经内蒙古的河套，过宁夏到甘肃，山陕两地的风味传延着，也在变化着。尤以拉面的变化特点最大，兰州拉面已成为甘肃省的地方名片传扬全国，甚至漂洋过海。甘肃的拉面有一种"蓬灰"加入，使面条筋道有力，而这种"蓬灰"实际上是一种食用碱。如果说看山西人做刀削面像表演特技，那么甘肃人做拉面如同练武术和变戏法。几斤重的大面团，在面案师傅手里好似在舞动三节棍或长鞭，不一会儿，面团就变成千百条长长的、均匀的面条。拉面的形状可根据客人的要求，宽、扁、圆、粗、细，韭叶的、柳叶的……任君挑选。当然，兰州拉面的重点还在于那碗汤，一般都是用许多配料将牛肉、牛骨长时间熬制而成。如何制作，则属于秘方，请免开尊口。兰州人说，吃拉面前先尝口牛肉汤，就会知道此拉面是否正宗。

黄河溯源，虽然只能到甘肃和青海，但面条的传递却远没有结束。通过河西走廊，新疆的面条文化也在迅速产生。大盘鸡加裤带面条、烧烤肉加拌面条……黄河面条不但在传扬，而且在发扬。

在中华大地上，面条文化处处呈现着。"初一饺子初二面，初三合子团团转。"而且有的地方将大年初七说成是"人日"，也要吃面条的，为的是把人用面条缠住，别走失了。

小孩出生，还有"迎三""满月""洗三"等说法，大都也要吃面条，希望孩子长命百岁。

老人过生日，要吃"寿面"，祝老人长寿。结婚要吃面条，为的是使夫妻长长久久。

过去，在北方有的地方，新媳妇结婚后要做的第一顿饭，就是当着公公婆婆和姑、叔、丈夫的面擀面条。用以考查新媳妇做饭的本事，所以那里的姑娘们出嫁前在家都拼命练习，以防到时出丑。

"送行的饺子、接风的面"是北方最朴实的待客之道。说起来也很现实，过去通信不发达，没有现在的条件，在来访前先通知一下，好有个准备。那时客人呀、亲戚呀，都是说到就到了。主人一边同来客说着话，一边就麻利做饭，面条自然是首选。面和好，打卤或炸酱，再擀面，三下五除二，饭就得了。热腾腾的面条端上，客人马上就对付了辘辘饥肠。何乐而不为呢？面条是最好的迎客礼了。

面条养育了世世代代的黄河儿女，也把它特有的文化属性传递给他们。做面条利索、迅速，吃面条麻利、痛快，用面条待客朴实、豪爽，皆面条举事吉庆、热情……这所有的信息传递并培育了黄河儿女真诚、淳朴、热情、豁达的性格。

黄河面条抚育了世世代代的黄河儿女，并将继续世代抚育下去。

啊！多么美好呀，黄河边的那碗面条。

鱼头酒与陈桥兵变

中国人爱喝酒，酒桌上的说道也挺多。比如一桌人喝酒，为搞出点气氛，就没事儿找事儿，等上鱼的时候，非要喝"头三尾四"酒。也就是鱼头对准谁，谁就是贵客了，必须喝三杯。鱼尾对的那位叫主陪，得陪贵客喝四杯。大概在神州大地上到处都有这个规矩。不过，北方一般是在最后一道菜才上鱼。你想，喝到快结束了，上来鱼，再来三杯四杯的，不把人撂倒了才怪。更有甚者，还有什么"背五、腹六"——还不撂倒一大片呀！

有次，到外地和朋友喝酒，不仅保留了以上的喝法，而且有所发展。一轮喝过，再由鱼头冲着的那位将鱼盘转动，鱼头再次对着的下一位，再重复"头三尾四"的过程。最后大家都烂醉如泥了。

传说，这种喝酒的做法可不是现在才弄出来的。早在宋代就产生了。这叫"鱼头酒"的玩意儿还是大宋开国皇帝赵匡胤创下的呢。

显德七年（960年），赵匡胤在赵普、石守信等的策划下，借口北汉和辽会师南下，率军从大梁（今河南开封）出发，北上御敌。行至陈桥驿（今开封东北），授意将士给他穿上黄袍拥立他做皇帝，改国号为宋。这就是历史上有名的陈桥兵变、"黄袍加身"。

虽然赵匡胤事先暗中与其心腹密谋了政变，并实施了谎报军情、北上拒敌、军权在握的计划。但他却拿不准众部下是否忠心拥戴，心腹赵普献计来试探部下的态度，这就引出了"鱼头酒"的故事。

当夜大军驻扎在陈桥驿。赵匡胤设宴犒劳部下将领，酒宴之中不谈军情要务，一个劲儿东拉西扯地套近乎。当众人酒酣耳热之时，赵普示意，酒桌上了一盘鱼，鱼头正对着赵匡胤。

赵普对大伙儿说：这道鱼菜叫"金龙腾飞"。鱼头对着的是众望所归的人，对着谁，谁就要独饮三杯酒，表示不负众望，然后再带头动筷吃鱼。其余的人，对他诚服者都要随饮，而且要"尾四杯、背五杯、腹六杯"，不服气者可以弃杯不饮，不受责怪。

经赵普这么一说，众人都是跟随赵匡胤多年的部下，没有不服从的。于是，一起高喊：请主帅举杯！

赵匡胤也不推辞，立马独饮三杯，大笑着说：都是自家兄弟，情同手足，不必拘于此礼，愿喝者就喝，不愿喝者，来吃鱼吧。

你想，这酒场如同战场呀，哪个能怯阵？个个都表示我们随主帅出生入死多年，主帅之命哪有不从，纷纷随饮。

此时，赵普见时机已到，对众人说出拥立赵匡胤为天子，取代幼年的后周恭帝。众人举杯共饮，表示拥护。

赵普趁机把龙袍穿在佯醉的赵匡胤身上，就这样，"半推半就"的赵匡胤做了大宋皇帝。

赵匡胤当了皇帝，这"鱼头酒"就成了有功之酒。民间便俗定它有"拥戴"的意思。如今人们喝"鱼头酒"除了对长者表示尊敬，大部分是图个热闹。而势利的人却借此给"头儿们"拍马屁了。

金毛狮子鱼

大家都把注意力放在这酒上，没有人关注这"金龙腾飞"鱼是什么样子，传说里没提，也不好说。

不过，我在石家庄吃到一种名字叫"金毛狮子鱼"的，却与这"金龙腾飞"最相似。

端上来看，那鱼色泽金黄，鱼丝蓬松形似狮子，吃起来酸甜适口。仔细看来，金黄色蓬松的鱼如同飞起来一样。我建议，可将此"金毛狮子鱼"改名"金龙腾飞"，一定会更出彩。哪家剧组拍"陈桥兵变"的电视剧时，最好上这么一盘鱼，肯定非常形象逼真了！

搅　团

去西安出差，到一家做农家饭的小饭店，当然是面食为主了，其中浆水面是它的拿手好食。不过饭单上有两个字挑动了我的神经——搅团！

哈，陕西也有搅团，我原以为只在甘肃有呢。

说起搅团，这历史有点长了。20 世纪 60 年代上大学时搞社会主义教育运动，我到甘肃的陇南地区农村去。实在是贫穷落后的地区，整个村里没有一口铁锅。村民的家里都是堂屋里挖个地坑，房梁上吊个带钩的杆子，地坑里烧木柴，杆子上吊个瓦罐，罐里煮土豆或熬玉米面粥，自家腌的酸菜是常年的吃食。火坑里扒开木灰将玉米面和好摊开，再用木灰盖上，烧火做饭后，下面的玉米面饼也烤熟了。那是第二天，下地干活带的干粮。来客人了，就用平时种地铲土的大板锹，在锹面上摊上和过的面放在火上烤熟，说这是"火锹馍"，可见落后的程度。

有一次与同是工作组的当地干部聊天，问起当地什么最好吃？他说：要想吃好饭，必须砸搅团。

说也很巧，不久，和这个干部一起去靠近县城的村子外调。吃派饭时，他告诉我今天这家给做搅团吃。真不错，有口福啦！我还真抱着要识庐山真面目的期盼，也想改善一下伙食呢。谁知，农家主妇端上来的不过是一大碗，里面是稠糊糊的玉米面粥，放了些葱花盐水。

"这个婆娘不会做，搅团不是这样做的。"那个干部也很无奈，也没有再说，真正好吃的搅团是个啥样子，我也没有再问。

如今，这里有搅团，不能错过。来一份！

上来的是一大盘切成条条并浇上作料的食物，像陕西的凉皮，又像河北的扒糕，蘸着配好的酸辣作料吃，很滑溜、很顺口。这才改变了那搅团就是甘肃"稠糊糊的玉米面粥"的印象。

搅团实际上在北方的大部分省份都有，连湖南郴州地区都有，当地叫它"三哄哄"。可见搅团是农村中家常的饭食了。做搅团，看似简单，实际并不容易，需要把握技巧。说简单，就是将面（各种粗粮磨的面粉）往烧开了开水的锅里，一边搅芡、撒面，一边不停地用短粗的擀面杖在锅中搅动。说不容易，其实做得好坏全凭制作搅团的妇女们的经验来把握。这搅团的稀、稠、软、硬和火候，需要做得恰到好处，经验丰富的妇女能等到面糊在锅中形成黄白色的，亮亮的团团，软而无疙瘩、锅底不糊不焦的软团团，才可出锅，拿来刀切、拌作料食用了。

不同的搅团

原以为搅团这个饭食是不会有什么来历，无须考证的。后来才知道也是有挺生动的传说的，而传说中的主人公竟是我们熟悉的诸葛亮老先生。当年诸葛老先生在今陕西的祁山县屯兵（当时叫西祁），由于久攻中原不下，又不能撤回去，他就在这里让士兵屯田。一方面防止将士们清闲无事，厌倦生事。另一方面也可以收获粮食以充军粮。在此地诸葛亮还为吃烦了当地面食的军队士兵发明了这道饭食，也是为了调剂口味，缓解士兵们思念家乡的情绪。不过，诸葛亮是军事家哟，不会给这饭食起"搅团"的名字的，而是叫个"水围城"，一听就是军事名词啦。

其实搅团是百姓们根据它的制作过程而起的，顾名思义是因为转圈搅打使面粉成熟凝固成团而得名。而"水围城"，只是搅团的一种吃法，即将刚出锅的热搅团盛放于事先和好汁子水的碗中。糊状团块经汁子浸泡，吃起来饭热味透，不热不凉。如若再放入一些酸辣菜味，就更好吃了。掉了牙的老头、老太太最适于这种吃法。

还有"搅团鱼鱼"，将刚出锅的热搅团盛于漏盆，搅动使其漏入凉水盆，成为蝌蚪状的团团，如鱼游水中，也称为"鱼鱼"。捞出来配菜吃，吃起来很痛快；还可以做成"搅片片""搅团团"，切成片片、块块、条条吃。各地的百姓充分发挥才智和利用当地资源，把个搅团弄得花样百出，凉的、热的，带汤的、蘸辣子的，块块的、条条的、片片的、硬的、软的，成大坨状的，大家要围在一起吃……五花八门，不一而足。

这搅团是被农民称为"哄上坡"的吃食，吃起来顺溜，却不顶饿。往往吃得肚子溜圆儿，出去下地干活，爬上田，撒泡尿，就饿了。不过，这在1960年左右的困难时期却是百姓的救命饭呢。

如今，生活好了，吃惯了大鱼大肉的城里人都愿意到农村去住农家院，吃农家饭。我建议诸位去寻找一下这土里土气的农家搅团吧，不仅新颖，而且这"哄上坡"和"三哄哄"的名字，你足以领略它是减肥食品了，一定会赢得女士们的热烈欢迎的。

各地的搅团用料、做法也不尽相同。甘肃陇南地区是用煮熟的土豆去皮后，反复砸、搅而成的。吃起来很筋道，完全吃不出土豆的味道。

饸饹、疙豆和捏疙儿

陕西一带以荞麦面为主料做的饸饹，配以熟羊肉、葱花等熬制的羊肉汤是比较传统的吃食，接近山西的韩城据说羊肉饸饹就出名。有次，去韩城参观司马迁祠，司机特意拉我们去吃韩城羊肉饸饹。不过，吃过后不能说好。因为那里生意太好了，直接现轧的饸饹可能来不及，而是现成的挂面饸饹了。不讲，你也能知道这就不会有什么特色。

现轧的饸饹，因为是用专用床子轧出来的，和的面就特别硬，轧出来的饸饹也就更有咬头儿。挂面饸饹倒是有咬头，但没了现轧那股韧劲，就不好吃了。

饸饹又叫"河漏"，是北方一种用荞麦面（也有白面粉或其他粗粮面粉，不过荞麦面是最好的）放在饸饹床子里轧成的食品。人们将和好的面团放在饸饹床子上的圆槽里，用力或干脆坐在杠杆上，直接把面挤轧成长条在锅里煮着吃。这种传统独特的饮食制作方式，成为一种特殊的独一无二的画面。

饸饹床子，是加工饸饹的独特工具，多数是木制的，一般选用硬杂木如杏木、梨木、枣木制作而成。因为那装面团的横梁，也就是床身，和那压面条的杆子都必须是优质的硬杂木，一定得耐磨、禁碰和防止断裂、腐朽。那装面团的横梁圆孔系木工手工加工，用凿子和木锉，一点点地凿、锉并用砂纸一遍粗、一遍细地磨成的。

底部镶上一个带孔（一般都是圆孔）的圆铁片儿，它是个重要部件，上面的小圆孔要一般大小，分布均匀。一个饸饹床子在农家就是一个宠物，主人会把它打扮得十分讲究、漂亮。而关键是那个圆孔和那个压棒杆子不紧不旷、省力又不黏才行。铁片儿上的圆孔很有学问，孔的大小决定着面条的粗细，一般都由家里的长辈决定，孔间距离决定着饸饹的质量。孔疏了，压着费力，面条出得慢，供不上家人吃；孔密了，饸饹条容易粘在一起，煮不成了。所以，这块铁片不能有半点马虎，也必须精心制作。

一次，在去黑龙江漠河的路上，经过一个古老的金矿——老金沟遗址。在参观展览室时，就看到一个当年矿工们用的饸饹床子，枣木的，经过上百年了，依然红红泛亮的样子，如同刚用过一样。可以想象，闯关东的人们也没有忘记把吃饭的家伙什带上。

这饸饹面的历史在中国已经很长了，据说在唐朝就已经很普遍了，不过那是和现在的面条一样，叫做饼汤。饸饹的吃法和面条没什么区别，用卤、酱拌着吃，做汤面吃都行。

上大学时，在京郊劳动，和农民同吃同住同劳动，吃派饭。有一家给做了一种叫"捏疙儿"的吃食，那是饸饹的小型版。用木头镟一个可以一把握过来的木桶儿，一端也是钉上和饸饹床子一样的带眼儿的铁皮，再做一个正好插入木桶儿的木棒。这样把和好的面团放入木桶儿，用力一挤，就挤出成条的面条下在锅里了。

这方法省力，是专门为妇女们预备的。但相对饸饹，捏疙儿比较软一些，没有饸饹那样的咬头了。不过也是很不错的吃食。

在河北、京郊还有一种介乎于饸饹和捏疙儿之间的吃食，那就是"疙豆"。"疙豆"这个词，最近在"搜狗拼音输入法"里，发现可拼出"饹豆"。如果可以用"饹豆"比用"疙豆"好些，用后者总感觉到脸上出了"疙瘩"似的。不过，辞海里却没有"饹"字用在形容面疙瘩的意义，所以还需要探讨。还是用"疙豆"来表达吧！

"疙豆"这吃食由于样子是面疙瘩豆，可能起了"疙豆"的名字，另外，它的样子又像青蛙的幼虫"蝌蚪"，也许是用了相近的音调吧。

做疙豆，也需要有专用的床子，不过这床子比饸饹床子简单，没有四条腿，只是一个铁皮，现在都用铝皮了。在铁皮或铝皮上均匀地凿些眼儿，四周用木条装饰一下，使其可以架在锅沿儿上，这就行了。直接用手

五丈原诸葛亮祠前卖的凉荞面饸饹面

疙豆面

新老式压饸饹的床子

或手握一个无柄锄一样的铁器，将面团在带眼儿的床子上擦，漏下锅里去的就是像蝌蚪一样的面疙豆了。吃时也是拌上卤或酱，很滑溜、很好吃。

饸饹、疙豆、捏疙儿应该是同一类的农村吃食，都是粗粮细作的好吃食。如今仍然活跃在广大农村各家的灶台上，不少农家院推出的农家饭也缺不了。各地情况不同，你不一定能同时吃到这三样吃食。不过吃上一样就行了，大同小异的。

第二辑

边吃边聊

桂林米粉因秦始皇而得

现今，在全国各大城市里都可以找到桂林米粉的小食店，想吃的话不用跑到广西桂林去了。桂林米粉之所以吸引人，不仅因为好吃，桂林之美特别是漓江的秀美山水，恐怕也为它增加了不少宣传色彩。

也许，许多人并不知道桂林米粉原来是为了调节征战的北方人饮食习惯而发明的，并且这传说是与秦始皇有关系的。

说起桂林米粉，必然要提兴安的灵渠，而提灵渠就要提到长城。秦始皇统一中国后，做了许多巩固中央集权的大事，如"车同轨、书同文"以及统一度量衡等，并且在北面筑起长城，防御匈奴侵犯；向南方今天广东地区的南越发动统一战争。而在这场战争中，还做了一件大事，就是开凿了灵渠。历史上都认为灵渠开凿的意义不亚于修筑长城，于是历来就有"北有长城、南有灵渠"之说。可惜的是，如今长城红遍了全球，而灵渠却默默无闻，甚至连大多数国人都不清楚。

灵渠又称湘桂运河，也称兴安运河或秦凿渠，在广西

桂林市的兴安县境内，距离桂林市 60 公里。建成于秦始皇三十三年（前214 年），与都江堰、郑国渠并称为秦代三大水利工程。它不仅是我国而且也是世界最古老的运河之一。

关于灵渠的开凿，需要从古代一次有名的战争说起。公元前 221 年，秦始皇统一六国以后，为了完成统一中国大业，用了 50 万精锐部队，向岭南地区发动了战争。秦军兵分五路，朝百越之地推进。其中向现在江西余干县前进的一路军队，势如破竹，一举攻占了东瓯、闽越（今福建）地区，并设置了闽中郡。而向广西进攻的一路秦军，则遇到了部族的顽强抵抗，加上秦军不适应山地作战，不服南方水土，病员较多，打了三年都没有大的进展。其中也与岭南地区山路崎岖，运输线太长，粮食接济不上有关。为解决军粮运输问题，秦始皇通过将领们对兴安地形的了解，果断地做出了"使监禄凿渠运粮"的决定，派史禄去主持修建贯通南北的灵渠。

史禄通过精确计算，奇迹般地发现可以把长江水系和珠江水系连接起来，经过秦军与被征来的劳力的艰苦劳动，几经寒暑，灵渠开凿成功。至此，从湘江用船运来的粮饷，可以通过灵渠，进入漓江，源源不断地运至前线，保证前方的需要。至秦始皇三十三年，秦军终于全部攻下了岭南，完成了统一全国的大业，而灵渠则为此做出了重要的贡献。

湘江和漓江，在兴安境内东西相距 25 公里。中间隔着一列宽 300 多米、高 30 多米的土岭。这列土岭就是有名的越城峤，是湘漓二水的分水岭。只要把这座岭挖穿，就可以把海拔较高的湘水引达漓江。而我们聪明的古人，正好就是这么干的。灵渠的修建比较复杂，在这里一句两句表达不清楚，有兴趣的朋友最好亲达现场去一览这古代建筑，那里的大、小天平（铧堤）、铧嘴、秦堤、泄水天平、陡门等建筑，所看到的与 2000 多年前的灵渠基本相同。

说到这里，该说桂林米粉了。

灵渠修通，秦始皇前来视察了，顺带游览桂林山水。这皇帝有个嗜好，爱用鲤鱼须、鱼肚来下酒，这一下漓江鲤鱼倒霉了，一餐不晓得要用多少条鲤鱼才炒得出一海碗。秦始皇在漓江上游了半个月，成千上万条鲤鱼被杀。急得漓江鲤鱼王发誓要把秦始皇的游船拱翻，让他葬身鱼腹！可漓江河伯却警告说，帝王之事不得乱来，赶紧另想办法吧。鲤鱼王急中生智，用大米磨浆制成了鱼须（米粉）、鱼肚（切粉片）。秦始皇吃了，拍案叫绝，从此桂林米粉就问世啦。

兴安米粉

哈，这当然是个童话故事了。要说下面这个来历，大概还站得住脚。也是与秦始皇有关。

秦军 50 万征战南越，接着史禄率大量民工开凿灵渠，这些将士与劳力大部分是北方人，天生就是吃麦面长大的。但南方盛产大米，却不长麦子，这就叫一方水土养一方人，对北方人来说就是水土不服了。吃不到可口的饭菜，战斗力不强，干活的力气也就不足了。

这时，军中伙夫们却找到了办法。伙夫根据西北饸饹（河漏）的制作原理，先把大米泡胀，磨成米浆，滤干水后，揉成粉团。然后把粉团蒸得半生熟，再拿到臼里杵舂一阵，最后用人力榨出粉条来，直接落到开水锅里煮熟之。饸饹面团不用舂，而米粉团要通过舂，使榨出的粉条更有筋力。传说旧时桂林米粉从二楼悬吊一根拖地也不会断，其筋力可想而知。同时，随军的大夫采用当地中草药，煎制成防疫药汤，解决水土不服的问题。但是由于战争和工程紧张，士兵们和众劳力经常是米粉、药汤合在一起食用，逐渐就形成了桂林米粉卤水的雏形。后经历代卖米粉师傅的改进、加工，而成为风味独具的桂林米粉卤水。

原来如此，怪不得桂林米粉的味道独特呢，真正的桂林人到外地吃桂林米粉总说不正宗，是有道理的。外地的所谓桂林米粉是有其名无其实的。桂林米粉的卤水用了草果、茴香、花椒、陈皮、槟榔、桂皮、丁香、桂枝、胡椒、香叶、甘草、砂姜、八角等多种草药和香料熬制，这些草药全是专治肚腹疼痛、消化不良、上吐下泻的。这就难怪桂林长寿者，都有爱吃米粉的嗜好。

说是桂林米粉，严格来讲应该是兴安米粉，这才是正宗的。而且兴安已经连续几年办兴安米粉节了，当地人蒋太福还创作了一首《米粉歌》呢，大家一起听听：

> 兴安米粉，远近闻名，
> 千年工艺，流传至今。
> 灵渠儿女，手巧心灵，
> 兴安水美，甘甜清醇；
> 兴安米好，洁白如银。
> 榨出米粉，味道上乘，
> 绵软精细，甘甜芳馨。
> 咸淡适中，不腻不腥。
> 饥可当饭，玩充点心。
> 酸辣自选，佐料配匀，
> 凉拌解热，煮粉去冷；
> 汤粉润喉，卤粉香醇；
> 螺丝猪脚，鸡肉清炖；
> 骨头熬汤，油炸花生；
> 色香俱全，老板热情。
> 老少咸宜，男女不论，
> 一吃赞好，再吃添神；
> 三吃回头，回吃上瘾。
> 客来兴安，赏景开心。
> 吃碗米粉，有幸三生。

我去灵渠是个偶然的机会。那年去桂林开会，会址和住的地方是一个叫"乐满地"的休闲度假村。不想灵渠就在其隔壁，清晨散步就拐过去了。很幸运呀！逛了一个风景优美的灵渠，还观赏了许多文物古迹，如状元桥、陡门（提升水位用的，有36陡之说）、四贤祠、飞来石、铧嘴、大小天平、泄水天平，也接受了一次中国古代文明教育。

灵渠的"天下第一陡"

这几年，听说还修建了秦文化广场、"二战"美国飞虎队遗迹纪念馆，更已成为桂林的旅游胜地了。

记住，去灵渠参观，千万别忘了吃上一碗正宗的兴安桂林米粉呀！

曹操与松江鲈鱼

前日，关于曹操墓在河南出土的新闻闹得沸沸扬扬，是真墓还是假墓，各执一词。先不管它结果如何，我倒是想起曹操与吃的一段故事：

建安二十一年夏，汉献帝被逼无奈，封了曹操为魏王，孙权送来40担温州柑橘道贺。那时没有高速铁路和高速公路，只有靠脚夫担过来。行至途中遇一道人，说大家辛苦，我替你们每人挑一段路程吧，脚夫们当然高兴。随后发现，被道人挑过的担子都轻了许多。

柑橘到曹操那里，曹操打开一个只是空壳，再打开一个还是空壳的。曹操问之，方知是被道人挑过的。正说着，道人来访，正是那个挑过担的人，而他打开的柑橘却个个饱满。曹操再打还是空壳。曹操觉得遇到高人了，忙让座询问，这道人就是左慈。不想言谈中左慈让曹操让位于刘备。

曹操大怒，说他是刘备的奸细，下狱杖打，左慈却大睡了。

曹操大宴，左慈不请自来。问曹操想吃什么？曹操为难他，说吃龙肝做的汤。左慈说不难，于是在粉墙上画出一条龙，用道袍的袖子一抹，龙腹开裂，鲜血流淌，左慈掏出一副肝脏来。曹操当然不信，一定以为是春晚里刘谦在变戏法。

此时，厨师进上鲈鱼。左慈说吃鲈鱼一定要吃松江鲈鱼。曹操说松江在千里之外，如何得到。左慈说不难，取鱼竿来在堂前的水池里钓出十数条了。曹操说，我那池里原来就有鲈鱼的。左慈说那不一样，天下的鲈鱼只有两个腮，而唯独这松江鲈鱼是有四个腮的。众人看过，果然是四腮……

好了，左慈和曹操的事儿还没完，不说了，就说到这松江鲈鱼上。其他部分，有兴趣的去翻一下《三国演义》第六十八回"左慈掷杯戏曹操"吧！

这里说的"松江"就是现在上海的松江区。自古以来，产于松江的四鳃鲈与黄河鲤鱼、松花江鲑鱼和兴凯湖白鱼（也称岛子鱼）一起，被称为中国四大名鱼。松江鲈鱼身体肥圆，体长不过十多厘米，重100多克，头大而扁平，口阔而眼小，黄褐色，身披几道黑条纹，还略带黑点。更奇的是，这种鱼出水后鳃房里仍贮着水，若置于稻糠里，可活四五天。此鱼两鳃前后有一道凹坎，其形与色如同鳃孔，在鳃盖上又有条橙红色的条纹，状似四片外露的鳃叶，故被人称为"四鳃鲈"。说到这里明白了，松江鲈鱼也是两个腮，只是有凹坎儿，似四腮而已。

素负盛名的上海松江鲈鱼，肉质细密雪白，鲜嫩无腥。烩四鳃鲈鱼时再加入香菇、冬笋、火腿、鸡汤等佐料，被称为"天下第一名菜"，其味鲜美无比。

当年，隋炀帝下江南，品尝过松江鲈鱼后赞美说："金齑玉脍，东南佳味也。"据说清代乾隆皇帝下江南，品尝松江鲈鱼之后，封其为"江南第一名鱼"，从此松江府年年向朝廷进贡。明清时，西风一起，京城也会派官到松江收购鲈鱼，可见松江鲈鱼的名气之大。

四鳃鲈鱼名誉天下，千古有不少传说。除了上面讲的曹操与松江鲈鱼的故事，据说在西晋时，有个叫张翰的人，原籍江苏松江，在洛阳为官，一年秋天，西风乍起，寒潮将临，他想起家乡四鳃鲈鱼和莼菜正是肥美之时，思乡之心油然而生，终于托辞弃官还乡，这就是历代传为美谈的"莼鲈之思"的典故。你想想，一个人弃高官不做，只为这松江鲈鱼，那这松江鲈鱼该是多么味美呀！

据说，四鳃鲈鱼喜欢在水清、流急、底硬的河港水道落户。可惜据《松江府志》记载，原先生长在县城西的长桥一带的松江鲈鱼，由于河道年久失修，逐渐淤塞，鲈鱼

松江方塔

便迁往西首秀野桥下。后秀野桥拆除，鲈鱼逐渐减少，又迁移到西北泖河一带了。而如今，城市的发展，河流的污染结果，还会有松江鲈鱼的生存环境吗？于是野生的松江鲈鱼大概已经绝迹许多年了。只是在上海的佘山，人工饲养松江鲈鱼成功，现在在市面上供应的四腮鲈鱼，都是那里人工饲养出产的。

本来去上海到了松江的，可惜只顾来去匆匆地去看松江的"醉白池"和方塔，将吃松江鲈鱼的事忘却了。街面上也没有饭店出售松江鲈鱼的大幅宣传广告提醒，于是，与松江鲈鱼擦肩而过了。如果有朋友去松江，一定帮我找找看呀！品尝一下四腮鲈鱼是否与传说中的一样美味吧！

松江四腮鲈鱼

苏东坡与"十年鸡头赛砒霜"

清明时节，老哥儿几个回老家给父母上坟。路上，坐在车里闲聊，无非是老年人保健之类的话题。我是老二，说到"病从口入"，吃什么是很重要的，现在不是提倡少肉多菜嘛。就是肉，也是四腿的不如两腿的，两腿的不如没有腿的。最小的老五说，以后光吃两只腿的鸡和没有腿的鱼，有人特别喜欢吃鸡脑和鱼脑。老四说，我就爱吃鸡脑，那个香呀！老三说，我最近看了一个节目，说吃动物的脑子要注意了，尽量少食，因为大夫说那些动物脑子里可能积攒了有害的物质。老四说，都听大夫的，那人得饿死。一直没有说话的老大发言了，说老三讲的有一定道理，没有听说过"十年鸡头赛砒霜"吗？于是，老大讲了一个有关"苏东坡观棋破案"的故事：

三苏祠里的苏轼塑像

宋元祐年间，苏轼到杭州任知府。才刚上任，就碰上一件棘手的积案：一名叫秀姑的妇人，丈夫十年前出海打鱼，一直未归，又杳无音信，秀姑苦苦熬着。苍天不负有心人，一日，丈夫平安回来了，秀姑大喜，亲手将一只养了十年的老母鸡杀了，做好后让丈夫吃。丈夫喜欢吃鸡头，高兴地把鸡头，当然包括鸡脑仁儿都吃了。不料吃后，大喊腹痛，片刻便气绝身亡。为此，婆家认定秀姑必有奸情，和奸夫设计毒死丈夫，于是告到官府。

苏轼认真阅读案卷后，觉得秀

姑确无外心，但其丈夫又确实是中毒而死，心中实在茫然，解不通由来。

郁闷之际，他微服出去走走，散散心。路经一家中药铺时，看见坐堂的郎中闲得无聊，正与友人下棋消闲，苏轼停下来，在旁观战。郎中与友人的棋艺不相上下，杀得那是难分难解。这时，苏轼看出了郎中行棋中的一个破绽，便指点了对方几招，结果郎中输了。此时，郎中不觉感叹地说："先生的绝招如同十年鸡头啊！"说者无意，听者有心，苏轼忙问："十年鸡头什么意思呀？"郎中说："此地有句民谚，十年鸡头赛砒霜。先生支招的棋法凶狠，实在无药可解，我才说了这话。先生见谅！"

苏轼回到府中，立即让人找来一只足有十年的老母鸡，宰后煮熟把鸡头喂给狗吃了，不多时，狗便狂吠而死。就这样，疑而不决的悬案算是给破了，秀姑终于得还一身清白。

请爱吃鸡头的朋友小心了，鸡越老，鸡头毒性就越大。医学专家分析，其原因是鸡在啄食中会吃进有害的重金属物，慢慢积累下来的。不过，嫩鸡就没问题了。其他动物老了，脑子是否也会出现同样问题呢？值得注意了。

说到这里，想起了河豚。河豚在幼崽时叫巴鱼，是没有毒的，太湖的鮰肺汤就是小巴鱼做的，是难得的美味。可是，在成长的过程中，河豚将水草中的有毒的物质积攒在休内，长大后居然成了剧毒的鱼类，弄不好，食者会中毒而亡的。看来，鸡积攒毒素的时间还是漫长的，要十年。河豚只要半年就成了，积攒毒素的速度之快，吓人呀。

还有一些动物身上的东西是不能吃的，诸如猪脖子上的肉疙瘩，

三苏祠里的苏轼真迹

可能是病变；猪、牛、羊等动物体上的甲状腺、肾上腺和淋巴腺；羊"悬筋"又称"蹄白珠"，呈圆珠形、串粒状，是羊蹄内的一种病变组织；兔"臭腺"是位于直肠两侧壁上的直肠腺，味极腥臭；鸡、鸭、鹅等禽类屁股上端长尾羽的"尖翅"部位，学名"腔上囊"，是集中致癌物质的地方，都不要吃。过去民间有"宁舍金山，不舍鸡尖"之谚语，那是不懂科学。现在懂了，就不要为所谓的"口福"搭了性命！

游银川吃金刀烤羊背

在人们的印象里，一提到黄河，就是奔腾咆哮、无法约束的样子，不过古老的黄河流经 397 公里的宁夏却是一块美丽富饶的土地，滋润出千里沃野。高山、平原、河流、绿洲、湖泊，既有江南水乡的秀丽，又集塞外大漠风光之雄浑。大自然的鬼斧神工，造就了奇异壮丽的自然景观，也使以银川为中心的周围地域，形成如歌、如诗、如画的古老黄河文化，给人们独特的感受。自古就有"天下黄河富银川"之说。

据说银川还有一个美丽的名字叫"凤凰城"：传说有一只凤凰从南方飞到北方，看到一片丰盈的绿洲，以为这里就是江南，于是降落在此，筑巢为家，从此银川就多了"凤凰城"的名字。

银川地处宁夏平原引黄灌区中部，水利资源丰富。黄河过境长度 78.4 公里，水面 12.47 万亩，年径流量 315 万立方米。到了银川你完全感觉不到想象中的西北大漠景象。这样美丽的"西北江南"风景确实应该去看看。

2005 年去了一趟银川，果然不虚此行。由于时间仓促只参观了三个景点，而三个景点应该说是具有代表性的。最具有现代特色的当然就是位于银川市西夏区，在一个原始古堡的基础上修建的镇北堡华夏西部影视城。这里保持并利用了古堡原有的奇特、雄浑、苍凉、悲壮、残旧的景象，突出了它的荒凉感、黄土味及原始化、民间化的审美内涵，尽可能地保留了它特殊的审美价值，让电影艺术家们在这一片西部风光中，尽兴地发挥他们的想象力和创造力。早在 1961 年，在附近南梁农场劳改的张贤亮就发现它具有一种衰而不败的雄浑气势和发自黄土地深处的顽强生命力。到 80 年代，张贤亮平反后，第一次将镇北堡写进了他的小说《绿化树》，在书中称"镇南堡"，并将它介绍给影视界，电影《牧马人》《红高粱》《黄河谣》等就是在这一时期拍摄的。这块神奇的土地，就是著名作家张贤亮及同仁们创办的被称为"中国一绝"的镇北堡西部影视城基地。电影《红高粱》就是从这里走向世界的，荣获第 38 届西柏林国际电影"金熊奖"。到这里，感受一下拍电影的感觉，做一次演员梦吧！

　　第二个景点是自然与人文相结合的沙湖。沙湖旅游区位于银川城北 56 公里处的前进农场境内，东濒黄河，西依贺兰山，是我国北方荒漠半荒漠地区不可多得的自然生态综合体，共有水面 895 公顷，沼泽地 1837 公顷，半流动荒漠沙丘 1515 公顷。湖水中芦草丛内栖息、繁衍的各种动物达 140 余种，其中鸟类近百种，总数在 10 万只以上。自 1989 年建立沙湖旅游区以来，开发出瞭塔览胜、苇荡迷津、湖面荡舟、碧湖垂钓、湖光沙色、水产展馆、江南水寨、回族风情园、西夏行宫、蒙古包等景区。此地湖水与长天一色，沙丘与兰山共姿。多年来，沙湖吸引了百万四海宾客，被誉为"塞上旅游明珠"。来到沙湖，你会感到大自然的魅力无穷，在那茫茫的大漠里竟然有那么浩瀚的水面与片片沼泽，蓝天下水鸟飞禽在畅游或飞翔，使你根本感觉不到这是在沙漠之中。那里还有举办国际沙雕节留下的座座巨大的沙雕像，中国传说中的人物、外国童话里的宫殿、凶悍的狮群、可爱的儿童……在沙的海洋里随着湖面上升腾的蒸汽飘动。

　　第三个地方是必定要去的，那就是曾经在这里建国并拥有 347 年历史的西夏王国的王陵遗址。西夏王陵位于银川市西夏区的贺兰山东麓，方圆 40 平方公里，坐落着 9 座帝王陵和 70 多座陪葬墓。陵邑位于陵区北部，总面积约 6 万平方米，四周筑有夯土城墙，城内广场、道路、院落、水井和房屋等遗迹都清晰可见，布局十分规范整齐。城内分前、中、后三个部分，中部和后部的正中，各有一座规模宏大的殿堂，其他建筑多集中在城的前部和中部，并组成一座座封闭式庭院。1227年蒙古军队灭了西夏王朝，王陵也随之被毁。经过了800年，至今还幸存着一列列神墙、鹊台和角楼，特别是那些黄土筑的八角塔形陵台高达20多米，依然矗立。外国游人誉这些陵台为"中国金字塔"。

1038年至1227年间，在中国的西北部，出现了一个少数民族王国——大夏封建王朝。

1038年，元昊正式称帝，建立西夏王朝，改元天授礼法延祚，国号大夏，定都于兴庆府。西夏王朝建立以后，与宋时战时和，时而与辽联姻结盟，并不断仿效唐朝和宋朝的各项制度，加速了封建化的进程。最终形成宋、辽、西夏三足鼎立之势。金灭辽后、宋室南迁，西夏对金、南宋采取和好政策，西夏的政治、经济、文化发展到了顶峰。有意思的是西夏在汉字的基础上创造了自己的文字，猛看像汉字，却多不少笔画。西夏亡国后，部分西夏人流落各地，现在发现在河北、安徽等地留有西夏文字的碑石。

"中国一绝"的镇北堡西部影视城基地

西夏王陵

　　后来崛起的蒙古铁骑在成吉思汗带领下，首先选择摧毁相对软弱的西夏王国。成吉思汗曾六次征讨西夏，就在第六次即将大获全胜之时，于归程中在西夏境内的萨里川命归黄泉。在他临死前，被蒙古军队围困达半年之久的中兴府，粮尽援绝，军民患病，已失去抵抗能力。西夏末主只得派遣使节请求宽限一个月献城投降。1227 年 7 月，成吉思汗在六盘山区的清水（今甘肃清水县）西江病中立下遗嘱：死后暂秘不发表，待夏主献城投降时，将他与中兴府内所有兵民统统杀掉。不久，末主率众投降，成吉思汗也病亡。蒙古军队遵照成吉思汗遗嘱，将夏末主等杀死，并一举荡平中兴府。至此，建国 189 年的西夏王朝终被灭亡。

　　历史浩渺，我们只能简单概括地追寻一些脉络。而我们文章要说的是吃，那这里有与吃联系在一起的东西吗？当然有。相传成吉思汗死时，遗嘱他的三儿子窝阔台登基，当然，他死后肯定会有一些纷争。不过，他的四儿子拖雷帮助三哥登上了帝位。窝阔台称帝后，就将喀尔喀地区和一把金刀赐给拖雷。允许其食之皇礼，吃羊背前可手持金刀举行仪式。金刀只有蒙古皇帝才可佩戴，烤羊背只有在蒙古族非常重要的节日庆典中才能见到。可见皇帝哥哥对有功于他的弟弟给了最高的礼遇。

不过，现在没有皇帝了，富裕起来的人们都可以去享受皇帝的礼遇了，"金刀烤羊背"也是银川的一大美食呢。按照蒙古族的话来说，一头羊除了羊腿，肉就都在羊背上了，所以烤羊背是一道庞然大菜。选用了草原牧场上最肥美的白条羊背，用当归等30余种中草药和天然调味品腌制24—36个小时，腌好的羊背要在特制烤炉中经过两个小时左右的烘烤，要求一定得是野杏、桃、李、桦木和生长在沙漠中的"扎格木"等木炭作为燃料，只有这样烤出的羊背才原汁原味，饱具草原的百草香，毫无腥膻之感，可谓色美肉香、外焦内嫩、干酥不腻。而且还有"六月鲜羊肉，神仙也想吃一口"的说法。那六月到银川去是吃金刀烤羊背的最好时候啦。

在北京，如果要吃烤羊背也不难，许多西北、内蒙古的饭店都可以吃到，只是价格不菲，恐怕要500多元一份呢。而在银川，500元可吃到三个金刀烤羊背了。去银川，一定不要错过吃正宗蒙古"金刀烤羊背"的机会呀！

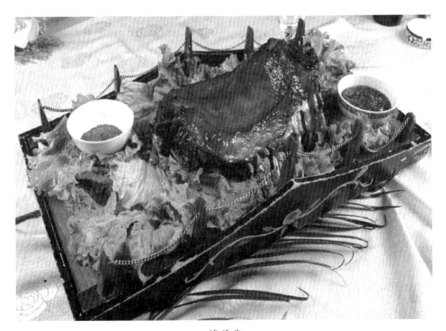

烤羊背

品尝"红楼菜"中的"茄鲞"

电视连续剧《红楼梦》开播，又掀起评论的热潮，且不管是褒奖还是贬低，我从中学到一句看似有用的话来——"一人一个红楼梦"。真是这样的，每个人看完《红楼梦》都会有不同的理解和评介，大概这也就是永远难以平息争论的原因，也使得"永远的红楼梦"同"永远的李白"一样，在中华文化的无垠海洋里永远潇洒飘逸。

好了，我理解的《红楼梦》还是归结一段"吃"吧：去年去扬州，发现满街都是"红楼宴"，原来《红楼梦》里的吃食被大张旗鼓地搬到市面上来发挥经济效应了。这也顺理成章，曹雪芹的祖辈做过江南织造，接过乾隆皇帝的驾，《红楼梦》里充满扬州菜式是毋庸置疑的。不过，在我的印象里，首先推出"红楼菜"的不是扬州，而是我们祖国的首善之区北京，是北京的"来今雨轩"饭店。

这来今雨轩饭店坐落在天安门近旁的中山公园里，不太清楚的顾客还真不好找到它。由于在 20 世纪 80 年代初就首先推出了"红楼菜系"，这座本来就较有名气的饭店也修饰的颇有《红楼梦》大观园的味道，两层的楼房也涂成红色的了，曲径、回廊、绿柳、池塘……未曾入席就感觉到了《红楼梦》的大观园。再加上中山公园固有的皇家气派，你会直觉到，在这里享受一番"红楼菜"，值得。

"来今雨轩"这个名字来源一个典故。唐朝

北京中山公园内的来今雨轩

大诗人杜甫，曾经到了长安。皇帝看了他的文章后，准备给他官职。人们都来拜访，一时间门前车水马龙。不久，消息传出皇帝没有了起用他的念头，来看他的人立刻就少了。这时杜甫又生了病，心情十分失落。一个雨天，有姓魏的朋友冒雨来看他，杜甫十分感动，便赠姓魏的朋友一首《秋述》的诗。这首诗的内容是什么，后人绝大部分都不知道了，我也查了不少书，没有找到。但诗前面的一段小序却被人经常提起和引用。这个序中有七个字"旧，雨，来，今雨不来"。意思是过去朋友们下雨天都来看我，今天的新朋友，下雨就不来了。表现了杜甫对人事炎凉的感慨。后人就将"旧雨"称为老朋友，"今雨"称为新朋友。

1914 年，这座楼建成。在起名字的时候，就借用了中间的三个字"来今雨"，表达的是老朋友、新朋友都来，欢聚一堂。据考证，这"来今雨轩"匾原系民国时期总统徐世昌所书。当时一些社会名流、大学教授、鸿儒名医等常来此聚会。柳亚子组织的"南社"活动也曾在此举行。如今这里办起来饭庄。由是，能到这里一坐也是"雅士"啦。

据饭庄的经理介绍，从 1981 年开始就对红楼菜进行研究，他们是开发红楼菜最早的饭庄，从《红楼梦》中选出 22 种菜肴、6 种汤、5 种粥、4 种点心为主攻品种，从选料、配料、调料上反复研究并研发创新，使红楼菜集中体现了五个特点：一是每道菜都有"出典"；二是菜的风味上与淮扬菜相似，清淡爽口，甜而不腻；三是选料精细；四是做工考究，造型美观；五是有丰富的营养价值。招牌菜是火腿炖肘子；特色菜有鸡丝蒿子秆、鸡髓笋、怡红祝寿和烤鹿肉；经典菜里面有茄鲞（音 xiǎng）、鸡皮虾丸汤、银耳鸽蛋、乌龙戏球与三鲜鹿筋等；特色主食就是豆腐皮包子。

这么多菜吃过几道？还真印象不深了。只是那道"茄鲞"却是记忆深刻，因为来了两次都由服务员介绍此菜，弄得我这"雅士"回来真翻开《红楼梦》去验证一番。这次《红楼梦》电视剧又是重点描述了这"茄鲞"，咱们就一起看看：

《红楼梦》第四十一回，贾母在大观园设宴，凤姐奉贾母之命，撮了些茄鲞给刘姥姥吃，刘姥姥吃了说："别哄我，茄子跑出这味儿来，我们也不用种粮食了，只种茄子了。"……凤姐儿听说，依言撮些茄鲞送入刘姥姥口中，因笑道："你们天天吃茄子，也尝尝我们的茄子弄的可口不可口。"……刘姥姥细嚼了半日，答道："……告诉我是什么法子弄的，我也弄着吃去。"凤姐儿笑道："这也不难。你把才下来的茄子把皮剥了，只要净肉，切成碎丁子，用鸡油炸了，再用鸡脯子肉并香菌、新笋、蘑菇、五香腐干、各色水果，俱切成丁子，用汤煨了，将香油一收，外加糟油一拌，盛在瓷罐子里封严，要吃时拿出来，用炒的鸡爪一拌就是。"这段吃"茄鲞"故事，曹雪芹把它写得有滋有味，形象自然，表现了大观园里的饮食中秉承了"食不厌精，脍不厌细"的中国饮食文化。而刘姥姥一句"我的佛祖，倒得十来只鸡来配他，难怪这个味儿"，又道出了"朱门酒肉臭，路有冻死骨"的社会不公。

翻翻有关资料，现时代的"茄鲞"是这样做的。原料：茄子 500 克、斑鸠肉 100 克。桃仁、杏仁、腰果、榛仁、松仁、榄仁、花生仁、莲子、板栗、五香豆腐干、鲜蘑、香菇各 5 克、红绿青椒 16 克、鸡蛋一个。花生油 100 克、糟酒 30 毫升、鸡油 15 克、酱油 10 毫升、盐 3 克、糖 2 克、绍兴黄酒 25 毫升、水淀粉 30 克、鸡精 0.3 克、清汤 100 毫升、葱姜蒜各适量。

制法：先将茄子削皮，切成均匀的小骰子丁状备用。然后将斑鸠肉用水洗净，沥水，用刀轻轻

红楼宴中的茄鲞

拍松，剞上花刀，再切成小骰子，用盐、黄酒腌渍入味，再用鸡蛋清、水淀粉上浆丁状备用。将各种干果去皮用油炸酥脆。水发香菇、鲜蘑、豆腐干、红绿青椒切成小骰子丁状备用。把锅放至旺火上，放入鸡油，将茄子丁炸成金黄色澄去油。锅内留少许底油，放入葱、姜片煸出香味即下入茄丁、糟酒、酱油、盐、糖、醋、清汤，将茄丁煨透入味，勾入少许芡粉，出锅盛入盆中。另起锅放入花生油烧至五成熟，下入斑鸠丁滑散，随后下入鲜蘑、香菇、豆腐干、红绿青椒及各种干果仁，澄去油后，锅内留少许底油，将葱、姜片煸出香味后倒入滑散的主、配料，快速烹入用盐、糟

酒、糖、鸡精、清汤、水淀粉兑成的碗汁，颠翻几下，出锅覆盖在茄丁上即成。

是不是很麻烦呀？可是，名堂只是名堂，商家卖的是《红楼梦》的名气和典故。不客气地告诉你，那"茄鲞"也就是一盘由茄丁和各种配料搅和在一起的大杂烩，不如一盘红烧肉或东北地三鲜更耐吃呢。当然，这无亵渎名菜的本意，没吃过的朋友还是有机会去享受一下的好。

人人都解《红楼梦》，红学家们就更不用说了，不知道，这红楼菜里的学问和含义有没有人去研究。比如这"茄鲞"，我倒有一解：你看这十来只鸡配它，是不是象征了宁荣二府、贾家财大气粗的雄厚底汤？那斑鸠肉、桃仁、杏仁、腰果、榛仁、松仁、榄仁、花生仁、莲子、板栗、五香豆腐干、鲜蘑、香菇、红绿青椒、鸡蛋等配料，是不是那"红楼十二金钗"和诸多丫鬟们来众星捧月，而捧的正是那不学无术、混迹于胭脂丛中的"茄子"贾宝玉呀？

"一人一个红楼梦"，大家都谈谈吧！

要告诉大家：北京的来今雨轩饭店目前歇业多年了。

上海觅食绿波廊

上海的小吃哪里最好，上海人会马上告诉你是城隍庙。这是不容置疑的，你看连北京的上海小吃都打着"上海城隍庙小吃"的招牌。于是，到了上海一定要去那里寻觅美食了。

上海的城隍庙在明代就有了，经过 600 多年的风雨沧桑，如今不仅老城隍庙已经翻旧如新、香火鼎盛；而在其周边的商业活动也是如火如荼，吸引着中外游客光临。还有那个著名的豫园，为上海最精美的私家园林呀，到此也需观赏一下吧。到城隍庙去，那可是游览、购物、进香、美食，一举多得呀！

今天，我们就一个目标，只去寻找美食——小吃。到了那里才知道，经营城隍庙小吃的可不止一家，那是多了去啦！有物美价廉的大排档、有中档餐厅，当然也有名店，其中最著名的应该是"绿波廊"。朋友说既然到了城隍庙，咱们就去那家名店，要知道那里是专门接待各国元首和政要名人的地方，去开开眼吧！

一到城隍庙就已经开眼了，端的是热闹非凡！你看那不大的广场上正举办金秋拆螃蟹比赛，这在北方可是见不到的，且去看看。原来比赛正分两组进行，一组男士在比赛捆螃蟹；女士一组在剔蟹肉。捆螃蟹的男士个个牙咬线、手攥蟹，咬牙切齿地跟螃蟹较劲，真是挺麻利，不几下，一只蟹就被五花大绑了；而女士一组却文文静静地只见手在动，没有男士们张牙舞爪的样子，不过那蟹肉却是川流不断地被剔出——真是开眼了。还没等到结果出来，就被朋友拉去找绿波廊了。

绿波廊在豫园旁边，周围也是饭店林立，楼下　池静水和池中的五彩鱼群倒使它名副其实，还有那九曲桥更增添了绿波廊闹中取静的雅趣，怪不得有 50 多个国家的元首赶来这里赴宴呢？环境呀！优美

上海绿波廊

绿波廊里接待过美国总统克林顿的房间

的环境也是它独拔头筹的先天条件。

进入绿波廊，有经验的朋友要求去二楼大间，原来那里曾经是接待美国总统克林顿的地方。据说，当年克林顿在这里狂吃了两份绿波廊的小吃套餐。进去一看，只见那张接待的大圆桌如前般摆放着，使人大有"昔人已乘黄鹤去，此地空余黄鹤楼"的感觉。不过，这里倒没有空闲着，如果有大拨儿的顾客来也是可以定这桌子的。我们人少，就在旁边"作陪"的小桌上就餐了。

绿波廊出名已久，"文革"前就负责接待外宾的任务。而它声名大振应是接待柬埔寨元首西哈努克后。如今在绿波廊的介绍里就有这段故事：说当时绿波廊接到西哈努克要来的消息，并了解到他在南京吃到了 12 道小吃后，绿波廊的厨师们连夜研制出 14 道著名小吃。其中有传统眉毛酥、金腿小粽、蟹粉小笼包等，还有新增的。结果，这 14 道美点深受西哈努克的称赞，成为绿波廊的传统美食。接着的"文化大革命"将这些美点都打入了十八层地狱，暂时消失了。"文革"后，许多知道此事的名人建议绿波廊再现当年佳点，可好，有当年的有心厨师将珍藏了多年的秘方贡献了出来。于是，现在成了绿波廊的"镇店之宝"了。

当然，我们是慕名而来、听听故事罢了。具体点菜嘛，而只有点几样，够吃就得，点到而已。你看我们点的蟹粉小笼包、金腿小粽、火腿萝卜丝饼、蒸饺四样小吃，还有松鼠鳜鱼、咕咾肉和香菇油菜，还可以吧。你要问感觉如何？只能说，什么时候都是，"看景不如听景"，吃名点也大抵如是。当然也不是差，价钱在那儿摆着呢！

这正是：

> 慕名觅食绿波廊，上海小吃美名扬。
> 美国元首狂饕餮，西哈努克细品尝。
> 出彩美点十四种，唯挑经典五六样。
> 餐罢思来是平常，喜与名人共徜徉。

台湾美食
Taiwan Meishi

在台湾"驾崩"

哈哈！一听到"驾崩"会不会被吓一跳，然后会莫名其妙——谁"驾崩"了？现在没皇帝了，还有谁在台湾去"驾崩"呀？

这里说的"驾崩"是台湾闽南话"吃饭"的谐音。我们说普通话的听来会感到稀奇，对闽南人来说可是平常事了，天天顿顿要吃饭，因此，每天要"驾崩"好几次。

台湾导游每到一处用餐的地点，都会很礼貌地请游客们去"驾崩"。

按旅游合同的规定，在台湾期间早午晚的三顿饭都是由接待方负责的。早饭是在居住的饭店就餐。台湾的称呼与大陆有些区别，大陆称为酒店的台湾称为饭店。台湾称为酒店的则是"夜总会"。

台湾居住的饭店会给每个入住的旅客一张早餐券，在饭店的餐厅用早餐。台湾饭店的早餐一般都是中西结合式的，中式的面食、米饭和西式的面包都会有，而且菜式也不少。有的饭店还有馄饨、汤面现煮现用。因为每天换一个住处，所以经历的用早餐情况也各不同，一般住在小一

点的饭店，因为旅客少，空间就比较宽裕，用餐也方便。赶上大饭店，游
客又集中时，就如同赶集一般了。不过，还是比较有秩序，可以用上餐
的。几个饭店走过，发现供应早餐的品类中，有甜豆浆的较多，供应牛奶
的很少。似乎仅在溪头供应过一次，留下了较深刻印象，牛奶很浓、很香
也很鲜，肯定成本也高，所以大部分地方不供应了。

在台湾"驾崩"的地方之一、二

开放大陆游客到台湾旅游是酝酿了很长时间的事，大陆方面的旅游界
也到台湾考察多次并双方进行了磋商和约定。因此，在台湾旅游指定的饭
店"驾崩"，形式几乎都是一样的，标准基本相同。一律是"八菜一汤"，
菜一定是四荤四素。在荤菜中要有鱼，不管是整条的还是鱼块，还一定要
有猪肉或鸡肉；在素菜中，还有鸡蛋和豆腐食品。有的饭店还会加码，上
十个菜或加一个甜品。菜的口味应该是客家菜的口味，少辣偏咸，特别对
北方人的口味。不过，爱吃辣子的游客也没关系，台湾的饭店里都备有小
碟的酱油辣椒，就是切碎的尖椒泡在酱油里端上来。

在旅游的宣传中，会说能在不同的地方吃到特色餐，比如在日月潭的
邵族饭店里是邵族的餐饮，在台东会去吃客家菜。其实，这些餐与旅途中
的用餐没有多大区别。在邵族那里，只有一个放了当地一种姜丝的汤有些
特别，是邵族人常喝的。而在台东的客家菜里有一种"板面条"是当地客
家特有食品，但特色也不明显。而一种"野莲"，也叫"水莲"的，炒出

的菜还不如炒蒜薹好吃。于是，我说，在现在社会的大交流中，各种菜式已经越来越大众化，越来越走向趋同了。主食，除了有一餐主要吃小吃外，都是米饭。米饭是管够的，大饭量的游客不用担心。餐后，还会有水果供应。

提到吃小吃，是旅游合同上注明的。在去猫鼻头的路上，到一家基隆庙口小吃分店吃所谓的"吴家国宴小吃"，其实是个路边很简陋的饭铺。提供的小吃和菜也是八种，有翡翠蒸饺、肉包、豆糕等，有一菜就是台湾著名的"蚵仔煎"，是鸡蛋里煎生蚝，算是有特色的台湾小吃了。

总之，在台湾"驾崩"还是蛮舒服和满意的，只有一次在台北一家饭店的晚餐不太令人满意。并不是店家不尽心，菜式也满多，但厨师大概是生手，做的菜不合大家口味，剩了不少。好了，这里告诉朋友的是，到台湾去，在饮食上是没有多大问题的。

最后讲一个到日月潭时导游讲的故事：日月潭的特产曲腰鱼和奇力鱼，而曲腰鱼又称为"总统鱼"，那是到日月潭的游客都试图要尝尝的美食之一。不仅是曲腰鱼的肉质鲜美，还有一个有关蒋介石的故事。蒋在世时经常来日月潭，这里的厨师为了讨好蒋，知道蒋的牙口不好，就将曲腰鱼的刺精心剔除，做出来呈上，蒋吃了大加赞赏。于是，成了蒋每次来日月潭必上的菜肴。蒋介石爱吃，可苦了厨师，那剔刺可不是件容易的事啦！后来，这吃法传入民间，人们称它为"总统鱼"。据说，现在一尾曲腰鱼的价格从数百元起到数千元都有。不过，现在的"总统鱼"是否还是把刺都剔除，就不得而知了。

虽然曲腰鱼滑嫩的肉质、入口即化般的口感非常诱人，但对我们旅游团来说也只是听听而已了。如果你能自助游去台湾，到日月潭可以弥补一下的话，就做准备吧。去品尝那人人赞不绝口，据说是无法抗拒的"总统鱼"吧！

台湾人爱吃"棺材板"

到高雄的六合夜市逛的时候，突然发现一家卖炸臭豆腐的摊子上大书着三个字"棺材板"，感到很惊奇。怎么，这里还卖"棺材板"？对，就卖"棺材板"！不过不是你见过的那种木头做的"棺材板"，而是一种台湾特有的用炸面包做成的小吃。

后来，经打听知道这"棺材板"是台南赤崁地方的许六一先生在20世纪40年代发明的。那时，许六一先生在赤崁沙卡里巴卖鳝鱼意面、八宝卤饭等小点心，后来台湾有些美军进驻，需用西餐。于是，他和过去军队中会做西餐的伙伴一起，开始制作西餐，后来发展出中西夹杂的餐点供应市面。当时他在赤崁的点心生意已经相当好。据说有一次有位教授朋友告诉他，想尝尝特别口味的点心，许六一先生灵机一动，就用西式酥盒加上鸡肝等中式配料，端出"鸡肝板"待客，这就是"棺材板"的前身。由于其形状和口味都很特殊，客人们很喜欢并都称其为"棺材板"，使"棺材板"一炮而红，很快扩及全台湾。

"棺材板"的做法很简单，将厚方面包片下锅油炸，炸到金黄色后捞起，掀起炸酥的一面，把中间挖空，放入以高汤煮成再用些牛奶勾芡的由鸡肝、鸡肾、鸡肉、豌豆、马铃薯、胡萝卜、地瓜粉、墨鱼和虾仁等精心调制的作料，最后将面包片盖上。吃的时候，先吃香脆的面包片盖子，然后再吃埋在里头香甜的内馅。酥脆的外皮配上香滑可口的肉馅，香味浓郁，营养丰富。

"棺材板"的味道一般是偏甜的，如果不喜欢吃甜，可以尝尝其他特有的咸味点心。如用猪肝片、鲜姜片、洋葱、柿椒拌同多种多样的配料，再如腊肠片、豆腐片、年糕片等一同爆炒，都是不错的配料。

其实，台湾人爱吃"棺材板"，还有一个讨吉利的意思。"棺材"谐音"官财"，升官、发财嘛！于是，都抱着升官发财的梦想来抢购了。

"棺材板"好吃，不过需要提醒的是，一定要趁热吃，这是因为放在面包里的馅料，成分含有很高的面粉质，放久了易变酸，自然就不好吃了。所以台湾卖"棺材板"的小吃摊，都是采用现点现炸的方式。如我们在高雄六合夜市见到的那样，在小吃摊现炸。可惜的是，那天刚刚吃过晚饭，实在是吃不下东西了。不然一定要买一份尝尝。当然，可以参观一下厨师的操作过程。如果是在家里自己做，也是可以的。不过这种小吃用什么料、怎么制作，那是要保密的。因此，我们只好眼馋馋了。想吃，就只有去卖家了。

　　不过，大陆的朋友不用着急，想吃不一定要去台湾。台湾小吃已经进军大陆，许多城市已经有"棺材板"卖了。而且，在许多饭店有了改进版的"棺材板"，作为菜式推出。如果不讲给你听，你可能不清楚，那菜式的形状好像一只过去江南的木制小船。而广州也有改进版的"棺材板"，也是方块状的，只是比那台湾的"棺材板"小了点儿。而且，以上两种改进的"棺材板"都是大饭店的菜式，改变了台湾"棺材板"的初衷，都已经不是廉价的小吃了。

台湾小吃——棺材板

逛高雄六合夜市

在去台湾前看了一份介绍台湾高雄六合夜市的小册子，知道六合夜市的前身为大港埔夜市，原本为聚集于台湾高雄市区大港埔空地上的小吃摊，兴起于 20 世纪 40 年代末至 50 年代初，那时已经是名列高雄最具代表性的夜市了。高雄市政府于 1987 年起，每天傍晚 6 时至凌晨 2 时规划六合夜市为行人徒步区，在全长约 380 米的步行街道上聚集了超过 170 个摊位，包括小吃、服饰及各项娱乐摊位。从此六合夜市开始迈入国际知名的观光夜市行列。

在介绍小吃的品类中，有一款"菱角酥"非常吸引人，据说那是用面裹起菱角仁炸出的小吃，香酥可口。特别是价格便宜，30 台币可以买到 9 枚，并且说够两个人用的。于是，把逛六合夜市的重点放在吃这"菱角酥"上去了。

按旅游合同安排，到高雄的当天晚饭后就去逛六合夜市的。不想，那天的时间安排的特别宽松，吃完晚饭不到 18 点就拉到六合夜市了。因此，我们成了早班的客人。

来到六合夜市，给我感觉如同北京的隆福寺和其他国内城市的夜市一样，原有的店铺前街道上摆出两排各具特色的摊位，明亮的灯光下照射出不同的招牌：筒仔米糕、台南担仔面、油炸臭豆腐、盐蒸虾、珍珠奶茶、木瓜牛乳、螃蟹大王、邱记碳烤、嘟嘟热狗……哇！真是琳琅满目、不一而足。

在街道摊位的后面的店铺也仍然开着，一些较高档的牛排店、海鲜店等饮食店铺也在招揽顾客，同时还有服装店、娱乐城等。不过逛夜市的重点还是在临时摊位上。

同大陆的夜市相比，这里的夜市相对比较安静。没有在大陆夜市里那种喧嚷和烟熏火燎，更没有摊主在那里大声吆喝、招徕顾客，一切都是静

六合夜市

等顾客上门。再就是比较干净、卫生。每个摊位都有自己的特点，但非常注意清洁，让人爱看、想吃。

如果提到价格，肯定比大陆的要贵一些，这与两地的收入水平有关系。但有些东西可能要比大陆便宜些。如我们看到的花盖的海蟹，一只只要100多台币，相当20多元人民币，这在北京是买不来的。

不知是我们去早了，有些摊位没有出摊的缘故，还是那个卖"菱角酥"的摊位撤了。仔细地蹓摸了两个来回也没有发现它的存在，十分扫兴。回来在网上查了一下，发现有的游客拍下"菱角酥"的摊位照片，上面清清楚楚地显示着"菱角酥"40台币9个。再仔细看，还是2008年发的帖子。我想，如果那天真找到"菱角酥"的摊位，恐怕已经是50台币9个了。

没有找到"菱角酥"，其他东西又吃不下，可也不能白来一趟呀！怎么也得为六合夜市"捧捧场"呀。这时，我们发现一个生意很兴隆的摊位，挤过去一看是卖"木瓜牛乳"的。它之所以招徕那么多人，是因为姓郑的摊主会利用"名人效应"。在他的招牌上，书写着许许多多台湾知名人物的亲笔签名。我凑上去一看，曜！连战、马英九、王金平、吴敦义、吕秀莲、谢长庭、苏贞昌，还有陈水扁。把台湾的头面人物一网打尽啦。不用说，这些人物都光顾过他的摊位，应该是选举拉票扫街时来的，因为他的摊位在街口，占了便宜，马英九就在这里签到过两次呢。哈，这些人物也算为郑摊主免费做广告了。

而那郑摊主也不闲着，站在摊位前，频频与好奇的游客合影留念。照过相的游客没有不照顾他生意的，而一杯"木瓜牛乳"则要50台币一杯。不过，味道确实不错。

台湾"池上米"与"池上饭包"

到台湾，特别是到台湾的南部，发现一个特别多的"池上米"招牌。这招牌特别吸引我。其原因在于我最近结识了一帮朋友，他们其中的一部分人是当年去山西一个叫"下池村"地方下乡插队的知识青年。这帮朋友非常有才华，如今也大都过了"知天命"而近"花甲"的年龄。在工作中饶有成就之后，更在博海里遨游，甚是春风得意。与他们结识使我增长了不少见识，也从他们博文的字里行间，看到他们对原来插队的"下池村"留有深厚的感情。于是，我对"下池"的印象颇深。

而这招牌偏偏书写的是"池上"，引起我的深思：按说"下池""池上"是对不上号的。可是，在台湾就应该对上号了。因为大陆与台湾的半个多世纪的隔绝，使得在文化上出现不少差异。有许多的言词都是相反的，如大陆说的"地道""运营""夜宵"等等，在台湾就称呼"道地""营运""宵夜"。意思是相同的，而词面是相反的。按此推论，"池上"就应该是大陆的"上池"。大陆有"下池"，台湾有"池上"，说不定现在"池上"的居民中就有几百年前大陆山西下池地方迁移过来的，而这里的地理环境与山西下池相似，古人怀念故乡故而起了"上池"的名字，后来演变为"池上"的呢？哈，我这里在考古了。不过，对山西下池村有深厚感情的当年知青朋友，可以按我这思路去探究一下，也许有收获。

看着满街的"池上便当""池上饭包"以及"池上米"，忍不住去问导游。原来，池上真是台湾一个出产稻米非常有名的地方。在网上查到池上乡位于台湾台东县北部，北临花莲县。池上乡地处花东纵谷中部偏南，系由新武吕溪所冲积而成的肥沃平原，西有中央山脉，东有海岸山脉，气候属热带季风气候，雨量充沛，是个难得的风水宝地，就是它造就了闻名全台湾的优质池上米。乡内居民以汉族及台湾阿美人为主，产业则以农业为主。我们从台东向花莲去的路上经过的三台山就离池上乡不远了，只是隔着那个海岸山脉。

池上米有名，当然是好吃，口感好。在台湾旅游期间顿顿吃的是米饭，觉得都不错，具体哪一顿吃的是池上米就不得而知了。就是池上米也是分出不同等级的。最好的池上冠军米一公斤要卖人民币百十多元呢。

池上米过去在日据时代是进贡日本天皇的米，故被称为"皇帝米"。池上米外观晶莹剔透，饭粒口感香糯，曾连续三年获得台湾冠军米称号。参赛获奖者第一届是客家人，第二、三届冠军则是原住民阿美人。在台湾名闻遐迩的"池上饭包""池上便当"就是发源于此地，"池上饭包""池上便当"所标榜的材料，正是池上米。

有一种说法，池上米最早能够扬名，应该是"池上便当"的功劳。"便当"一词来源于日语"弁当"（音 bentou），后经简化翻译成 Bento 了，而在大陆习惯称为"盒饭"，即盒装餐食。在台湾一般统统称为便当，通常用于午餐、外卖、工作餐等场合。在日本"便当"与"盒饭"在用法上有细微差异，"盒饭"更倾向于简单粗糙的饭食，而"便当"就精细多了。

在日本人侵占台湾的昭和年代初期，移民陆续由台湾各地移入池上开垦。有一对叫李约典、林来富的夫妇，也在这一时期由台北三重市迁移到池上并居住在池上火车站前，开始在池

卖"池上饭包"的小店

上车站月台上贩卖番薯饼。日本投降之后，李约典夫妇改卖竹叶包饭团，即是第一代的池上饭包。之后，由于他们的儿子在车站任职，于是便将饭包带到火车上卖。当时在花东地区铁路行驶的是蒸汽火车，由花莲到池上要七个小时，池上到台东也要五个小时。于是李家以及后来的传人逐步将饭包改进为配有鲁肉、黄菜头、烤肉干、猪肝、瘦肉片、一小块蛋饼、小虾和面粉油炸成的炸虾饼及梅子和池上米饭的便当，为旅客解决途中饥饿之苦。

20世纪80年代后，其后人成立的"佳豪池上饭包"和后来创立的"悟饕池上饭包"，已成为全台最大的米食连锁便当，拥有27家直营店、160余家加盟店，平均每天卖出约7万个饭包，年营收达17亿元。据说"佳豪池上饭包"曾到大陆投资，不幸失败而撤回。如果当时成功的话，大陆人也许会早一点认识"池上饭包""池上便当"和"池上米"了。

2002年时，"悟饕池上饭包"的台湾集山实业和池上乡乡公所合作，在台东池上乡建立了"池上饭包博物馆"。哈，再有机会去台湾，应该去参观一次啦！

在台湾吃到曼波鱼

去台湾旅游的路程，是从台北出发沿西海岸到东海岸，到花莲时照例去了太鲁阁。那是个惊险的旅程，不过还好，顺利走过，往花莲市去宿营了。

到傍晚的时候赶到了太鲁阁火车站，当然要去拜访一下。这个火车站很小，主要是接待前来旅游的客人了。匆匆看过就去吃饭了，导游把客人引领到一个经营有机蔬菜的饭店，叫"太平洋有机食府"。

打出"有机"的招牌也是赶时髦的幌子，是不是有机产品，只有天知道，反正游客是很难分辨出来的。按规定八菜一汤，不错，全上来了。其中有一道菜是芹菜炒的白色的海物，吃在嘴里有一种胶皮的感觉，比较难以嚼烂，而且味道很平淡，吃不出香的感觉。问上菜的服务员，解释说这是台湾的特产"曼波鱼"。喔，是鱼，怎么没有刺儿？好像是鱿鱼之类的

太鲁阁火车站

东西吧！既然上了就吃吧，可是实在是难以咀嚼，只好剩下一大盘！可那是台湾的特产呀，怎么也得了解一下。还好，饭店的大堂里就有介绍，去看看：

原来，曼波鱼是日本人的叫法。实际上这鱼的学名叫"翻车豚"，也称"翻车鱼"。体高侧扁，头很小，吻圆钝。背鳍与臀鳍均为尖刀形，无腹鳍，鳍短小，圆形，尾鳍消失。背部为灰褐色，两侧为银灰色，腹部白色。大的曼波鱼有 3 米多长，重量达到 1000 多斤呢。这种鱼在英美地区称为"海洋太阳鱼"、西班牙称"月鱼"、德国人称"会游泳的头"。还别说，那样子就像个没身子的大头。而台湾话是叫"鱼过"，现在台湾将它定名为"曼波鱼"。

因为这种鱼肉质含水量极高，就像是果冻般，在过去被人食用的部分比率偏低，绝大部分都是食用肠子的部分（俗称龙肠）；然而在最近七八年经过花莲地方的研发，据说有了 101 道

曼波鱼

的曼波鱼菜品，将整只曼波鱼的使用率达到了 95% 以上，可算是曼波鱼料理的创举。

据讲在花莲的"三国一餐厅"里，以色、香、味为主轴推出了八珍曼波羹、曼波双品宴、曼波脆珍珠、黑胡椒曼波、麻油曼波蒟蒻、曼波雪燕窝、曼波豆腐盅等多样美味的料理。

真不知道，精加工的曼波鱼是什么味道，有机会再去台湾的话去试试吧。就我们吃的那道菜，不知道应该叫什么，也许就是"曼波鱼芹菜小炒"，提起来嘴里就有一股嚼胶皮的味道。哈哈，还是算了，吃点儿别的鱼，这曼波鱼就免了吧！

晋阳饭庄与纪晓岚故居

　　有香港朋友来京，希望去北京老字号的饭店品尝一下。于是，就决定去到两广路上的晋阳饭庄品尝山西菜。去时我还挺犹豫，晋阳饭庄在北京有好几家分号。位于西城区白广路和月坛西街的两家都去过，而位于两广路上的晋阳饭店本店曾经去过两次，竟然没有订上座位，这次能行吗？还别说，大概相约的时间较早，不到11点就去了，这次有座位。

　　我对于晋阳饭庄是早有所闻的，20世纪60年代在北京上学时就知道这个饭店，那时都传说这个地方原是彭真在新中国成立前搞地下工作时的秘密联络点，新中国成立后就公开营业了。我也曾多次经过，那时还是大红门院落的小院式饭庄，只是穷学生囊中羞涩，望洋兴叹吧。

　　其实，当时并不知道这里原来是铁嘴铜牙纪晓岚的故居，而且也不是人们所传的曾作为彭真进行地下活动的联络站，而是20世纪30年代共产党员刘少白在北京的地下活动处所，是当时河北省委的秘密联络点。1935年到1948年间，曾是京剧"富连成"科班所在地，曾培养出数以千

北京两广路上的晋阳饭庄（槐树遮挡处是纪晓岚故居）

纪晓岚故居

计的梨园弟子。说起这"富连成"喜欢京剧的人都不陌生。在这里培养了"喜连盛世富元韵"儿科的京剧演员，像马连良、叶盛章、袁世海等都是"富连成"培养出来的。这里堪称是藏龙卧虎之地！

那它怎么就变成晋阳饭庄了呢？说起来还挺有来头的。新中国成立后，一些在解放北平时入城和一批原来就在北平搞地下工作的老同志，都希望新中国成立后能有一家经营山西风味的餐馆。1959年初，时任北京市市长的彭真向国务院副总理薄一波提出了这个建议，并让宣武区（今西城区）组建山西风味餐厅。经过勘察、选址后，花了8万元人民币，将这个古老的庭院修葺一新，并于当年10月1日正式开业。

晋阳饭庄开张初期并不对外，主要是作为山西的招待所。从山西聘请了30多位名厨，招待来京办事的山西同志。在北京，也只有少数名人才有资格光临。这里主要是为老同志服务，来客几乎都是山西老乡。而饭庄最重要的任务是为在京的山西籍领导同志招待宾客服务。

到了三年困难时期，晋阳饭庄才渐渐对外开放。据说，因为当时副食品供应有限，晋阳饭庄每天只能卖200个号。直到1963年，晋阳饭庄才正式对社会开放。郭沫若书写的"晋阳饭庄"匾额才能挂出来，普通老百姓也有机会坐在纪大人的阅微草堂品尝山西面食了。

可是如今再进入"阅微草堂"就餐已经不大可能了。随着广安大街改造，纪晓岚故居不得不拆除了正门，当年纪晓岚种植的紫藤反而到了院外直接面对着喧闹的大街。但是，纪晓岚故居终归保留了下来，只是仅剩下了一进院落。同时，晋阳饭庄也从纪晓岚故居搬出来，进了旁边上下有三层经营面积的新址，比当初大了许多倍，较大地满足了顾客的需求。当年京城一度热播电视剧《铁齿铜牙纪晓岚》，于是纪晓岚故居进入更多人的视野。当然，电视剧里讲的故事多是杜撰的，经不起历史推敲，但是晋阳饭庄所在地确确实实是当年纪晓岚居住的阅微草堂。于是选择在晋阳饭庄就餐，有一个好处就是多了侃侃纪晓岚的话题，也可先到一墙之隔的阅微草堂院落中走走了。

好了，不说了，大概都饿了。如果还想知道更多纪晓岚的事，最好亲自到两广大街跑一趟，参观一下纪晓岚故居吧。到晋阳饭庄吃什么？当然是这里拿手的菜点了。那就是"过油肉""香酥鸭""猫耳朵""拨鱼儿""刀削面"。当然，更著名的还有"扒驼峰""炖熊掌"，我看那些都不环保，还是吃既出名又便宜的吧。

说起晋阳饭庄经营"猫耳朵""拨鱼儿""刀削面"等面食，还要感谢老舍呢！原来在饭庄开业初期，老舍曾两次光顾，每次来都特地挑了前院南窗前的一张桌子就座，这里正面对着庭荫直泻而下的那架紫藤。只要"刀削面""拨鱼儿""猫耳朵"各一小碗，边欣赏院景边品尝。老舍先生又托人给晋阳饭庄送来一首七绝："驼峰熊掌岂堪夸，猫耳拨鱼实且华。四座风香春几许，庭前十丈紫藤花。"于是，晋阳饭庄采纳老舍的建议，大量供应山西面食，成为一绝。

据饭庄的老厨师金大爷回顾，晋阳饭庄刚开张时，卖的是山西风味的烤鸭，买卖不算好。后来改叫"炸鸭子"，那是香酥鸭的前身。再后来经过改进，用16种中药，再加上酱油和料酒，将鸭子腌制四个小时，再蒸四个小时。之后还要炸三次，要把整只鸭子的颜色炸匀。这样制成的鸭子越来越受到顾客欢迎，一天能卖100只。据说现在的晋阳饭庄还保持着每天卖 100 只香酥鸭的习惯。

20 世纪 70 年代常住北京的美国老布什一家，隔三差五地就光顾一回晋阳饭庄。除了在店里吃，还往家里带。有一次，老布什家里办西餐宴会，一下就买了五只香酥鸭，说要让客人尝尝这美味。布什一家还将香酥鸭介绍给其他美国人。美国国务卿舒尔茨来北京时，金大爷为他做了香酥鸭，舒尔茨离京后在飞机上就给晋阳饭庄发来电报，告知非常喜欢那美味可口的香酥鸭。鲍威尔来北京时也点着名要吃香酥鸭。

连外国人都钟情的鸭子，您是否也去尝尝？大家都知道北京烤鸭，可知道晋阳饭庄香酥鸭的魅力？

那天，和香港朋友点的就是"香酥鸭"，还有"过油肉""猫耳朵"，极棒！

京城烤肉

得空儿的时候，浏览了一下梁实秋先生的散文集，看到"烤羊肉"一节。先生说以前（应该是民国年间了）在北京最出名的烤羊肉是前门肉市的正阳楼，特别提到：

> 正阳楼的烤肉支子，比烤肉宛、烤肉季的要小得多，直径不过二尺，放在四张八仙桌子上，都是摆在小院里，四围是四把条凳。三五个一伙围着一个桌子，抬起一条腿踩在条凳上，边烤边饮边吃边说笑，这是标准的吃烤肉的架势。不像烤肉宛那样的大支子，十几条大汉在熊熊烈火周围，一面烤肉一面烤人。女客喜欢到正阳楼吃烤肉，地方比较文静一些，不愿意露天自己烤，伙计们可以烤好送进房里来。烤肉用的不是炭，不是柴，是烧过除烟的松树枝子，所以带有特殊香气。烤肉不需多少佐料，有大葱、芫荽、酱油就行。

　　看了这段文字，似乎不由地看到那"武吃"的热闹场面，但现在恐怕早就没这样吃烤肉的可能。如今，在北京除了街摊上可以见到用炭火烤羊肉串的外，饭店里绝不会再有这种烤法了。而正阳楼饭庄经过几十年的变迁，早就改变了许多。据说虽然改革开放后恢复了西打磨厂街原正阳楼的经营，现在随着前门大街的改造又消失了。唯有天坛南门还有一家正阳楼的字号，但也不知道经营的怎么样。可幸的是"烤肉宛"却经营得挺红火，在万泉河等处还开有分店。而"烤肉季"占在后海银锭桥的地利，也是顾客盈门。于是，有朋友来要品尝老字号的饭菜，想吃烤肉，这烤肉宛、烤肉季就是可选择的前卫了。

烤羊肉

螺蛳饼

　　北京经营烤肉的餐馆，数烤肉宛的字号最老，创建于清康熙二十五年（1686 年），至今已有 300 多年历史。早年间的北京，南宛北季，人人皆知。这里的"南宛"是当时北京城南的烤肉宛；而"北季"则是位于西城区什刹海银锭桥畔的烤肉季。季氏的烤羊肉、宛氏的烤牛肉，各有各的立身之道，都是深受历代顾客追捧的佳肴。烤肉宛总店现位于西城区南礼士路 58 号。现址位于后海银锭桥畔的烤肉季饭庄成立于清朝道光二十八年（1848 年），距今也有 150 多年的历史。二者都属于被原国内贸易部命名的"中华老字号"。

　　两个饭店我都光顾过，但是绝不可能看到梁先生所描述的大铁支子烤肉的景象了。倒是在烤肉宛，它的制作间是对大堂顾客开放的。透过明亮的大玻璃窗，可以清楚地看到厨师的操作。不过既没有铁支子，也没有木炭火，而是看不见火的铁鏊子，大概那火灶一定是燃气灶。将切碎的牛肉或羊肉倒在炙热的铁灶上发出滋啦啦的响声，厨师麻利地把葱丝、香菜等配料加上去，三下五除二就得了。端上来的烤肉，如果没见到那烤肉的过程，完全想不到是怎么烤出来的，一定会认为是炒勺里炒出来的。

看到这样的烤肉方法，我感觉似曾相识。对了，那是在 20 世纪 90 年代去韩国出差时，在首尔吃烤海鲜就是这样的考法，不过那是当着顾客的面烤制的，在香港也有这样的烤制方法。可以说世界的交流太频繁和接近了，也不知道是谁先研制这样的烤肉方法。

不管是烤肉季的烤羊肉，还是烤肉宛的烤牛肉（也有烤羊肉），都是松嫩可口的，大概不是一般的饭店能做到的，这就是老字号的绝活。

据说，大画家齐白石老先生在 20 世纪 40 年代到 60 年代经常去烤肉宛就餐，由于齐老先生的牙不好，怕吃硬的东西，而烤肉宛的烤肉香嫩适合，使他十分满意。于是，前后为烤肉宛题过"烤"字和"清真烤肉宛"的匾额，还有诗画，以此答谢。

当然，两个饭店还有不少其他的拿手好菜，比如烤肉宛的芫爆散丹、宫保虾仁，烤肉季的红烧牛尾都不错。可是到了烤肉宛和烤肉季不吃烤肉的话，那就不要去了！

炒疙瘩

20 世纪 60 年代初期，我在北京上大学，已在北京工作的大哥每月供给我生活费。那时每月的 5 号是大哥发工资的日子，于是赶到 5 号之后的星期天，我都会到大哥就职的学校去取生活费。

一般在中午时分和大哥见面后，还是独身的大哥就会带我去吃午饭，那可是兄弟共患难的日子。大哥工资不高，除了供我生活费，自己也要积攒结婚的费用。于是，需要节衣缩食，但大哥还是千方百计地满足一下我俩那

年轻的对食物有极大奢望的胃
口。这样，有钱时就去丰泽园、
力力餐厅花上两块多钱大快朵
颐一顿，但大部分时间还是去
小面馆、疙瘩店花几毛钱对付
一顿。在所有经历的那些小店
里，煤市街的疙瘩店是我最难
忘的。

炒疙瘩

炒疙瘩是北京特有的一种
面食风味小吃。那时的炒疙瘩
基本就是素的和荤的两种，不像现在还有什么三鲜的、海鲜的五花八门。那
时，荤的大多是羊肉末配上黄瓜丁、胡萝卜丁、青黄豆，一两要 6 分钱，素
的除了没肉，其他配料都一样，是 4 分钱一两。好像那个年代的许多年里都
是这样的价格。

记得，我第一次吃疙瘩很为它的样子惊奇，那疙瘩和黄豆一样大小，
如果不是黄豆的颜色深一些，肉眼几乎分辨不出来。那羊肉炒出来的香味
让你垂涎三尺，吃在嘴里，那疙瘩的筋道劲儿使你不肯马上下咽。如果
肯再花上 8 分钱加一碗漂着蛋花和黄瓜片的汤，这顿饭就算是美极了。于
是，我经常向大哥提出来的要求是去煤市街光顾疙瘩店。

但好景并不长，这美味随着"文革"的到来也结束了。"革命"自然
也把美食"革"掉了。开始是饭店都改粗粮了，疙瘩也不会给你做了。即
使后来形势有所回暖，但是再遇到饭店里有卖炒疙瘩的也是快速简制的，
用刀切出来的方丁对付你，而且炒制也极不对味了。于是，从那时起，基
本与炒疙瘩绝缘了。

煤市街那家炒疙瘩店，后来知道是北京炒疙瘩的老店"恩元居"，但
在 60 年代大概不叫这个名字。虽然我对此光顾多少次，却从来没记住它
的名字，大概就着急奔食儿去了。据说现在那地方早就拆迁了。

40 多年后的今天，回想起旧日的时光，还是念念不忘炒疙瘩。不久
前，从网上发现北京居然还有可与当年煤市街炒疙瘩相比的地方叫"紫光

园"。于是，找个机会奔离家最近的劲松分店去了。这个分店很好找，就在二环路的光明桥北处，路东的地方。店面不大，但干净、敞亮，一进门就使人有一种宾至如归的感觉。

在大堂里就座，服务员呈上菜单，马上点了传统的羊肉炒疙瘩和牛肉炒疙瘩，我急不可耐地想印证一下这与我别离了40多年的炒疙瘩有没有保持原来的口味。先说说价格吧，当然不能同日而语。牛肉的大盘是10元、小盘8元；羊肉的大盘是12元、小盘10元。如果按重量说大盘相当于过去的4两，小盘3两。如此说来，当年2毛4分可买的4两羊肉炒疙瘩，现在已经翻了50倍啦！

服务员端上来两大盘炒疙瘩，嗨，还别说，从卖相上看就让我眼睛一亮。不错，就是当年的模样呀！还是胡萝卜丁和黄瓜丁，还有黄豆，只是少了青豆。不过那疙瘩的模样居然还如同黄豆般，这就让我充满暖意。吃在嘴里还能感觉到当年的滋味，特别是羊肉的，好像那时候没吃过牛肉的。因此，对羊肉的特别有感觉。如果说有点不满意的话，就是那面疙瘩的咬劲儿不足，也就是说不够劲道。其实，老人吃现在的东西都有"今不如昔"的感觉，一是对过往的事情记忆过分有感情，总觉得现在的不足。不想想那时候是什么条件，有什么东西可吃？只是"饥饿出美食"而已。吃上一点儿好吃的，必然念念不忘；二是老人舌头上的味蕾已经有退化，味觉就差了。实际上，这疙瘩的味道应该还是与当年不相上下的。

炒疙瘩是怎么来的呢？传说在民国初年，北京虎坊桥有家叫广福馆的面食铺，本小利微，饭菜平常，生意很不景气。有一天，十斤饸饹面没卖完，剩下了五六斤，店主穆姓母女俩发愁了。后来想了个主意，把剩余的饸饹面在面板上重新揉过，揪成比疙瘩骰子略大一点的小疙瘩，下到开水锅中煮熟，捞出后摊在阴凉处。当晚，母女俩就用这些熟面疙瘩加了些青菜炒着吃，没想到口味特别好。于是，边吃边商量着在原经营品种的基础上再添上这道新的面食，起名叫炒疙瘩，这就是炒疙瘩的由来。第二天，由于"炒疙瘩"味道香鲜，价格便宜，顾客们都来争相品尝。从此，在穆姓母女将配料再改进情况下，炒疙瘩名声大震。后来，从1930年起，前门外恩元居饭馆的河北河间市马东海兄弟俩仿照广福馆的制法，也开始出售炒疙瘩。经恩元居逐步改进后的炒疙瘩，更加精美好吃。这个恩元居就是那个我常去而不知道名字的炒疙瘩店。

恩元居的炒疙瘩是用上等面粉，加水和匀揉成面团切开，搓成直径为黄豆粗的长圆形后，再用手揪成黄豆般大小的圆疙瘩，倒入沸水中煮熟，开锅后随即捞出，放入温水中浸泡三五分钟捞出，选用牛羊肉的鲜嫩部位，切成丝，用油及佐料煸炒，然后将煮熟经温水浸泡后的疙瘩倒入，加香油炒成金黄色，根据不同季节配上蒜黄、菠菜、黄瓜丁、黄豆、青豆等一起炒，出锅装盘，黄绿相间，香味扑鼻，特别能引起顾客的食欲。由于风味独特，又具有主副合一、经济实惠的特点，问世之后，就成为北京风味小吃中的佳品，得到人们的青睐。

恩元居的炒疙瘩好吃，在于客人进店后，问清吃多少，现制现揪，那就劲道得多。据说现在都是用机器轧出，煮后就放在凉水中浸泡，客人来了，从凉水中捞出来炒，经过长时间浸泡的疙瘩已糜烂，无筋道的口感了。难怪我们吃的疙瘩不劲道，也就是这个原因吧。

其实，做炒疙瘩并不难，如果你有兴趣，完全可以比照上面的办法，自己来制作一顿炒疙瘩吧！

醋熘木须

据说北京过去清真馆子出名的有五大顺，即东来顺、西来顺、南来顺、北来顺，还有一个叫又一顺。这五个"顺"现在还都保留着，各有各的经营特色。东来顺的涮羊肉很出名；北来顺，好像以小吃占优势，北京西城护国寺小吃店的回民小吃誉满京城，后来又在不远处开了北来顺饭店，搞不清这里的隶属关系了；南来顺也是小吃出名，涮肉也不错；西来顺却继承了原"又一村"褚祥发明的"马连良鸭子"而出名；而又一顺发明了"醋熘木须"。

京剧艺术家、"四大须生"之一的马连良先生是回民，当然就经常到清真饭馆就餐。大概他的住地或演出的地方离又一顺不远，据说他非常喜欢到这里用餐，有时演戏时间比较紧张，就点一个摊鸡蛋和葱爆羊肉。有一次他把两个菜拌在一起吃，觉得味道不错，就招呼大厨杨永和师傅，说今后可以把摊鸡蛋和葱爆羊肉放在一起做。于是"醋熘木须"就在又一顺产生了，马连良戏称这是"蝎子屎独一份儿"。后来这做法在北京城内广为流传，成为一道清真名菜。又一顺如今在北京朝阳区的黄寺大街西口营业，当然这道"醋熘木须"是不可少的。

没有到又一顺本店去品尝过"醋熘木须"，倒是在紫光园品尝了。实际上，这道菜应该叫"醋熘木须肉"，因为除了鸡蛋，还有羊肉。特色在于比一般的木须肉加了醋，味道就偏酸了。可能是便于消化吧。

说起"醋熘木须"这个名字，倒需要探讨一番。有的菜单上写的是"醋熘苜蓿"。其实上，不管"木须"，还是"苜蓿"，都是演变过来的。真正的叫法应该是"醋熘木樨"。清朝时，宫廷里太监经常从宫里溜出来去饭馆开斋解馋。开饭馆的为了避开太监没有"睾丸"，忌讳说"蛋"。于是就联系到木樨（学名就是桂花）开花似鸡蛋，或已经炒出来的鸡蛋黄白交织如木樨开花，就将炒鸡蛋改成"炒木樨"，也有叫"摊黄菜"。总之是为了避免太监"吃味儿"的麻烦。

如此说来，马连良那道"醋熘木须"，应该叫"醋熘木樨"。后来人们把"木樨"改成"木须"，大概是因为"樨"字不好写，或是大部分人不认识而简称"木须"了。而"苜蓿"，却是以讹传讹而来的。

"苜蓿"是多年生的草本植物，又名"金花菜"。一种是菜，苜蓿菜就是江浙人和上海人说的草头啊！苜蓿每一根细茎上面，有叶三齿，如倒心形，在江浙两省生产特多，每逢上市季节，家家户户都把它当作家常蔬菜。南方人将它叫"木素"，大概人们把两个读音相近的词用混了。

另一种苜蓿是大家都知道的，即可以喂养牲畜的草类，如何能称之为"醋熘苜蓿草"呢？不过，人们叫惯了"醋熘木须"或"醋熘苜蓿"，也就无所谓了，关键是菜有名，味道好吃是主要的。

它似蜜

去位于北京东二环的"紫光园"饭店就餐时，特意点了一道"它似蜜"。之所以点这道菜，是因为很久前就听说这是慈禧太后"老佛爷"亲自命名的菜，想必一定是好吃吧。

关于慈禧命名"它似蜜"的故事是：有一次慈禧在宫内用膳，一道色泽红棕、肉质软嫩、甜香稍酸、甘美不腻的菜上来，尝后兴趣大发，问御厨这菜的名字。可能御厨一时紧张答不上来了，就灵机一动，请"老佛爷"赐名。爱张扬的慈禧就说："此菜甜而入味，它似蜜。"于是"它似蜜"这道菜就叫起来了。

菜端上来，果然色泽红棕。听它的名字，一般人都会认为是甜点。实际是一道烧羊肉的菜 。大概是糖加的不少，尝上一口，可以用"齁甜"来形容，我第一次吃，有点被"齁着了"的感觉。不过，同席的女士们倒认为很可口。哈哈，在胃口和品位上女人都是相似的，恭喜呀，各位女士和慈禧太后保持一致啦！

后来，又一次去吃清真菜，也要了这菜，反而觉得甜酸可口，有甘美不腻的感觉。虽说是同样的菜名，可能出自不同的厨师之手，做出来的味道是不一样的。这道菜应该说有些特点，但我奉劝老年朋友点到为止，少吃为佳，老年人注意血糖别吃高了。

吃过两次传说是慈禧命名的"它似蜜"后，又听到这个名字来源的另一种说法："它似蜜"先前叫"塔斯密"，原是西域的一道名菜。据说清朝的乾隆年间，香妃入宫，这道西域名菜也随同香妃 起进了宫。大概有一次，乾隆皇帝乘兴吃了回"塔斯密"，不禁拍案称好，随即就依着"塔斯密"的音，给这道菜赐了个中原的名字名"它似蜜"。

哪种说法对？没有必要考究了。记着，这菜是羊肉的、甜的就是了。特别说明的是"它似蜜"是清真菜里的一道名菜。

北京西来顺的"马连良鸭子"

京剧四大须生之一马连良

前文提到京剧艺术家马连良与清真菜"醋熘木须"的故事，还有一个马连良与马连良鸭子的故事，而且这道菜如今仍然在北京的西来顺饭店作为"镇店名菜"保留下来。

说起"马连良鸭子"，还有一段历史佳话。一天，马连良先生演出归来，到当年褚祥掌柜的"又一村"用餐。吃意正浓的时候，听到外面大堂里有人为争一个雅座吵起架来，眼看就要动手。马连良知道后没含糊，落下碗筷，挺身而出，把事情平息了。架没有打起来，使"又一村"避免了损失。褚祥对马连良的义举非常感动，一心想找机会报答马先生。

马连良祖籍是山东，其夫人是淮阳人。因此，褚祥就用鲁菜的手法、淮阳菜的风味汤料，亲自为马先生做了一道别有风味的烤鸭子，并称之为"马连良鸭子"。据说在几十年的时间里，"马连良鸭子"在梨园人士中广有盛名，但外人吃过的就不多了。在褚祥大师走了后，"马连良鸭子"就断了档，成了一件非常遗憾的事情。

2001 年为纪念马连良先生诞辰百年，西来顺在褚祥大师的再传弟子、清真大师杨国桐的指导下，恢复了这道断档几十年的名菜。"马连良鸭子"又在京城声名鹊起，而西来顺也凭这道特色名菜招来食客常年不断，其中不乏海外人士。同时也成为顾客打包外带送给亲朋好友，做节日馈赠的礼品。

这道菜做得好，关键是其做法非常特别：有人说西来顺的"马连良鸭子"是鲁菜的手法，淮阳的汤。鸭子先要腌制 24 小时，里头加的调料有草果、肉蔻、桂皮、大料等 30 多种，之后还要蒸制两个小时，最后再下锅去炸。

北京西来顺的马连良鸭子

由于腌制的够味，做出来的鸭子不仅外观漂亮，而且吃起来有外焦里嫩的感觉。食客们吃完，带上一只回去与家人、朋友品尝时，只需用微波炉打一打，也可以重新蒸一下就可以食用。蒸完之后，外皮不酥也可以放在烤箱里再烤一烤或少放些油，把鸭子先剁成块炸一下，也非常好吃。

如果想按饭店的方法，在家里自己做也可以，可是那 30 多种调料找起来多麻烦？侍弄生鸭、腌制起来更麻烦，不如前去西来顺买一只回来品尝——得，我又给人家做广告啦！

河北大名的"二、五、八"

河北大名，历史悠久，人杰地灵，在历史上曾为府、路、州、道、郡治所在地。春秋时代属卫国，名"五鹿"，是历史上著名的"五鹿城"；战国时期属魏国；秦朝为东郡；汉朝为冀州魏郡；唐德宗建中三年（782年）改称大名府；宋仁宗庆历二年（1024年）建陪都，史称"北京"，元、明、清为路、府、道所在地；清代曾为直隶省第一省会。宋仁宗时，为阻止契丹南侵，宋仁宗采纳了贤臣吕夷简的正确主张，把大名府建为都城，定名"北京"。契丹听说宋朝在大名建立了陪都，心生胆怯，打消了南侵的念头。

那时新建的陪都外城周长48里之多，相当雄伟壮丽。曾经是"城高地险，堑阔濠深""鼓楼雄壮""人物繁华""千百处舞榭歌台，数万座琳宫梵宇"。繁华了几百年后，明朝初年的1401年，一场大洪水淹没了这座城市，结束了北京大名府长达千余年的雄壮历史。北京解放后，曾建大名市，现在属于邯郸市的大名县。

大名县在历史上曾几度繁荣昌盛，境内遗存古迹甚多。

现有五礼记碑、狄仁杰祠堂碑、马文操神道碑、朱熹写经碑、万堤古墓群等文物和宋代大名府遗址、直隶七师校址等。

去大名府只有半天时间，不可能看到全部胜境，但还是看到了三个重要的景点。

第一个要看的是宋代的"五礼记碑"。其实这个碑原为唐代"何进滔德政碑"，原碑高 11.59 米，宽 3.04 米，厚 1.10 米。始永刻于唐开成五年（840 年）。是著名书法家柳公权奉唐文宗之命为魏博节度使何进滔撰写的德政碑，唐开成

五礼记碑

五年立。北宋时的大观二年（1108 年），宋徽宗，就是那个只好舞文弄墨，不事国事，后来被金人连同他的儿子皇帝一起掠去，到东北依兰"坐井观天"的赵佶，写了一篇《五礼新仪》。大名府尹梁子美为拍皇帝的马屁，竟然将原碑上柳公权的字磨掉，刻了赵佶的《五礼新仪》，此事当时即受到陆游、赵明诚等人非议。但事情还是由梁子美做成了。"何进滔德政碑"变成"五礼记碑"。可见，有权就可以随意去改变历史。

可能因当时有碑楼掩盖，或者梁子美也知柳公权遗字的珍贵，磨碑时，碑两侧柳公权的原字保留了下来一些。经千余年风雨侵蚀，今仅剩下不多的一些字迹，但刚劲秀丽的柳体风格犹存。1988 年，大名县委、县政府筹资 16 万元，将大碑修复重新树立。现碑全高 12.34 米，宽 3.04 米，厚 1.08 米，是目前我国最大的立着的古碑（说是最大的立着的古碑，是因为不久前在河北的正定又挖掘出一座被破坏的残碑，其规模可能比此碑还大），2006 年被国务院公布为全国重点文物保护单位。

第二个参观的是狄仁杰祠堂。狄仁杰是武则天时期的一个好官，任魏州（今大名）刺史（州官）时，狄仁杰组织反击契丹入侵，保住了唐王朝的疆土，使人民安居乐业。当地人民为给狄仁杰歌功颂德，于神功二年（698 年）建造了祠堂，以报恩德。后来祠堂被毁。一说毁于战乱；另一说

狄仁杰回长安后，留在大名的儿子却为所欲为，祠堂被愤怒的老百姓烧了。100多年后，元和七年（812年）十一月，魏博节度使田弘正，根据民意，重建了狄仁杰祠堂及祠堂碑。现在仅能看到的"大唐狄梁公祠堂碑"比最初的祠堂晚114年，但距今也已有1200多年的历史了。此碑高4.46米，宽1.46米，厚0.4米。后修的祠堂也早已毁坏，现在正集资1200万，重修祠堂。暂时无法参观，只能看到那个尚立在路旁的后立的碑。不知何故，碑的很大部分埋在地下，而碑也不是正南正北的立着。于是，当地就流传了一个故事，说狄仁杰回长安后，留在大名的儿子肆意妄为，人们深恶痛绝，就跑到狄仁杰祠堂，手拍着为狄仁杰立的碑痛哭道：狄公呀！你怎么生了这么一个儿子呀！由于拍的人太多了，就把此碑拍斜了。这当然是故事，绝无此事的，因为此碑早已不是当年的碑了。

大名天主教教堂是参观的第三处景点。在大名县城内东街路南，有一座高42米的钟楼，顶端矗立着一个十字架的教堂，是钟楼和礼拜堂一体的哥特式建筑，这就是大名县天主教宠爱之母大堂。该教堂始建于1918年，1921年12月竣工。建筑面积约1440平方米，平面呈十字形，建筑材料为砖、石、木。钟楼位于整个建筑的北端，楼高46米，楼上三面各嵌有一直径1.42米大钟，正门上方3米处的供龛内雕刻有圣母抱耶稣玉石像，像两侧刻有对联："欲识其宠请看怀中所抱，要知厥能试观掌上所持"，

狄仁杰碑

大名教堂

横批"宠爱之母保障大名"。前有月台，钟楼的前方两侧建有对称的两个高 20 多米的小陪楼。礼拜堂高约 18.5 米，堂外墙磨砖对缝，堂内砖饰券顶，中间净跨 11 米，38 个墙柱，22 个金柱，窗用彩花玻璃镶嵌，东西壁为苦路"十四处"油画，此教堂为法国天主教会所建，从 1921 年建成到现在，经历了几次大的地震及历次战乱的袭击，依然完好无缺。可见大堂不仅建得布局合理，而且建筑坚固。至新中国成立前夕，这里一直作为大名教区的中心和主教府所在地。自 1990 年修缮后，保存基本完好。现为河北省重点文物保护单位。

据说，大名县宠爱之母大堂的式样在全国教堂中数第二（上海有同一样式的，但形状比大名县天主教堂大）。宗教政策开放后，大名地方的天主教信徒不少，据当地神甫讲，约有信众 7000 多人。

参观结束，还是要就餐的，于是就可以开讲题目点出的"二、五、八"了，这就是今天要吃的大名县的著名小吃——"二毛烧鸡""五百居香肠"和"郭八火烧"，简称"二、五、八"。到大名去，大街上到处都可以找到称为"二五八"的饭店和单独卖其中一种小吃的饭铺。

"二毛烧鸡"，原产于大名城内南大街一家烧鸡铺，创业于 1809 年前后。因主人诨名"二毛"，故俗称"二毛烧鸡"。"二毛烧鸡"从生鸡的挑选、料配制到烧煮火候，要求都极严格。刚刚出锅的烧鸡用手轻轻一抖，鸡肉就自然脱落，吃起来肉烂味鲜，咸香清纯，碎小骨头一嚼就烂。这种烧鸡具有烂香、脱骨、味道丰厚鲜美、久放而不变质的特点。风味独特，味道咸鲜醇香，回味悠长，在 100 多年的历史中经久不衰，是大名的传统风味食品，居邯郸八大地方风味美食之首。

"二毛烧鸡"雅称"珍积成烧鸡"，清同治年间，王德兴将烧鸡铺的秘方技术传给了儿子王国珍掌管，王国珍在继承父业时，为了将"二毛烧鸡"推向外地，打响名字，嫌"二毛"名号不雅，便开始改名。他取自己名字中的"珍"字为首，正式更名为"珍积成"，意在"珍品、积研、成名"之意，沿袭流传至今。但城中百姓仍习惯"二毛"叫之。看来，老百姓讲究的是实惠，不管你的名字叫得多好听。

　　"五百居香肠"创业于 1821 年。当时，山东省济南府的王湘云到大名来谋生，先给当官的当厨师，后来他自己在城内道前街的关帝庙西边开设了店铺，制作香肠及熟肉制品。因大名府距济南府约 500 里路，故取店名"五百居"。他制作的香肠味道鲜美，很快成为当时官府佐餐和宴会上不可缺少的上等食品并行销省、府、道、县衙中，"五百居"便成了名贵香肠的美称。

　　"五百居香肠"在制作上极为讲究。选料精细，用六成瘦的鲜肉，去骨去皮。肠衣绝不能腐烂。制作时将肉切成一二厘米的肉丁，加入适量的姜末和盐，再把加工好的石落子、砂仁、桂楠、高级陈年酱油等佐料搅拌均匀后，灌入肠衣内，经过适当时间的风吹晾晒即成。经久耐放，就是炎夏酷暑也不腐不蛀。

　　"五百居香肠"端上来，真是色泽纯正，条杆匀称，香味醇厚，肥瘦适宜，甜咸兼备，软滑利口，食而不腻，越嚼越香，回味悠长，独具一格。

　　"郭八火烧"也有着悠久的历史。创业人郭致忠，祖籍大名，曾到北京学艺。1887 年回到大名，在县城开业，经营火烧，立店铺字号为"天兴火烧铺"。因其小名叫"郭八"，当地人把他的火烧铺叫作"郭八火烧铺"。

　　"郭八火烧"之所以出名，是其作料齐全，制作精细。做出的火烧风味独特，层多且薄，每张均有 25—30 层，外表金黄挂亮，呈现石榴形状，吃起来皮酥里筋，焦香可口，味香诱人。

　　大名"二、五、八"三个小吃搭配在一起，正好饭菜齐全，加个蛋花

五百居香肠

郭八火烧

汤，一顿饭就齐啦。

最后，还要告诉大家一个公开的秘密，著名歌手邓丽君的祖籍为河北省邯郸市大名县邓台村。这位在华人社会具有很大影响力的台湾歌手，生于台湾省云林县褒忠乡田洋村，但认祖归宗还要到大名来。

到海南品美食

去海南岛旅游，人们都喜欢去三亚，一方面那里有"天涯海角"，风光无限；还可以下海游泳，感受一下大海的滋味。如果是跟随旅行团去，一定会带你去南山寺，去看那108米高的一体三身的观音菩萨，有兴趣的可以登上塔顶去观赏美丽的三亚全景风光。

其实，南山寺是近些年才开发的新旅游景点。三亚这地方最早在宋代就开发了旅游项目，不过好像当地旅游部门的宣传不如南山寺。究其原因，大概因为南山寺是近年投资开发的，需要尽快收回成本吧，于是一定要引导游客去南山寺。

我在去海南岛前查了些资料，知道三亚有个小洞天，就打算要去那里看看了。不想同去的朋友在海南生活了许多年，居然不知道有这么个地方，正踌躇不定地从南山寺出来时，突然发现街口立着一个指路牌"小洞天西去7公里"。真是"踏破铁鞋无觅处，得来全不费功夫"呀。

公元1187年，南宋崖州郡守周某人寻访道家文化发现大小洞天。到1247年，崖州郡守毛奎以道家文化的眼光和理念开发了大小洞天，使之成为道家风景胜地。据说毛奎卸任后来到大小洞天修炼，后来羽化升天了，这就更增加了这里的神话色彩。

到小洞天来，在充满海南风味、遍种椰林的海边，一簇光滑的礁石矗立着，上面刻有"小洞天"和"钓台"的醒目大字。这里也有个传说，说在远古的时候，南海有六只巨型的海龟，也叫鳌，在这里兴风作浪，残害渔民，毁坏沿岸的庄稼，弄得民不聊生。这时，从天上来了一个仙翁，叫什么名字不知道，就坐在这个钓台上用无钩的钓线（这是引用姜太公钓鱼了）将六只鳌全钓上来，晒死在这里。鳌们的尸骨就成了现在的"鳌山"。

"小洞天"下有一个清凉的石洞，说是道教修炼的地方。离开小洞天向前走不远，离海边几十米处有一块大石头，样子如同一个小船，名曰"石船"。这就是个旅游的景点了，同"船"合影的游客不在少数。再去里面还有当年苏东坡的题字"寿比南山"。

我们常说"福如东海长流水，寿比南山不老松"。到三亚的介绍就是，三亚有个"大东海"，指的就是第一句，而南山不老松就是这里的"龙血树"。

龙血树的外形，从远处看非常像松树，但近处看就不像了。好像是松枝的叶子，但长长的，如苇叶，树身也很粗糙。据说这龙血树是不能成材的树木，所以人们不会砍伐它，得以长存。古代的庄子有句名言"树以不材而得寿千年"，就是说它。其实，它何止千年呀，有的已经活了 6300 年了，林子里 5000 年以上的比比皆是。龙血树虽不成材，但它树身里的红色树汁是生产云南白药的重要成分呢。

随着"小洞天"的不断开发，新的景点也时时出现，又发现鉴真和尚东渡时，登陆海南岛的上岸处。

"洞天"应该是道教修炼的地方，大洞天、小洞天和福地是道教不同级别的道家修炼的居处。据说天下有十大洞天，那是神仙们的居处，凡人应该是见不到的。可人们就是爱"闹事儿"，一定要在神州这块地方把十大洞天找出来。于是，那十大洞天就各就其位了，比如第一洞天在河南的天坛山，第二洞天在浙江的黄岩县……

可是，海南这个地方的洞天不是传说中的道家洞天所在，也就是说不在传说中的大小洞天之列。这里的大小洞天只不过是为了开发旅游，引人入胜的宣传罢了。不过，传说就离奇了。说在 20 世纪 60 年代，有四个年轻人真的在这里找到了大洞天：一个山洞里，石凳修竹，流水潺潺，美不胜收。回来后向他人一说，有人再去找，就找不到了。而离奇的是去过的四个人中，两个先得病死了，一个在山上失足跌死了，最后一个得精神病了。于是，再没有人去找了。其实，根本就没什么大洞天，有的是人们的想象而已。

到海南，要去小洞天，这是我给朋友们特别推荐的。同时，别忘了品尝海南的美食。海南的美食很多，海鲜是肯定有的。不过海南的四大美食，一定要试试。这四大美食是"白切文昌鸡""海南嘉积鸭""白汁东山羊"和"琼酱和乐蟹"，合称"海南四大名菜"。

首先这四大名菜的原料鸡、鸭、羊和蟹分别出自海南的四个地方，为文昌、嘉积、东山、和乐。文昌市是我们国家前名誉主席宋庆龄的故乡。这四大名菜有四大特点：一是新鲜，绝对是本地产品；二是天然，可称为绿色食品；三是奇特，做法与众不同；四是丰富，由这文昌鸡、嘉积鸭、东山羊、和乐蟹这四大名菜，加上海南特产衍生出的美食更是丰富多彩，如椰味菜就有多种：椰子蟹、椰奶鸡、椰液香酥鸭、椰汁东山羊、嫩椰百花盒、椰奶燕窝盅、脆炸椰奶、椰子盅等等，不一而足。

白切文昌鸡在广州、香港和东南亚一带备受推崇，名气很大，在那些地方的粤菜馆子里都有白切鸡。但在海南岛才是最负盛名的名菜，号称海南岛"四大名菜"之首。文昌鸡是产于海南省文昌市的一种优质育肥鸡，

海南小洞天

其优点是身体不大、毛色鲜艳、翅短脚矮、身圆股平、皮薄滑爽而且肉质肥靓。最好吃的吃法是白切，蘸着吃的酱汁则是精髓所在；同时配以鸡油鸡汤精煮的米饭，俗称"鸡饭"。不过，对于吃鸡一定要炖得烂熟的北方人来说，恐怕就不习惯了，那白切鸡还带点儿血丝呢，看着瘆人，但吃起来，就知道美味了。

海南嘉积鸭的饲养办法十分特别：先给小鸭仔喂食淡水小鱼虾或蚯蚓、蟑螂。两个月后，当小鸭羽毛初长时，再在小圈圈里饲养，缩小其活动范围，并用米饭、米汤掺和捏成小团块喂食，有点儿像北京填鸭的饲养方法了。20天后，便长成肉鸭了。其肉质肥厚、皮白滑脆，皮肉之间更夹着一层薄脂肪，特别甘靓，其烹制办法繁多，只是白切最能体现原汁原味。

东山羊产于万宁市东山岭。岭上怪石嶙峋、草木茂盛、甘泉畅流；这种放养的山羊，毛色乌黑发亮、皮嫩肉厚、味靓、无腥味。据传早在宋代，东山羊就列为皇室贡品，"白汁东山羊"最美味。不过，东山羊是带皮炖的，这叫北方人也不大容易接受。可是，带皮就是好吃，如果没皮恐怕就没特色了。

和乐膏蟹产于万宁市和乐镇淡水与海水交汇水域而得名，膏满肉肥，其他蟹种无法与之匹比。和乐蟹身厚脚短，其脂膏金黄、油亮、肉厚膏肥，鲜香诱人。和乐蟹食法以清蒸为最佳，佐以姜蒜、醋配成的调料，原

和乐蟹

文昌鸡

汁原味，无比鲜美。什锦酱爆炒和乐蟹也是美食佳品，所谓什锦酱也叫琼酱，是海南岛家家户户必备的佐膳佳品，有花生粉和芝麻酱，由糖、醋、酱油、胡椒、五香粉、麻油、酒、辣椒等原料调制而成，各家特色各异，各有千秋。

去海南岛，千万别忘了这四大美食呀！

游漓江 品四绝

我曾经写过一篇文章，谈到第一次旅游，那就是从桂林至阳朔的漓江游。再简要地介绍一下过程。

1981 年，我在柳州铁路运校参加"铁道部货运计划科长培训班"学习期间，学校利用周日休息时间组织学员们去桂林的漓江旅游。那是改革开放，兴起旅游后，我参加的第一次旅游。行程就一天，学校有汽车送过到江边，下午再接回来。学员们需要交三块五毛钱费用，其中五毛是船上的午饭钱，三块是船费。现在听起来钱不多，可是那时候，一个人的月工资也就五六十元呀。

在码头，上了一个很大的带棚子的平底船，船面上有许多小板凳，是为游客准备的。几个船老大每人一个长长的竹篙，将船撑离河岸，向江心划去。因为是冬季枯水季节，江水很浅，而水是很清的，一眼就看到河底的卵石了。

船划出不远就迎来第一个景点"鲤鱼挂壁"，是石壁上一个红颜色的如鱼形的岩石图案，不仔细看是绝对看不出所以然的。划过这景点后，漓江江面也豁然开朗，两岸奇峰怪石形成的景点也多起来，什么"狗熊观天""童子拜观音""骆驼过江"……对，就这"骆驼过江"真是个奇景，所有好似骆驼形状的山峰都是头向一个方向，江北的冲向江面，好像要过江。而江南的"骆驼"背离江面，好像已经过去了。

天始终是阴的，江面上的水汽很大，远山近物似乎都在云雾的虚掩之中。岸边种植了许多的凤尾竹，那长长的竹条和竹叶真似美丽的凤尾，在风中摇曳婆娑。据说是周恩来总理在世时建议广种，如今斯人已去，留此泽被后人了。

船的后面放有不少锅碗瓢盆、青菜和粮食，还有小火炉。一开船几个随船的大嫂就开始忙活了，为我们准备那五毛一份的午餐。

一路风光无限，大大小小的奇异景色让我们这些外地人大饱眼福。船大概在漓江的江面上行驶了近一个小时后，前半程就快结束，而最后一个也是最壮观的景象"九马画山"出现了。高大雄伟的石壁上五彩缤纷，好像有许多的马在奔腾。船家说，上面有九匹马，谁能数出的多，谁就越有福气。船家这么一说，一下子船就倾斜了，原来大伙儿都靠到船运行的左边来，伸出手指头开始数马。面壁数马很有情趣，可是这群马奔跑成一团，真是难数。别人数出多少我不知道，我数出了十匹。你信吗？——我连属马的我自己都数进去了。

船过"九马画山"后，江两岸的奇峰似乎都隐退了，观赏景物也告一段落。此时，船家招呼大家开餐，每人一大碗盖浇饭。盖浇饭什么味道、配的什么菜都记不得了，只记得是用江水洗菜、淘米、蒸饭，做出的饭菜味道真不错，饭还真挺香！

漓江九马画山

在平静地休息近一个小时后，又见秀峰突起，阳朔到了。到阳朔后，船家似乎不着急靠岸，而是继续前行，去前面看什么书童山还是秀才峰的，最后回到阳朔上岸。

当时的阳朔很冷落，没有什么游客。我们就直奔莲花峰，因为来时就听说，在山里有一个"一笔字"，其中包含许多字呢。那时，莲花峰公园还没有卖门票，随便进入。在山路旁见到了那个传说中的"字"。外形如"带"字，但多了不少笔画。有人告诉我们这里面有七个字"一带山水甲天下"。在迷茫中摸摸索索地找着看，似乎真包含着这七个字，忽然又过来一个当地人说，不仅七个字呀！是 14 个字："一带山水甲天下，少年英雄举世才。"信不信？我晕……

将近 30 年过去，第一次旅游的经历让人难以忘怀。以后的日子里竟然再有四次机会去游漓江，而且条件一次比一次好，但第一所经历的激情和雀跃却再也找不回来了。尤其是，新的游船上的美食却是当年没有的，如今，再找那五毛钱一碗的盖浇饭是妄想了。取而代之的是船家极力推荐的价格不菲的"漓江四绝"。

"漓江四绝"，有时也会称"漓江三绝"，那是漓江的鱼、虾和蟹。说四绝，就要加上螺蛳。这里要"较真"，说这些鱼、虾、蟹、螺是漓江里捕捞上来的，那是瞎说！看看游漓江的客人，恐怕多得比漓江里的这四样水产都多，哪有那么多的漓江鱼、虾、蟹、螺供应川流不断的客人呀！

连船上的工作人员也不回避这个问题，漓江确实打不出来这么多东西了，都是邻近四方的渔民们从漓江支叉的河沟与水塘里打来的，也有养殖的。不过，在多水的漓江两岸，这些鱼、虾、蟹、螺似乎没什么区别，称为漓江水产也没什么大问题吧。

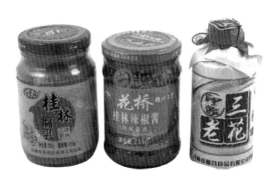

桂林三宝

其实，漓江这四绝，宣

传上讲是原产地、绿色食品，即便果真如此，也不是让人满意和留恋的，具体讲，那就是，鱼小而多刺、蟹小而无肉、虾小而无味、螺的个头倒不小，只是吃不出什么味道来。

虽然，江上的四绝不是十分如意，但还有"桂林三宝"，桂林的三花酒、辣椒酱和腐乳呢。用这三宝来佐餐这"漓江四绝"，顿时给菜色增分不少。

说这些，漓江当地的朋友恐怕就不高兴了，会这么差吗？不过，来漓江游嘛，主要是看美景的，饮食在其次。幸亏这四绝的美食没有太牵挂游客的精力，否则，美食太美，游客吃得太投入，耽搁了欣赏漓江的美景。回来后问起来，什么景色也回忆不起来了，只记得"漓江四绝"，就主次不分，得不偿失了吧。

敖包与手把羊肉

一直以来有个误会，总以为蒙古的"敖包"就是蒙古包的帐篷。这大概是 MTV 的错误宣传，记得最初的 MTV 的画面里，随着歌词"只要哥哥你耐心地等待哟，你心上的人儿就会跑过来……"出现的画面就是蒙古包。《敖包相会》这首歌是北京电影制片厂于 1954 年拍摄的故事片《草原上的人们》的插曲。时间太久远了，对当时电影里是如何表现敖包的已经记不得了。

直到那年亲自去到内蒙古的呼伦贝尔大草原，才搞清楚，敖包原来就是石头堆。

"蓝蓝的天上，飘着那白云，白云的下面，盖着那雪白的羊群。羊群好像是点点的白银，撒在草原上，多么爱煞人。"一首东蒙的民歌把我们带到了呼伦贝尔大草原，在广阔的蓝天白云覆盖的草原尽情地游览后，我们去到了五泉山，这是一个旅游区，山上因有五个意义不同的泉眼而著名，我记得我去时它们分别代表了"智慧""神圣"什么的。如今五泉的名字大概重新命名了，分别是神明泉、天谷泉、贲幽泉、风木泉、命门泉。

泉是天然冷泉，泉水自山脚下汩汩流出，饮之清凉爽口，而且宣传说对消化系统疾病等多种疾病具有神奇疗效。旁边还有一个元气洞，更有消灾祛病的功效，搞得好奇的游人排队一试，结果是什么感觉也没有，大呼上当。

五泉山旁有一个敖包山。在山脚有一个标示牌，说明敖包就是由人工堆成的石头堆。原来是在辽阔的草原上人们用石头堆成的道路和境界的标志，后来增加了神秘的色彩，逐步演变成祭山神、路神和祈祷丰收、家人幸福平安的象征。

可巧的是，创作了电影歌曲《敖包相会》的曲作者通福先生就诞生在这里。这块美丽的土地，优美的山水，一定在作者的创造过程中一次次地浮现在他的脑海中。于是那激动的心谱写出的每个音符都饱含着他对草原的爱，对家乡的爱，对家乡人民的爱。在我们唱起那动人的旋律时都会感到那景美、情深、心灵美的意境。身临其境后，我想今后再唱起《十五的月亮》时一定会想起这美丽的场景，唱出来会更动听吧！

中午时分，到一个叫"金汉帐"的地方用午餐。那里有一个堆得十分巨大和整齐的敖包，看来是旅游点专门为游客堆建的。又凑巧有一蒙古族人家在拜祭敖包，声势挺大，也挺庄严。穿着民族服装，放鞭炮，有主持人边讲边指导仪式进行，并供上祭品。回来才知道，拜祭敖包有许多种方式。敖包是蒙古族的重要祭祀载体，祭敖包是蒙古民族萨满教隆重的祭祀之一。蒙古族传统的敖包祭祀形式大致有三种：一是血祭，即宰杀壮牛、肥羊供奉在敖包前以祭祀神灵。二是洒祭，就是"洒注礼"，即在敖包前滴洒鲜奶、奶油、奶酒等物以祈求幸福。到了近代，还增加了白酒、点心等祭物。三是火祭，即在敖包前堆干树枝或干牛马羊粪点燃，祭祀者排队绕火三圈，边转圈边念着自家的姓氏；然后供上祭品，把全羊投入火堆里。火烧得越旺越好，因为这象征家族各业兴旺。据说还有一种是玉石祭，是摆上玉石拜祭，当然拜祭结束，玉石还是要取回的。其他拜祭的东西也是取回的，与俗话说的"上供人吃"的汉族习俗是一样的。现代蒙古族人祭祀敖包，实质上就是传统祭祀神灵赐福消灾习俗的传承。

在蒙古包里用餐，穿着蒙古族服饰的一组服务人员进来敬酒了，还有乐队，当然离不开马头琴。敬酒者站到我们的对面，双手捧起哈达，左手端起斟满酒的银碗献歌，歌声将结束时，走到我们中年龄最长者的主宾面前，双手举过头顶，示意敬酒。按着这里朋友事先教给的礼仪，客人接过银碗，以右手无名指沾酒，朝天上弹一下，意味敬天；朝地弹一下意味敬地；还要沾一下自己的前额，原来是意味敬祖宗，然后人们都嚷着要被敬着喝完。实际上，主人并不一定要求客人喝完，如果实在不会喝，少饮一点也就罢了，不会勉强，反而是自己人在起哄。主宾结束后，敬酒者还要按顺时针方向向所有客人敬酒的。敬酒本来是一件礼仪上的事，喝不了也就罢了。也有人故作聪明，在弹酒时，将整个手伸入碗中，将大半碗酒都在敬天、敬地、敬祖宗时泼洒出去。虽然主人不好说什么，也是不够尊重了。

蒙古菜主要是羊肉了，什么烤羊背、羊肉串自然很地道。可第一次来，对"手把羊肉"感兴趣。大概是小说看多了，总以为那才是表现蒙古人的性格和草原风情的拿手菜。果然，手把羊肉端上来了，那是一个硕大盘子里放着一大块热气腾腾的羊肋骨，还有辣椒、酱油和椒盐等佐料。此外，还有一人一把切羊肉的小蒙古刀。

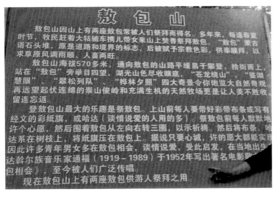

敖包山的说明

看到久久盼望的美食上来，忙不迭地动手一试为快。一手拿着把小刀，一手揪住一大块羊肉，顺势割了下来，蘸些椒盐就往嘴里塞，心想这软软的美味羊肉终于到嘴了。可接下来，发现这手把的羊肉并不听话，硬硬的，不肯被牙齿嚼烂。最后只好囫囵吞枣般地将这一大块嚼不烂的羊肉吞了下去，接下来，再不敢下大刀了。只有一小块、一小块地割来吃，肉太硬，心却不甘。还在想着，这大概就是草原风情和蒙古人坚强性格的体现吧！

手把羊肉做起来简单，也许与草原生活的简陋有关，不过，现在对它的制作也趋于精制了，但仍然保持着草原风情的粗犷和自然。

滕王阁与三杯鸡

20世纪90年代去到南昌，参观了滕王阁。此楼始建于唐永徽四年（653年），为唐高祖李渊之子李元婴任洪州都督时所创建。因李元婴在贞观年间曾被封于山东省滕州故为滕王，且于滕州筑一阁楼名以"滕王阁"。后来，滕王李元婴调任江南洪州，又筑豪阁仍冠以旧名。此阁便是后来人所熟知的滕王阁。

后来历经宋、元、明、清，滕王阁历次兴废，先后修葺达28次之多，建筑规制也多有变化。最后一次建于清代同治年间，1926年被北洋军阀邓如琢部纵火烧毁，仅存一块"滕王阁"青石匾。此后50多年里一直没有重修。

1942年，古建大师梁思成先生偕同其弟子莫宗江根据"天籁阁"旧藏宋宫廷画《滕王阁》绘制了八幅《重建滕王阁计划草图》。

1983年10月1日举行第29次重建奠基大典，并于1989年10月8日重阳节胜利落成。

重新修成的滕王阁宏伟壮观，华丽堂皇，好似一只展翅欲飞的大鹏鸟，准备临江而腾飞。真不愧为江南三大明楼之一的称号。

到了滕王阁，想起以前听到的故事。一是在《增广贤文》里有"时来风送滕王阁，运去雷轰荐福碑"。这里又是两个故事，"运去雷轰荐福碑"是讲宋代范仲淹镇守鄱阳时，为资助一个哭穷的穷秀才，让他去临摹荐福寺的碑文，以获巨利，纸墨都为他准备好。可当晚，荐福碑却突然被雷击

滕王阁

碎，看来这穷秀才的命运真的不济。"时来风送滕王阁"讲的就是滕王阁与王勃的故事了。说唐咸淳二年，洪州（今南昌）刺史阎伯屿重修了滕王阁，定于九月九日于阁内大宴宾客。九月八日晚，王勃在省亲的路上，离南昌700里的地方得到消息。而一夜之间，借助神来之风（传说是风神相助）一帆直抵滕王阁。于是赶上了聚会，并当场写下著名的《滕王阁序》。看来，事情成败，有时是要靠运气的。

二是说在王勃写了这《滕王阁序》后，自是扬名天下。可惜天妒英才，王勃作序后的第二年，探父途中渡海溺水而逝。王勃早亡，大概是心有不甘，于是，其灵魂就化作一种小鸟，来到了使他出名的地方。每天这种成群的鸟儿都会在滕王阁前飞来飞去，围着刻着《滕王阁序》里最出名的两句"落霞与孤鹜齐飞，秋水共长天一色"诗的石碑，喋喋不休地叫着，叫声似乎是"谁能比得上我、谁能比得上我……"叫了许多年。附近的人们都称呼这鸟儿是"王勃鸟"。

忽一日，一个落榜的秀才路过滕王阁，沮丧和困顿使秀才在石碑前睡着了。那群鸟儿又来骚扰，秀才被吵醒，听着那"谁能比得上我、谁能比得上我……"的叫声，看了看石碑上刻的字，心中不忿。于是，从身上的文房四宝里拿出笔来，在石碑上"唰、唰"地抹了两笔。你猜怎么着？那些鸟儿就都飞走了。原来秀才在挑毛病了，将"落霞与孤鹜齐飞，秋水共长天一色"中的"与"和"共"分别抹去，成为"落霞孤鹜齐飞，秋水长天一色"更显得利索、不赘述。看来"强中自有强中手，能人背后有能人"。从此，王勃鸟就永远消失了。

我来到滕王阁前，很为王勃惋惜，真希望王勃鸟再现呢！

哈，当然都是传说和故事，但仔细思索，也是有道理的。

看着这名楼，草成一打油诗：

> 赣扶二水联手处，大鹏展翅面江渎。
> 楼依华章传后世，文借雄阁扬万古。

看完滕王阁，又到了吃饭的时候，在南昌要吃的有名菜肴就是江西的"三杯鸡"。听其名字就知道与三杯什么的有关，不是吃鸡前得喝三杯酒吧？当然不是，那是原始制作这鸡时所加的三杯佐料。

据说三杯鸡起源于江西宁都，它的来历与宋代的民族英雄文天祥有关。文天祥被元军俘虏后，传说他很快被杀害了。于是，有位崇敬他的老太婆带着一只鸡和一壶米酒，来牢狱祭祀文天祥。到后来才知道文天祥还活着。她就恳求狱卒帮助，用米酒点小火将鸡煨制，待肉质酥烂后请文天祥食用。文天祥慷慨就义后，狱卒每年必用三杯酒煨鸡祭奠他。后来流传出去，这三杯鸡便成为名菜。后人将三杯鸡的用料稍作改动，为一杯米酒、一杯酱油、一杯麻油和鸡一起放入锅内慢煨，直至肉酥烂为止，味道更咸香可口了。

不过，还有另外的说法。是在清朝时，江西宁都县有一对姐弟，父母双亡，两人相依为命。一天，弟弟要出外学生意。临行前，姐姐为他送行，将自养不到一年的母鸡宰了，剁成小块，用一个带盖的土罐装上。由于没有太多的佐料，只好用小茶盅往钵里倒了

三杯鸡

一杯酱油、一杯猪油、一杯米酒。情急之际，姐姐忘了往罐子里加水，就端在灶上烧。不想，歪打正着，烧了一会儿，一股浓郁香味扑鼻而来，汤干了，鸡也烂了，而且颜色也上了，味道鲜美。隔壁住着的邻居是一个官厨，闻香而来，一看一尝拍案叫绝。问明缘由后，官厨信口感叹道：这是"三杯鸡"呀！故此得名。

草堂寺与浆水面

去参观老子讲经的楼台观后，在回西安的路上经过位于户县圭峰山北麓的草堂寺，时间已近中午。从公路拐进寺庙的小路上时，看见几排有如新农村模样的整齐房舍，几乎家家都挂着"农家院"的招牌。朋友说中午就在这里，让你吃一顿陕西著名的农家饭。于是，停车进去一家店打招呼后，继续经过一段看来没有修好的路，拐进了草堂寺。

可能是当地出于发展旅游的观念，草堂寺的对面修了整齐的二层的楼面，可惜的是游人太少，零零落落地开着的饭铺、小卖部门可罗雀，十分冷落。

草堂寺是国务院确立的汉族地区佛教全国重点寺院，虽然介绍上说"东临沣水，南对终南山圭峰、观音、紫阁、大顶诸峰，景色秀丽"，似乎美不胜收，其实就是在一个村落旁的寺庙。该寺所以出名，是说在佛教界有名望。因为它创建于距今1500多年的东晋末年，不仅是佛教的著名古刹，也是三论宗祖庭。

东晋十六国时期，后秦在这里建有逍遥园。后秦国

草堂寺

王姚兴崇尚佛教，于弘始三年（401年）迎请龟兹高僧鸠摩罗什来长安，住逍遥园西明阁翻译佛典，后在园内建寺，供罗什居住。由于鸠摩罗什译经场以草苫盖顶，故得名为"草堂寺"。

鸠摩罗什（343—413年）是位有传奇色彩的高僧，其父亲印度人，母亲龟兹人，他7岁随母出家，人称"神童"。游历过许多国家，通晓多种语言文字，又娴熟汉文，佛学造诣极深。因通晓经藏、律藏、论藏，被尊为"三藏法师"。翻译经律论传94部、425卷，是中国佛教史上四大译师之一。鸠摩罗什首次将印度大乘佛教的般若类经典全部完整地译出，为中国佛教做出了巨大贡献。

隋唐高僧吉藏以鸠摩罗什译出的《中论》《百论》《十二门》三部论典为依据，创立了"三论宗"，尊鸠摩罗什为始祖。草堂寺作为鸠摩罗什的译经道场，因而成为三论宗祖庭。

13世纪，日莲（1222—1282年）在日本子睿山学习天台宗，至1253年专依鸠摩罗什译的《法华经》建立日莲宗。这样，日本日莲宗信徒就把草堂寺作为其在中国的祖庭，并尊鸠摩罗什为初祖。

草堂寺坐北向南，山门上方挂的"草堂寺"金字横匾是赵朴初先生所书。院内，遍植松柏、翠竹、花草。沿林荫道北行，见道旁立一钟亭，挂有一口明万历十九年（1591年）铸的巨钟。钟亭对面，放置着著名的唐宣宗大中九年（855年）所刻《唐故圭峰定慧禅师碑》。定慧禅师即唐高僧宗密，华严宗祖师之一。他曾在草堂寺著书讲学，并以习禅称世。

经过挂着"草堂古寺"匾额的小山门，两侧便是1956年建的碑廊。单居12间，面积达120平方米，历代碑刻居其中。

草堂寺现存最大殿堂是"逍遥三藏"殿。殿内正中供奉明代施金泥塑如来佛像，佛像前安放着日本日莲宗奉送的高1.2米鸠摩罗什坐像，是用一整块楠木刻成的，一双慧眼，满面含笑，栩栩如生。

大殿西侧门外，有一座用红砖花墙围成的六角形护塔亭，亭内矗立着草堂寺最珍贵的文物——"姚秦三藏法师鸠摩罗什舍利塔"。据说鸠摩罗什圆寂后火化，薪灭形碎，唯舌不烬。其弟子收其舍利，建造舍利塔以纪念之。就是此舍利塔。

舍利塔北边竹林深处，掩藏着远近闻名的"烟雾井"。烟雾井位于寺内西北角靠围墙处，俗谓"龙井"。相传井下有一巨石，石上卧一蛟龙，早晚呼气，从井口冒出，状似"烟雾"。草堂寺自古以来佛事兴盛，进香拜佛的人不计其数，以至于香烟升至高空，与山气聚合，遂成烟雾。但雾的成因于科学的解释是：由于此地地热资源丰富，地热在运动的过程中，沿地壳的岩缝冒出地面，升至高空，遂成烟雾。后来，由于地热改道运动，烟雾井于是便再也无烟雾了。于是，我们来此也是只见烟雾井，未见烟雾升了。"烟雾井"只是传说了。

带着少许的遗憾，离开草堂寺，来到农家院。一碗不起眼的"浆水面"，将那遗憾冲得云消雾散。

农家大嫂很实在、很爽朗，准备的饭食真不少，什么炒柴鸡蛋、凉拌黄瓜、野菜蘸酱、烙饼……还有一样就是浆水面。我没吃过，也没有听说过，所以开始就拿起烙饼卷鸡蛋填补辘辘饥肠。朋友说慢点儿，不然你会后悔的。我说后悔什么，不就是一碗面条吗？

说着浆水面上来啦，一碗上面有些芹菜、黄豆的面条汤罢了。可是，一吃起来，那酸酸的特殊味道马上吸引了你，胃口似乎大开了，再加上一点儿油泼辣子。哇，真是不得了，正是夏天季节，吃到肚子里，凉、爽、痛快，再加上那特殊的酸和辣，怎么说呢，一个字"美"，一口气吃了三大碗。如果说和先前吃过的哪种面条相似，那就是洛阳的"浆面条"，不过，各有各的特殊风味。我一边吃着，一边想那草堂寺的和尚们肯定也没少吃这浆水面，那鸠摩罗什大概吃了这馋人的浆水面，才会才思聪敏，翻译了那么多经文吧！

问起这浆水面的做法和来历，那大嫂可是如数家珍，不过，她那陕西话，得不时地让我那朋友翻译一下。

做好"浆水面"的关键是做"浆水"，陕西地方大多是用芹菜炮制的。需要将芹菜煮过放酸，要加上晾凉的煮面的面汤，重要的是有浆水的老汤，也就是浆水引子。放置几天就好了，中间还要倒腾清底，不是件简单的事呀！有意思的是，我们吃的浆水里，大概有古代老汤的味道。那面条当然是手工面，有一个小指头宽，很薄。浆水面是一碗一碗下的，怪不得吃的时候往往供不应求呢！吃时要加一些油炸豆腐条、葱花，还有油泼辣椒、盐。浆水面的味道已足够酸了，不用加醋的。

说起这浆水面的来历，有两种：一是与刘邦和萧何有关。相传楚汉相争时，有一对夫妻开小面馆。一天，由于两口子急着去探望病重的岳母，匆忙中丈夫把刚洗好的白菜丢在缸内，妻子不留心把锅里的热面汤也倒了进去——这是"无巧不成书"吧，便关门上路了。几天后归来，刚开店门，就见一老人一中年人进店，急着要吃面条。因未来得及做臊子，店主便向客人解释只能凑合做顿白菜面条。店主去缸中取白菜，发现泡在汤水里的白菜，青中带黄，酸里透香，于是灵机一动，将酸白菜汤浇在煮好的面条上并淋上红油辣子。不想，那两客人一尝，酸、辣、香，好吃极了。吃毕，老者应店主要求为这面取了个名"浆水面"。这两个人就是后来的汉王刘邦、汉丞相萧何。

据说这故事发生地是汉中市幺三拐，至今，那里的浆水面仍然很有名气，长年都是顾客盈门。

另一种说法就是懒媳妇用开水烫芹菜，顺手把芹菜丢进热面汤盆里，盖上锅盖，玩去啦。三天后，家里来客人要吃饭，当面条煮熟从锅里捞出来了，懒媳妇才想起汤盆中还有菜，情急之中将烫芹菜的面汤浇在面条上，端上去了。客人一吃，大为惊喜。于是，"浆水面"就产生并传开了。

据说，关中、汉中凉州和天水都有浆水面，风格各不相同，只是浆水的做法大同小异吧！

交河故城与大盘鸡、裤带面

唐朝诗人李颀有一首题为《古从军行》的诗，开头两句是"白日登山望烽火，黄昏饮马傍交河"，给读者展现了一幅壮丽而豪迈的边塞景象。

交河在哪儿，多少年来一直在我的脑海里缭绕。终于，有一天我走进了诗中的画面，去感受更壮丽、更感人的交河故城。

交河故城位于吐鲁番市以西 13 公里的一座岛形台地上，因河水分流绕城下，故称交河。新疆这个地方很有意思，茫茫戈壁也好，干燥的黄土地或沙化地也好，只要有水的地方就必然有一块绿洲。看，在这城下两边河水流过的地方，就是两条长长的绿洲。而与之形成鲜明对照的，是这突出的台地上连棵树也没有！在这黄突突的高地上，曾经有个城堡，而且曾是繁华的车师前国的都城。

车师前国是最早的西域 36 国之一，故城是该国政治、经济、军事和文化中心。交河故城是公元前 2 世纪至 5 世纪由车师人开创和建造的，在南北朝和唐朝达到鼎盛。由于 9 至 14 世纪连年的战火，交河城逐渐衰落。14 世纪蒙古贵族海都等叛军经过多年的残酷战争，先后攻破高昌、交河。蒙古统治者在占领区域还强迫当地居民放弃传统的佛教信仰改信伊斯兰教。精神与物质的双重打击下，交河终于走完了它生命的历程。严重毁损的交河城，终于被车师人放弃，人去城空，只留下残垣断壁。

从空中俯视，面积约 22 万平方米的交河故城像一片柳叶，经历无数战争劫难后，现存的建筑遗迹主要集中在故城中南部，南门入口这一带。中间一条横贯南北的子午大道是通向最北端的佛寺的，它把故城分成了东西两块。

交河故城

东边是官署区，遗址中唯一可见的就是这座很大的地下庭院了，顶上的天井有 11 米见方，旁边两道斜坡宽约 5 米。据考证，这里曾是车师前国的王宫，也是安西都护府的治所，它曾是官署，也是银行。地下庭院外是城内唯一的广场，当年的车师人就是在这里进行贸易活动的。官署区有一处奇怪的墓地，几百座半米长的长方形墓穴整整齐齐地排列着，埋葬着几百个婴儿，人们称它为婴儿墓。为什么有婴儿墓？成了现代人最难以解开的谜了。

大道西边是手工作坊和居民住宅区，他们挖地为院，隔梁为墙，掏洞为室，很有特点。

在城中规模居全城之冠的是佛教寺院。如今保留着山门、庭院、钟鼓楼、大殿、僧房、古井等遗迹。南北长 88 米，东面主体建筑面积 5200 平方米，前面是庭院，后方的是佛殿，侧面的是僧房。北面的是佛殿，中间的是方形塔柱，塔柱的四面有 28 个佛龛，可惜的是龛中的佛像大多被损坏，甚至失去了踪影。交河城的所有建筑都是采用它特有的版筑法，也只有在这样干旱少雨的环境下才能采用这种方法。佛殿前面两侧各有一口井，井非常深，不难理解，高台下的绿洲是它供水的保证。寺庙中有一组壮观的塔群，共有 101 座塔，中央是一座大佛塔，四角各 25 座小塔，排列成纵横各五的方阵。塔林虽然已塌掉，但这些遗迹向人们证明当年交河的佛教是多么的昌盛。

夕阳下，站在交河故城 30 米高的巨大黄土高台上，身后是依然保留着数百年前都市模样的黄土废墟，脚下是壁立如削的崖岸，崖下是已近干涸的河床。那远方是大漠黄沙，在渐渐暗淡下来的天际仿佛升起了一缕烽烟。哈，亲身体验一下唐诗"白日登山望烽火，黄昏饮马傍交河"的意境，对诗人的钦佩油然而生，更感受着历史的苍茫与浩瀚。有句话"时光无迹，历史有痕"，这消失了数百年的车师古国，不正是在用它遗留在这高台上的堆堆痕迹述说着那惨烈的历史吗？

参观完这交河故城，去吃新疆"大盘鸡"和"裤带面"。听着就是很粗犷的，一定有意思。在路边有一排饭店，竟然大部分都打着大盘鸡的招牌。六个人开着两辆汽车，停在一家比较干净的小饭店门前，正在玩纸牌的老板娘赶紧丢下伙伴迎了上来。听说我们要吃大盘鸡和裤带面，马上答应着并端出茶来。闻听我们一行要两只鸡的菜量时，老板娘立马叫进一个小伙儿，叮咛几句，小伙儿就跑出去了。转眼，那小伙儿捧一只鸡进来，进了厨房。

我明白了。这里的小铺都不会准备太多原料的，一来生意不一定好，二来资金也有问题，好在邻近有许多开小铺的，临时凑合也是办法。这景象，好似古代小说里"斤饼斤面、开伙老店"的味道。不管如何，老板娘说了，半小时就得。果然，只听得噼里啪啦一阵切剁声后，炖鸡的香味就出来了。

不一时，一大搪瓷盘子热气腾腾的鸡块儿混合着土豆、青椒、辣椒等配料的菜肴端上来。朋友打开一瓶"伊力"白酒，除俩司机外，四个人均分，开始大口喝酒、大口招呼大盘鸡啦。只觉得鸡块香嫩、土豆绵软、青椒清脆，微带辣味。好吃、痛快。

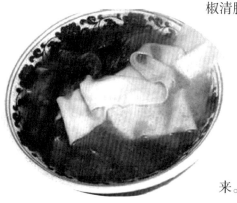

裤带面

很快酒喝完，大盘鸡去了三分之二时，老板娘一声招呼，食者一闪身，一大碗加一大笊篱裤带面倒在剩下的大盘鸡上。好，裤带面，真有裤带那么宽呀，而且长长的，几个年轻的小伙子干脆站起来挑着吃起来。这情景和刚才大口喝酒、大块儿吃肉的样子，让人想起了水泊梁山啦。吃完，仍余兴未减。

昌黎源影寺塔与赵家铺蒸饺

去到河北昌黎老城，发现除老房子、老街道多外，再一个特点是卖蒸饺的铺子挺多，明白的人说这都在沾昌黎名吃赵家铺蒸饺的光呢。

先不说吃饭，先去游览吧。

从昌黎北面的碣石山回来，很远地就看见昌黎老城里那座高高的古塔，在没有许多新楼房的老式建筑群中，真如同鹤立鸡群、耸入云表呀。

开车冲塔而去。

在城里那坑坑洼洼的，因下着雨而布满水坑的街道上转来转去地找了半天，在当地人的指点下才找到了古塔的方位。街道太窄，只好弃车步行前往。不过指点我们的人警告，可能进不去的。低头一算，啊，今天是星期天。

走在那低低的平房群里，小街道的路也不甚平展，还有没有清理的垃圾堆。也许是下雨的缘故，少见行人。此情此景，让我想起60年前，小时候的家乡石家庄的样子。如果现在哪个小青年想知道石家庄早期的风采，不妨来趟昌黎老城，体会一下。时代在变化，也许用不了60年，这里会赶上河北的省会了。因为我们发现在不远的另一个街道上正在拆迁，已经有消息说，开发古迹，发展旅游是这个县城的目标。

终于接近了古塔，但古塔被紧紧地包围在一个严实的小院里，在一个挂着"文物研究所"和"文物执法大队"双重牌子的门口，我们试图敲开紧锁的大门，但是徒劳的。忘了吗，今天是周日，没有人的。

带着一丝遗憾离开了古塔，值得庆幸的是，在围墙的外面还是看到了古塔的多半截。

昌黎老城的这个古塔叫"源影寺塔"，听名字就知道这里应该有个源影寺，当年它与碣石山上的古水寺都是很有名的。只是多年变换，寺已无存，幸而古塔得以保存，已经十分不易了。塔建筑于金代，

包在居民区里的源影寺塔

是北方最古老的塔之一。在唐山大地震中，古塔也遭到严重破坏，幸亏政府及时修复了。如今，再开发是否连古寺一同恢复，就不得而知了。

草草地看过古塔，不远就是在昌黎最有名的老字号赵家馆蒸饺铺。店面不大，却是门庭若市。还没进门就发现有北京开过来的出租车，还有不少挂北京牌子的汽车。据说，这都是北京的饕餮客们专门从北京踅摸来奔食儿的。

从墙上挂的介绍可以看出，这店已经有近80年的历史了，创建于1921年。当然其出名在于精美的制作，赢得顾客的欢迎。"文革"前，赵家铺的蒸饺在河北省的比赛中获过奖。还有，这蒸饺很受文化界的人物喜爱，不少北京的文化名人都光顾过。

点一屉看家的蒸饺吧——韭菜鲜虾馅的，一屉21个。整整齐齐的原笼蒸饺，古朴的样子仿佛回到从前。这蒸饺的特点是每个蒸饺里都有一只鲜虾，价格是36元一屉。查网上，2008年上半年还是28元一屉呢！

再点大葱牛肉的和大葱驴肉的，同样21个一屉，竟然每屉只需18元，便宜了一半呢！

蒸饺好吃，那菜也不错。因为主食是蒸饺，就只点了一个凉菜，一个汤。凉菜是小孙女点的，大大的一盘，好像是紫的和白的葡萄干，其实是豆子，用糖煨出来的，非常好吃。小孙女开导我说，这是"酷饮蜜糖豆"，是加入饮料一起吃的，不过单吃也很好。头一次听说，我真老外啦！

汤是排骨海带结汤，真合老年人的口味，排骨肉酥烂，海带结绵软，汤鲜味正，很地道。我鼓励家人努力加餐，争取吃光这大盆汤，说不好带走，结果还是剩下了。可惜呀！这一盆美汤才18元，下次来，不点蒸饺，只点它啦！

赵家蒸饺每屉21个

南翔小笼馒头

去上海吃小吃，一定要去城隍庙。那里的小吃齐全，汇聚了所有大上海的名小吃，而南翔小笼包也是所有游客的首选。那里的一个南翔馒头店尤其出名。

有人说了，怎么又是馒头、又是小笼包的，都弄糊涂啦。其实，馒头和小笼包是不同的叫法。看过《水浒传》的朋友都应该知道孙二娘卖"人肉馒头"吧，那馒头就是带馅的。据说在宋代，馒头都是带馅的。大概后来经济条件差了，不知道什么时候把馅儿免了，馒头就成了没馅的面疙瘩了。而在上海还保留了这两种对包子的叫法。所以到了上海，看到馒头就得多想一下，那可能是带馅的包子呢。

南翔小笼馒头，顾名思义一定是在上海南翔地方最出名了。确实，南翔小笼馒头早在100多年前就出名了。据说其原名叫"小笼大肉馒头"，又称"南翔大馒头"。由南翔镇日华轩点心店主黄明贤创制，传至今日已有百年以上的历史。黄明贤原名詹大胜，是一名生活在孤儿院的弃婴，后由日华轩糕团店老板黄某领养，改名黄明贤。同治十年（1871年）黄老板病故，黄明贤就继承了日华轩，将糕团店改为兼营馒头、馄饨、面条的点心店，开始试制小笼馒头，由于制作考究，注重质量，成为南翔名点。

南翔小笼馒头以皮薄、馅大、汁多、味鲜、形美著称。其选用精白面粉发酵为皮，一两面粉必须制作10个馒头，可见馒头面皮之薄；选用精腿肉为馅，不用味精，而用鸡汤煮肉皮成冻，拌入馅内，以取其鲜，并使汁多；馅内撒入少量研细的芝麻，以取其香；根据不同季节，加入蟹粉或虾仁或春笋，以取时鲜；每只加馅3钱，用戥子过称，以保证质量。小小的馒头每只竟有14道褶，出笼时真是小巧玲珑，晶莹剔透。出笼后，店员任取一只放在小碟内，用筷子戳破皮子，如流出的汁水不满一碟，则不出售，因而赢得信誉。

后来，日华轩的馒头师傅分别受雇于其他店面，南翔大馒头在南翔全镇乃至全上海传播开来。如今，南翔小笼馒头的美名传播海内外，早已成为上海传统点心的杰出代表。

听着这样的介绍，是不是嘴里都流油啦，赶紧来一笼吧。先别忙，咱们去南翔，到那里去吃，那才叫正宗呢。

南翔就是上海市西北方向的嘉定区南翔镇。提到嘉定，了解历史的朋友们一定有印象，就是当年清兵入关，发生在江南一带的"扬州十日""嘉定三屠"大血案的嘉定。南翔在嘉定区的西南部，如果从北京坐火车去上海，会经过一个南翔火车站，南翔镇的位置就在那里。

听当地人讲，南翔小笼馒头做得最好的应该是报济桥头的一家，我们去时，可惜不做馒头了，全天供应米糕。原来正赶上重阳节，按当地的风俗要吃长寿米糕的，而米糕也是当地特产。

转过街来，发现号称小笼馒头正宗的何止一家。随便选一家老店吧，现在这位置是不是原来的位置已经无法考察了，这100多年的中国发生了那么多变化，业主也必定换了不少遍。但敢于打出老字号的名字，相信它与正宗的老字号是有渊源的。于是，毫不犹豫地进了这家店。

店面不大，却有上下两层，下面还有里外两小间。从那破旧的座椅看，这店有年头了。看看价格，普通的传统馒头十个10元，要说不贵那是装大款。如果一两十个，一斤就是100元！比天津"狗不理"最贵的三鲜馅包子还要贵一倍呢！再看最好的蟹黄小笼馒头竟然要十个38元。可既然来了，而且千里迢迢，不吃就

师傅在制作蟹黄小笼包

白来了。好，传统的、蟹黄的都要吃一吃。

　　等的时间，去看了一下位于窗口的做馒头的厨师，就一个人在那里如同表演一般，不过也没什么特殊的，关键应该是那馅和面结合得是否到位。

　　很快，传统的小笼包就上来了，也许对它的期望值太高，吃在嘴里并没有满嘴流油、香溢满腮的感觉。普通的都吃完了，还不见蟹黄的上来，喊了几次，服务员一再道歉，说顾客多，等等马上来。终于等到了，你还别说，蟹黄的比传统的好吃多了，可要知道，价格也是三倍多呢。

　　正吃着，隔壁的一位老年顾客突然大发雷霆，服务员来了，不行，领班的来了也被呛得够呛。原来，给老汉上的馒头竟然还是冻的，没有上蒸就上来了。

　　此时，我们似乎才明白，这窗口包的大概只是蟹黄的，而大量普通的不是昨夜包好，就是在外面加工点加工后速冻起来，现加热出售的。不知这个服务员看没看明白是上过屉的还是没上过屉的，就端上来，摆了乌龙。

　　怪不得，那传统的小笼馒头不是滋味呢，便宜（其实也不便宜）没好货吧！我们千里迢迢追到小笼馒头的源头，来到正宗的原始老店，结果还是不够尽人意。于是写下：

　　　　　名点已非名师做，名店忽悠众游客。
　　　　　莫讲正宗就是好，利益相驱弊亦多。

西塘的"天下第一面"

有一个地方称为"吴根越角",也可称为"浙头沪尾"。通俗地讲就是浙江的北端和上海的南部,也就是古代吴越交界的地方。那里有一个非常美丽的基本上保持了原生态的水乡小镇——西塘。随着城市人越来越多地追求返璞归真的旅游感觉和不断地宣传,这个小镇也越来越出名,甚至把世界级的电影明星汤姆·克鲁斯都招引来拍电影了。

去到西塘,首先感觉到她是生活着的、流动的水乡小镇。这里的一切都保留着许多年以前的样子,与现代的生活步伐相比,她无疑是落伍的:房舍都是老式的,店铺是旧模样、保持着旧时经营模式——手工打制的木锤酥、手工制作的衣服盘扣、老字号的三味油炸臭豆腐……我们这些现代人不远千里来到这里,不就是要感受那曾经的旧时光样子吗?那好,这个保留了,而且还是"活"着的。

当然,还有那镇中完好而清澈的条条小河,河上的石桥,窄窄的小巷和石板路。

其实在这"吴根越角"以及江浙其他地方,还保留不少如此状况的水乡小镇:周庄、同里、乌镇等等,如今被

一个个开发出来，供如我般没有见过"世面"的城里人来参观、寻访。要说它们的相同之处，则均是保留了水乡风貌的乡村小镇；而不同之处则在于它们有各自不同的历史和遗存，如周庄有明代传奇人物沈万三的故居，同里有退思园，而西塘则有著名的西园。

西园是楼园结合的一组建筑群，景色与人文俱佳，是当时江南大户朱氏的私邸。民国初年在这里有镇上"南社"诗社，曾经是文人们聚会的地方，柳亚子先生当年就常来这里吟叙。大概今人都知道，1949 年在中共与各民主党派人士协商筹备新中国之时，柳亚子曾写有一首《感事呈毛主席》，曰："开天辟地君真健，说项依刘我大难。夺席谈经非五鹿，无车弹铗怨冯骧。头颅早悔平生贱，肝胆宁忘一寸丹！安得南征驰捷报，分湖便是子陵滩。"对此，毛泽东写下了著名的《七律·和柳亚子先生》："饮茶粤海未能忘，索句渝州叶正黄。三十一年还旧国，落花时节读华章。牢骚太盛防肠断，风物长宜放眼量。莫道昆明池水浅，观鱼胜过富春江。"既表现了一代伟人的胸怀，又委婉地规劝柳亚子，成为一段重要的历史史话。在西园塑有一尊柳亚子先生着旧时穿戴、闲坐林中的铜像，也是一份纪念吧。

当然，西塘镇里还有不少古迹，如粮王庙、大戏台、道观等等。

好了，逛得差不多了，肚皮瘪啦，去找吃食。抬头就看见石桥旁的一个小店"天下第一面"。好大口气，馆子不大，里面也只有四张小桌，竟然敢做"天下第一"的面条，那一定要去吃吃看。

店的确不大，只有一个小女孩服务员和一个中年男子，看样子中年男子是老板兼厨师。拿过菜谱一看，基本上全是面条，什么牛肉面、黄鱼面、鳝鱼丝

天下第一面馆

面……其中大字的条目是"天下第一面"，内容注明有牛肉、牛肚、爆鱼、鳝鱼丝、青菜等，可是价钱也够贵的，35 元一碗。

"很大的一碗，够两个人吃的。"小女孩服务员这样介绍。那，就来两碗面，四个人分吃，再来盘西塘有名的粽子和年糕就可以了。

灶间不大，不用去检查卫生，旧式的厨房，保管你看后就不一定吃得下去了。厨师动作很快，不一时就做好了，大碗的面上来了，果然够量。不过，依我这北方人看，就是一碗夹杂了许多配料的汤面而已。

"怎么没有鲍鱼？"同行的朋友没有看菜谱，只听别人念了，把"爆鱼"当成"鲍鱼"了。

"没有骗你呀，有'爆鱼'的！"果然，有油炸的小青鱼。

"真有鲍鱼，就得 100 元一碗了。"大家解嘲道。

面条还算挺好吃，只是没有"天下第一"的感觉，普通的汤面而已。兼厨师的老板闲下来，便同他聊天，打听这"天下第一面"的来历。老板的介绍挺实在，说这就是当地人的普通做法。

北方人爱吃面条，而且是生活中的主食，但做法一般都很简单，以吃面条为主，卤料、菜码都很普通。而对于南方人，尤其是江浙一带的人，面条是平时一道换口味的点心，所以做起来就特别讲究辅料的搭配，常常会加入肚片、鳝丝、牛肉、鱼片、自制的"爆鱼"等很多东西。做好的面，辅料多、鲜味足、营养丰富。而西塘人做面条更是出了名的讲究，要用两口锅同时制作，一口锅用来煮面，一口锅用来炒制辅料。煮好的面放入另一口锅。鱼片肉丝等辅料加水再一起煮两三分钟，与面条和在一起出锅后，这样的面条，汤汁鲜浓可口，面条筋斗。

呵呵，原来就这么简单。我听了暗自发笑，我在自己的家里就是如此煮汤面的，家里人都说我煮的好，我也自诩为"祖传秘制"。只是与他们西塘人的辅料不同而已。这可是碰着啦，我做的也是"天下第一面"呀！

"天下第一"，看来只是敢开口罢了。到处走走，看有多少个"天下第一"：西安有"天下第一碗"的羊肉泡馍；岐山也有"天下第一面"的岐山臊子面；徐州有"天下第一汤"、南京有"天下第一菜"……

　　谁给定的"天下第一"，自我标榜而已。我看西塘的面，不如就叫"西塘面"更亲切、更符合实际，也更招引客人，更少非议。

　　从西塘回来，偶尔在网上发现更有一个大张旗鼓地打出"天下第一面"的全国连锁店。不过，它卖的是"瓦罐面条"，食者评论褒贬不一。据说在北京北部的上地附近有一家，有时间去考察考察。

在拉萨吃藏餐

　　第一次接触藏餐是在青海的西宁，在去塔尔寺的途中吃饭时点了藏族的糌粑和奶茶。开始是觉得新鲜和好奇，可看着热腾腾的奶茶和棕色的糌粑坨子，不知如何下嘴。还是同去的当地朋友告诉我，吃糌粑，不习惯是吃不下去的。吃时要把糌粑用手搓成条，揪一小块儿放在嘴里，憋住气，喝一口奶茶灌进去。好嘛，吃一点糌粑，用了一大杯奶茶，还是强忍着那糌粑的酥油味儿，有点受刑的味道。

　　从那儿开始，我对藏族的食品就敬而远之了。2000年去了一趟拉萨，也没敢往吃藏餐上想。不过，那时的拉萨还真不好找藏餐馆，只能躲在宾馆里吃不怎么正宗的西餐，或跑到街上找那些外地人来拉萨开的小饭店里，吃用高压锅凑合做出来的东北或四川的饭菜。因此，在我的最初印象里，藏餐可能就是吃糌粑、喝奶茶了。

　　2009年再去拉萨，那里的变化真可以用"刮

藏式餐厅

目相看"来形容了。不仅城市的建设"旧貌换新颜"了，那城市里的饭店也是"八大菜系"俱全，想吃哪里的菜，都能找到。

　　那天，从藏南参观第一代藏王的宫殿雍布拉康回到拉萨，朋友说去吃顿藏餐吧。开始我挺犹豫，藏餐？就那糌粑和奶茶呀？朋友说，你老冒儿了不是？过去，西藏的高层和有钱人能就吃那些东西吗？去开开眼吧，如今普通老百姓早就享受到藏餐的美食啦。听他一说，还真有道理，咱汉民不也早就吃上过去皇帝才吃得上的"满汉全席"了嘛？对。咱们去吃藏餐，体验一下藏族饮食文化。

男女有别的酸奶碗

长生果炒饭

　　走进布达拉宫广场旁的一个叫"次仁"的藏餐馆，哎，先卖弄一下，这"次仁"是藏语里"长寿"的意思。好，就进长寿馆。

　　门脸不大，可里面装饰得很华丽、雅致，用藏式地毯和藏式桌椅、灯具装饰起来的大厅和单间，虽然不是琳琅满目，但不同于汉族文化的色彩和摆式，真有点别开生面的感觉，对藏民的风格不由得肃然起敬。

　　藏族服务员拿来菜单，是一式两份，藏文与汉文的。我扫了一眼，不太明白菜名的含义，于是告诉朋友，全靠你啦！朋友是藏民，点藏餐自然是行家里手，很快就点了七个饭菜，告诉我其中既有比较典型的藏餐，也有与汉民差不多的藏民家庭菜式。

　　服务员端上来奶茶和酸奶。我刚伸手拿奶茶，朋友说这是有分别的，不能随便拿，男士与女士用的杯碗是不一样的，比汉民讲究多了。汉民现在是彻底的男女平等了，去饭店都是一个待遇，没有男女之分了。而藏民还保持着他们的不同，喝奶茶时，兜口的杯子是女士用的，而男士用的是敞口的杯子。朋友还告诉我，藏民嗜爱喝酸奶，是因为原来藏民的生活中缺少蔬菜和水果，就依靠食用酸奶来补充各种维生素了。

　　喝完酸奶和奶茶，菜也上来了。七个饭菜，最典型的是糌粑和生牦牛肉酱，那糌粑可能掺有面粉了，已经不牙碜，而且非常好吃，经过加工的生牦牛肉酱也异常可口，真是大饱口福了。两个肉菜，烤羊肉和铁板灌肠。羊肉有点硬，而灌肠很有特色，灌的不是血或淀粉肉糜，而是羊肉和下水，很有滋味。两个素菜接近汉民的风格，朋友说这个炒酸萝卜条是藏民的家常菜。主食有长生果炒米饭，拌有酥油，据说是藏民最爱吃的，我吃起来有些腻。而藏式包子是牦牛肉馅的，形状呈圆形，比起汉民的包子显得有些紧。

　　不错，这一顿饭菜改变了我对藏餐的看法，原来还是很讲究、很美味的。不过朋友告诉我，藏餐菜品也是分菜系、菜派的，大致可分为四大风味：以阿里、那曲为代表的羌菜；以拉萨、日喀则、山南为代表的卫藏菜，也叫拉萨菜；以林芝、墨脱、梓木为代表的荣菜；仅以过夫干家贵族及官府中的菜肴为代表的宫廷菜就有 200 多种呢。

　　哇，那么多，恐怕没有时间去品尝了。

改良的糌粑和牛肉酱

体验扬州"皮包水"

早就听说扬州人讲究"早上皮包水，晚上水包皮"。"皮包水"就是喝茶，"水包皮"就是泡澡了。于是去这扬州一定要体验一下，首先看看"皮包水"是什么样子。

在扬州喝茶就是去吃早点。最出名的老字号有号称三春的富春茶社、共和春酒家和冶春茶社。曾经有机会到扬州，去到其中的两春——富春茶社和冶春茶社体验了一下"皮包水"。

"皮包水"的水，以扬州特有的"魁龙珠"为最好。在富春茶社，朋友点了这茶并介绍了它的特点与来历：一般人喝茶都是分得很清楚的，绿茶、铁观音、红茶，都是各喝各的，不能混的。而恰恰在扬州，这"魁龙珠"却是把三种不同的茶合在一起泡饮的。"魁龙珠"这种茶有浙江西湖龙井的味，福建珠兰的香和安徽魁针的色，泡上一杯，色浓味美，而且耐泡。能连冲四次，也不减色。你过去没喝过这茶的，开始可能不太适应，可喝起来就会感到越喝越有滋味。

魁龙珠茶是百年老店富春茶社的名牌。过去，扬州的盐商富户较多，富春茶社是他们经常聚会的地方，对饮茶也很讲究。民国年间，富春茶社老板陈步云先生对茶就颇有研究。他品过国内诸多名茶，发现浙江西湖龙井出色快，安徽太平魁针浓醇后劲大，福建珠兰清香，遂将三种茶兑配。兑配后，色泽清澈，浓郁淳朴，清香诱人，经久耐泡，三种茶的长处均发挥出来。

据说这陈老先生人很谦虚，他坚称魁龙珠是他和扬州老茶客共同发明的。当时，陈老先生采取了将几种茶羼杂起来的办法，一次次征询老茶客们的意见。味不够，添些龙井；色重了，减魁针；香味淡香味浓，再增减珠兰。经过几个月增增减减，才形成后来的配方。而且陈步云很精明，分别到几家茶店买茶叶，回来自己配制茶叶，是防止各茶庄老板破解"魁龙珠"配方。这就是说魁龙珠茶的配方是保密的，直到如今也是如此。所以，食客们只觉得魁龙珠茶好喝，要问怎么配制的，就免开尊口吧！

后来，陈步云在自己的花园窨制珠兰，代替了福建珠兰。由于魁针、龙井、珠兰分别来自安徽、浙江、江苏，文人评价魁龙珠是"一壶水煮三省茶"，故又称"魁龙珠"为"三省茶"。

喝茶，当然要吃点心了。而这富春茶社就是已经闻名中外、天天爆满的百年老店，以茶局起家，被公认为扬州茶点的正宗代表店。20 世纪的著名文人郁达夫、朱自清都在他们的文章中深情地缅怀过："不进富春门，等于未到过扬州城。"富春茶社是扬州的一个引人入胜的"窗口"和淮扬菜的正宗代表，在这里什么大煮干丝、水晶肴蹄、鸡包鱼翅、逸圃花篮、富春鸡都很叫座，还有被誉为"扬州双绝"的千层油糕和翡翠烧卖，味道好得很。

千层油糕

这次去富春茶社"皮包水"，翡翠烧卖、千层油糕、三丁包子、蒸饺、素菜包子都品尝了。而我对那碗豆腐丝汤十分感兴趣，那丝切得不能说是细如发丝，也是飘飘洒洒，耐人寻味。一打听才知道，这才是扬州"三把刀"中厨刀的真功夫。

扬名天下的"扬州三

三丁包子

把刀"是剃头刀、修脚刀和厨刀。剃头刀现在是没有什么作用了，谁还用剃刀剃光头？恐怕连用剃刀剃胡子也好少了。说到这里，就有点纳闷：提起剃头刀就想起满清入关时"留发不留头、留头不留发"残忍政策，清代之前汉人是从不剃头的，"身体发肤，受之父母"嘛。可清军一定要征服汉人，逼着汉人剃头，引起汉人的剧烈反抗。于是发生了惨烈的"扬州十日""嘉定三屠"。史可法领导的抗争与坚守，最后使得扬州人民也被屠杀几尽。应该说扬州是抗拒剃刀的地方呀。可能，那时坚持不剃头的被屠尽

扬州老式三把刀仍有卖

了，留下来的却拿起了剃刀，而且，想不到耍剃刀在这里还成了后人谋生的绝活儿。历史上多少东西都说不清、道不明的。

剃刀如今是没有什么用途了，可是扬州人并没有扬弃"三把刀"的品牌。修脚刀不但保持着并且与眼下时髦的足疗联手，发扬光大了；剃头刀也延伸到美容的行列，真是与时俱进呀。而唯有厨刀依然保持着它比较充分的原汁原味。

那豆腐丝汤的豆腐丝是厨师放在手上于水中切出的，一小块豆腐要片出20来片，然后再切丝呢。据说，厨师考试时，考官是不看操作过程，只听声音就可以知道你的刀功如何了。

俗话说：内行看门道，外行看热闹。对外地人来说，到扬州吃早点，不过吃个热闹罢了。本地的扬州人才能吃出门道。

据本地人讲，虽然扬州的小吃各有特色，人们还是有分别的：以富春茶社的千层油糕、冶春园的蒸饺和共和春的饺面（就是馄饨面）最为出名。特别是富春茶社的千层油糕是扬州著名的细点。名曰"千层"是形容

这糕的层次之多，一层糕夹一层糖和猪油，至少有 20 来层。通体半透明，柔韧异常，层层相叠又层层相分。味道甜糯适度而爽口。其他茶楼里也有千层油糕卖，但比起富春茶社，往往就徒存其名了。

在扬州，对吃小吃还有许多故事和谚语。如那"三丁包子"，相传其由来还和以风流闲情著称的乾隆皇帝有关。当年这皇帝下江南，对要吃的御膳提出了很刻薄的"滋养而不过补，美味而不过鲜，油香而不过腻，松脆而不过硬，细嫩而不过软"饮食标准。于是厨师们就绞尽脑汁地将参丁、鸡丁、肉丁、笋丁和虾丁加工成馅做包子。因为这五味具备补、鲜、香、脆、嫩的特点，符合乾隆的要求。果然这包子与"五不过"的要旨分毫不差。乾隆吃后赞不绝口，问包子叫什么名儿，回答道叫"五丁包子"。于是"五丁包子"出了名，也传出民间。不过，这老百姓哪能与天子相比呀？这海参和虾仁价格太高，谁吃得起呀！于是，渐渐就转化成了"三丁包子"。

三丁包子的馅心，以鸡丁、肉丁、笋丁制成，食客的要求是"笋丁多，肉丁少，鸡丁恰恰好"；咬一口包子，鸡丁香美鲜、肉丁肥美不腻、冬笋丁松脆香嫩不硬，咸中带有点清甜，吃了让人回味无穷。连日本人都赞它为"天下一品"，着实不过誉。清代的袁枚在《随园食单》中说："扬州发酵面最佳，手捺之不盈半寸，放松仍隆然而高。"这是说三丁包子的包子皮软而带韧，食而不粘牙。

吃汤包时，由于汤包个儿大且比较烫，于是，吃时也有口诀："轻轻提、慢慢移，开个窗、喝口汤。"先用手捏住包子上面中的面头，轻轻地把包子提起，然后慢慢地将包子移到盘子的边缘，再小口在包子的上部边缘咬开一个洞，最后用准备好的吸管喝口里面的汤——哇，真复杂呀！不过，的确好吃。

"大煮干丝"又名"鸡汁干丝"，是淮扬菜系里不可缺少的一道名菜。不过，这次到扬州我发现除"大煮干丝"，还有一种干丝叫"烫干丝"，与大煮的不同，比较有咬头儿。去扬州时，注意点一道吃呀。

去扬州吃"三头"

扬州菜属于淮扬菜系，到扬州算是到了淮扬菜系的老家了，真是美味多多。从大菜到小吃琳琅满目，让人目不暇接。现在在扬州还推出"红楼宴""全藕宴"，还有"三头宴"等等，一时半时的都介绍不过来了。那咱们就说说"三头宴"，看看是哪个单位的头儿，还是哪个大企业的头儿？

其实，这并不是头头脑脑的领导聚餐，到扬州吃"三头"，指的是拆烩鲢鱼头、清炖蟹粉狮子头、扒烧整猪头。

扬州扒烧猪头脸

扬州的"三头"历史悠久，不过除"狮子头"外，其他两项都是民间的普通菜肴，早先时间是没法儿纳入筵席的行列，到现在可是登大雅之堂了，放在一起成"宴"了。

先说清蒸蟹粉狮子头。"狮子头"即扬州话说的"大斩肉"，如北方叫的"大肉丸子"或"四喜丸子"。据说史书上有记载：《资治通鉴》上讲，当年隋炀帝杨广带着嫔妃随从，乘着龙舟和千艘船只沿大运河南下时，"所过州县，五百里内皆令献食。一州至百舆，极水陆珍奇"。杨广看过了扬州的琼花后，特别对扬州的万松山、金钱墩、象牙林、葵花岗四大名景十分留恋。回到行宫后，吩咐御厨以上述四景为题，制作四道菜肴。御厨们在扬州名厨指点下，费尽心思终于做成了松鼠鳜鱼、金钱虾饼、象芽鸡条和葵花斩肉这四道菜。杨广品尝后，十分高兴，于是赐宴群臣，一时间淮扬菜肴风行朝野。

到了唐代，随着经济繁荣，官宦权贵们也开始讲究饮食。有一次，郇国公韦陟宴客，府中的名厨韦巨元也做了扬州的这四道名菜，并伴以山珍海味、水陆奇珍，令宾客们叹为观止。当端上来"葵花斩肉"这道菜时，只见那巨大的肉团子做成的葵花心精美绝伦，有如雄狮之头。宾客们趁机劝酒道："郇国公半生戎马，战功彪炳，应佩狮子帅印。"韦陟高兴地举酒杯一饮而尽，说："为纪念今日盛会，'葵花斩肉'不如改名'狮子头'。"一呼百诺，从此，扬州就添了"狮子头"这道名菜。

扬州狮子头的烹制、风味与众不同，不是油炸的，而是清炖的。烹调时不放酱油，保持原料本色。用料更是讲究，猪肉需扬州产的猪硬肋五花肉，蟹肉需用鲜活个大的清水大蟹。细斩成末后，调以佐料，做成大肉圆，放在砂锅内，上覆菜叶炖之。待菜熟透，便可上桌了。清蒸蟹粉狮子头色味清而不杂，肉香、蟹香、菜香，鲜嫩可口，回味无穷。看来，要吃正宗的"狮子头"只有到扬州了，因为需要扬州产的猪硬肋五花肉，别处不好找吧。

再说这拆烩鲢鱼头，也有个故事。说在清末年间，有一个财主家建造楼房，工人的伙食很差，大家非常不满。一天财主的妻子过生日，他请来名厨办酒，买了一条十余斤重的鲢鱼，要厨师将鱼肉段做菜上席，将鱼头煮给民工吃。厨师按照财主的吩咐，将鱼头剁下一劈两半放入清水锅里煮至断生取出，拆去鱼骨，加鲜汤烹制成菜。民工吃后感到鱼肉肥嫩，汤味鲜美。后来厨师在选料和制法上加以改进，最终发展成这道淮扬招牌菜。因此看来，这拆烩鲢鱼头是来自民间，给民工吃的大众菜了。

而传说这扒烧整猪头就有点离奇了，说是和尚创制的。现在的人们都认为出家人是不动荤腥的，怎么和尚做猪头？太离谱了吧！其实释门创教，弟子沿门托钵，并无专门吃素的习惯。后来释迦弟子提婆达多单立门户，提出不吃乳、蛋、鱼、肉荤物。梁武帝时，大立佛教，开始了佛教徒不吃荤吃素的斋戒制度。传说在这不吃荤吃素的斋戒制度之前，扬州法海寺的一位莲法师，擅长烹调，烧的猪头肥嫩香甜，常以他亲手烧制的扒烧猪头款待施主，食之美不可言，誉为味压江南。后来莲法师把这手绝艺传给庙里的一个厨师和尚。厨师和尚学会此法，就还俗到外面开饭馆去了。按现在时髦的话就是"下海"了，专门烹制扒烧整猪头。制成后先把头肉和舌头放入盘中，再将腮肉、猪耳、眼睛按原位装上，成一整猪头形，然后浇上原汤汁，保持了法海寺莲法师的手法和风味流传下来。

虽然这是一传说，却可以在古籍中找到印证。清代的《扬州风土词萃》中收有白沙惺庵居士的《望江南》词。其中有一首写道："扬州好，法海寺闲游。湖上虚堂开对岸，水边团塔映中流，留客烂猪头。"看来扬州法海寺的"扒烧整猪头"，在那时就已经是很出名了。

去扬州时，扬州的朋友特地请吃这"三头宴"。果然清蒸蟹粉狮子头肥嫩不腻、清香可口；拆烩鲢鱼头鱼肉肥嫩、口味香醇；扒烧整猪头肥而不腻、香溢四座。头两道菜虽然味美，但似乎没什么特殊需要说的地方，可这扒烧整猪头引起我的疑问。按说这猪头应该是整猪头，过去是民间卖给一些干体力活的人们吃的，能补充体力。虽然制作麻烦，需要长时间焖炖，但猪头相对便宜，老百姓吃得起。而现在摆在桌上的这猪头却并不是整猪头，只是个猪头脸了。摆出来倒是活灵活现的，好一个笑眯眯的猪八戒。不过不是真正意义上的整猪头了。为什么？朋友见我有疑问，告诉我，没错，过去是整猪头的上。那时经济条件不好，人们肚子里没油水，上来多大猪头也能报销掉。现在，也给你上个整猪头，不是开玩笑吗，得多少人才吃完呀，吃不完不浪费吗？你看"三头宴"也是随形势而变化了，这菜单子上不是写了嘛，"扒烧猪头脸"嘛。我一看，果然是"扒烧整猪头"改"扒烧猪头脸"了。细想朋友的话不无道理。餐饮业也必须与时俱进。这正是："如今生活日日高，猪头佳肴照样烧。整个猪头吃不下，摆个猪脸好报销。"

寻找豆沫

人们都说石家庄是火车拉来的城市，是外来移民城市，更有说石家庄没有历史。这话对不对？自有专家们去解决，就现在具有千年历史的正定已划归为石家庄市来看，没历史的不也就有历史了嘛。当然这是玩笑话，石家庄最近发掘了"东垣遗址"，已经把所谓"没有历史"的说法推翻了。实际上，在石家庄这片土地上，有不少悠久的珍贵历史遗存。

创建于唐天宝年间（742—756 年）著名的毗卢寺，就位于石家庄市西北郊上京村，距今已有 1200 多年历史。毗卢寺的壁画是全国闻名的呀！而离它不远的地方是赵陵铺，那里可是汉代时南越王赵佗祖先的陵墓，也经历了 2000 多年的风雨沧桑！谁好说石家庄没历史？

少年时在石家庄居住，住家离赵陵铺不远，也就五六公里地，曾前去拜访住在那里的同学。可是那时没有历史知识，并不知道什么南越王，也没有去看那些坟头。一直到了前几年，到广州参观了南越

石家庄赵佗公园的铜塑像

王墓，才对赵佗有了了解。那可是当年秦始皇派出的南下干部呀，毛主席都说过，赵佗是"南下干部第一人"。他是开发岭南的第一人，在公元前204 年创立"东西万余里"的南越国，以后"赵佗归汉"，岭南正式列入中国统一的版图。有这么大功绩的人，他的祖坟却经历了刘邦修、他的老婆吕氏拆、他儿子汉文帝又修的演变过程。

如今好了，赵佗先人的墓地修起了赵佗公园，可以永久纪念他了。这里只是他先人的祖坟，广州发掘的南越王墓是赵佗孙子的墓。石家庄派去的这个干部很长寿，活了 100 多岁呢，他的儿子没熬过他，只好由孙子接位。而赵佗死后，曾经四个城门同时出殡，并且连续出了三天。看来赵佗很是有计谋，弄得后人直到现在也没有找到他的墓地在哪里。

赵佗公园现在基本是在石家庄市内了。公园里不少塑像和建筑说明着那段不寻常的历史，它不仅说明石家庄有历史，有外来的东西，也有输出的优秀干部。

说起石家庄是移民城市，还是有道理的，现在居住的几百万人，确实

绝大部分都是外来户。实际上其他越来越膨胀的城市也一样，哪个不是移民超过当地的居民？外来居民越多，带进来的新的元素就越多，不仅有文化，还有习俗，更有饮食习惯和不同的美食。我小时候一直以为有一种小吃是原产在石家庄的，后来才知道，它是外来食品，那就是豆沫。

记得最清楚的是上小学时，在石家庄的第二完全小学，后来改名丁

豆沫

字斜街小学。每天早上总有一个身材不高的小老头儿，挑着一副担子来学校，在进门口处摆上摊。担子的一头上面是烧饼和油条，下面放着碗和筷子。另一头是一个大沙锅，里面是热气腾腾的豆沫。

豆沫是我小时候经常光顾的早点。家里孩子多，早上没有东西吃，大人会让我带上二分钱，到学校门口喝豆沫。那豆沫是我一生中难以忘却的食品，不仅解决了早上的辘辘饥肠，更因为它确实好吃。小米面拌有五香粉的热粥里，时不时地会吃出一颗煮熟的黄豆粒，幸运的话还可能是香香的花生米，其次是一两根海带丝或粉条头。卖豆沫的老头儿很和善，还有一个脑袋后面留有一撮头发的小孩，可能是他的孙子吧，帮忙将用过的碗在一个已经是浑浊不堪的刷碗水盆里涮来涮去。不过，那时没有人理那卫生问题，都注重着老头儿给自己舀上来的那碗豆沫。老头儿的碗有两种，小的一分钱，大的二分钱。我经常只喝小的，为的是留一分钱，下学后买酸枣面吃。哈，难忘的童年。

回到石家庄，参观了赵佗公园。该吃饭的时候，我问弟弟，可以吃到豆沫吗？弟弟说你忘啦，豆沫只有早上卖，而且现在真不好找了。

功夫不负有心人，第二天真在一个卖早点的小铺里找到了，要了一大碗，卖2元钱了。不用问，只能满足一下怀旧的心理，但是绝对尝不出当年的味道了。

　　豆沫是河南的小吃。做豆沫还是挺复杂的，需要将小米淘净泡透，将焙制好的花椒、八角掺在一起，用石磨磨成米浆。还要准备把花生米泡涨后煮熟，黄豆泡涨后磨成豆瓣，豆腐切成丁（也有油炸后切丁的），海带洗净煮熟切成丝。如果再复杂些，可以加些如菠菜、胡萝卜丝之类的蔬菜洗净切成小段，也可以准备炒黄了的芝麻。

　　锅内加清水，先放入花生米、豆瓣、海带丝、精盐，烧开锅。待豆瓣将要熟时，把小米浆用清水搅拌开，倒入锅内，最后放入粉条，同时下入豆腐丁、菠菜，撒入芝麻搅匀即成。具体数量，根据需要自己掌握吧。

柳州的螺蛳粉

　　前面说桂林的米粉好吃，可有的人不同意了。柳州人就认为柳州米粉最好吃，还有南宁人也说南宁的最好吃。当然，这里有各地人的口味不同，感觉不一。不过，广西地方还是普遍认为广西米粉在三个地方算是最有名的。除桂林兴安米粉外，柳州的螺蛳粉和南宁的老友粉都是知名度相当高的米粉。

　　有机会曾去柳州，是在20世纪的80年代初。那时旅游刚有些开放，记得市里有大小鹅山和柳江，还有一个柳侯公园，里面有柳宗元的衣冠冢。想起柳宗元首先想到的是《捕蛇者说》："永州之野产异蛇，黑质而白章。"也许是因为中学时学过，所以记住了头一句。柳宗元曾任柳州刺史，柳州是其最后居留地。柳宗元在柳州为官时还是做了许多为民的好事，人称"柳柳州"。所以，在这里才会有纪念他的衣冠冢、柳侯祠。柳侯祠与衣冠冢及历代碑文石刻至今保存完好。

　　柳州风景优美、民族多而和睦相居，"山青、水秀、洞奇、石美"和"壮歌、瑶舞、苗节、侗楼"，简约地概括了这座历史文化名城和优秀旅游城市的风情魅力所在。柳州的自然景观千姿百态，奇峰环列，风景秀丽，柳江如带，蜿蜒回流，把柳州半个市区拥抱其中，绕成一个巨大的马蹄形，古籍称其为"三江四合抱城壶"，故又有"壶城"之称，也有人把它形容为一个"巨大的天然盆景"。不过，我去的时候是枯水的季节，那成U字形跨市而过的河流，河床好深好深，真有点儿瘆人。据说，到多雨季节反而要闹水患。

柳州市区内外由石灰岩构成的奇山峻峰拔地而起，千姿百态，这一点像桂林。柳州市内最著名的地方，从旅游的观点看就是传说中的刘三姐对歌台了。柳州就是歌仙刘三姐的传歌胜地，山歌文化源远流长。位于柳州市中心的立鱼峰，其山似倒立的鱼，以它为中心的鱼峰公园，面积3.37公顷，山上绿树成荫，山脚一泓碧水称"小龙潭"。于潭畔俯览仰观，潭峰相映，更像巨鲤跃立潭面，称为"南潭鱼跃"，为柳州古八景之一。山腰还有七洞贯通，人称"灵通七窍"。

相传壮族歌仙刘三姐曾在此传唱山歌，并于小龙潭骑鱼升天成仙。60年代，一部《刘三姐》的电影将刘三姐的故事传遍全国；"唱山歌来，这边唱来那边和……"也唱遍祖国大地。如今，立鱼峰山上有刘三姐汉白玉雕像，供人们拍照。记得1981年，我们三个朋友去游览，公园里已经有三三两两的不知是壮族或苗族的年轻男女在招揽游客对歌了。我们没有对歌的本事和胆量，只有在刘三姐的雕像对面拍照，成了三个烂秀才与刘三姐对歌了。哈，想起来挺有趣的。

立鱼峰上的刘三姐塑像

园内名胜古迹较多，著名的有三姐岩、罗汉洞、对歌坪等。登上鱼峰山顶，可俯瞰柳州全景。近些年，在这里还搞过大型的歌舞表演，将刘三姐的对歌文化大力传播出去。

别光看景色了，还是回过头来说吃米粉吧。据说柳州地方风味小吃，素以米粉闻名，名目繁多、五花八门。当年在柳州街头热卖的就有"原汤米粉""亲切粉""柳州切粉""柳州榨粉"等几种，每种米粉都有它的特色。可惜，我虽然那次在柳州住了三个月，却没吃过这些粉。最多吃的是柳州街头卖的"光头米粉"，是不是叫这个名字，不知道，只是它既没有菜肉，也没有高汤，只是光光的米粉而已。

那是 20 世纪 80 年代初，经济状态还不好，吃饭是要粮票的。在柳州的街头有一些小摊点，支一个小火炉，摊子上摆着熟的米线或切粉片，一捆一捆的很整齐，用白布盖着。旁边是三个佐料坛子，分别装着辣椒糊、酱油和大油。买二两米粉，摊主就会拿起一捆米线或切粉片放在一个竹子编的带一个竹子提把的小提兜里，然后放在热水里烫一下。把烫好的米粉再放入加了以上三样佐料的碗里，那时，交二两粮票和一毛三分钱，这米粉就是你的了。空瘪的肚子得到那加了大油的米粉的填充，评价当然是柳州米粉真不错。其实，那个时候根本就没有所谓美食的概念，吃饱是唯一的需要！

在那时，没有听说过如今人人称道的螺蛳粉，也是理所当然的，因为柳州螺蛳粉的出现是在 80 年代中期，我当然也就不晓得了。据说螺蛳粉的产生有三种传说呢！

一是无巧不成书。说是 20 世纪 80 年代初期，几位外地人赶到柳州已是深夜了，饥肠辘辘的旅客找到一家快要打烊的米粉摊点，可是煮米粉的骨头汤已经用完了，只有一锅煮螺蛳剩下的螺蛳汤，摊主情急之下，把米粉放到螺蛳汤里煮，又配青菜和花生。不想，这几个外地人吃后，大呼好吃。聪明的摊主将此记在心中，逐步完善其配料和制作，形成如今的螺蛳粉。

二是妙手偶得。20 世纪 80 年代中期，解放南路有一家兼营干切粉的杂货店，店员每天早上都需要雷打不动地参加学习，学习完了就已是 9 点多了，店铺要开板就来不及吃早餐了。于是，店员们只好拿上一把干切粉，到隔壁的阿婆螺蛳摊借煮螺蛳的汤煮粉吃。这吃法不仅店员觉得好吃，连卖螺蛳的王记阿婆也觉得此粉的味道甚佳。于是，阿婆就买来青菜和其他配料，数次改良，索性就卖起这螺蛳粉了。柳州的经典小吃——螺蛳粉慢慢形成。

三是夜市催成。"文革"结束后，民间商贸开始复苏，谷埠街菜市逐渐成为柳州市内生螺批发的最大集散地，而附近的工人电影院也十分红火。数量众多的散场观众促成谷埠街夜市的形成。柳州人嗜吃螺蛳和米粉是一大传统，一些精明的夜市老板便开始同时经营起煮螺和米粉来。每当电影散场后，饿着肚子的食客们，不免有意无意地要求在自己点的米粉里加入几勺油水甚多的螺蛳汤，这便慢慢形成了螺蛳粉的雏形。后不断改良完善其配料和制作工艺，逐步成型，终于在20世纪80年代中期产生了柳州螺蛳粉这一著名小吃。

这一小吃的产生再次说明，美食来自民间。

柳州螺蛳粉的米粉可以有两种，一为切粉，一为现榨的圆条"线粉"，但一般螺蛳粉都选用线粉。而特点在于其配菜螺蛳肉。用田螺肉或江河中的小螺蛳肉均可，味道都差不多。最好将螺肉加些猪肉一同绞碎，拌入香料、老抽、味精、少量汤、糖、醋和生粉。吃前先把米粉置滚水中烫一下，捞起，加入上述菜料、靓汤，撒一小撮芫荽。这种螺蛳粉既鲜香又有螺味，爱辣者或加点儿辣酱，更是爽口提神。同桂林米粉一样，除了在柳州，其他地方很难吃到正宗的螺蛳粉。

朋友，只要你敢吃螺蛳，到了柳州可千万不要错过吃碗柳州正宗的螺蛳粉呀！

尧的老家与煎腊肉

河北顺平县，位于太行山北麓，西距河北名城保定市30余里。历史上曾以曲逆、顺平、蒲阴、北平、永平、完州、完县等为县名。曲逆在尧时就有了，尧曾封其大儿子丹朱居曲逆城，旧址就在顺平县东南的大王、子城村。尧为什么在这里建曲逆城呢？其原因在于尧是本地人。

据《史记·五帝本纪》记载，尧是帝喾的小二子。帝喾死后由大儿子挚代替他，但挚为帝后，不善于治理，就交由尧代位了。顺平县现有大量尧的文化遗迹和许多关于尧的民间传说。顺平县城西 20 里处，有个伊祁山。今伊祁山上有一山洞，人称尧母洞，据传尧母就是在这个洞里生下尧的。司马迁在《史记·索引》里说，尧的母亲名庆都，是帝喾的一个次妃。尧受禅后，曾建尧城而居。今顺平县城西南三公里处，仍有尧城地名，尚有遗址。据《顺平县志》记载，20 世纪 40 年代，尚存有一段尧城城墙。

考古学家们曾发现尧城有古文化遗迹，时间久远，在 5000 年以上，应该相信是尧时代的遗迹。顺平人又称伊祁山为尧山。《汉书·地理志》说"尧山在北，尧母庆都山在南，登尧山见都山，故以山为名。"北魏郦道元对尧山、都山的位置曾作过详尽的考证。祁伊山主峰有

腰山王家大院

"太子庵"，现存庙宇 50 间，规模宏大，风格古朴，为木石结构建筑群。明清两代多次重修。县志上说，此庵原来是茅草盖顶的房了。据传，此庵因尧是帝喾之子，而得名"太子庵"。也就是说，尧在受禅之前，是住在这里的。顺平对尧的祭祀活动至今不衰。如民国《完县志》所载："尧帝二月十五祀，尧城有尧帝庙。旧日知县亲往至祭，商贾辏百货毕集。"尧城庙会在今日仍是华北地区最大的庙会之一。

现顺平城西南三公里处的尧帝庙，始建于隋唐，至今香火不断。庙宇几经修葺，庙中《唐帝尧庙碑》保存完整，是元初郝经所撰的。不过，有的考证说帝尧是帝喾的幺儿子，名放勋。他一出生就遭到父亲帝喾的嫌

弃，自幼随母亲在陈锋氏的"伊侯之国"（河南伊川县）生活；继后又迁往祁地（今山西黎城县），故史籍称其为"伊祁氏"。

帝喾驾崩，其兄长帝挚继位。帝挚将当时属于偏远闭塞的陶地（今山东定陶县）封赏给放勋，继后又增封了唐地（河北完县、唐县，境内有伊祁山，山上有尧母洞）。因此，放勋又被称作"陶唐氏"。如此说来，帝尧并不是生在完县（今顺平）而是后来封地来此的。

不过，太遥远的事了，谁也搞不清楚了。反正，完县（今顺平）有伊祁山，山上有尧母洞、太子庵的传说遗址，那就绝不能放弃。我是希望尧之故里就是完县的，因为我老家就是那里的，能与圣人是老乡，那多神气，而且家乡也可借此大力发展旅游，使家乡人们的生活更富裕！

在老家，不仅有帝尧的遗迹。汉初，汉高祖刘邦路过当时的曲逆城，见城中高房大宇，曾感叹其繁华，"吾行天下，独见洛阳与是耳"。问之，得知此城名曲逆，在秦时曾达三万余户。后刘邦以此地封陈平为曲逆侯。现顺平仍有一个陈侯村，应该是有陈平老先生的老宅子了吧。也就是说汉代时的顺平堪与当时的洛阳相比呀。可惜，历经两千年，顺平还不过是个小县城而已。

完县煎腊肉

对于家乡，人人都会热爱。不过，我对20世纪90年代初期把完县更名为顺平有些看法。据说当时，就因为一个外地的投资者，认为完县的"完"字有"完蛋"的意思，说这县名就难发达了。于是，当地政府就由此申报将完县改成顺平了，居然还真改成功了。"完"，与之配成词的有"完美""完好""完全""完整""完成""完备""完婚""完聚""完满""完善""完人""完胜"……这么多正解的好词义不用，偏偏将一个口头用词的"完蛋"来否定自己。那决定此事的人，不是没文化，就是脑子里灌水了，潜意识里是迷信更名可以转变风水吧！哈，更名这么多年，取得的变化是什么呢？大概没有突破的更多吧。

我喜爱老家，喜爱那里老乡的淳朴、虽然贫瘠但美丽的景色和悠久的历史文化，更喜欢从小就吃习惯了的饮食。

说起老家的饮食，我至今都忘不了那个大概只有河北，特别是保定地区特有的"煎腊肉"。这里说的腊肉与一般人知道的那种南方熏制、晾干的腊肉不同，它的意义是腊月里留下的肉。过去，没有冰箱，到了年腊月杀了猪，肉比较多时，需要能保存时间长些。于是，就将比较肥的生肉煮一下，放些盐在坛子里腌制一下，或直接将生肉用盐腌制。也有将肉放在化过的猪油里保存的。吃的时候将肉切薄片裹上生面粉调成的面浆，在油锅里煎熟成金黄色，煎腊肉的油不要多，因为腊肉是肥的，要煎出油的。同时要烙饼，用刚烙出的饼夹着煎腊肉趁热吃，太好吃啦！

前些日，看电视台的"夕阳红"节目，有一档介绍保定煎腊肉的，已经不要再对生肉加工腌制了，直接将带皮、带一点儿瘦肉的生的肥猪肉按上法煎熟就可以了。就是不知道是否与腌制过的味道相同。

去西宁吃"炒炮仗"

准备去西宁出差，等待出行前在家看电视，正好电视里播放一个"夕阳红"节目，介绍在西宁的特色饮食"炒炮仗"。那得好好看看，去到那里一定得寻找这种吃食。刚看到制作者和面，同行的同事来叫了。于是，没有看到具体的做法，可"炒炮仗"算是挂上号了。

到西宁办完事，朋友说带你去市里转一转。西宁来过多次，但真没有出去看看，总觉得这高原上的小城会有什么东西可看的。朋友知道我对古迹有兴趣，说去北山吧。开始，我心里还嘀咕，没听说西宁的北山有什么新奇的东西！不好驳朋友的面子，去吧。不过，我有个要求，那就是中午要吃"炒炮仗"。朋友一听就乐了，行，这省钱的饭食，西宁到处都是呢！

西宁的炒炮仗

路上，我发现，西宁的清真东大寺如今修得很壮观了；路标上还有显示"马占芳故居"也开放了。不看不知道，西宁也与时俱进，开发旅游，将不少过去沉积下来的东西展现出来了。于是，我对去北山就有了信心。

北山并不远，基本就在市内，拐过一个挺大的建材市场就到了。迎面有一石碑，上面刻着"土楼观"，立即想起陕西老子讲经的楼观台，那一定是道教的处所了。

据土楼观门票上的文字介绍，土楼观始建于北魏年间，至今已经有1900多年的历史。郦道元所著《水经注》有文字记载，素有"九窟十八洞"之称，是西王母显灵圣地，也是海内外道教信徒朝拜的圣地之一，被誉为中国第二大悬空寺。栈道回廊、楼阁殿堂与洞府相连，是古湟中八景之一，有"北山烟雨"之称，被中国道教协会列为海内外较有影响的38处道观之一，省级文物保护单位。

其实，说是道教场所只对了一半。北山土楼观面积一平方公里是集佛、道、儒三教合一的宗教场所，可见在这边远的小城市里，儒、释、道是和平共处的。

土楼观始建于公元106年，北魏明帝（227—233年）时，有僧人在山崖间修凿洞窟，塑佛像，作佛龛藻井绘画，从此土楼观逐渐成为佛教明刹。道家、佛家共住此山，其后，山崖之间被开凿成"九窟十八洞"，供奉佛像、神仙塑像。1983年经西宁市人民政府批准，将土楼山改名为土楼观，作为道教活动场所。

走进土楼观，只见许多新建的和待建的殿堂，显示着其古老与新兴。还有海外捐建的"天女散花"及"麻姑献寿"的塑像；新修的遇仙桥讲述着神奇的往事；抬头看去，突然一个大佛头出现在视野里，原来那是土楼观的一个特殊景点，是依山而凿的"闪佛"，简直是巧夺天工的奇迹。山顶还有一个宁寿塔，据说当烟雨蒙蒙时，山隐雾中，苍苍茫茫，远望云雾中的殿宇、洞群塔寺时隐时现，"北山烟雨"

西宁大清真寺

西宁北山的"闪佛"

由此而得名。可惜，今天是晴天，此景就免了。

土楼观的整个建筑群是依特殊丹霞地貌造型而建造的。这里有几乎呈水平状的紫红色砂岩、砾岩，其间还夹有石膏和芒硝层，岩性软硬相间，在长期地质时期流水、风化的作用下，以赤壁、洞穴、险峰为主要特征的丹霞地貌得到典型发育。软岩层向里凹进，形成大小不等的洞穴，洞内塑有玉皇、观世音、文殊、普贤、关云长等神佛像。洞壁上所绘的神像图案、花卉山水等，具有汉、藏佛教绘画艺术风格，曾有"西平莫高窟"的美称。硬岩层向外凸起，犹如屋檐，庙宇殿堂建在其上，殿宇高悬，栈道回廊将殿宇楼阁与洞穴群相连，使殿中有洞，洞内套洞，洞中藏佛，栈道回曲廊紧靠悬崖，甚至悬空架设，可称得上一座名副其实的悬空寺了。

登上北山，只见庙堂建筑群虽然新旧不一，但错落有致，绿树成荫，鸟语花香，漫步其中，却也令人心旷神怡，在这青藏高原上，是个难得的好去处。而且，在北山还可以鸟瞰整个西宁市区的新面貌，更令人心情大好。来到此处一游可以说"不虚此行"。

从北山下来，就去找"炒炮仗"的饭店了。朋友说"炒炮仗"还是回民兄弟做得好，于是就进了一家清真的饭馆。不大的饭店里，很整洁，而且顾客盈门。坐下来，我讲只要一碗"炒炮仗"，吃了别的就尝不出味道了。朋友说，依你，就一人来一碗"炒炮仗"。

不一会儿，"炒炮仗"端上来，吓我一跳，好大一海碗呀！朋友说"炒炮仗"是连饭带菜，咱今天不叫别的了，就这，努努力，消灭了吧。短短的面条很筋道，这就是所谓的"炮仗"，里面青椒、西红柿、羊肉的配料很多，吃起来十分可口。这面条的筋道劲儿，可能体现了西北人坚强的个性吧。

一边吃，一边问朋友这"炒炮仗"是怎么做的，因为出门时，那个电视节目错过了。朋友哈哈笑着说，这可是我们青海人民的当家饭了，好吃还不难做，你今天算问对人了，我在家就经常下厨做这饭，我给你摆一摆吧！下面是朋友的厨艺介绍：

首先是和面，需要加点盐，这样会使面更筋道。接着是揉面，要到位，一直揉到面团表面光滑，感到面顶手。

搓面是将面团拍扁，用刀把它切成面条，然后手掌抹上点儿油搓面，搓好的条条儿，放在盘子里，饧上十几分钟。

与此同时，准备菜，将西葫芦、洋葱、西红柿、青椒、羊肉等随自己的意愿准备。

准备好了就是炒菜了。这个程序不用讲了，都会，别忘了放盐、鸡精、胡椒粉什么的就行了。

另一个锅烧开水，水开了就开始拉面，将面拉成细条，放入锅中，面条煮得浮起水面上就捞起，放入菜中翻炒，用铲子将面切短，就是"炮仗"了，搅拌均匀，就可以盛出来，装碗上桌。

这做法有点像我们北方的抻面，就是不用炒罢了。怎么样，学会了吗，要不要自己试试？一定好吃的。

克拉玛依与手抓羊肉饭

没有去过新疆克拉玛依前，对它的印象总是停留在当年那首吕远作词、作曲，并由吕文科唱出名的《克拉玛依之歌》所描述的景象中。那是没有开发前的"茫茫的黄沙像无边的火海"，"你没有草、没有水，连鸟儿也不飞"，"你没有歌声、没有鲜花、没有人迹，啊，克拉玛依，你这荒凉的土地……"以及开发后的"遍野是绿树、高楼、红旗，密密的油井和无边的工地"，"这样鲜艳，这样雄伟，这样美丽，油井像森林，红旗像鲜花……"

于是，茫茫的戈壁、密密的油井架、绿树和红旗交织在一起，形成了我想象中的克拉玛依。

终于有一天，来到了克拉玛依，才发现现实的克拉玛依与想象中的不一样。首先克拉玛依已经是个非常漂亮的城市，整齐的楼房、绿树成荫的街道、繁华的市场，根本没有茫茫戈壁的印象。而油田呢？别怨我少见多怪，过去的油田真不了解，就以为《克拉玛依之歌》中"油田像森林"，就是一根根矗立着的高高的井架，其实错了。

手抓羊肉饭

当离开克拉玛依市区，

奔向克拉玛依油田时，旷野里才出现戈壁的景象。空旷的没有什么植被的干燥的原野，几乎没有生命的迹象。当远远望见那些黄色机械在阳光下闪闪发亮时，还以为是汽车停在那里。终于到了油田的井区，眼前的一切让我震撼，也由此改变了我对油田的看法。那是旷野里的机械兵团，是露天的巨大车间。每隔几十米就有一座黄色的机械在工作，一座接着一座，几乎装满了我的视野，形象化地说，就是"远接天边"。那是什么机械？没有高高的井架，而有一个油压的拉杆，不停地、默默地在一上一下地有规律地抽动着。它是这样把地下的原油抽出来，然后，通过连接的管道把油输送到不远的油罐里。

那机械工作的样子就像一个个"磕头虫"，好像也叫"磕头机"。原来，油田的井架只是在开发钻探的时候才立起来的，当油井打好了，井架就完成任务，改由这磕头机去工作了。真是不看不知道，一看才明白。

站在公路旁，面对那浩瀚的克拉玛依油田，也许这只是很小的一部分，但已经使我震撼。想当年石油工作人员经过了多少艰苦努力，战胜严寒和酷暑，发现并发掘了这个大油田，为当时尚属贫油的国家做出的贡献

克拉玛依魔鬼城

是多么巨大，应该向他们致敬。

　　面对这不平凡的大地，使我又感慨大自然为我们人类储备了多么丰富的地下资源，但总有一天，它会在这不停地抽取中逐步枯竭、用尽。人类要珍惜这来之不易的能源。感慨归感慨，我们还是往前走，前面是著名的"魔鬼城"。

　　魔鬼城又名乌尔禾风城，位于克拉玛依市东北部乌尔禾区油区内，距离克拉玛依市区90公里。据说在白垩纪，那里是一个巨大的淡水湖泊，沉积了广泛的湖相地层。当时，气候温暖湿润，林木繁茂，爬行类动物繁衍，巨大的各类恐龙是这世界的主宰。但由于地壳变动，湖泊上升为陆地，形成一个台地，恐龙也成为化石，森林也被埋在了地下，一切在大自然的操纵下发展。自然的变化，也就形成了如今地下的石油了。最近公布了一个使人震惊的消息，魔鬼城附近发现了储量为3.6亿吨的稠油并且开发在即。再次感谢大自然的赐予吧，大自然规律的操纵让我们更赞叹。当然还要感谢石油战线人员艰苦努力的发现。

　　不过，我去的时候，这个喜讯还没有到来。看到的只是各种奇异的形态，似城堡、船舰、亭台楼阁，或像人物和动植物的一个个土堆。

　　身处在这个土城里，阳光明亮而温暖，感觉不到什么鬼怪的模样。是的，"魔鬼"的到来是在大风来临时，黄沙漫天蔽日，呼啸的狂风在土堆间回旋、穿梭、吹播。于是，就会发出种种怪异的声音，有如鬼怪凄厉嘶叫，令人毛骨悚然，"魔鬼城"也因此而得名。哈，如果是夜晚赶到这里，恐怕就出不来了，不吓死，也得吓晕了。

　　乌尔禾魔鬼城长约5000米，宽约3000米，面积约15公里，是一个孤立台地。台地高10—50米，由于地处风口，四季都多风，受风力的雕琢和不时有雨水的切割，使得白垩纪地层形成如此的模样。这么大的地方，真要深入走进去，还得小心呀。不过，现在这里已经有人管理了，2000年初收费每人10元，现在已经20元了。

　　从魔鬼城回来，要吃饭了。在克拉玛依市西侧邻近国道处，有一条专门为来往的游客们开设的饮食街。大部分是经营手抓羊肉饭的，从衣着上不难分辨出来许多是汉人在经营，那他们做得如何，正宗吗？试试！

沿各摊看看，发现几乎是一样的，搪瓷盘子装的红白相间的羊肉饭，来一盘尝尝吧。吃起来才知道，那红的是胡萝卜，那白的自然是米饭，味道是羊肉味的，肉却很少，洋葱也不多，更没有孜然的味道。明白了，这是专门为汉人准备的"近似手抓羊肉饭"。羊肉少，多一些羊油，也就有了羊肉的味道了；少放洋葱、不放孜然，这些东西汉民也不习惯，主要是可以降低成本。

我是吃过维吾尔族的手抓羊肉饭的，那是以羊排为主料，还要加上葡萄干或杏干，孜然也是不可缺的，更尊贵的是羊肉和羊排是用现杀的羊做出来的。

不过，即使是改良的手抓羊肉饭也不错，而且不用手抓，备有饭勺，是方便这些想吃又不习惯徒手抓饭的汉族兄弟的改良办法了。

从新疆回来，念念不忘这手抓羊肉饭。一次又提起，儿子听了说，您爱吃这饭，好办，我刚学会，给您露一手吧。当天，儿子就备料做出来了，我一吃呀，好，还真是那么回事儿，而且原料简单、操作方便，吃起来非常符合我们的口味。写下来，朋友们共赏吧。

原料：羊排洗净，剁成小块儿，肥点儿最好；洋葱、胡萝卜、少许姜切丝，西红柿切块备用；大米，最好用免洗米，不用洗淘，也可以将米洗完泡20分钟。

做法：锅里加适量食油，将羊排煸炒至肉里无油及无血色。将洋葱、胡萝卜和姜丝加入翻炒。最后加西红柿，加适量的盐和鸡精，稍加炒后，加水，水量应该是加米量的两倍。如果是免淘米，则水需要稍多一点。将米均匀撒在锅里，开大火把水烧沸，然后，改小火焖米饭至熟。

我只是说了简单的过程，至于配料和米的多少，凭个人的经验和感觉。反正做出来，口味不一般，适当的时候做一次尝试一下吧！

"狗不理包子"十八褶

公司组织离退休的老干部乘高速铁路去天津，让老同志感受一下铁路的新发展。同时，游览新天津，还特意让大家去天津正宗的"狗不理包子"总店，尝一尝正宗的天津狗不理包子，安排得很周到。呀，"感受高速、游览天津、品尝美食"一举三得，老同志们自然是非常满意。

我虽然念高中时在天津上过学，以后又多次去过天津，可是正儿八经地到正宗的狗不理包子老店去吃包子，这还真是头一回。这个总店在天津劝业场后面的金街上，

天津狗不理总店

古香古色的门脸上挂着"狗不理"的金字招牌。二楼有雅间，一行人员整整坐满了四桌呢。

没上包子前就有人问了，"狗不理包子"有多少个褶呀？这还真给问住了，没吃过的自然不清楚，就是吃过的也不一定记住了。于是，有人就开始瞎猜了。肯定褶不少，就是24个吧！还别说，这说法是有根据的，著名的扬州"三丁包子"就是24个褶，代表着24个节气。不过，这老兄犯了经验主义了，天津狗不理包子没那么多褶。

包子没上，那边来一打竹板的小伙子，为食客们助兴，来了一段"天津快板"，把这天津狗不理包子交代得清清楚楚：

竹板这么一打，哎，别的咱不夸。

我夸一夸，这个传统美食狗不理包子。

这个狗不理包子，它究竟好在哪？

它是薄皮儿、大馅儿、十八个褶，就像一朵花。

（白）这是形容包子，你可不能乱用呀。说这个姑娘长的美，就像一朵花，你可千万不能说这个姑娘长得像包子！

天津人幽默，天津快板也别具一格，那踩着固定的音乐节拍"唱"出来的，好听吧，还"逗乐儿"呢！这狗不理包子像朵花，姑娘也可以像朵花，可不能隔着花把姑娘比成包子！把姑娘比成包子可是损人的话，千万不能说的。

刚出屉的包子端上来啦！热气腾腾，爽眼舒心，看上去真像薄雾之中含苞秋菊，咬上一口尝尝，油而不腻，香嫩可口，真是不错。这一口气上来了五个品种，"百年猪肉馅"——这应该是百年传统的做法包子，可别理解为100年的猪肉呀，那没法吃了；"传统猪肉馅"，不知道和"百年猪肉馅"区别在哪里了，反正都好吃；"传统三鲜馅"，不用问，是最贵的一种了；"什锦素包子"，很受女士欢迎；最后上来的"荠菜包"，也是非常好吃的，不由想起"满城桃李愁风雨，春到溪头荠菜花"，如今也是野菜成金贵的时候了。

狗不理包子十八褶

吃完包子，问问价格。还没问，那边有个老同志自己掏钱让服务员拣这五种包子各一斤，带回北京让亲友尝鲜，五斤包子带包装360元。有人打听来了，这猪肉馅的60元一斤；三鲜馅的76元，一斤都是40个。怎么样，价格不菲吧？可是正宗、好吃，一个字，值！

　　要说这狗不理包子为什么 18 个褶，其实谁也说不清楚。据说一般不应该少于 15 褶，可是天津人要"面儿"，去吃狗不理包子，一定得 18 个褶，特别是带朋友去的时候，不然，他会跟你急，要是过去老辈子的时候，会不付钱的。为什么 18 个？大概也是图吉利吧？不过，北方人没有南方人"18"就是"要发"的谐音寓意呀。这需要高人指点了。

　　俗话说"包子有肉，不在褶上"，有多少褶子，不是天津狗不理包子受欢迎的所在，还是在于它的用料和工艺上。

　　"狗不理"包子铺原名"德聚号"，已有百余年历史，最初的店主叫高贵友，因其父四十得子，为求平安养子，就给他取个乳名"狗子"。狗子成人后开包子铺，由于他的包子很受顾客欢迎，生意越做越火。"狗子"卖包子忙的都顾不上与顾客说话，人们取笑他："狗子卖包子，一概不理。"日久天长，喊顺了嘴，就成"狗不理"啦。包子出名了，高贵友的大名反倒被忘记了，顺带也就把他做的包子称为"狗不理"包子。没想到这个特别的名称竟使得他的生意更加红火，干脆就把"狗不理"作字号了。据说这天津的风味名点"狗不理包子"曾被清朝大臣带进宫里，进献给慈禧太后，深受"老佛爷"的喜爱，到今天，也深得全国百姓和外国友人的青睐啦。

　　狗不理包子好吃是因为用料和加工独到。首先，包子皮用半发面，和面时水温一般要求保持在 15℃左右，在搓条、放剂之后，擀成直径为 8.5 厘米左右、薄厚均匀的圆形皮；再就是馅的用肉必须选精肉，肥瘦鲜猪肉 3∶7 的比例加适量的水，佐以排骨汤或肚汤，再加上小磨香油、特制酱油、姜末、葱末、味精等，精心调拌成包子馅料；最后包制时，放入馅料，用手指精心捏折，同时用力将褶捻开，每个包子有固定的 15 个褶（现在是 18 褶了），褶花疏密一致，如白菊花形。然后上炉，用硬气蒸 5 分钟即可。端上来看，个个色白面柔，大小一致，底帮厚薄相同，一咬起来直流油，但又不感肥腻，味道十分鲜美。

　　以上的制作过程和用料也就是大致如此，想来，那名牌食品的制作是商业秘密，不可能如此直白地公布出来的。否则，大家都会做了，就没有名牌了。

想吃正宗的天津狗不理包子吗？最保险的办法，就是到天津劝业场后面的金街，找这个狗不理包子总店来它两屉尝尝，顺便逛逛大天津，一定不虚此行！

坷垃窑烤红薯

说到红薯，原来大家是都喜欢吃，尤其是烤红薯更是受到大人小孩的一致欢迎。前不久我的老同学曾顺，给了我一个用坷垃窑烤红薯的办法。说是在过去，红薯成熟和收获的季节，农村大人和十几岁的孩子，经常用坷垃窑（土块窑）烤红薯吃。

后来在网上也发现用坷垃窑烤红薯的办法，与曾顺说的大同小异。不过说得更详细一些。提到建坷垃窑首先要选址，条件是：土质要干燥，地面有硬度。井边、场边、路旁、坟场是首选。根据烤红薯的多少，确定坷垃窑的大小，如烤四斤左右的红薯，挖一个直径约40厘米、深十几厘米圆形坷垃窑就可以了。窑边开个12厘米左右的入火口，为了进柴方便，入火口向外可以扩宽和加深。火口的方向因风向而定，如果风往南吹，火口就开在北边。风向的确定方法很简单，只要抓起一把土，空中一扬便知。

建窑还要选坷垃，首先是要干燥的。不能太硬，防止烧红砸不碎；也不能太软，防止未烧红就碎了。这就要靠经验了。

建窑时，用选好的坷垃在窑的四周向上垒，底部的坷垃小一些，上边的坷垃要大一些，并逐步收口，封顶时近似圆锥体。

建好后点火。最好用干树枝和豆秸（火旺而灰少），一直把坷垃窑烧红后停火，掏出窑灰，堵死火口。从窑顶部捅个洞，放一层红薯（红薯要选择大小适中的，太大不好熟，太小易烤焦或压烂）。然后再捅掉部分坷垃，再放一层红薯，如此重复几次。红薯放完后，砸碎所有坷垃，让热土均匀把红薯包住，上边再盖上 5 厘米厚的土，让其保温。40 分钟后，扒开坷垃窑，就可以吃到外焦里软、又香又甜的烤红薯了。

听了这些介绍，似乎我们也随着温热的沙土一层层被扒开，甜香扑鼻而来，那种特有的味道已经引得我们口水直流，一顿美餐瞬间便要到口啦。

这是农村的做法，而在城市里我们见到的是那些铁皮桶做的烤桶，大街上一走，很远就能闻到那红薯的香味。不过有个问题始终困扰着大家，就是那铁皮桶都是原来的汽油桶和化工料筒，烤出的红薯能吃吗？还真有反对的意见，说那样的铁皮桶会污染红薯，使人中毒。更有人不同意吃烤红薯，说烤制的东西都会诱发癌症。

不久前，北京电视台有个节目报道了专家们的意见，说那些桶经过烧烤，里面的有害物质早就烧掉了，不会对薯类产生污染。就是炭火烤制有污染也是在红薯的皮上，于是，就有了一个关键的问题，就是不要吃红薯的皮。

红薯皮含碱量较多，食用过多会导致胃肠不适。呈褐色或有黑色斑点的红薯皮更不能食用，因为这种红薯受了黑斑病的感染，食用后会引起中毒。烤红薯去了皮，就可以食用了，不用管它是铁皮桶烤的，还是坷垃窑烤的了。

煎饼的传说

煎饼对于大多数人来说，不是什么稀罕物，现在不管南方、北方的城镇里，煎饼摊举目皆是。做煎饼不难，一个三轮车上面架个玻璃罩子，里面支个有煎饼鳌子的炭火炉，准备好面浆、鸡蛋、大酱，再预备些油条或薄脆，就基本可以开业了。做个煎饼也不过两分钟时间；食客吃起来也简单，一手交钱、一手接过煎饼卷果子、薄脆或鸡蛋，还没找回零钱，就报销一半儿了，基本上都不用"边走边吃"，转身就能解决肚子问题。如果是小女生也许得"边走边吃"一阵子。

现在，一套煎饼果子要多少钱了，各地可能不相同。质量不同，价格也不一样，但相对于麦当劳和肯德基，一定是很便宜了。换句话说，煎饼就是中国式的麦当劳和肯德基了，就是操作简陋些，卫生条件堪忧罢了。不过，反过来讲，真要是摊煎饼有了麦当劳和肯德基的条件，那煎饼恐怕就不是这个价格，它也就难以卖得动了。

煎饼的发源地是哪里？按现有的材料看，当属山东。山东的煎饼卷大葱，那是全国有名的，也是山东人最爱的日常生活中主食。

第一次接触山东煎饼是在大学里，同宿舍的一位山东籍同学，让我见识了那久闻其名的山东大煎饼，同时感受到山东人的豪爽与浓浓的乡土亲情。

那个时候是国家的困难时期刚刚有些好转，正当20岁左右的小伙子们自然对每月32市斤定量不能满足。离开家的时候，有条件的家庭总会千方百计地给孩子带些吃食，没条件的大学生们也只有忍着了。那个山东同学的家里也不一定富裕，但从农村来的孩子本来就食量大，到城里来，家里总会惦念。于是，这同学每个假期回来都会带一件方方正正的白布包袱，里面是码得整整齐齐的干煎饼，大约有30斤吧。每一叠煎饼都像叠纸一样叠成整齐的一小份。看着这些煎饼，似乎看到这位同学的母亲那彻

煎饼大葱

夜为儿子摊煎饼的背影；看着那一大包袱皮儿的煎饼，也会体会到山东人豪爽的性格。山东同学打开包袱的第一件事，就是给同宿舍的另外七个同学每人一叠煎饼。在粮食匮乏的年代，这是最珍贵的东西了。大家都知道这一包袱煎饼是这同学一学期的粮食补充，但不要是不行的，山东同学的倔脾气，直到你接了，才会满意地

离去。

这煎饼是晾得干透的，同学的母亲一定想得很周到，湿的煎饼是放不了多久的。那干煎饼只好拿水泡了吃。于是，对于我来说，干煎饼就是对山东煎饼的最初印象。

改革开放后，有机会到山东去，才发现山东人吃的煎饼是软硬可口的，也真是卷上大葱，蘸上大酱吃的。

煎饼卷大葱的来由是有几种传说的，有一个是因爱情而促成煎饼的发明。据说古时候，有一个姑娘与一书生相互爱慕，但遭到姑娘继母的反对。于是，这继母就设计将书生骗来住下。继母问书生需要什么，书生不知是计，就说只要纸和笔。于是，继母就借机断了给书生的食物，想借此饿死书生。姑娘很聪明，就将面粉做出薄如纸的煎饼，折叠起来如同白纸；而将大葱削成笔样，当成笔纸得以送进去，使继母的阴谋破产，两人终得团圆。另有故事，只是将主人公变成丈夫、妻子和恶霸地主，情节是一样的。

还有一个故事是说诸葛亮发明了煎饼。据说在一次与曹操军队的战斗中，诸葛亮军队的炊具都丢失了，军队无法吃饭，当然也无法迎敌了。紧急之时，诸葛亮让士兵将随军带的铜锣面朝上，下面烧火，上面将面糊摊成煎饼，解决了士兵就食，也赢得下面战斗的胜利。

现在的煎饼经过千百年的磨炼，越发成熟和花样繁多了。前些日子，听相声说小吃，提到天津的煎饼做得最地道，那煎饼是用白面、玉米面、小米面和绿豆面四种掺和一起的。和面不是用水，而是用煮羊骨头的白汤，撇去浮沫，晾凉了打浆，摊好了后，卷着天津特有的小油条吃。哈，光听这做法就知道肯定好吃！

有一次去了南京，在南京的浦口吃了一顿煎饼。那里的煎饼堪称一绝，是加了菜或海鲜类的东西摊出来的，什么野菜、土豆丝、胡萝卜丝、虾皮海米等等，吃起来别有风味。后来才知道，这种做法已经在全国范围内传播开了，有机会在你住的城市里找找看吧！

第三辑
边聊边走

京华 *Qingsi* 情思
Jinghua

从一本旧书说起

2013年的时候，我从一位民间铁路收藏家手里借来一本书——出版于1913年的《京汉铁路旅行指南》。真是个宝贝呀！当拿到这本旧书时，我的第一感觉是十分震惊和感慨万千。

1913年到2013年，整整100年了。"京汉铁路"是一个"旧称"，指的是北京到汉口的这段铁路。如今这段铁路已经发生了许多变化，早与原称为"粤汉铁路"通过武汉长江大桥相连接延伸到了广州，全线称之为"京广铁路"了。100年来，这条铁路沿途的火车站也增增减减地变化了许多。特别是近年来随着高铁的开通，更多的车站停止使用，也随时面临消失的可能。同时沿线的历史文化和遗迹也由于历史的原因变化着，使现在的我们难以追寻了。

面对这本历经100年的书，我颇有感触。如果再过100年，在如今高速发展的状况下，这京广沿线的变化恐怕更多。于是，也想起效仿前人的样子，写下京广沿线的现状，也许100年后的人们看到，会有点参考意义吧。

可喜的是京汉铁路的基本走向没变，许多火车站都保留并运营着。这本旧书又给写作提供了可以对照的历史资料。也使我下好决心去尝试一把。

参阅《京汉铁路旅行指南》一书，有许多惊奇的发现，能够看到历史是无法割断的。一百年前，前辈们的许多想法和后人们的想法似乎是一样的。此书中叙述的一切，都是我们现代人也是同样想叙述和追寻的，有些地方他们比我们更聪明和更真实。如这本书中甚至记述了当时铁路的运营实绩和票价及行李包裹的运价，更有餐车的菜式价格。我想现代经营者也许不可能向社会提供如此详细的内容；此外看到不少珍贵的历史文物在这一百年中遭到严重的毁坏，是无法弥补的了。书中记述的许多历史的遗存都已无法寻觅，不由使人唏嘘。

于是，我想以"边走边吃边聊"的形式，一路向南，记述京广铁路沿线部分车站的历史风貌，当然还有美食啦。京广铁路经过北京、河北、河南、湖北、湖南、广东六个省市，沿途美食多多，尽可让旅客们大享口福的。不过这条线沿途有200多个大大小小火车站，囿于能力和篇幅，我只能和大家"聊"上50来个就算不少了。

说起旅游，大家都知道离不开"行、食、宿、游、娱、购"，也就是如何乘车、吃些什么、住宿如何、游玩名胜古迹、参加娱乐项目和购买当地特产。在这里我们不可能面面俱到，主要是介绍一下各个地方的名胜古迹、历史故事和美食佳肴。

怎么样，听我聊这些是否已经心里痒痒了。要不要来一次从北

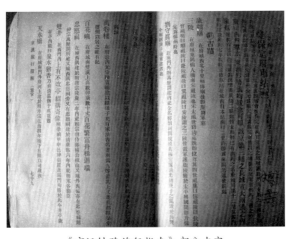

《京汉铁路旅行指南》部分内容

京到广州的旅行？要！那好，我们就一起出发吧。

要从北京站出发

为什么从北京站出发？

有朋友说现在走京广线不是从北京西站走吗，怎么从北京站走了，这条路通吗？通是没问题的，要知道在没有北京西客站前，所有进出北京的列车都是到达北京站并由北京站出发的。如今仍然保留着由北京站通往京广线的线路并可运行由北京站到京广线的列车。更主要的是北京站历史悠久，有文化内涵呀，从这里出发南行，故事满满，趣味多多。

北京火车站始建于清光绪二十七年（1901 年），原址位于前门东侧，最初称为"正阳门东站"。新中国成立后改称为"北京站"。1959 年 9 月15 日，建成并开通了新的北京站。车站位于建国门内的北京站前街，北京唯一保留下的北京城东南角楼就位于车站的东南角。如今北京的明城墙遗址公园就坐落在北京站的南墙外。

北京站是为庆祝建国十周年而修建的北京市十大建筑之一。她不仅是首都的重要窗口，而且素有"首都迎宾门"之称。北京站接发俄罗斯莫斯科、蒙古乌兰巴托和朝鲜平壤的国际旅客列车。

除国际列车外，当前北京站出发和终到的列车可以直接到达的城市有近 70 个：东北方向有天津、北戴河、秦皇岛、唐山、大连、鞍山、沈阳、抚顺、白城、乌兰浩特、长春、吉林、白山市、松原、齐齐哈尔、哈尔滨、加格达奇、满洲里、丹东、通化、图们、牡丹江、佳木斯以及怀柔、承德；西北方向有张家口、大同、二连、包头、银川、嘉峪关、乌鲁木齐；东南方向有德州、烟台、威海、临沂、日照、济宁、连云港、合肥、三明、南通、泰州、扬州、南京、上海、杭州、温州和福州；西南和南方有石家庄、衡水、清河城、阜阳、安庆、运城、临汾、太原、韩城、宜昌、襄阳、长沙、张家界、怀化、十堰、贵阳和成都等。

另一个带"北京"字头的"北京南站"在刚开通后，曾归属过北京站管理，同时担当京沪高铁、动车组和京津方面的动车组，也有部分其他方向的列车。在 2012 年初，两个车站又分开管理了。所有去往这些方向的旅客一定要在乘车前看清票面，是那个车站乘车。否则去错了车站就要耽误你的旅行了。

北京市内有 2 号地铁线途经北京火车站，而且北京火车站前有诸多公交车的经停与起点站，还有长途汽车开往北京周边地区。

北京火车站向来知名度较高，世人对它的了解也多，一些大事要闻大家都知道，我讲多了就没意思了。今天咱们聊点一般人不知道的，那就是北京站特有的"难开的门、不用的道和预留多年的线"。

"难开的门"：20 世纪 80 年代，北京站迎来了改革开放后的客流高峰，北京站的设施承受了巨大的压力，也引起了社会各界的重视。当时在北京的报界刊登过关于建议北京站开南门，在北京站南面设南广场，减轻客流压力的事。其实，这是内行人提出的建议，并非是空穴来风。在 20 世纪50 年代末，设计北京站时，北京市的规划里就预留了开南门的位置，而北京站的设计也在南端留有继续延伸的余地。如果你到北京站南面，现在的北京城墙遗址公园看看，就会发现那里正对着北京站正中间的后身有一条原来"北京站南街"的路（后来改为北花市大街），那应该就是为北京站南门设计的。可惜，当时铁路没有钱，虽然我见过市设计院建议开发的示意图纸，当终究没有进一步实施。20 世纪末，北京市迎来奥运会的城市整顿，东便门到崇文门之间残存城墙的被发现和进行了大规模的修复，使得北京站开南门成了泡影。不过，北京火车站的南门不能再开，倒使得在火车站南墙修葺的北京城墙遗址公园成了旅游景点。在那里你不仅可以参观老北京唯一保存下来的内城城墙遗址，而且还可以看到有 100 多年历史的老京奉（北京至沈阳）铁路的第一信号所。如果你想更多了解北京的老字号，还可以去东南角楼上的展览馆，那里保存有许多老字号的东西呢。而且在那里的城墙有一个圈门，那是在 20 世纪 50 年代北京老城墙还保留时，北京环城铁路的通道。

"不用的道"：在北京火车站内的站台下面，有一个环形的地道，连接着站内各站台。那是为车站的行李车和邮政的邮件车预备的，在各站台的两端，都有从地下到站台面的通道，最初是设有机械化的传送机的，目的是让那些行李车、邮件车将行李、包裹和邮件通过地下运到各站台，减少地面上的干扰。可是，这个设想被随后而来的大量行李、包裹和邮件打乱。那设计量不大的传送带根本承受不了，而且

1959 年时的北京新客站

建于 1906 年的京奉铁路第一信号所

三天两头地出故障，没多久就停用，只好改为地面运输。在 20 世纪 90 年代，你去乘车时还会在站台上看到那些裸露着的行李出口。不过现在已经改造看不到了。而那些环形的地道也早就废弃不用了。

"预留多年的线"：在北京站建站的时候，铁路部门就在规划中预留了北京站和北京西站之间的地下联络线。现在大家应该明白在现在的位置上建北京西客站并不是临时起意，而是早在建北京站时就有了这样的设想。只是由于种种原因迟迟没有得到落实，让这个规划整整晚了半个多世纪。由于施工的困难，这条地下联络线从 2005 年开始修建，一直到 2015 年底

才开通使用。现在北京站和北京西客站之间通过这条联络线贯通起来，给需要换乘旅客提供了方便。

好了，就介绍这些吧。火车是不是快开了，咱们边走边聊吧！

毛主席题写站名

来到北京站前，你首先看到什么？一定是两个高高的钟楼和"北京站"三个辉煌的大字。对，钟楼下面再说，先说说《北京站》这个站名吧。她的故事最有名的就是这三个字是毛主席题写的。且听我慢慢讲来：

1959 年 9 月北京新客站建成。9 月 15 日的零点 10 分到 2 点 20 分，毛泽东主席在北京市委书记、市长彭真和铁道部部长吕正操、副部长武竟天等的陪同下来视察新北京站。

关于这一次视察留下许多美好的回忆。毛主席当时走到售票大厅 19 号中转加快窗口，在这个窗口服务的售票员贾根柱马上起立向毛主席敬礼。毛主席微笑着和他交谈，询问售票情况，并示意他取出一张票看看。贾根柱取出一张"北京——普兰店"硬板加快票递给毛主席，毛主席饶有兴趣地看过后，就将车票递回了窗口还给了贾根柱，然后高兴地离开了。

1959 年 9 月 15 日，新北京站落成典礼

这件事对于贾根柱

来说是一生中最难忘的事。过后，他将那张毛主席看过的票价 3.25 元的车票自己买了下来，终生保存并视为传家宝。

就是在那次视察中，担任北京站工程总指挥的李岳林同志向毛主席提出给北京站题字的请求。主席听到后，没有表态，似乎有些迟疑。李岳林马上解释道：北京站是有站名的，字也是主席的字。只是这字是从主席在其他文章里写的字挑出来凑在一起的，看起来不协调。毛主席听到后当场就答应给北京站题字。

大约 20 多天后，毛主席乘火车专列去南方视察，在途中为北京站题写了站名。事后，毛主席派人将他仔细题下的两幅"北京站"三个字的条幅送来。毛主席还在他认为比较合适的那张题字上画了三个小圈建议使用。最后北京站选用的就是这张。

北京站最初将主席题的站名放大后制成金色的字镶嵌在正门的大玻璃窗上。1960 年时，周恩来总理来北京站，看到后提出建议：一是将字的颜色改成红色，二是将字再放大做成立体字抬到北京站主楼上的两个钟楼之间。这样就形成了我们现在看到的那气势磅礴的"北京站"三个大字。

毛主席给北京站的题字

其实周总理对于北京站的关怀还有更多的故事。北京站作为国庆十周年的十大建筑之一，始终受到周总理的高度关注和亲自指导。就在审定北京站的设计方案时，周总理亲自参加了审定。在原有的设计中，北京站的主站舍并

毛主席当年看过的那张火车票（样品）

没有设计左右两端的角楼。周总理在审查时，提出在主楼两翼各增加一座角楼的建议。这个建议被设计组采纳了。如今，我们看到的北京站站舍大楼庄重高雅、和谐大方，则全是来自于周总理的点睛之笔。

周总理在北京站建设中经常来视察，在毛主席视察前的 1959 年 9 月 13 日，周恩来总理就来到北京站，视察已经竣工、即将交付使用的新北京站。在视察中周总理对新客站第一任站长谷良玉语重心长地嘱托，做出"北京站地位重要，工作光荣"的重要指示。从此，周恩来总理的这一谆谆教导，成为北京站职工的行动指南。

周总理对北京站事无巨细，一直十分关心。北京站大贵宾室的大型皮沙发原来是全部靠墙摆放的，这样空间大，显得很有气派，但人们相隔太远不易谈话交流；而且有人要进出时，就全在人前晃动而影响工作。周总理看到后就提示将沙发向前摆，留出后面的通道。这样就解决了前面的两个问题。至今，北京站大贵宾室的沙发一直保持着周总理当初建议摆放。如果你有机会进入北京站贵宾室，请留意这种沙发的摆放形式。

周总理在病危期间仍然关心着北京站，直到 1976 年 1 月 8 日他逝世前的一个星期，躺在北京医院的病床上还在过问："最近北京站的卫生情况怎么样？"一个大国的总理呀，这种鞠躬尽瘁的精神真是令人感动。

好，就先介绍这些吧。请记住 1959 年 9 月 15 日是毛主席视察北京站的日子，也就成了北京站的建站纪念日。2019 年是北京站建站 60 周年纪念日。

两座神奇的钟楼

在看到"北京站"三个大字的同时，你一定会注意到站名两边那极为壮观的两座钟楼。如果赶到整点时分，你还可以听到那钟楼里会发出悦耳的《东方红》乐曲声，接着是浑厚带有磁音的"当、当、当……"报点的钟声。

抬头看，两座八角重檐琉璃瓦顶的钟楼上面分别镶嵌着墨玉大理石的四面大钟。每个钟面 4 米见方，大针长 1.9 米，重 35 公斤；小针长 1.6 米，重 30 公斤。都是用铸铁和铜皮制成，能够长期防锈。钟面还镶有乳白色有机玻璃，可以承受 15 公斤的冲击力。这两座大钟是当时的上海蓓高制钟厂首次建造的。在 20 世纪 90 年代前，这个大钟作为母钟还控制着车站内 214 个电子子钟，同步运行。也许你会疑问，这么大的钟，还是两座，能够准吗？哈，套句老话"把吗字去掉吧！"当然准啦！因为它们设有与天文台核对时间的装置，是绝对准时的。

这两座大钟的钟楼上发出的《东方红》乐曲声和报点的钟声是事先录制好的，而且准确到当《东方红》乐曲奏完，报点的钟声不管是一声还是十二声，最后一声一定落在大针走在 12 点的部位。几十年了，除了维修时刻，这乐曲声和钟声从没有消失过。就如同北京站这座"永不关门的城堡"一样，从来没有停止过接待旅客；也如同北京站人从没有停止过"人民铁路为人民"的热情服务。

关于这钟声还有一段可以追寻的历史。当初北京站才建成的时候，这乐曲声和钟声都是彻夜到点就响起的，声音传得很远。特别在夜间北京站的钟声使十几公里的方圆内的北京人都会听到。这样，人

北京站钟楼夜景

们的休息就受影响了。后来，接受居民的建议。北京站的钟声才确定为"早七点到晚九点"鸣响。

说完"北京站"三个字的来历和听完钟声，可以进站了。问一下：你买票了吗？当然你买了，不过，你知道20世纪时，铁路火车票是什么样吗？别着急，进站去，慢慢给你讲吧！

一票难求的时代

现在就说说这车票吧！

你买到的车票一定是机打的软纸车票。而且除了春节期间，平时你一定会很容易在电脑和手机上通过铁路的12306网站买到。即使去车站的售票厅或遍布市区的代售处购买也不是难事。但在20世纪90年代前后，买个火车票可不是件容易事，"一票难求"是那个时代的特点。除了售票点少，票贩子捣乱外，总的来说还是铁路的运能紧张。铁路那时没有高铁，没有大提速，也没有北京西客站。从北京开出去的车就那么几趟，票不紧张才怪。另外，铁路的售票方式也十分落后。没有电脑的联网也没有机打的车票，售票是发售事先从印刷厂制出的硬板车票，手续很麻烦。

这种票叫常备硬纸火车票。它分好多种，大类分有客票、加快票、卧铺票、空调票、变径票、半价票、联合票、外籍旅客票、区段票和代用票等。每个大类中又

新北京站建站初期的售票处，看看售票员的票格子

分为若干种，其中联合票就有 28 种。京沪线的列车最常用的是联合票。28 种联合票细分为：硬座票；硬座特快；硬座直达特快；半价硬座普快；半价硬座特快；软座普快；软座特快；软座直达特快空调硬座普快；空调硬座特快；空调硬座直达特快；空调软座普快；空调软座特快；空调软座直达特快；硬座卧铺票（上、中、下）；软座卧铺票（上、下）；硬座普快卧铺票（上、中、下）；硬座特快卧铺票（上、中、下）；硬座直达特快卧铺票（上、中、下）；软座普快卧铺票（上、下）；软座特快卧铺票（上、下）；软座直达特快卧铺票（上、下）；空调

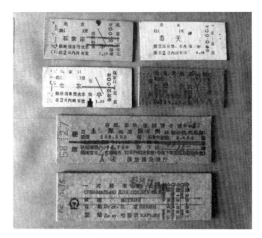

当年的硬板票

附加在车票上的票号

硬座普快卧铺票（上、中、下）；空调硬座特快卧铺票（上、中、下）；空调硬座直达特快卧铺票（上、中、下）；空调软座普快卧铺票（上、下）；空调软座特快卧铺票（上、下）；空调软座直达特快卧铺票（上、下）。

常备客票的种类是铁道部规定的，是由铁路内部专门的客票工厂印制。各车站需要及时根据需要报请计划，为了不影响售票，各车站的售票车间都要设置票据库。想想北京站那时的票据库有多大？每天北京站要卖出近 10 万张票，要备足一个月的票额的话，那是需要不少的房间的，而且要分类放置，还要有每班分拨时准备的场地。并设有专人负责申报、请

领、清点、分发、结算。对，还有对废票的处理。使用常备客票时期，工作是很繁重的。在这 28 种联合票中，如果把卧铺票的卧床位也分出来，那一共就是 49 种。还有不同的到站，那就更多了。

那个年月很多人都很羡慕售票员，似乎售票员的工作很轻松，而且那个接触到"一票难求"的车票。很有权利。谁知道售票员工作的艰难程度是外人很难体会到的。

由于每个到站、每个票种都是单独的票面。卖这种硬纸常备客票时，每个售票员的座位旁都有一个或两个带格子的票盒子，上百种的票就插在票盒子中不同的票格子里。售票员是要进行培训并自己要练功的，因为你必须记住哪种票放在哪个格子里，旅客需要买什么票，你要及时地抽出来，并且要熟记票价，准确地结算票款，还要记下卖出的票面，以便下班时结账。如果，票格子里票用完了，还要及时招呼领班上票。总之，售票员卖票就像上战场打仗。

还有一件工作是售票员必须做的，就是贴座位号或卧铺号。在使用硬纸常备客票时，客票只是进站上车和到站验票的凭证。而上车后的座位或卧铺，还需要有一个车站制作的小纸条来验证。这个小纸条不是随便贴出的，是由车站的客票计划室按每趟车的编组和座位、铺位打印出来的，一个都不会错。售票员就是依据计划室供给的这些小纸条来发售车票的，小纸条用完了，票也就售完了。另外，计划室也会根据客流的需求印制部分无座的票号，旅客如果没有座位也要乘车的话，就可以购买无座车票。

售票员每个班次都要提前半小时来接班，开班前会（这也是铁路

售票员在卖票

的传统，其他工种也是如此）。了解上级的命令要求，以及本班次必须注意的事项。接着就是从上一班售票员手中清点余票和准备充足的常备客票，领取清点座号、卧铺号的小纸条，还要准备售票时与旅客找零的零钱。准备完毕，要保证及时开门售票，接待早已等得不耐烦的旅客们。也许，一开门从窗口送进来的就是一连串的埋怨或火气大的质问，售票员只能平和对待。虽然，这是一场战斗，但面对的不是敌人而是亲人，还要态度和蔼、微笑服务，难度可想而知了。

下班了，工作并没有结束，售票员要去结账，要把本班次所收的票款送到车间的收款处。收款处有专门的人员负责接收清点票款。由于一个班次的售票员很多，接着售票员要排队、要等待。如果票款有误，麻烦就多了，会反复清点、查对。真要是收错了款或收了假钱票，是要售票员自己负担的。能够在延续工作两个小时内结束回家都是早的了。一般人会以为售票员的工作是轻松的，其实是个有压力、有风险和有超劳工作的工种！

如果赶上票价调整，现行使用的所有票面都要作废，制票工厂必须及时重新印制新车票。售票员票格子里的票要全部换过，而售票员也要重新熟记调整后的票价价格。每当这个时候，是计划室和售票车间干部以及每个售票员最紧张的时刻。为了不耽误变更票价后的发售新票，大家都要加班上票，做好一切准备。票价上涨旅客不满意，发售人员也同样是不满意的。

使用微机售票后，制票工厂制作常备客票的使命也结束了。售票的价格变动也操作简单了，只需调整程序，变更数字就完成了。售票

时任北京站站长时的留影

员无须去记什么价格，按旅客要求输入站名就妥了。只要还有票额存量，票就出来了。而且，售票员清点票款的工作通过微机的计算也简便得多。此外，大量的车票通过电脑、手机出售了，窗口也可以使用信用卡、支付宝支付，售票员收的现金也少了，劳动量也大大减少了。

看到这里，你能理解当年的"一票难求"不仅是因为铁路运能的事，对于车站售票员来说在当时的设施和售票方式上也是非常艰难的工作。

也许你会问，你怎么知道这么多呀？当然，我在北京站于 1986—1995 年间当了近十年的站长呢。能够不了解吗？

不仅这些。进了北京站的候车大厅，听我再给你介绍：北京站这个拱形的顶部距地面是 34 米；外面的钟楼的顶部距地面是 43 米；车站大楼的东西宽是 218 米；南北的进深是 88 米。北京站的全部建筑面积是 4 万 8 千平方米、占地面积是 25 万平方米……十年呀，接待了上百拨中外宾客，这些数字我已经背得"滚瓜烂熟"啦。

好，下面进站台，再说点儿大家都感兴趣的事。

站台柱子与专运

进入车站内，你会看到高拱透光的站内天棚，非常敞亮。如今随着高铁时代的到来，新的或改建的高铁站都是这样的漂亮和辉煌了。但当年即使是作为庆祝建国十年而修建的十大建筑之一的北京站也是很简陋的。特别是站台上都是老式的防雨棚，低矮又压抑。现在经过改建，那些每个站台都建有的雨棚早已经消失了。但我对那些曾经的防雨棚还是挺怀念的。

1986 年我到北京站的时候，铁路局有一位客运处老处长和我聊天。问我一个问题："知道第一站台的风雨棚下有多少根柱子吗？"当时就把我问懵了。我虽然已到车站好长时间，但从来没有想过这样的问题，也真没有注意过"柱子"的事，忙回答："我不知道。"这位老处长就给讲了一段往事："有一年，一位老部长也问过以前的一位老站长，也没有答上来。部长就批评他，说他当站长的怎么连'眼不前儿的事儿'都不知道？并告诉站长，一站台一共有 52 根柱子。"

后来，我对车站第一站台的柱子特别留意了，不是因为多少根，而是它与北京站的专运任务有密不可分的关系。

"北京站地位重要，工作光荣"是因为她地处首都，不仅担负着繁重的运输任务，而且担负着迎送外国国家元首及我国党和国家领导人的重要专运任务。

特级专列就是指迎送外国国家元首或外国有关党派领导人的专用列车。迎送时，需要在车站站台上排列中国人民解放军海、陆、空三军仪仗队，还有部分欢迎队伍和铺红地毯。

1986 年后，在我任职期间遇到过四次。主要是迎送朝鲜劳动党总书记金日成，还有一次是迎接匈牙利社会主义工人党总书记卡达尔访问中国。

专运列车是指党和国家领导人经由铁路出国、外出视察所开行和到达的专用列车。

特级专列和专运列车在列车接发上要求很严格，需要在安全、警卫、卫生、秩序上做出周密安排。站长要亲自上岗迎送列车，这是一项光荣而特殊的任务，可以近距离地见到党和国家领导人以及外国国家元首。但是，最高的要求是保证"万无一失"、绝对安全，所以也责任重大。

80 年代后，各国领导人基本上都是乘坐飞机了，北京站的接待任务明显减少。

特级专列、专运列车，接送的是外国国家元首或党的领导人及我国党和国家领导人，需要有严格的接待礼仪。一般情况，发出列车时，主车的主车门都可以正对着第一站台的贵宾室正门。返回来时，由于北京站是尽头端面站台，列车到达有距离限制。返回列车前面多了牵引机车，主车的主车门就很难再对着第一站台的贵宾室正门，一般都要向后挪一、二或三个车位。这样，问题就出现了。因为站台上有那么多柱子，停不好，将主车的主车门停在柱子对面就不好了。

接车时，当通报专列开过来时，整个第一站台上就剩下我一个人，所有接车的人都退到主车位的站舍一边去。由于静场，站台上十分的静。这时的我在外人看来一定很威风，头戴装饰有花边的大盖帽、穿着笔挺的铁路制服、肩上扛着站长的"三道杠"肩章、手戴着白色手套的提着信号灯或旗，在设定好的位置上，注视着来车方向。好像很平静、自然，其实内心很紧张。为了平复紧张的心情，知道那时我想什么吗？我在默数第一站台的柱子数，以保持镇静。并在专列停下之前与站台前端的运转主任用对讲机联系，保证主车的车门正好停在预计的两个柱子之间空档的位置。

北京站第一站台除中间正对贵宾室的一孔是四个有装饰的方形石柱外，从这里向西还有 11 孔，向东还有 13 孔，共计 24 孔、48 根水泥柱子。加上中间一孔，总计 25 孔、52 根柱子。那 48 根水泥柱子修饰的也很雅观、大方，在它的下半部，为了防止机动车撞坏柱子，特意用钢板包了起来。而车站的建筑工人们又巧妙地把它处理得很圆润，然后涂成淡蓝色，配以深棕色的柱脚，给人一种清新的感觉。

20 世纪 90 年代北京站第一站台上的柱子

2004 年后北京站的所有风雨棚都改成高架透明式风雨棚，所有的柱子都移到线路间去，第一站台上原有的柱子除了高架通道下的 4 根石柱外，也全部拆除了。第一站台有几百米长，一眼到底，明亮敞开、高雅大方。与当年

在第一站台欢迎东方列车到达北京站

低矮的风雨棚相比那是不可同日而语啦。

"第一站台的柱子"真正走进了历史的话题。要想看到那柱子是什么样儿，只有去寻找当年的照片啦！

吃点儿啥再上车

北京人的老话总离不开吃，乘火车前也希望吃点儿什么再出门。咱就随个老理儿，说说吃。北京站在 1992 年前是有个自己经营的餐厅对旅客营业的。而且餐厅很大，很漂亮。记得 80 年代初，我没到北京站前也光顾过，印象最深的是供应机制饺子，那时还是要粮票的，虽然口味一般，但由于市面上饭店不多，吃饭的旅客还是很拥挤的。到 90 年代初，由北京分局牵头与外资合资成立了合资餐厅。可是随着改革开放的不断发展，处在候车厅内的这个合资餐厅不具备什么优势了，也就逐步退出。原来的餐厅根据动车组的发展改变为乘动车组乘客的候车室了。

但车站的饮食供应却在 21 世纪后发展的更多样化了。"老边饺子""麦当劳""芳香鸡"以及咖啡厅都出现了，旅客想吃什么都很方便。

既然我们说旅游，就在北京站说点儿有特色的"京东肉饼"吧。这肉饼又叫"香河肉饼"，这是出自北京东面的河北香河一带的馅

建站初期的北京站餐厅

饼。皮薄、馅儿厚、焦脆是它的特点。你到北京来，不难在街上看到"香河肉饼"大招牌的小铺。我提这肉饼是因为北京站对内部职工服务的职工食堂里的"京东肉饼"做得非常地道，吃了难忘。

我在北京站工作那几年，正是改革开放后全国各站与北京站交流比较多的年份，此外各级部门来检查工作也十分频繁。人来了，接待顿饭是应该的。可是，招待费用有限，北京站再大也有制约。吃的太好了也招待不起呀。于是，我提了一个口号："有钱的吃档次，没钱的吃气氛"。咱没钱，但可以热情、有气氛嘛。于是同食堂管理人员研究了一套"三大盆"的招待方案。别人的标准是"四菜一汤"，咱们是"三盆一粥"。

这"三大盆"就是以炖菜为主，什么"猪肉熬粉条""酸菜鱼""家常炖豆腐""豆腐肉片儿熬白菜"等，掺和着上。主食就是"京东肉饼""贴饼子"和"小米粥"。要知道，北京站食堂里有好几位从国家领导人专运列车上下来的一级厨师呢。由于年纪大了，不再适于跟车了，调转到车站来。他们做菜真有一手，这几个简单的菜，经过这些高级厨师的调理，那才叫别有风味！尤其是京东肉饼，做的皮儿薄、肉嫩，焦脆可口；玉米饼子也是新鲜喜人，让吃过高档菜肴的客人也大开眼界。花钱不多，满意度奇高。

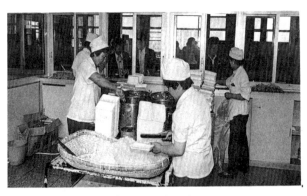

餐厅为旅客服务

虽然过去了好多年，我想北京站食堂做肉饼的手艺应该不会失传吧，香喷喷的贴饼子和小米粥，也应该还是深受客人们喜欢的食物。

好，吃过饭了，咱们上车就出发吧！

挪移的北京南站

　　有朋友提出两个问题：北京有几个客运火车站，哪个车站是最先建立的？

　　这个问题不难回答：现在北京市内有五个"北京"站，分别是北京西站、北京东站、北京北站、北京南站和北京站。北

老北京南站

京西站是 1996 年建成使用的，而东站、北站、南站则是分别由原来的东郊站、西直门站、永定门站改换名称而来。大家通常称为"北京车站"或"北京火车站"的，就是 1959 年建成使用的"北京站"。不过，现在的北京南站也已经是在原来位置附近重新建立的了。

　　至于最早在北京建成的车站，是北京南站的前身"马家堡车站"；因为历史的原因，马家堡站后又出现"永定门站"；再后来就是现在开行动车组的新"北京南站"。而且这车站的位置一次次地向东挪移，据说是四迁站址、三易其名，所以我的这篇随笔冠名"挪移的北京南站"。

　　直达广州的列车开出了北京站，跨过通惠河，穿过广渠门内大街的立交桥，前面就是龙潭湖公园了。走到这里，多说一句。你是否注意了老北京城的地图？老北京城分为紫禁城、皇城、内城和外城，除紫禁城外，其他三个城都缺一角。皇城缺西南角，那是为了躲开原有的一座庙宇。内城缺的是西直门那里的西北角，而外城缺的是东南角。为什么？有人说什么八卦阵之类的奥妙玄学，其实不是。缺一角的原因很简单，内城西直门是

当年的马家堡火车站

为了躲避积水潭的水域而缺了一角的，而外城东南角是为了躲龙潭湖这块水域而缺失的。

　　过了龙潭湖就到永定门了，向南看就是新的北京南站，那是亚洲的"巨无霸"，如今主要是接发京沪和东北方向的高铁列车及动车组。

　　现在新站在我们这趟南行列车的左手，列车在车站的右侧驶过。而原来的永定门站的站房是在右手，原来从北京站开往京广线的列车也是从永定门站内穿行而过的。再往前行就要经过丰台区的马家堡了。

永定门外的燕墩

　　百多年前的1897年，这里有个马家堡车站正式落成了。车站与津卢（天津至卢沟桥）铁路、卢汉（卢沟桥至汉口）铁路连轨，成为通往沈阳、汉口的起点，是北京最早的火车始发站和终点站，马家堡火车站也是当时北京的火车总站。

历史记载，始建的马家堡火车站为英国人监造，所以有着典型的英式风格，当地人形容车站有三层楼高，气势恢宏，为当地地标式建筑。但是不久，在1900年的四五月间，义和团运动兴起，一次次地掀起破坏津卢铁路的高潮，许多车站被烧被毁。光绪二十六年五月十六日（1900年6月12日），马家堡火车站也被付之一炬。

慈禧太后本想借义和团给洋人一点难堪，结果招来了八国联军进北京。别的就不讲了，就铁路讲，八国联军一打进北京城，慈禧当初只允许把火车站建到马家堡的指令不管用了。法国人把卢汉铁路一下子延伸到了正阳门西；英国人更厉害，一下子从马家堡延伸到永定门并抻出两个头来，分别插进了天坛和正阳门东，并在天坛内建了两个车站，为的是抢运掠夺来的物资和珍宝。

后来，清王朝留京的大臣们经过屈辱的谈判，才求洋人们从皇家祭天的天坛撤了铁道线和车站，但正阳门西和正阳门东的火车站坚决不撤，这算是让列强把紫禁城的脖子牢牢掐住了。八国联军撤了后，慈禧也决定从西安回京，并决定第一次乘火车回来，落脚的地方竟选择了被毁于大火的马家堡车站。那地方经过英国人的简单修复，恢复了使用。于是，在车站举行了盛大的迎驾仪式，欢迎"劳苦功高"的老佛爷回宫降吉祥。这是永定门站的前身马家堡站留下的一段历史。如今马家堡车站没了，慈禧太后的遗迹也消失在高楼大厦之中。

1957年，为迎接新中国成立十周年大典，铁路部门决定修建新的北京火车站。为了缓解施工期间北京地区铁路运输压力，决定修建临时的永定门客运站。1958年1月，永定门客运站投入使用，第二年拆除了原马家堡火车站。新建的永定门客运站本来是打算作为临时客运站使用的，设计寿命只有十年。没想到这一"临时"就又是半个世纪，超期服务了38年。直到2006年北京南站改扩建工程开工，服役了48年的老北京南站——永定门火车站才退出历史舞台。

现在的北京南站

就说个大概吧，再详细的就太长啦，短短的十几公里路程，承载的历史太厚重。

在火车经过永定门城楼时，你注意到列车前进方向的左首有一高高的台上那个石墩吗？那就是著名的"燕墩"。

再简单说两句，古代风水的金木水火土，在北京城的体现就是设了"镇物"，大概是想保佑北京城的一方平安吧。其中永定门燕墩镇火、广渠门神木厂镇木、昆明湖铜牛镇水、大钟寺大钟镇金、景山公园堆土镇土。如果坐火车经过永定门时，多往南面看看哟，那个"燕墩"很显眼的。

最后也该说点吃的啦，咱吃点粗粮吧，说说吃窝头儿。说过去有个穷秀才，过年做了一副对联："富人家过年二上八下，穷秀才度岁九外一中。"很有学问呀，这"二上八下"和"九外一中"是两样食品。你能看明白吗？"二上八下"是包饺子的姿势，看来是"挤"饺子了；"九外一中"是捏窝头儿的姿势。穷秀才过年没吃上饺子，啃着窝头儿发牢骚呢。

前面提到慈禧太后在马家堡站下过车，而此行正是她带着光绪帝后逃跑到西安归来。在逃难途中，饥不择食，在榆林堡吃了个老百姓给的窝头儿，那可是"饿时吃糠甜如蜜"了。回到京城想起了那窝头儿，让御膳房做来。御厨们想方设法用栗子面做了指头大小的窝头儿，慈禧当然喜欢。后来，清朝的宫廷御膳就多了个"栗子面窝头"。如今你去北京北海公园的"仿膳"可以吃到"宫廷小窝头"，但已经不是什么栗子面的了，只是应名的普通玉米面的小窝头儿啦。

车过柳村话京张

　　本来往下走应该开到丰台火车站了，可是途中一个地方不同一般，不能省略过去。于是必须停下来描述一下。这地方就是作为詹天佑主持的中国第一条自主兴建的京张铁路的起点——柳村线路所。

　　前面提到的马家堡车站的遗迹，如今只剩下站房的地基了，据说压在一个工厂厂房的下面。位置在右安门和永定门之间，靠近马家堡村的地方。火车再往西行，过了右安门的方位，在现在的铁路线上就是柳村线路所了。

　　清末时，铁路原计划从天津修到直隶通县（现在是北京市通州区）的，叫津通铁路。由于漕粮官吏和北运河船户的反对，后来改为津榆铁路，终点就是马家堡车站。由天津经丰台到马家堡，后来这条路由正阳门东到沈阳，就叫京奉铁路了，再后来就是北京站到沈阳的京沈铁路。

柳村线路所

　　清王朝准备修京张铁路时，由詹天佑支持。经过反复勘察，詹天佑决定以柳村为京张线的起点，经广安门、阜成门、西直门，再到南口、青龙桥、康庄、沙城，到张家口。关于詹天佑修京张线的故事，

柳村线路所所在位置

就不在这里讲了。总之，这条由中国人自己设计施工建成的铁路，的确为中国人大大地争了一口气。

关于京张铁路的起点，现在形成三种说法：

一说起自原称为西直门车站的现北京北站。那是因为1968年为修环城地铁，

原西直门外大街与京张铁路的道口

不仅扒了北京城墙，同时广安门站到西直门的铁路也在1970年扒掉了。扒掉的还有京门支线中的西直门车站到五路车站的一段铁路，这是当年詹天佑为运送门头沟的煤炭给蒸汽机车使用而修建的。这段铁路原位于现在的车公庄大街和车公庄西路再往西的玲珑路直到西四环边的五路火车站。现在，车公庄西路与首都体育馆南路交叉的地方叫四道口，就是这条铁路与公路的道口，如今只留下地名了。近年北京市地铁发展很快，从五路沿玲珑路往东修了6号地铁线，而从五路往西到门头沟方向也在修地铁。如果说，原有的京门老铁路还能给人们留下一点印象的话，是在玲珑路旁的玲珑花园里保留了一台蒸汽机车，供游人游览。

第二种说法，京张铁路起自丰台，也有一定道理，因为柳村线路所不能办理客货业务，所以当初是借用了津榆铁路从丰台站到柳村的一段铁路，由丰台站办理京张线的业务。我曾在丰台站工作过，记得老同志告诉我，京张铁路的起点是在丰台北货场的一站台上。如今丰台站大改造，这个遗迹早

西直门车站旧址

就没有保留了。

第三种说法，就是京张铁路的起点为柳村线路所了。的确，京张铁路是从这里开修的。据说，京张线后来延长到了包头改称京包线了，广安门到西直门的线路早已拆除了。可是京包铁路的起止点的里程计算仍然保留着从柳村到包头的距离，不过与实际已经相差 12 公里了。

如今，柳村线路所仍然存在，正常使用。

关于那段被拆除的广安门到西直门的铁路，当年曾与由前门的老北京站经朝阳门、安定门、德胜门到西直门的环城铁路形成环绕北京城的铁路网络。再连接广安门、丰台到北京老站，这个环城的铁路是完整的。到 1959 年新北京站建成后，老北京站到朝阳门的铁路就拆除了。再后来在拆城墙、拆铁路、建地铁的过程中，北京城逐步失去了城墙，也失去了环城铁路。

20 世纪 60 年代初期，我在北京铁道学院上学，直到 1968 年毕业离开北京。对那段从广安门到西直门的铁路和阜成门、西直门的城楼都留下深刻的印象，我曾经爬上过那两个城楼，一览城内外的景象。而西直门外那条铁路会时不时地因为有列车开过或等待西直门站的调车作业，挡住我们进城或回校的路途。

最难忘的是那道口西南侧有一个卖馄饨的清真小铺，那大锅里架着熬得发白的羊骨架，锅里是滚滚热汤，来一碗一两粮票的馄饨，真是美味极了，才一毛一分钱。如今可着北京城也找不出那样美味的馄饨，即使是老字号的馄饨铺，如今也是配料兑出来的汤，完全没有原汤美食了。

随着老城墙、老铁路的拆除，老情调的美食也随之消失了，伴随着高速铁路、高楼大厦而来的速食餐，很难找回当年的美食味道了。

丰台之名缘何来

20 世纪 80 年代中期，我曾在丰台火车站工作过三年时间，但对"丰台"其名的由来却从没有探讨过。直到现在写到丰台火车站了，才认真地

丰台火车站于 2009 年 4 月 20 日零时停止营业

寻查一下。原来丰台名字的由来只是"丰宜门外的一个土台"而已。但也不是那么简单的回答，哪个土台？丰宜门又在哪儿？都需要深究一下。

历史上金代曾在北京这块地方建中都，城的中心位置在如今西二环路的广安门附近。丰宜门就是金中都南面的一座城门，大约位置在现今菜户营桥的南边。

那个"台"指的是什么呢？却至少有三种讲法：

一是据史书记载"丰宜门外西南三里，有一土台为燕太子丹所筑黄金台，台下有花农种植花草"。其具体位置应该在樊家村一带，现在的三环新城东面。燕太子丹筑黄金台广招天下名士的故事，世人都知道，但那黄金台到底建在哪里，却是历来争论不断的。"风萧萧兮易水寒，壮士一去兮不复还"，有人说在河北易县，那里就有易水古八景之一的黄金台。另一种说法在北京附近，北京的燕京八景就有"金台夕照"。但黄金台据说存在有七八处呢，而如今公认的是在北京东三环的朝阳门外附近，那里的 10 号地铁线就有"金台夕照站"。看来，"丰宜门外黄金台"的说法不一定准确。

二是"丰宜门外拜郊台"，金代都城在丰宜门外设拜郊台，丰台之名即取自丰宜门之"丰"，拜郊台之"台"。也许这种说法才有点根据。

三是在金朝时这里就出现了别墅群，名曰"远风台"。明朝时此处已出现村落，名曰"风台村"。另说清朝称"丰台镇"，1952 年设区时因镇名而得。

真有点越说越乱了。还是我说的"丰宜门外的一个土台"就是了，比较简单。

丰台地区有两个铁路特等站，就是丰台火车站和丰台西站，而全路只有 51 个特等站。丰台火车站应该算个不简单的火车站了，在铁路上是很出名的。它已经有 110 多年的历史了，是北京地区的枢纽站。丰台西站是新中国成立后才建成的，但它是全路最大的路网编组站。不搞铁路的不清楚，丰台西站这个全国最大的路网火车站，是将南来北往的货运列车在这里进行重新解编，重新组合各方向的列车继续运行。而到达北京地区的货运列车就在丰台火车站编解，通过小运转送到周围各站。所以，两个车站在铁路的位置都相当重要。

丰台站比较古老，有几个第一：一是亚洲地区最大的零担货物作业站，所谓零担就是一个货主不够装一整车的货物就组合其他货主的货物后运输，丰台站有一个亚洲最大的零担作业货场；二是中国第一条自建铁路京张铁路的起始作业站；三是 1958 年"大跃进"时修建了全路第一个"土驼峰"。这个"学问"就大了，不好细讲，说简单点儿，就是起了一个高坡，像骆驼的峰脊一样，机车将车列推上峰的顶部，作业员在上面提车勾，分解车列，利用车辆自重下滑，由扳道员按计划扳道岔，让货车进入需要的线路。当时国外的调车作业中，扳道、提勾和车辆的制动都是自动化的，而我们是土法上马，人工操作，所以叫"土驼峰"。不过，这土的驼峰还挺管用，起码在 20 世纪 80 年代时还在用。

从历史上看，丰台火车站也是有故事的。据说，清政府开始不允许铁路修到距离京城十公里的地方。于是，津卢铁路、卢汉铁路都是以卢沟桥为起点的。但接近北京是列强的最大愿望，于是，津卢线设计时就计划从丰台到马家堡，然后从丰台修一支线到卢沟桥。由此就有了下面的故事：据说，津卢线修到距离京城十公里的丰台后，恭亲王去天津办事，从北京城出来一路乘马车，颠颠簸簸地十分辛苦，从京城到丰台几乎用了一天时间。而在丰台乘上火车，81 英里路才只用了三个钟点，还可以喝茶聊天看风景，惬意十足。回来后，恭亲王到处游说，清廷才允许了火车修到马家堡。当然这只是个传说，大概没有档案记载的。

由于改扩建需要，建站 115 年的丰台站于 2010 年 6 月 20 日零时停止了客运业务。据媒体最新消息，2018 年 8 月，丰台站改建工程正式开工。根据规划，新丰台站北至前泥洼路，南至看丹路，建成后总用地规模约 125 公顷，主站房面积约 40 万平方米，将主要承担京广、丰沙、京原、京九、京沪普速线、京广高铁、京石城际动车组旅客列车始发终到作业。这座运力规模几乎可以与北京南站相媲美的新车站，预计将于 2020 年底完工。

丰台属于北京城区，原八大区的一个区，区内古迹也很多。别的不提，说说大葆台西汉墓，这是距今 2000 多年前西汉广阳顷王刘建（前 73 年至前 45 年在位）和王后的墓，并在其地下宫殿原址上建立起了博物馆，是一个独具特色的帝王陵遗址博物馆，去那里可以参观汉代帝王墓葬的形式。需要介绍的汉代的"王"与"后"是不同穴，各埋各的。在大葆台就是这样的。

大葆台的墓地地宫规模宏大，结构特殊，使用的是汉"天子之制"，是西汉皇帝御用的最高级葬具体系，史称"梓宫、便房、黄肠题凑"。整个地宫是由几百方柏木、楠木等珍贵木材构筑而成，南北长 23.2 米，东西宽 18 米，距地表 4.7 米。这"黄肠题凑"很特别，因为柏木的心是黄色的，所以叫"黄肠"，"题"是额头的意思，"凑"就是黄肠的心都向里。就是堆垒在棺椁外的柏木，用柏木构筑的题凑即为黄肠题凑。去看看吧，那棺椁四周整个一个巨大的柴火垛呀！这帝王真是破坏大自然的罪魁祸首。

丰台是在北京地面上，要说吃的也离不开北京那些玩意儿。不过，当

大葆台汉墓的"黄肠题凑"

年我在丰台站时，听老师傅们讲，旧时在丰台站的站台上有三样东西出售，很出名的，即鲜花、黄瓜和小笼包子。丰台就有一个地方叫花乡，如今那里建有世界花卉大观园。花乡里许多花农，过去这里专门是给朝廷和王公大臣

们种花、养花的；当然如今是为全社会服务了。过去丰台就有许多大棚种黄瓜，那里的黄瓜顶花带刺，绝没有使用"膨大剂"和绿染料的。小笼包子大概到处都有，在站台卖，也是为便于旅客携带。不过，随着丰台站的停用，这一切都变成历史了。

"二七"圣地长辛店

　　提起长辛店，作为铁路工人一定会记得发生在20世纪20年代初的京汉铁路大罢工。而位于长辛店的铁路机车厂就是当时铁路工人斗争的中心之一，并且是在1922年8月的斗争中取得首次罢工胜利的地方。所以称它是铁路工人"二七"斗争的圣地之一，实至名归。

　　记得小时候读有关"二七"大罢工的故事，描述当时工人的苦难生活时，把长辛店叫作"伤心店"。

　　那首先说说长辛店是如何得名的。原来长辛店是位于北京市丰台区永定河西岸的一个古镇，已经有近千年的历史了，比近在咫尺的卢沟桥出现的时间还要早。明清时期，这里曾是距离北京城最近的古驿站，也是进出北京西大道的门户，俗称"九省御路"。长辛店古镇的名称由来，起于明代。那时这里有两个相邻很近的村庄，长店和新店。随着南北交流日益扩大，使两个村和门前的街道空前繁荣起来。酒肆店铺摊棚林立，天长地久地连成一片。而"长店"和"新店"的名字，也逐渐演变成"长辛店"的街名，保留至今。

　　长辛店作为古镇，保留的古迹还真不少。但既然要说这里的"二七"圣地，就先紧着有关

长辛店"二七"纪念馆

"二七"大罢工的故事说了：

距离火车站最近的是长辛店公园。在这里的山坡上，长眠着在"二七"大罢工中牺牲的吴祯、葛树贵两烈士的忠骨。他们的英雄壮举昭示着后人，教育着子孙。

长辛店陈庄大街东段路北一座中西合璧的门楼，券门门额之上可见"工人浴池"四个黑体字。这个浴池是"二七"工人大罢工斗争胜利的果实之一。门里的影壁上篆刻着民国20年"长辛店平汉铁路员工浴池建筑总略"，上面的字迹记述着浴池建立的经过。

紧邻清真寺南边的长辛店大街174号，是当年京汉铁路长辛店工人俱乐部旧址。1922年4月9日，在这里召开了京汉铁路总工会第一次筹备会。俱乐部组织了工人纠察队、调查团、讲演团等组织，领导和指挥了1922年的"八月罢工"和1923年的"二七"大罢工。

工人劳动补习学校的校址坐落在长辛店大街祠堂1号。1920年10月，北京共产主义小组成立后，李大钊派邓中夏、张国焘来长辛店开展工人运动，在这里筹备成立了劳动补习学校。

长辛店铁路中学内的法式二层红砖小楼，是长辛店留法勤工俭学旧址。当时预备班设铸造、机械、钳工三个班，学员有100多人。毛泽东在1918年冬和1919年3月先后两次来到这里，宣传革命真理。

有时间，真应该好好参观一下这个"二七"圣地。在全国纪念"二七"大罢工的地方共用三处。郑州、武汉和北京长辛店。前两个地方，我们还会经过并谈到。据说郑州的纪念馆由于地处市中心，搞得红红火火。而长辛店"二七"大罢工纪念馆的处境不妙。由于地处北京郊区，除纪念日外，

吴祯、葛树贵两烈士墓

日常来参观的人很少，平均每日只有七八个游客。一度还出现过要不要将纪念馆"摘牌"的问题。

正好最近的《北京青年报》刊登了一篇有关长辛店"二七"纪念馆的报道。说纪念馆会保留下来的，但曾经拥有过万名员工的二七厂将搬迁至房山了。

我对于长辛店记忆深刻的还有"文革"中的一件事，发生在我所就读的原北京铁道学院。1967 年初，二七厂造反派组织的工人纠察队跑到学校来围攻学校的一派群众组织，并且发生了流血事件，令人震惊。后来知道，二七厂的造反派头头叫徐凯，武斗闻名，大有"打遍北京市无敌手"之势。后来徐凯还当上了北京市革委会常委，名噪一时。再后来，在清理"五一六"时，逮捕判刑了。最近看有人写的一篇回忆文章提到，徐的晚年处境凄惨，出狱后连养老金都没有着落，生活艰难。不由让人想起那首词："是非成败转头空，青山依旧在，几度夕阳红。"不过也有个与徐相熟的博友告诉我，徐出狱后自己办了个小加工厂，日子过得挺滋润的。据说如今已经过世了。不知谁人说得对了？

不说了，听列车广播员在报站呢——"各位旅客，前方停车站是良乡站。在良乡车站下车的旅客，请整理好自己的行李物品，准备下车。本次列车在良乡站停车一分钟。"

怎么样，听这广播是不是"似曾相识"？

北京俗语"怯良乡"

良乡车站位于良乡镇，而良乡镇距离北京城只有 20 公里，是首都的西南门户。自秦朝建县以来，因"人物俱良"而得名，自古就是商贾云集之地。

车到良乡站，你首先能看到距离车站不远的一个多宝佛塔，名称昊天塔。由于位于燎石岗上，所以你会觉得那塔像冲天一样高大挺拔。昊天塔

良乡的昊天塔

相传建于隋朝，不但外形精美，据传宋辽交战时，曾经起过军事作用，大概是瞭望、观察之类。这塔还有个名字叫"孟良塔"，源自大宋年间，老令公杨继业撞李陵碑而死，尸骨被辽人悬挂在昊天塔上，每日用 300 支箭射着玩。

杨六郎得知悲愤不已，于是命孟良历尽艰险，从昊天塔盗回老父的尸骨。京剧里有一出著名的折子戏，叫做《洪羊洞》，讲的也是孟良等人在洪羊洞盗骨的故事，只是讲法有些不同。"孟良盗骨"的传说，给良乡塔带来了浓重的传奇色彩。不过，相对于"孟良盗骨"，"燕子李三"的传说似乎更贴近现实。

民国期间，北京城内出了一个能飞檐走壁的侠盗，名叫李三。李三之所以被称为"侠盗"，是因为他偷富济贫、与官宦作对。李三出生在良乡，常藏身在良乡塔上。他上塔不用爬，而是用"鹞子翻身"的方式进入。后来，可惜燕子李三被其情妇出卖，被警方抓获法办了。

良乡，除了这闻名的昊天塔和动人的传说外，再有就是流传甚广的北京俗语："京涿州、怯良乡，不开眼的房山县。"这句话怎么理解，却有不同的版本。今天到了良乡，咱就好好聊聊吧：

第一种说法流传较广，说河北省涿州（以前叫涿县）距北京 130 多里地，但口音却与北京基本相同。可良乡离北京虽然只有几十里地，但说话时方言较重，听起来有些"怯"。而房山县（今北京房山区）的人没见过世面，比较小气。看起来，"京涿州、怯良乡"的说法有些道理，的确，从口音上分辨是有如此的区别。而"不开眼的房山县"就没有什么道理了，纯粹是笑话乡下人。

第二种说法，"精涿州、怯良乡，不开宴的房山县"。这是说涿州人精

明，善于经商。良乡虽然挨着北京城，却和城里人不一样，不够精明，发
"怯"。至于房山，在西边山里，太穷，无论是皇帝出巡，还是官员上路，
一般都不在房山住宿、吃饭。皇帝出了宛平县后，在良乡吃午饭，晚饭就
赶到涿州去吃了。"不开宴的房山县"还演变出一个故事：说一次乾隆皇
帝到河北省易县泰宁山下的西陵祭祖，路过房山县城。当时的知县姓杨，
为人正直，从不拍皇上的马屁。他对乾隆皇帝要路过本县，只是在城门前
摆了桌清茶，算是接驾。乾隆皇帝心里很不痛快，但当着文武百官的面儿
也不好意思说什么。出了房山县城便对和珅道："这个杨知县可真够小气，
连顿饭都没让朕吃上，真是不开宴的房山县呀！"专门拍皇上马屁的和珅
连声重复了好几遍"不开宴的房山县"，说着说着便有意说走了音，说成
了"不开眼的房山县"。于是这话传了出去，演变成前文的第一种说法。

　　还有第三种说法：说这三句话并不是指的地域性格，而是说的县城城
墙建筑。"京（精）涿州"是说涿州的城墙学的是北京，"怯良乡"是说良
乡的城墙与北京造法相反（据行家说是指瓮城城门的方向，良乡与京城相
反，涿州相同）。

　　"不开眼的房山县"是说房山县城没有城垛口，也就是没有枪眼。还
有一种解释说"不开眼的房山县"，是指房山县城没有泄水口（俗称水
眼）。关于这个解释也有一个传说，说房山城创建于金朝大定年间，城高
有一丈多，东西南北各有一座城门，当时只是一座土城。到了明朝隆庆年
间，当时的知县李琮命人采石筑城，要把县城建成一座坚固的石头城。可
谁知那建城的总监官为了在知县面前讨好，对工程催得很紧。本应两年
完工，他非要一年半完了不可。于是，工匠们没黑夜带白日地干。一年半
的时间倒是把石头城建完了。可到了夏季一下大雨，那雨水全都往城内倒
流。原来为了抢进度，城墙上忘了留出外泄雨水的水眼了。知县李琮大
怒，把那总监官找来，重责五十板子，处罚一千两银。后来人们就把这座
没有泄水眼的石头城说成了是"不开眼的房山县"。

　　都说中国文化博大精深，就这么个俗语就有如此多的版本说法，而且
各有各的理儿。是不是如入百花园中，有点眼花缭乱、目不暇接啦。

还要说一句，战国时的风云人物乐毅，作为名将辅佐燕昭王伐齐强燕。乐毅去世后葬于北京房山区的良乡城东，离京广铁路线不远。

光讲故事了，没说美食。不过良乡没什么出名的小吃，只是板栗很出名，朋友们先吃点栗子吧，到窦店再大快朵颐！

良乡旧城在窦店

不知各位看没看过一出京剧《三不愿意》？说的是在明代时，良乡这个地方有个富户叫崔华，因为嫌弃妹妹的未婚夫贫穷，打算悔婚。他的家院长工八儿看不过去，就串通小姐和穷书生将崔华告到良乡县。贪官杨聪也是冲着崔家钱财而来。在八儿的撺弄下，不仅让崔华破了财，还将自己的两个妹妹全都嫁给了穷书生的兄弟俩。这崔华真是"赔了妹妹又破财"。

杨聪的开场念白是：

> 恩命受良乡，良乡好地方。
>
> 柴米油盐贱，鸡肥肉也香。
>
> 下官，杨聪，今日升堂，专问崔华嫌贫爱富逼人退婚一案，来呀！

故事就说到这里，有兴趣去看看这个喜剧吧。记得剧里面的县令和崔华，都是脸上贴小白块儿的丑角打扮。

这个故事发生的明代，当时的良乡县城就在现今良乡镇政府附近。不过，在汉代时就有了良乡县，那时的良乡旧城并不在后来的位置，而是位于北京城西南房山区窦店镇西。我们到了窦店火车站了，离这个旧城就不远了。

在北京，明清时代的建筑和遗址比比皆是，可是汉代保留下来的就不多了。刚过去的丰台只有一个汉代的大葆台，而在窦店也保留了一处汉代的良乡土城，很珍贵啦！这个较为完整的战国至西汉时的古城为长方形，分内外两层，内城为夯土打造，外廓是堆积的土围。内城东西长约1100米，南北宽约860米，外郭东西长约1200米，南北宽约960米。西南转角处尚存高达8米的城墙，底宽约17米，顶部宽约2.5米，夯土层次明显。城内靠西墙有子城一座，长方形，东西长约400米，南北宽约300米。城内外遗物丰富，有大量豆、盆、罐等器物陶片。爱好考古或喜欢寻古探幽的朋友，可以前来一观。

到窦店，该"打尖"了。好，就请朋友们去赴大宴——"牛头宴"。这是北京最近几年比较流行或者说流传较广的一种特色美食，是户外圈、自驾圈以及亲朋好友周末聚会时经常会品尝的美食。

房山窦店的同顺斋食府是一家清真餐厅，经营牛头宴，食者都感觉制作考究，肉很嫩很烂很入味儿，堪称正宗。相对来讲价钱也是最低的，这应当和窦店的品牌肉牛养殖场和清真肉联厂有很大关系。

食客对同顺斋牛头宴吃喝的攻略是这样介绍的：同顺斋面积很大，有很多个包间，同时还有烤全羊、烤羊腿以及各色清真美食。一般第一次吃牛头宴的人去之前，都是慕名和充满了好奇的，有些人看了网上照片会感到很恐怖，特别是上面插满了刀子，其实那只是餐前每人一套的餐具，大家特意拍出来吓唬人的。真实场面很温馨的，牛头肉的味道也十分可口。

要吃牛头宴的牛头需要提前一天预订，因为需要很长的加工时间。牛头分档次：大的480元、中的380元、小的320元。另外还有什么带皮的，比一般的还要贵一个档次。这牛头宴最适合大拨的人去吃，十几个人去，平均下来每人也就五六十元，十分划算的。

窦店同顺斋食府老板叫仉富刚，最近在北京电视台专门介绍过他的牛头宴。哈，一个大牛头40多斤，单手提溜起来，很威武的。同顺斋食府在京石高速窦店出口下高速，沿107国道往北100米即到，交通十分便利。不过，咱们乘火车来的，就不用那么费事了，下车不远就到。

燕初都在琉璃河

有关北京的历史和故事当然很多，有一种说法"五朝建都四朝少"，什么意思？就是说在北京历史上曾经有五个朝代建都于此，即辽、金、元、明和清，其中四个是少数民族为统治者的。但这个说法并没有包括周朝春秋战国时的燕国；五胡十六国时期的前燕、后燕、北燕，国号均为"燕"；以及中华民国的北方政府，称北京；中华人民共和国的首都北京。如果统统算进来，北京也是九朝建都了。"北京建都始于燕"，这个燕国最早建都的地方，正是我们现在经过的琉璃河。

有资料这样介绍：燕国先后建过五座都城，其中有三座都在今日北京的地域内，即燕初都、中都和上都。20世纪60年代以来，北京的考古学家发现并发掘了今北京市房山区琉璃河镇董家林村的周初燕都古城和黄土坡燕国墓地以后，人们才确认这座古城就是燕国的初都。春秋战国时期的燕中都，就是西汉的良乡县城。这座古城，据历史学家的考证和考古学家的田野发掘证实，它应当就是今北京市房山区窦店镇西的"窦店古城"。燕国的上都，就是自商至汉魏以降的蓟城。它的具体位置，大约在明清北京内城的西南边沿和北京外城的西北部。初都与上都，就是我们首都北京的前身。

如此说来，燕初都在琉璃河，应该是最早的燕国国都，而燕吞并蓟后迁都到现北京内城一带的蓟都为上都，那么蓟都和蓟国怎么摆？也算一个都城吗？这个问题好像也有争论。啊，历史问题也够复杂的了，咱不是研究历史的，听听故事而已啦！不去讨论它了。

琉璃河西周燕都遗址博物馆，位于北京西南50公里处的房山区董家林村。遗址东西长约3.5公里，南北宽1.5公里，已发现一座商周古城址和300多座西周墓葬、11座车马坑。对北京历史感兴趣的朋友，应该前去参观一下这北京最早的都城是什么模样。

　　说完了历史，再说个传说吧，就是琉璃河的名字怎么来的。据说是因为古时有个皇帝路过琉璃河，正是傍晚的时候，皇帝从轿子里看到南门外的一条河波光粼粼，于是说了句："这河水怎么跟琉璃瓦似的？"这句话被当时随行的大臣听到了，皇帝是金口玉言呀，于是就把这条河命名为"琉璃河"。

　　传说的事不可深信，下面的说法倒是有道理。北魏郦道元《水经注》认为琉璃河即圣水，所以古代又称琉璃河为圣水河。琉璃河又有刘李河、六里河、留李河等别称。因此地居住有刘、李二大姓，故称刘李河。由于河水"澄清澈底，朗若琉璃"，"以形色相转注"，于是又改"刘李河"为"琉璃河"。琉璃河之名最早见于北宋大中祥符间（1008—1016 年）路振的《乘招录》。

　　在中国佛教中，琉璃的地位非常特殊。《药师琉璃光本愿经》曰："愿我来世，得菩提时，身如琉璃，内外明澈，净无瑕秽。"琉璃是一种人格、一种精神、一种境界。看来琉璃河"与佛有缘"呀！

　　有河当然就有桥，琉璃河大桥就位于琉璃河北的京石公路上。是房山区境内最大的石拱桥，其规模仅次于卢沟桥。琉璃河又名大石河，流经这里东行，汇入拒马河，每到汛期，原建木桥常被冲毁。嘉靖十八年（1539 年）修此石桥，嘉靖二十五年建成。石桥南北向，横跨琉璃河上，全长 165.5米，宽 10.3 米，高 8米余，共 11 孔，中孔最大。拱券正中雕有精美的兽头。桥体全部用巨大的石块砌筑，桥上建有实心栏板和望柱，其上均雕有海棠线等纹饰。嘉靖四十年（1561 年），向南北两方督修路堤。

石经山

堤宽 19.8 米，高近 4 米，总长约 2000 米。堤面铺以巨型条石。为传说中的五里长街。琉璃河石桥是北京地区保存较为完整的、值得一看的古代石桥之一。

我们乘火车过来，还应该说说铁路。我们走的是京广线，琉璃河车站从这里分出一条线路，连接了北京到原平的京原线，并有支线通往房山。北京房山区有许多古迹和历史遗迹，从琉璃河沿这条线过去，你可以拜访周口店的北京猿人，还可以去"不开眼的房山县"看看。

不过，我推荐你去云居寺参观那里保留下来的古代石经，看看石经山那些藏经洞。这里的石经始刻于隋大业十二年（616 年），僧人静琬等为维护正法刻经于石。刻经事业历经隋、唐、辽、金、元、明六个朝代，绵延1039 年，镌刻佛经计 1122 部 3572 卷 14278 块。如此大规模刊刻，历史跨越长久，是世界文化史上的壮举，堪与闻名寰宇的万里长城、京杭大运河相媲美，是世上稀有而珍贵的文化遗产，其历史地位极高。看罢，你一定会为历代信佛之人的虔诚和毅力所感动的。

1971 年 12 月 7 日，451 次近郊旅客列车和 837 次货车在京广线琉璃河站发生尾追相撞的重大行车事故，机车车辆冲上站台、摧毁站房，铁路职工和旅客死亡 14 人、伤 22 人，京广铁路正线中断行车 1 小时 40 分。那只是个慢速的近郊列车，另一列也只是货物列车，损失程度就如此巨大。那高速运行的高铁出事故，造成的损失更难想象了。

这次事故出在"文革"中。许多铁路用鲜血换来的规章制度都被破坏了，造成如此惨烈的事故，教训是深刻的。

走到琉璃河时，想起了琉璃河车站曾经发生过的列车重大事故。也想起 2011 年铁路发生在温州的 7·23 大事故。铁路出事故是经常会出现的，关键是要找出真正的原因，杜绝今后事故的再次发生。

安全正点在铁路运营中永远是第一位。如今进入了高铁时代，仍然需要坚持这个原则。因为它关乎着旅客的生命。

走出北京回头看

离开琉璃河车站，再往前行就离开北京市的范围了，也就是说，我们就告别北京了。还回头看什么呀？是不是有点莫名其妙？这是因为，前面就是一个铁路上的特殊地点，"永乐乘降所"。

看到永乐乘降所就得往回看了。因为我们从北京站一路出来，介绍的都是车站，恐怕是把乘降所之类的铁路处所丢掉了，应该在这里重新补上。但有一点要说明，从这里开始往广州去，可能还有许多这样的处所，有的已经不使用或已经消失了，但它们确实存在过。不过不能一一介绍了。

在介绍乘降所之类的铁路处所前，回头看还有一个问题要说明一下，那就是关于"京广铁路"。京广线的称呼是 1957 年武汉长江大桥修通后，将原来北京到汉口的"京汉铁路"与广州到武昌的"粤汉铁路"连起来，才有了今天的"京广铁路"。

有朋友问，1957 年前，坐火车到广州要在汉口倒车吗？其实不用，火车要分解开来，推到叫"轮渡"的大船上去，到长江对面，再组合起来继续开往广州。

在北京西站没有建成前，旅客们都是以北京站为起点的。那时，北京站开车经北京南站、丰台站、长辛店，就一直下去了，全长 2324 公里（也有资料显示 2326 公里）。我们这里运行的路线就是这样走的，原因是为了多介绍北京出来的这几个站。

现在北京西客站建成后，大部分由京广线进出北京的旅客列车是经"西长联络线"进出北京西站。西长联络线是指北京西站至京广线上长阳村线路所的联络线，又称西良联络线（因长阳村线路所位于良乡站和长辛店之间），这样北京到广州的距离就是 2289 公里了。

火车提速后，从北京西站开出的车，一站就到涿州，其他小站都停办客运业务了。所以，我们这里谈的都是怀旧的意味。如果再不谈，多少年后恐怕这些小站早就消失在人们的记忆里了。这不，下面要说的乘降所就是要提前消亡了。

什么叫车站？大家都知道是买票上车、下车和发运、领取行李的地方，而在铁路内部还有更细的分工。车站的真正定义是"有配线的分界点"。又根据其业务量分出特等及一至五等站。

铁路上还有没有配线的分界点，就是线路所和信号所。它们是设有行车人员的，但只办理行车业务，不办理客货业务，没有客货业务人员。

那"旅客乘降所"就更简单了，它是设在区间内旅客乘降地点，只办理旅客乘降。这里没有信号的制约，亦不设行车人员，不办理行车作业，因此不起将线路划分为线段的作用。在乘降所停车列车及时刻，由列车运行图规定。旅客乘降所一般不设客运工作人员，当然更不办理行包装卸等客运业务。旅客在这里上车后，需要买票，由列车上的补票员办理。为保证旅客乘降方便，乘降所设有站台及平过道。在单线区间，一般设置一个位于正线居民区一侧的站台，在双线区间，一般设两个相对布置的站台或两个交错布置的站台。在一些线路所和信号所也根据需要规定列车有停点，让旅客上下车，起到"旅客乘降所"的作用。

为什么要设这些乘降所？是铁路在靠近居民点的

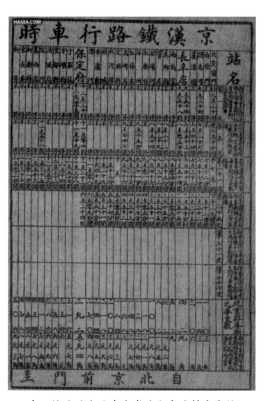

京汉铁路时代就有南岗洼和永乐村乘降所

某些区间、名胜古迹、旅游地点以及城市市郊有较多客流产生的地段，为方便旅客乘降及职工通勤，才设置了乘降所。有的也由线路所和信号所代用。

一部分乘降所的主要利用者是铁路职工，尤其是自然环境较差、不通公路的大山里面的乘降所，那里一般设有为维修线路的养路工区。往往是为了养路工的孩子和家属出来就学、买粮和日用品。有时，我想在那些条件差的地方工作的铁路员工就好像居住在深山里的村民，现在政府都开始动员那里的山民们搬出深山老林了，我们的员工也在逐步解决这个问题。

现代化的交通工具和公路的完善已经在将那些通车不便的地方打通，乘降所的作用也在慢慢地弱化和减少。我们的员工也会如同国外的铁路工人乘汽车去区间工作，而不必要一定居住在只有乘降所才是唯一外出工作的地方了。

还是回头看一下我们走过的线路上现在还有或前不久还存在的乘降所吧：1.西道口乘降所（西道口本身就是线路所）；2.西道口至长辛店间的二七厂北厂乘降所；3.长辛店至良乡间的南岗洼乘降所；4.琉璃河南站至涿州间的永乐乘降所。

南岗洼这个地方很古老了，在清朝末年的时刻表上，它是以车站形式出现的。在南岗洼附近，近些年发掘出一座古桥，是明代时建的，埋在地下两米深，因此保护的非常完好。古桥离长辛店站不远，值得一看。

北京南大门涿州

涿州是北京的南大门，早年就是商旅发达的地方。前面说到涿州的"京"与"精"，正是说明这里的人文荟萃，这里的人们见过世面。并且这里也是市井繁华和有人文历史的所在。

涿州有名的古迹有双塔。坐火车时注意看就能看得到。南塔称智度寺塔，建于辽太平十一年（1031年）；北塔称云居寺塔，建于辽大安八年（1092年）。两塔均为舍利塔。双塔相距约300米，平面均为八角形，都是仿木楼阁式砖塔。智度寺塔高44米，共五层；云居寺塔高55.69米，共六层。智度寺塔位于云居寺南侧，俗称南塔。塔内多处设迎风、采光口，回廊墙壁上有佛龛，现保存完整。双塔是中国现存辽塔中保存较少的楼阁式砖塔，完全模仿木构楼阁，做工精细，在建筑史上有比较大的影响。

人们都知道《三国演义》里的刘、关、张"桃园三结义"。那桃园就在市内的大街上，不过已无迹可寻了。张飞的老家是这里，开过肉铺，有张飞庙，还有张飞井的遗址。刘备也是这里人士，不过他的家乡楼桑村在松林店，那里

有一火车站，下一节
再谈。

按说，刘、关、张
"桃园三结义"，刘备卖
草鞋、关羽卖枣，没什
么制造美食的可能。张
飞是卖肉的，这肉应该
让张飞为后人创造点
福利吧？还别说，真有
一种美食，可惜不是产
在涿州，而是四川的。

涿州火车站

也有道理，后来他们哥儿仨不是入川了嘛。只是弄不懂，那张飞是卖猪肉
的，《三国演义》第一回上写得清清楚楚——卖酒屠猪。而那四川美食竟
然是"张飞牛肉"。哈，也许张飞到了四川，看到那里的牛多，就改宰牛
啦，也未可知。

说一个传说：涿州古城年代久远，传闻甚多。一说黄帝车裂蚩尤，部
分尸骨弃于涿地，故古城修筑时，西门凹入，为避蚩尤尸骨之孽。涿州
古城又称"凹字城"。不过，城墙早没了，也看不出凹不凹了。还有，这
"涿地"说得有点含糊。那黄帝大战蚩尤是在河北北边的涿鹿，那里的蚩
尤坟就有好几个呢。这涿地大概不是在这里的涿州吧？蚩尤的尸骨能埋在
这里，也是后人的传说而已了。

改革开放以来，涿州的发展更快了。由于紧靠北京，也迎接来不少企
业和事业单位的选址落户。其中在 1990 年 8 月，中央电视台的一个拍摄
基地就选择在北京南 48 公里的涿州市码头镇，这是中国规模最大的一处
为影视拍摄提供场景和制作服务的场所，也是一处突出影视特色的新兴人
文景点。涿州影视基地总占地面积 2197.3 亩。我曾经有幸参观过。

中央电视台分别在国内建有四处影视基地，分别是江苏无锡、广东南
海、山东威海和河北涿州。据说涿州这个基地是迄今为止接待摄制组最多

的。拍摄过《唐明皇》《武则天》《三国演义》《西游记》《上官婉儿》《大明宫词》《汉武帝》以及《中国命运的决战》等。

影视城内的建筑包括外景区——通过拍摄大型历史剧《唐明皇》建造的唐代景区，占地150亩，其中有许昌城楼、徐州城楼、荆州城楼、建邺城楼和成都城楼以及汉王宫、太子宫、宰相府、知府院等。

为拍摄80集大型电视连续剧《三国演义》而建设的汉代景区，占地20余公顷，由魏、蜀、吴3条街和4座城楼组成，汉代的各种建筑在其中都有展示。其中的4座城楼和200米长的长城建筑群，古朴淳厚，巍峨壮观，参观中让人感到又回到了东汉末年刀光剑影战火纷飞的岁月。

城中充满了汉代市井气息。宫殿、庙宇、茶楼、酒肆、烟花柳巷、蜀街、竹楼茅舍。建筑物多以商店、面铺和市楼为主。魏国街道整齐，质朴威严，雄浑庄严而粗犷，两旁建筑或凸或凹，曲折掩映，充分体现了三国时北方的建筑风格。吴街是临河而建，多是木质结构，体现了吴文化和江南秀色。

更有《三国演义》中的铜雀台仿建，建筑气势宏伟，惟妙惟肖。这个建筑群由三个台组成，中间是铜雀台，左侧是玉龙台，右侧是金凤台。殿宇百间，建筑群里金碧辉煌，规模宏大，空中跨桥尽显夺目之势，呈现出古朴、凝重的风格。

铜雀台景区

还有两个内景区，各为1200平方米的摄影棚。而传统民居区主要为剧组演职员解决食、宿问题。

如果有机会去涿州，一定要去这个影视基地参观。运气好赶上拍摄电视剧，就大饱眼福了。

三义宫在松林店

涿州站南去 10 公里是松林店站，始建于 1912 年。当初为什么要建这个站？我想除了当时建火车站的间距基本都在 10 公里左右外，还因为它靠近三国刘备的老家楼桑村这个著名景点。

刘备的故里有号称涿州八景之一的"楼桑春社"。读《三国演义》，你会知道刘、关、张三人初次见面的地方是在涿州县城里的张飞住宅附近，三人结义也是在张飞的后花园里。前面提到过，那桃园在市里的桃园大街上，现已无迹可寻了。这楼桑村就是刘备的老家。后人为纪念他们，在这里建了三义庙，（也称三义宫）并建了桃园。

记得 20 世纪 60 年代初坐火车从石家庄去北京上学，每每车快到松林店站时，都会远远的望见列车前进的右方，平坦的庄稼地里有一处高台，上面郁郁葱葱，似一棵或一片树木。有人告诉我，那即是"大树楼桑"。

可惜，三义宫在"文革"中被破坏了，大树是否还在？但即使还在，如今铁路的两旁建筑猛起，没有空间留给你坐在火车上去欣赏那不花钱的景色了。

历史上的三义宫，始建于隋代，唐、辽、元、明、清代均有修葺，距今已有 1400 多年的历史。明正德三年（1508 年）武宗皇帝朱厚燳亲赐玺书"敕建三义宫"，整座庙宇规模宏大，气势雄伟，文化底蕴丰厚。曾是华北地区最大的木雕塑像群，宫内古柏参天，高大俊秀，人物塑像栩栩如生。历代帝王、将相、文人、墨客争相来此，徘徊瞻眺，流连忘返。

遗憾的是三义宫被毁于 60 年代末期。1996 年涿州市旅游文物局按以前的建筑布局、规模又进行了修复。重建后的三义宫，采用以前明代传统三进院落布局，由外向里依次为山门、马神殿、关羽殿、张飞殿、正殿、退宫殿、武侯殿、少三义殿，按原有形式内塑 87 尊塑像。其中"少三义殿"供奉了刘备不争气的儿子刘禅以及关羽之子关兴与张飞之子张苞。这倒让人想起了成都的蜀丞相词。

"丞相祠堂何处寻，锦官城外柏森森"，诸葛亮的祠堂旁边建有刘备墓和刘备的祠堂，据说这是全国首例君臣合祭的建筑。这里也有"三义庙"，但是没有类似涿州的"少三义殿"，更找不到其子刘禅的任何踪影，却在"三义庙"里塑了其孙子，也就是刘禅第四个儿子刘湛的像。

有一出戏文"哭庙杀家"讲到了这样的故事。由于刘禅昏庸无能，不能守基业，当魏军兵临城下时，刘禅选择了开城投降。这段耻辱的历史多被蜀人所不容，最初成都三义庙里是有刘禅塑像的，但他的像在宋、明两代几次被毁，后来就没有再塑。而在蜀汉后主刘禅降魏时，其子刘湛却到刘备墓前哭拜，杀掉家人后自杀身亡。刘湛被称颂为刘备的忠孝子孙，所以成都的三义庙里为刘湛立像与刘备同祭。

桃园

看来中国南北方的炎黄子孙们对同一历史事件的文化认同，略有区别。为什么在涿州有"少三义宫"，刘禅端坐中央，旁边还有关兴、张苞侍立？而成都的三义庙里，刘禅不得容身呀？大概在三国的争战中，魏灭蜀，北方人是胜利者，认为刘禅投降，蜀"和平解放"，老百姓少受战争之苦，评价刘禅之举是深明大义，为老百姓甘愿背负历史的责任，值得赞扬。当然，在中国"投降"就是大逆不道、没有骨气的事，所以不能被大多数人所认同。

中国的文化，中国的历史，博大精深。这历史上的是是非非，谁能说的清楚呢？

车过河北高碑店

为什么本题中特意标明"河北"？因为叫"高碑店"的地方有许多，北京的东面沿长安街过去不远就有个高碑店。河北的高碑店火车站在铁路内部过去是有个说法的，那就是它不属于原来的北京铁路分局管辖，属于石家庄铁路分局的范围。不过，如今这个划分已经没有意义了，在铁路"跨越式发展"中，分局一级已经撤销，分局的界限不存在了。但事情总是不停变化的，新中国成立以来，建分局和撤分局，上上下下已经折腾有三次了。谁知道何时又恢复呢？

为什么这地方称为"高碑店"，似乎有两种说法：一是北宋年间，大宋国和大辽国常年打仗，高碑店一带是辽宋征战的地方，杨家将曾在这一带驻守边关，留下了很多的地名都和杨家将有关系。这里的村庄叫某某"营"的很多，其中还有大将孟良驻扎的大营，今叫孟良营。后来辽宋议

高碑店火车站

和，把高碑店、雄州、霸州一带设为边界，是当时辽宋的分界线。并在这设立两国交易的地方，叫"榷场"。辽宋在现在的高碑店立下了四块界碑，分别上书"辽南宋北"四个字，意思就是这里是辽国的南面，宋国的北面，也就是边界的意思。再后来，这个地方逐渐繁华起来，形成的市镇就叫"高碑店"。

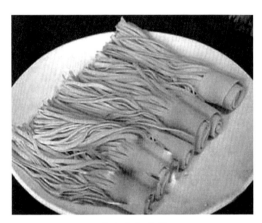

高碑店豆腐丝

另一种说法是：高碑店又名驻跸庄。驻跸，指皇帝出行时在沿途暂住之处。据历史资料记载，在这个地方原为纪念元世祖忽必烈时代的宰相安童建有石碑一座。至治年间，元英宗巡游打猎至此，俗呼此地为"高密店"（那可是高级保密的事了）。更在石碑南侧接见安童的后人，一起追忆过石碑主人。进一步说明此处确有过"石碑"，但不是"辽南宋北"的分界石，而是纪念安童的石碑。但后来的历史进程中，"高密店"地名演变为"高碑店"，也被人们认可了。据有关诗文中考察，安童的石碑在清代还存在，不过已经倒塌毁坏了。

安童是元世祖忽必烈的宰相。据元明善撰写的碑文所载，安童资质聪敏，深得民心。中统二年（1261年），朝廷平定了一场叛乱，俘虏了1000多名叛党，忽必烈要将他们全部杀死。当时安童任环卫之职，年仅16岁，却敢于进谏："两国之争，彼安知有陛下？且甫定神器，不推旷荡恩德而奋私憾杀无罪之人，何以安民侧？"忽必烈听后非常惊奇，认为安童少年老成。他听从了安童的进谏，没有杀这1000多人，并且从此十分器重安童。至元二年（1265年）安童官拜光禄大夫中书右丞相。后来虽兢兢业业，但不时与忽必烈意见相左，几次贬之复用。至元三十年（1293年）正月，安童病死于京师，年49岁。忽必烈十分悲痛，派重臣监护其丧事。立"东平王安童碑"于新城县。

新中国成立后，高碑店镇隶属新城县，位于新城县城西北 35 里之处。因京广铁路路经高碑店镇，其地交通发达，而新城县城却无此便利条件，"文革"后县政府便迁往高碑店镇办公。如今高碑店已经是高碑店市了，属于保定市管辖。

到高碑店不能不吃当地的特产"豆腐丝"。长期以来，高碑店的豆腐丝被过往客商品尝食用，并带到全国各地。特别是 20 世纪七八十年代，乘火车在高碑店的站台上，卖豆腐丝的生意很红火。高碑店的豆腐丝、符离集的烧鸡、保定的酱菜……那可是当时这些火车站的头牌商品呀！

高碑店的豆腐丝是由制作豆腐进展来的。据说从汉代起，高碑店一带庙宇道观非常多。随着佛教道教的兴起，佛门道教中人吃斋食素风行。当地的人们就开始制作和食用豆腐。于是，豆腐片、豆腐干、豆腐脑、豆腐丝等豆制品也应运而生。在众多的豆制品中，豆腐丝则以其浓郁的香味，乳黄的色泽，柔韧的条股，制作的精细而别具一格，成为一种地方风味食品。高碑店的豆腐丝做出名声，距今已有 300 多年的历史了。据查，它原出自当地姓贾和姓王的两家，现在仍从事豆腐丝加工的贾、王两家传人，已是第七代。他们采用成熟饱满的大豆做原料，经过筛选、浸泡、磨浆、煮沸、除渣、凝固、压片、切丝、卤煮、捆把等十几道工序，才卤制成具有独特风味的五香豆腐丝。因五香豆腐丝柔韧有弹性，素称"豆腐筋"，是素食中富有营养、清香可口的上品。

相传清朝在易州（今易县）修建了西陵后，皇家来这里祭祀时，也要食用高碑店的豆腐丝。据记载，高碑店的豆腐丝曾作为一道名贵菜肴，在清代宫廷里供帝王公侯食用。

清朝铁路"政治秀"

詹天佑

说到清西陵，就引出了京广线在高碑店一条铁路支线。别小瞧这条铁路线，那才是真正的由中国人自己设计、施工的第一条铁路线。建造者正是大名鼎鼎的詹天佑，而且詹天佑修这条铁路早于后来的京张铁路许多年呢。不过，这是一条为慈禧太后和光绪皇帝去河北易县的清西陵而修的"祭祖铁路"，线路也短，政治因素太强烈，于是很少有人提起它了。这条铁路还在，并且时有运营。

要了解这条铁路，先听段故事：八国联军攻入北京城，慈禧与光绪逃到了西安。待签订了丧权辱国的《辛丑条约》后才打道回京。1902年元旦那天，慈禧与光绪正在"回銮"路上。慈禧惊魂未定地对帝、后及大臣们说："此次劫难，多亏列祖列宗神佑，回銮后一定要祭祖。子孙不孝，使大清帝国遭此涂炭，自当去请罪。"随发懿旨，"东陵、西陵自应亲行恭谒"。

1902年4月，慈禧与光绪就去谒祭了东陵。来回路上，费时费事。由于慈禧已年近七旬，颇畏长途劳顿之苦。由于，慈禧在"回銮"路上乘了一段火车，那时京汉铁路刚修到正定，慈禧一行就是在那里上的车，在保定停留后，到当时的马家堡火车站下车到北京的。于是，慈禧觉得能有条铁路去西陵岂不更好？此时，主子有难，奴才自当效力。就有一人站出来，献了一个修筑祭祖用的"新易铁路"的主意，此人就是时任直隶总督兼北洋大臣的袁世凯。袁的奏请正中慈禧的下怀。

1902年10月19日，慈禧召见军机大臣传谕袁世凯："皇帝明年春天要去西陵祭祖，若是从新城县高碑店接造一段到易县梁各庄的铁路，往来方便，也可简去地方上迎送的麻烦。着袁世凯速即派员覆勘估，克日赶办。只是限期六个月，你等小心用事，不得耽误大事。"

袁世凯接到上谕，自然拼命巴结，全力以赴，不想刚开始就遇到麻烦。原来，袁世凯聘请曾修建唐胥铁路的英国工程师负责新路的测量和修筑，并已筹集了白银 60 万两。但这一决定却遭到法国人的抗议。法国驻北京的公使以新易铁路在京汉铁路的高碑店接轨，应称京汉铁路支线为由，声言京汉铁路是法国借款修建，支线就应该由法国工程师承担。英、法双方互不相让，致使袁世凯左右为难。最后英、法双方总算同意委任一名中国铁路工程师，争议才算结束。袁世凯委任了詹天佑为新易铁路的总工程师。

詹天佑是中国铁路建筑史上一名著名的爱国工程师。后来由他主持勘测、设计并主持施工建成的京张铁路，为当时备受帝国主义列强凌辱、欺负的中国人民大大地争了一口气。

当詹天佑接受修建新易铁路的委任时，由于英、法两国的争执耽搁了时间，距离清王室祭祖的日期只有四个月了。但是，在詹天佑的带领下，全体中国工程人员不仅克服了地表冻结、材料短缺以及运输上的困难，而且突破了国外筑路经验，保证了铁路在四个月内顺利竣工。

1903 年 4 月 5 日，慈禧太后和光绪帝后及王公大臣们由永定门外马家堡车站出发，沿京汉铁路南下至高碑店，折而沿新易铁路西行，当天即到达梁各庄行宫。4 月 6 日，慈禧一行在祭祖之余又乘兴游览了沿途名胜。4 月 7

新易铁路

日即原列沿新易铁路到高碑店，再折而向南，沿京汉铁路去了保定。在保定玩乐了八天，才于4月15日乘火车北上返回北京。这是慈禧乘火车时间最长的一次，也是她第二次和最后一次乘坐真火车。

有文章说，晚清时期当过慈禧太后"侍从女官"的德龄著过一部《御香缥缈录》，书中描写了慈禧坐火车去奉天（今沈阳）谒陵，据考证并无此事。

新易铁路一直保存到抗日战争期间，后在1937年到1945年间被分段拆除。20世纪末，随着旅游事业的发展，当时的北京铁路分局与有关方面合作，修复并开通此线，开行了假日旅游列车。

回顾历史，想当年慈禧太后下懿旨，抢修"祭祖铁路"。詹天佑不愧是优秀的铁路工程师，他突破了"路基需要风干一年才能钉道"的国外筑路经验，采取边垫路基、边铺铁轨的应急措施，在建设过程中破除迷信，打破国外惯例，加速了工程进展。保证了铁路在四个月内顺利竣工。但这无疑是一场迎合慈禧的私欲而修筑铁路的"政治秀"。比起后来仍然由詹天佑主持修建的"京张铁路"，虽然都是中国人自己出资、自己设计、自己修建的铁路，意义却大不相同了。京张铁路才真正是中国人的骄傲。

定兴、固城、北河店

有朋友说跟你游走，一路向南，是不是走得太慢啦。有点像小脚女人，这样走何时到广州呀？想想也是，如此一站一站地磕头，是太慢了。那咱们走快点儿，这次一下走三个车站好了。

定兴县在保定地区是十分有名的。小小的县域境内，在京汉线建成后有三个火车站，分别是定兴站、北河站、固城站。可见当时定兴县的重要与繁华。

当初为什么能建成三个车站，其道理不言自明，因为该县境内地势平坦，土层深厚，拒马河、北易水、中易水三条河流自西向东横贯全境，水资源丰富，水文及工程地质条件良好。该县全境南北长 23 公里，东西宽 31 公里，总面积为 710 平方公里，耕地面积为 4.93 万公顷，农副产品资源丰富。

已经不再使用的定兴火车站

不仅如此，定兴县历史悠久。秦置范阳县，属上谷郡，治所在今固城。金大定六年（1166 年）始置定兴县，取"大定兴盛"之意，治所在今定兴城内，沿用至今。定兴文化底蕴丰厚，人杰地灵。战国时期就出过名臣郭隗、侠士高渐离，西汉谋士蒯通，东汉诗人郦炎，东晋名将祖逖，唐朝诗人卢照邻、贾岛，元代蒙古汉军兵马大元帅张弘范、戏曲家王实甫，明代南京兵部尚书王尧封、散曲家薛论道，清代军机大臣鹿传霖。近代又有现代诗人张秀中，中国第一个女试飞员张秀梅等这些定兴人。

公元前 310 年，燕昭王在此筑黄金台，开创了"招贤纳士"的先河，被后人广为传颂。燕太子丹于易水送荆轲刺秦王，高渐离击筑伴奏，荆轲和律高歌，在此留下了"风萧萧兮易水寒，壮士一去兮不复还"的千古绝唱。记载北魏葛荣、杜洛周起义的"义慈惠石柱"自北齐天统三年（567 年）建立以来，距今已有 1400 多年历史。还有位于城内的慈云阁，气宇轩昂，此外还有银台、卧龙岗等古迹。历史悠久、物产丰富，人员来往自然频繁，建三个车站就顺理成章了。

有人描述：当年火车站最繁忙的时候，汽笛声此起彼伏，旅客来来往往，出租车招揽客人，生意人讨价还价。不大的三个火车站竟然隐隐有大都市的风范。车站旁边的旅馆、饭店不用说是生意兴隆。同时还有一个我们现在很陌生的行业——出租自行车，也是当时一道亮丽的风景线。几十辆二八型自行车，有"凤凰""永久""飞鸽"等名牌，更多的是不知名的杂牌自行车，在车棚里整齐摆放着，把你身份证留给看车的人，就能租一部当时比较现代化的交通工具了，租车费是半天五毛钱……

然而，时过境迁。随着"跨越式"的铁路发展，"高速"的突飞猛进，小车站没落了。

正像有人描述的：而今出租自行车的棚子已经没有了，旅馆、饭店关门的关门，转行的转行。忙碌的装卸队大门已经破败斑驳。众多的小买卖人也随着远去的汽笛作了鸟兽散。昔日繁荣的火车站就只剩了两把铁将军，冷清的过道和台阶长满了荒草。只有铁道旁边站牌站一直没有变。几十年过去了，这几个水泥的站牌一直这样站着，见证了火车站从繁荣到衰败，不知道它还要这样站上多少年……如今这些车站周围的老百姓与火车无缘了。要乘火车必须赶几十里路去高碑店，去保定搭车了。

写到这里，想起如今人们经常说的两句话："身体走慢一点，让灵魂跟上。"在高速发展的同时，还需要关注历史文化的保存，关注当地居民现实的生活需求。

南行徐水并漕河

火车南行到徐水县，县内有徐水和漕河两个火车站。因靠近"徐水""漕河"两支河流而得名。

徐水原称"安肃"，查民国时期的京汉铁路，这里是安肃火车站，后改为徐水火车站。提起徐水，必须提起"杜康造酒醉刘伶"的传说。其实是刘伶这个酒徒来徐水探望朋友张华。故知相见，喝高了，刘伶醉死。徐水建有刘伶墓。如今刘伶成为当地名酒"刘伶醉"的代言人，在火车上就会看到刘伶的巨大塑像。刘伶生前绝没有想到喝酒也能流芳千古呀。

1958年8月4日毛泽东主席视察了徐水县，过后在全国掀起了农业"大跃进"的高潮。

保定名吃"保定驴肉"迄今已有几百年的历史。它的产生有个非常有意思的故事。据《徐水县新志》载，在宋代时，漕河是一条运粮的河。传说当时漕河一带有漕帮、盐帮两股势力，漕帮运粮，盐帮运盐，双方矛盾很深，经常兵戎相见。漕帮俘获盐帮驮货的毛驴就宰杀掉煮肉吃。这样，漕河当地就形成了吃驴肉的习惯。煮肉师傅们不断地摸索

驴肉火烧

烹调驴肉的方法，制作出大块成形，色泽红润，香味浓郁，表里如一，熟度透彻，酥软适口的驴肉。于是，诞生了如今的"漕河驴肉"，对外都是以"保定驴肉火烧"面世。风靡河北与京津。

保定不止"三宗宝"

"保定府，三宗宝，铁球、面酱、春不老。"铁球就是握在手里的健身球，面酱不用说了，就是做炸酱面的黄酱、面酱；而"春不老"则是一种咸菜，也叫"雪里蕻"，北方人应该对此不陌生。

说起保定，那可是个著名的地方，保定市地处北京、天津、石家庄三角地带，素有"京畿重地""首都南大门"之称。保定是尧帝的故乡，春秋战国时期，燕、中山就在境内建都，具有3000多年历史，保定之名，寓保卫大都、安定天下之意，大都即元代时北京的称呼。

保定自古为京畿重地，元朝设郡，明朝建府，清朝为直隶总督署，此后一直是河北的政治、经济、文化和军事中心。

保定还是中国历史文化名城，文物荟萃，名胜众多。易县清西陵、满城陵山汉墓、古莲花池、直隶总督署、白洋淀、野三坡、涞源凉城、涿州影视城等。说到影视城，想起许多著名的老电影，如《小兵张嘎》《野火春风斗古城》《平原游击队》《红旗谱》《地道战》等等，都是描述保定地

区，讲保定地方故事的。

说到直隶总督府就更有名气了，李鸿章、袁世凯都做过直隶总督，袁世凯还在这里操练过新军并设陆军速成学堂和将弁学堂（后改保定陆军军官学校），这个学堂是中国近代史上第一所正规陆军军校。1912 年至 1923年期间，保定军校办过九期，毕业生有 6000 余人，当中不少人后来成为黄埔军校教官。在国民党及共产党内都有保定军校学生。若从北洋军学堂算起，保定训练了接近一万名军官，其中有超过 1600 人获得了将军的头衔。

日伪时期，保定仍是"省会"。抗战胜利后，1946 年 6 月国民党河北省政府由北平迁保定。1949 年 8 月 1 日新中国建河北省，保定仍为省会。1958 年 4 月省会迁天津，1966 年省会返迁保定，1968 年省会再迁石家庄。河北省会的搬迁，是共和国行政史上一段奇闻。

曾长期作为河北省政治文化中心的保定，自不再是省会后，总的发展趋势就缓慢了。

保定古迹甚多，也有假的。比如"沧州狮子定州塔，保定府的大裂瓜"。就是一个假文物的典型例子。

我在"文革"期间看过一篇文章，是以科技故事刊登的。说保定的一个街道上有一个突出地面的石头，本地人叫它"大裂瓜"（保定话"裂"发三声），形状似个有裂纹的瓜，比大西瓜还大些。传说是当年的燕国和赵国的分界石。还说从石边刨下去，石的根部越刨越大；于是解释为这是个山顶，下面是巨大的山体，煞有介事地以科学的名义称其谓"潜山"。说远古时代，河北地区是大海，沧海变桑田后，这块石头正好留在地面。这解释看来很是合理，我一直深信不疑，还到处宣传。殊不知，这却是个大骗局。

20 世纪 80 年代，保定城市改造，扩建街道。这石头被刨起了，原来就是一块不大的石块，根本没有连在下面的什么"山脉"。

追究起缘由，是当年一个店铺的老板因生意冷落，就埋了这块石头，编造故事，引来众多的客人，买卖得以兴隆。看来，这老板真是制作广告的好手呀！如今，这石块被放置在一个叫"鸣霜楼"的二层，去看要花两元钱。造假的产物如今不仅被保定市列为市级保护文物，而且继续创造经济效益呢！

保定的名吃美食很多，在这里重点介绍一下马家卤煮鸡、白运章包子、白肉罩火烧和槐茂咸菜。

1981 年，保定的马家卤煮鸡与金华火腿、苏州五香酱牛肉、北京苏式叉烧肉、南京板鸭等 33 个名特风味被评为"全国优质品"。可见这个烧鸡不简单。

在保定闹市名胜古莲花池旁，有个妇孺皆知但门面不起眼的"马家老鸡铺"。它是清嘉庆初年，直隶河间果子洼村有家回族马氏兄弟，因逢灾年来到保定，以制卖熟鸡为生，到第三代时家境渐富，便在闹市开了个两间铺面的"耀兰斋马家老鸡铺"。

保定马家老鸡铺

马家卤鸡以加工精细著称，所谓"宰鲜、煮鲜、卖鲜"。选择体重膘肥的散养的柴公鸡，宰杀洗净后，盘别成琵琶形。然后放入多年的老汤中，加上陈年老酱，配以砂仁、豆蔻、丁香、肉桂等 18 种名贵药材，以及花椒、大料、小茴香等调料。煮鸡的时间火候按鸡龄长短，小雏鸡煮 1 小时，10 个月以上的 1.5 小时，隔年鸡 2 小时以上。其成品不破皮、不脱骨、不塞牙、不腻口，色艳形美，肉嫩骨酥，软而不烂，味道醇香，屡尝屡鲜，久食不厌。深受食客欢迎。200 年来，马家卤煮鸡已成为馈赠亲友的珍贵礼品，成为保定的品牌。

白运章包子是以创始人姓名命名的，在河北、京津乃至周边省份享有盛誉。白运章（1880—1944），保定人，回族，1924 年在保定马号开了家包子铺。包子铺主售包子，还增加了菜肴品种，承制各种熘炒涮肉，一跃成为保定一流的大饭庄，名噪一时。1926 年大总统曹锟回到保定隐居，曾到这里品尝包子，大加赞扬，很多军政要人、社会名人、著名艺人纷纷光临，当年京剧大师梅兰芳就曾"三顾白运章"。

白运章包子用料讲究，牛羊肉必须是鲜嫩的肥瘦相宜的花羔肉，定点购用小磨香油，选用优质面粉。做法也独具特色，包子皮烫面制成，做出的包子皮薄、边窄、馅大、油多，形状像铃铛，隔皮能看到馅，把包子拿起来一晃，成肉丸的包子馅能在里边晃动，咬一口，沁人肺腑，吃起来可口不塞牙。

白肉罩火烧也是保定的名吃之一，清末民初时保定有家肉铺，经营廉价的猪头肉罩火烧，很受穷人欢迎，后来起名义春楼。冯玉祥自幼家境贫寒，总到义春楼吃猪头肉罩火烧，对该饭馆产生了好感。他当上将军后，每次回到保定必到义春楼吃白肉罩火烧，有时用大车拉上运到营盘驻地，让官兵们品尝，从此义春楼的白肉罩火烧名声大振。

义春楼今已不存，但白肉罩火烧依然存在，依然正宗。

最后说说槐茂酱菜。这酱菜有什么说的？前面说过保定的三宝，"铁球、面酱、春不老"，这面酱和春不老两项就出自酱菜行。保定有一个被宋太祖赵匡胤赐名"神泉"的保定城西"一亩泉"，而这一带是我国著名的小麦产区，充分保证了制作出优质的面酱，同时酱菜也出名了。槐茂酱菜是因店旁有一株古槐而取名"槐茂"。

被宋太祖赵匡胤赐名"神泉"的保定城西"一亩泉"，已有 340 多年的历史。1671 年，由北京迁来保定的赵氏夫妇在西大街开办酱园。取名"槐茂"，借喻生意兴隆茂盛。由于该店产品酱香浓郁，脆嫩爽口，很受百姓欢迎。1903 年，慈禧太后去易县参谒西陵，回途驻跸保定，尝了尝当地官员献上的槐茂酱菜，赞不绝口，并赐名"太平菜"。自此槐茂酱菜名声大噪。

记得小时候槐茂酱菜是用一种柳条编的小篓装的，那篓贴有油纸，咸菜汤是流不出来的。酱菜的品种也很多，五香疙瘩头、酱象牙萝卜、酱地露、酱三仁、酱黄瓜、酱藕片、糖蒜等，据说如今有 50 多个品种了。

西汉墓与访舜桥

从保定车站南行 12 公里是于家庄车站，再南行 13 公里是完县火车站。按现在的地区分制，这两地方还是保定市管界内，分属保定市的满城县和顺平县。顺平县原来称为完县，据说是改革开放后可能有人理解"完"字不雅，影响当地招商引资的缘故才改为顺平。

京广线在满城县界内是有一大段路程的，设于家庄站是因为附近有个于家庄。而完县站的名称由来就有点意思了。原来这个站最初的名字叫方顺桥站，是因为附近有一个很著名的古桥叫方顺桥。新中国成立后，在区域划分上发现，这个车站的位置却处在完县东南角的一个突出的位置上，跨京广线不过几百米的地界，而方顺桥是属于满城的地界，于是，方顺桥火车站的站名从此取消，改为完县车站了。

而方顺桥的名称由来却有故事，一说这里有个从完县的祁水流入满城

方顺桥

的方顺河，方顺河的桥就叫方顺桥了。二说，尧帝当年认为其子丹朱没有接替自己的能力，于是出来访贤。在这里遇到耕地的舜。尧帝看到天晚了，地还没耕完的舜竟然会做牛的"思想工作"，说老牛呀，赶快耕吧，耕不完，我俩都不能回家吃晚饭了。果然那牛就奋力耕完了地。于是，尧认为舜既然能做牛的工作，那一定能够做好人的工作了，于是舜就被尧帝定为接替自己的人选了。这里的桥就有了"访舜桥"的名字。后来，"访舜桥"又演变为"方顺桥"了。故事嘛，听听而已吧。不过，方顺桥还在，作为古迹可以去参观了。方顺桥建于隋文帝开皇年间，长约150步，两旁石栏雕刻精美。据说，距方顺桥数里有尧帝之子丹朱的故居，名郎城。恐怕如今不好考证了，大概没有什么踪迹可寻了吧。

由于原来的方顺桥火车站在完县境内，方顺桥在满城，于是火车站改名为完县火车站，这对于提高完县的知名度是大有好处了。记得原来完县火车站周围是很荒凉的。后来逐步把这跨铁路不多的地面发展成新楼林立的繁华地带了。在车站对面还矗立了一座尧帝的塑像，标明"尧之故里"的字样。

但是，铁路在这方面没有跟着县城的改名把完县火车站也改为顺平火车站，也许是铁路的跨越式发展没有顾及到它，完县小站也如同其他小站一样忽略不计了。也许有人想到，完县"无厘头"地改为顺平，说不定哪一天还会改回来呢，到时就省事啦！

说到于家庄火车站，就提到满城了。过去一提起完县和满城都是说"完满二县"。我想当初给这两个县起名时，一定有"完满"的寓意。

据资料显示，过去于家庄附近古迹、风景也有不少，如燕郭隗的故里、抱阳山的摩崖刻字和古寺，估计都消失了。但一个"文革"中新的考古发现，却成了本地区著名的旅游胜地，那就是满城西汉古墓。这两处汉墓为人工开凿的山洞，是西汉中山靖王刘胜及其妻窦绾之墓。刘胜墓全长约52米，最宽处约38米，最高处约7米，由墓道、车马房、库房、前堂和后室组成，窦绾墓和刘胜墓的形制大体相同。两墓的墓室庞大，随葬品豪华奢侈，共出土金器、银器、铜器、铁器、玉器、石器、陶器、漆器、

丝织品等遗物 1 万余件，其中包括
"金缕玉衣""长信宫灯""错金博
山炉"等国宝，曾经轰动一时。

　　这个古墓的发现有点像西安兵
马俑的发现，西安那里是一个老农
民一镐头刨出来的，满城这里是一
炮崩出来的。那是在"文革"中
"深挖洞、广积粮"时期，部队挖
战备工程，无意间发现了刘胜墓。
周总理亲自批示开挖，郭沫若老先
生亲自去考察。这里有个故事，显
示郭沫若有一定的真才实学。郭老
在看完刘胜墓后向附近巡视一遍，
在一处有些塌陷的地方停下来，告

长信宫灯

诉考古人员在这里再探下去，这里应该是刘胜妻子窦绾墓。果不其然，在
那里发现窦绾墓。原来，汉制的礼葬中，夫妻是分居的。前面提到丰台火
车站附近的大葆台古汉墓，也是王和后的墓是分别两个，相隔不远。郭沫
若知道这种礼俗，所以也就不难分辨了。我去参观过这个汉墓。令人吃惊
的是，当时没有火药来开山，完全是用火烧山石，然后浇冷水，利用"热
胀冷缩"的方法把洞一层层挖出来。这需要多少人员和功夫呀。

　　完县是尧帝的故里，也是西汉初年陈平的封地，那时完县叫曲逆。因
为这里有条河，弯弯曲曲的，故名。陈平就被汉高祖封为"曲逆侯"。司
马迁作的《陈丞相世家》里有一段话："高帝南过曲逆，上其城，望见其屋
室甚大，曰：'壮哉县！吾行天下，独见洛阳与是耳。'顾问御史曰：'曲逆
户口几何？'对曰：'始秦时三万余户，间者兵数起，多亡匿，今见五千
户。'于是乃诏御史，更以陈平为曲逆侯，尽食之，除前所食户牖。"

　　　　　曲逆洛阳两相望，汉时媲美共辉煌。
　　　　　高祖惊呼比大郡，封侯陈平史书扬。

猜地名 "远看北京"

20世纪60年代，我在北京上大学。每遇寒暑假结束，乘火车由京广线回北京时，每每路过这个小火车站，都会想起一个谜语——"远看北京"。顾名思义，这个地名和这个谜语的谜底很贴切——"望都"，遥望首都嘛！

望都站处于望都县，但这"望都"县名并不是"遥望首都"而来的。它的由来有如此的说法：望都又名庆都，以帝尧母亲的名字来命名，为帝尧放勋诞生之地。汉代以前称庆都，汉代改名为望都，到唐代又称名为庆都。直到清乾隆皇帝巡游五台山，回驾路过庆都参拜尧母陵，因县名与尧母同名，又改为望都县至今。这就是说，庆都是帝尧母亲的名字，原来此地是以尧帝的母亲名字命名的，后来被乾隆皇帝改回望都了。那为什么有望都的名字呢？

相传，在原始社会末期，这里居住着华夏民族古老的一个部落，部落首领系黄帝四世曾孙帝喾，其第三妃陈锋氏女以地氏为名曰庆都，于三阶前丹陵生尧，故称尧母。尧12岁受封于陶为诸侯，15岁改封于唐，16岁从诸侯为天子。这就是我国历史上所说的唐尧虞的帝尧。尧幼时随母寄居伊祁山，被尊为天子后，伊祁山改为尧山，后人称伊祁山为太子庵。这里要注意了，伊祁山在完县（顺平），于是完县也是尧的故里。不过，也有一说，帝尧就出生在今顺平的伊祁山。

张晏《汉书》注云：

望都火车站

尧山在北，尧母庆都山在南，尧母登尧山，望都（孤）山曰望都，望都县以此得名。也就是尧母在北面的尧山望自己曾经居住的南面的都（孤）山。于是，产生了"望都"的名字。得，"远看北京"的谜底，连方向都错啦！

尧母故里

　　尧母故去后于此故有尧母台。汉章帝元和二年（85年）祀尧母于成阳灵台，号曰"灵台大母"。从此以后，历代尧母陵、尧母祠连续重修不断，到明清时代最为兴盛。后来历经劫难，只留遗址了，现在可能又会因旅游的发展大兴土木了吧，有机会去拜访一下！

　　望都自古物华天宝，土肥水美，素有"珠泉万斛之乡"的美称。据县志记载，明朝燕王扫北以后，为补充人力，恢复生产，从山西移民至此，带来辣椒籽种，辣椒从此落户望都。由于望都土壤肥沃，微量元素含量较高，再经世代望都人的筛选提纯，培育出了独具特色的望都羊角椒。它形似羊角，色泽深红，皮肉厚，油性大，辣度适中，香味浓郁，是当地，也是河北的一大特产。

　　这样算来，望都种植辣椒已有400多年的历史。中国有望都与山东益都、四川成都并称为中国辣椒"三都"之说。望都是我国北方有名的辣椒生产、加工集散地。其椒以色泽纯正、辣素、香素含量高，肉质厚等特点在海内外享有盛誉，被誉为中国辣椒"三都"之首。

　　这种说法对吗？大概湖南可能有些不服气了，辣妹子之乡竟然没有入选，真难想象呀！

明月清风过定州

"明月清风过定州"是一句古诗。定州南面有个明月店，北面有个清风店镇。有古人路过此地，有感而发，写出了这句诗。

修建京汉铁路路过此处时，从南到北依次是明月店站、定州站和清风店站。明月店距离火车站有五公里远，而附近的寨西店只有一公里，不久明月店站就被寨西店站取代了。

清风店属于定州管界，解放战争时期著名的清风店战役发生在这里，那是一场运动战的典型战例。为随后解放石家庄战役的成功奠定下基础。

定州是个著名的古城。战国时为中山国都，公元400年始称定州，后历代设州置府。2005年被联合国地名专家组中国分部命名为"千年古县"。

"沧州狮子定州塔，正定府的大菩萨"。定州塔原名叫"开元寺塔"，建造于宋代。定州塔是中国现存最高大的一座砖木结构古塔，高约84米，有"中华第一塔"之称。北宋时，定州军事地位十分重要。开元寺塔"扼贼冲，为国门户"，登之可了望契丹，以料敌情，故又称"料敌塔"。

定州眼药膏是全国闻名的特产。据说400多年前，定州有位马金堂眼科大夫，苦苦探索出一种"眼药膏"。此药疗效好，价格低。于是"定州眼药"很快闻名华北大地。1919年，马家12代传人马岐山南迁武汉，招牌上定名为"马应龙眼药"，成为汉货精品。上世纪80年代，发生了一个带有传奇色彩的故事。一农民在痔疮发作时难以忍受，便将"马应龙眼膏"涂于患部应急，痔疮竟然慢慢消失了。于是，"马应龙眼药"第14代传人马彩丽立即组织研制出"马应龙痔疮膏"。据说东南亚的华人患了痔疮，首选用药就是"马应龙痔疮膏"……

有消息称，美国前总统尼克松访华期间，特地打听过"马应龙药店"。

前面说过的保定铁球，定州产的也很出名。也曾经将铁球赠送给美国总统里根。有一段时间。定州火车站的站台上，里根手握定州铁球的大幅广告很引人注目。

中国古代瓷器有"官、哥、汝、定、钧"五大名窑之说，其中定窑主要产地在今曲阳县的涧磁村及东燕川村、西燕川村一带，因该地区唐宋时期属定州管辖，故名

定州料敌塔

定窑。定窑原为民窑，北宋中后期开始烧造宫廷用瓷。

至于明月店改名后的寨西店，百年前对这里的描写是"境内多沙，远望平原累累坟起者皆沙岗也。"是个贫穷的地方。不过，这里倒也有一名吃，王宗熏肉。其用传统工艺，配祖传秘方，配以陈年老汤，屠鲜猪肉，经蒸煮、浸制、熏烤而成，味道鲜美、香而不腻。熏制产品还包括猪肘、猪蹄、鸭、鸡、猪耳、驴肉等。

"定州焖子"也是定州名吃。由精选的瘦猪肉和定州特制的山药粉面（红薯粉面）灌制而成，经过熏制，不肥不腻，香味浓郁。

定州还有一种全国罕见的、多数人闻所未闻的特色小吃，名字叫"碾碾转儿"。旧时代农民在青黄不接时，为了救急，忍痛把即将泛黄的大麦穗割剪下来，放入锅里焖熟，揉搓后簸去糠皮和麦芒，用石磨碾压，从石磨的缝隙里涌出来。一个个寸许长、打着卷儿的麦线，像碎线头一样，绿绿的、黄黄的，透着缕缕麦香的"碾碾转儿"。上屉蒸熟后再晾干，可以久存不坏。吃的时候用开水泡软后拌食，同样麦香浓郁。如今人们把这种辛酸的记忆变成了市场化需要的特色小吃，也体现出一种旅游观光的文化本意。

曾有站名东长寿

离开寨西店南行，一连有三个小站，依次是承安铺、新乐和新安村。这个顺序的排列与 20 世纪 80 年代以前是不一样的。那时的顺序是新乐、东长寿和新安村。这样，除了新安村站名和地点没变外，原来的新乐站挪到了东长寿车站，而东长寿站的站名就消失了，原来的新安村站改名为承安铺站了。这个缘由是因为新乐市的建立，政府机构从原来的承安铺镇搬到了东长寿，车站的站名也随着改变了。

虽然东长寿这个站名没有了，但东长寿还在，现在是新乐市的一个街道了。东长寿原来是两个村子，分别是东长寿和西长寿。长寿的名字来历有两种，一是这里有座山叫长寿山，于是它附近的两个村子就是东长寿村和西长寿村了。二是，这个长寿名字的来历跟武则天有关，传说是武则天曾经躲难于此。后来，她指令在这里建了长寿村。到底哪个对，也只是传说而已了。

承安铺这个地方不简单，原是新乐县府所在地，历史悠久。曾经是一座真正的城池，有东西南北门和厚厚的城墙。也曾有驿站、牌坊、衙门、学堂和各种大小碑座及石雕数座。可惜在"文化大革命"期间被糟蹋一空。到现在为止，只有一座破旧的学堂还在，位于承安镇中学的院内。虽然后来经过国家文化部门的整修，但已经失去了当年的风采。

承安铺也算交通发达，紧临 107 国道和京广

新乐伏羲台

铁路线，东临京港澳高速
公路。当然有火车站，但
已经没有客运了；就是将
站名改为新乐的原东长寿
站，也遭到同样命运了。

东长寿

　　新乐地区有一个著名
的古迹叫伏羲台。传说伏
羲和女娲是一对兄妹，天
下遭洪水，人类灭绝，他
二人漂泊到新乐这地方。为传沿后代而兄妹成婚，繁衍了后世。伏羲台就
是祭祀人类先祖的地方。而且伏羲在这里还演绎了"八卦"，于是，这里成
为八卦之乡。不过，也有认为这台是"义台"，乃是古代演习礼仪的地方，
据说神农氏炎帝生于此。繁体字"義"被后人误认为"羲"了，所以就有
了"伏羲"曾经生活于此的传说而已。不过，现在仍然是把伏羲台当作很
重要的古迹保护起来的，而且香火极盛。

　　新安村车站就没有什么说辞了，望南行就快到正定府。过去听老
人讲，古代设府衙是有规矩的，也就是现在说的标准化，叫"府见府，
二百五"。"二百五"可不是开玩笑的话，是说府与府之间的距离基本
是250华里。北京原叫"顺天府"，东边天津府就是250里。顺天府往南
250里是保定府，保定府往南250里是正定府。正定府往南250里是顺德
府（今邢台），顺德府往南250里是彰德府（今河南安阳）。这一连串的
"府"，相互之间的距离基本上符合这个标准。

正定是个好地方

　　《三国演义》里有个常胜将军，常山赵子龙。常山就在如今的正定。
正定是国家历史文化名城，地处冀中平原，古称常山、真定，历史上曾与

赵云故里

北京、保定并称"北方三雄镇",它是百岁帝王赵佗、常胜将军赵云故里、中国民间艺术之乡。正定历史悠久,名胜古迹众多,文化积淀深厚,享有"古建筑宝库"的美誉。

1958年,毛泽东主席在天津接见正定县委书记时说:"正定是个好地方,那里出了个赵子龙。"这句话曾被制作成巨幅"语录牌",矗立在107国道进入正定的路口。

正定是古城,古迹名胜特多。就塔来说就有唐代建筑的华塔、开元寺钟楼和须弥塔、天宁寺凌霄塔、临济寺澄灵塔等好几座。临济寺是佛教禅宗"五叶流芳"后的一个重要宗派临济宗的祖庭。

更有"京南第一古刹"之称的隆兴寺——大佛寺,是我国现存时代最早、规模最大、保存较为完整的古建筑群。寺内21.3米高的铜铸大悲菩萨是全国最高的古代铜佛。兴隆寺里古迹众多,许多文物堪称全国之最:除铜菩萨外,还有被古建专家梁思成先生誉为世界古建筑孤例的宋代建筑摩尼殿;被鲁迅先生誉为"东方美神"的倒座观音;我国早期最大的转轮藏;被推崇为隋碑第一的龙藏寺碑;我国古代最精美的铜铸毗卢佛。

近几年,正定又出土了千年赑屃和全国最高大的残碑,重新记忆起一段历史,就是被石敬瑭杀害的安重荣。

"赑屃"是传说中

正定开元寺和出土的赑屃与残碑

的一种动物，"龙生九子不成龙"之一，外形像龟，民间俗称"王八"。旧时大石碑的石座多雕刻成赑屃形状，也有俗称"王八驮石碑"的。龙的九个不像龙的儿子各有所好，赑屃善负重，好文字，所以驮石碑，而且都抬头，眼睛望后上方看，那是在读碑文。

2000年6月22日在正定城内府前街，出土了一巨大赑屃残碑基座，长8.4米，宽3.2米，高2.6米，重107吨。随赑屃出土的还有一座重约14吨的巨型碑首，其造型呈二龙戏珠状，两只龙爪酷似鹰爪，中间是火焰状的缠枝花形宝珠，花纹清晰。同时出土的还有留有文字的碑身碎块。据说号称"中华第一碑"的华山碑座也只有4.8米，可想而知，这碑立起来得多大，这才是"中华第一碑"呢！据专家多年的考证，已确定此碑为五代的后晋遗物，距今1200余年，具有极高的文物价值，是国内罕见的艺术珍品。现移至正定开元寺内，供游客观瞻。

根据碑文以及后唐五代时期有关史料考证，建造此碑的主人可能是安重荣。

安重荣，五代后晋朔州（今朔州）人。小字铁胡。自幼有膂力，善骑射。后唐长兴年间，为振武巡边指挥使。石敬瑭起兵太原派人暗招，以巡边千骑赴太原。石敬瑭称皇帝后，授镇州（今河北正定）成德军节度使。安重荣虽系武夫，但通晓文吏之事，在任期间勤于政事。对后晋高祖石敬瑭与契丹约为父子、当儿皇帝并割让幽云十六州，以为"此晋之万世耻也"，曾上表直斥。石敬瑭固执己见，不听劝谏。安重荣后起兵反晋，大败，被杀。

在中国历史上，五代十国是一个群雄并起的动荡时期，安重荣控制真定后，目睹一个个帝王都是凭借武力以藩镇节度使起家，已经兵强马壮、羽翼丰满的安重荣，心态悄悄起了变化，自己要当皇帝的野心也是不可避免的。这尊"赑屃"很有可能就是安重荣在这个时候建造的，用来为自己歌功颂德，如此空前绝后的体量，说明他已毫不掩饰称帝之心！这巨大的石碑在安重荣被杀后，作为"僭越"的证据当然不能保留，于是被石敬瑭下令劈倒深埋了，1000年后才得重见天日。

历史上的石敬瑭，为当皇帝不惜出卖民族利益，认贼作父，对契丹称臣、割地、纳帛，致使中原老百姓陷于水火之中。后晋文臣武将中唯有安重荣自恃忠心，旗帜鲜明地反对石敬瑭奴颜婢膝的投降政策，痛斥他饮鸩止渴的卖国行径，力所能及地保护北边诸族部民，遏制契丹人的狂妄野心，这种抵抗外族侵略的爱国心与民族气节，值得后人称颂。

正定城内，20 世纪 80 年代因拍摄电视连续剧而建的场景"宁荣二府"等，如今也是观光客们游览的必到之处。

说起正定火车站，有一段历史要讲一下。1902 年初，当时的京汉铁路修到了正定。慈禧太后和光绪皇帝为躲避八国联军逃到出京城，去了西安。后来签订了屈辱的卖国条约，才得以再回京城。这次选择了在正定登上火车的。正定火车站也算是"接驾"了一次。

正定这个地方在铁路的建设史上，错过了一个大好的机遇。就是当年修建正太铁路时，为了节省工费，避免在滹沱河上多架一座桥梁，设计者和决策者们改为在现在石家庄的地方与正太铁路起点。这一决策，使得一座火车拉来的城市石家庄拔地而起，而正定还是正定，如今成为石家庄市属的一个县了。

"正定美食三绝"是马家老鸡、八大碗和崩肝。

马家老鸡由马家老鸡店在正定世代传承已有 140 多年了。2011 年，商务部公布了全国第二批"中华老字号"，其中有"马家老鸡"——石家庄马氏中发食品有限公司（注册商标：真定府）。著名节目主持人崔永元曾在《实话》一书中实话实说："河北正定有一个作坊生产马家鸡，我差不多全国各地的烧鸡都吃过，但是这个马家鸡，虽没有名气，如果以我的口味为准的话，它是中国最好的。"

"八大碗"讲究上八仙桌，每桌坐八个人，上八道菜，清一色的大碗，由四荤四素组成。四荤为方肉、酥肉、扣肘、肉丸子，四素为豆腐、海带、粉条、萝卜。按照严格的程序和工序操作，其技艺主要在选料、刀功、火候的掌握以及配料的选择上下功夫。特别是"三蒸"——将肉碗装好后，上笼屉大火蒸两个小时，不放任何佐料，而后将肉中蒸出来的油倒出来；接着再用小火蒸一个小时，还是不放任何佐料，而后再将蒸出的油倒掉。蒸了两次并不算完，在吃之前将多种佐料熬成的汤加入每一个碗中，再上笼屉蒸一至两个小时，这样才能使肉碗具有特有的味道。素碗不用蒸，大锅炖好直接盛到碗里就行。是不是挺麻烦？这可是"真功夫"呀！

"崩肝"二字说出来的话，一定要儿化音，叫"崩肝儿"。你要字正腔圆地说出"崩肝"，会把正定人弄蒙或大笑不止。做崩肝选用优质黄牛肝，经过高温蒸煮和卤制，切成极细的丝，用油炸透，再用香油调拌。其色泽酱红，条索细匀，香味扑鼻；入口则有牛肝特具的鲜香，口感特别筋道。耐嚼细品，回味无穷，实为佐酒、下餐之佳品。正定寻常百姓家都将崩肝当家常便饭。可要知道牛肝的组织结构较为松散，一刀一刀切成整齐一致的细丝，再用油炸，全过程做到不断不烂，可是件手艺活。只能佩服正定人不简单。传说崩肝的出现与唐朝大将郭子仪在真定打仗，将一锅牛肝做砸，意外得到美味有关，这样说来，崩肝有 1000 多年的历史了。

火车拉来的城市

过了正定，还有一小站，叫柳辛庄，接着就是河北省会所在地的石家庄火车站了。石家庄是华北重镇，在这里要多待一会儿，多聊一些。再者，我生在石家庄，长在石家庄，父母和几个弟弟妹妹都在石家庄，真是乡情、亲情浓浓。

石家庄市真是火车拉来的

100 多年前，石家庄是个只有 100 多户人家、不足 600 人的小村庄。为什么叫石家庄？有人说是因为最早村里人都姓石，也有人说因为当初只有十户人家，开始叫"十家庄"，后来转化为"石家庄"。谁说的对，已无从考证。又有专家研究出，明代"燕王扫北"，为对付元朝的残余势力，在正定附近屯兵，建立"正定卫"。于是有了什么"留营""袁营"等一些屯兵点，石家庄也应该是当时的屯兵点。明朝建国后，这些屯兵点也逐渐转化为村子了。我认为最后这种说法应该可信。当初村民可能石姓居多，但到 20 世纪初时，石家庄村没有一户姓石，于、殷姓为大姓，现在石家庄市还有于家角、殷家湾等地名。

石家庄能发展成大城市，完全是历史的机遇。20 世纪初，清政府利用华俄道胜银行贷款（1904 年 2 月，日俄战争中俄国战败，华俄道胜银行将正太路借款合同转让给法国巴黎银行公司，铁路债权遂为法国所有）和由法国总工程司勘测修筑正太窄轨小铁路。铁路的起点原计划与已经修建的卢汉铁路（后为京汉）在正定接轨的，但是为了避免在滹沱河上再架桥的困难，便改在滹沱河南面接轨了。最初接轨点在柳辛庄附近的柳林铺，后来才定在石家庄这个位置。又由于石家庄村太小，建站时开始的名字用了附近一个较大的村子"枕头"的名字，可枕头离此处还有一段距离，后来就改为石家庄了。而柳林铺也不知何时变成柳辛庄了，大概柳辛庄比柳林铺离铁路近一些的原因吧。

由此，石家庄成了京汉、正太两条铁路的交会点。而京汉线的标准轨铁路与正太路的小铁路不同轨，双方运输的货物要倒装，急剧增加了装卸工人和短途运输，同时也带动了其他第三产业的兴旺。随着铁路运输的繁忙，石家庄就这样逐步发展起来。

日本侵占华北期间，为了掠夺山西的煤炭资源，不仅把正太小铁路扩建成标准轨铁路，还抓紧修建了石家庄到德州的德石铁路，将京汉铁路与津浦铁路连接起来，石家庄的发展更快了。

新中国成立后，石家庄以它方便的交通，华北的中心位置，不仅成为交通中心，也发展成纺织工业中心和制药工业基地。

由此说来，石家庄是名副其实的"火车拉来的城市"。

石家庄成为河北省的省会也是几经周折的。河北历史上称为直隶，封建社会时，保定历来是直隶行辕所在。新中国成立后，保定先是河北省会，后来省会迁到天津，60 年代初又迁回。"文革"中的 1968 年 2 月，为成立河北省"革命委员会"，省会迁到石家庄，一直保留至今。

石家庄无疑是河北的经济文化中心。但它还是个新兴城市，城市中最古老的建筑是火车站的铁路大石桥。改革开放后石家庄的发展令人注目。城里修了一条民心河，使这个从没有河的城市有了水；全市建了十几座有文化品位的主题公园……石家庄的建设正与它的省会地位越来越匹配。

石家庄有什么特色的东西或自古流传下来具有地方特点的文化，确实挺难回答。因为石家庄是"火车拉来的城市"，天南海北各地方的特色就都汇集在一起，特色的东西就难找了。有人说石家庄是个"移民城市"，似乎也有道理。但就我个人的体会，石家庄还是有它的与众不同之处的。

石家庄历史上隶属于获鹿县（今石家庄市鹿泉区），因此获鹿的特点就明显地表露出来。首先，石家庄的地方方言就有它的特点。如"行"说成"粘"，"这件事行不行？"石家庄人说："这件事粘不粘？"如果你到了石家庄，去集市上就会在与郊区的小贩讨价还价时听到。石家庄人说话的发音，后面的词多采用去声，因此听起来有些"侉"。

其次，石家庄人耿直、爽快、好争论。他们把争论叫"抬杠"，把好争论的人称为"杠头"。我的考证是，石家庄人这种特点的形成与佛教在石家庄地区的长期流传有关。研究佛教的人应该知道佛教的禅宗到六祖慧能时，分成五个流派，叫做"五叶流芳"。其中临济宗的祖庭就在石家庄的正定县，那里有个临济寺。而临济宗的传承方法，则是以辩论的方式让信徒们加强思考。在辩论时，对方手持一把棍棒，大声地催促你快回答，号称"棒喝文化"。现代的成语里有"当头棒喝"即来源于此。所以，长期以来，石家庄人就把在生活中经常辩

石家庄火车站

论习惯化了。也因此石家庄在"文革"期间落了个"左家庄"的名声。其实，石家庄人的好辩论，多是较真或说道理的，而非"胡搅蛮缠"。听石家庄人"抬杠"有时是一种"享受"。不知，去石家庄能不能遇上一场。

再次，石家庄由于是河北省会，省内各种文艺形式都汇集在这里。特殊的是，京剧在石家庄的流传要早一些，这与"四大须生"之一的奚啸伯及其后代长期落户在此有关。其他如河北梆子、评剧、吴桥杂技等也在省会大展身手。属于石家庄自己的本地剧种只有"丝弦"。新中国成立前，"丝弦"这个剧种只有男的唱，后来加入了女角，有一种称呼叫"女儿腔"。声音高亢、抑扬婉转，拖腔多用假嗓。初听不习惯，但认真听下去，回味无穷。

石家庄市的由来

石家庄市曾经叫石门市，那是在20世纪的20年代。叫石门的原因是因为当时根据这里发展要称市了，而此地已有两个较大规模的镇，一个是石家庄，一个是休门（石家庄人将"休"读作qiu，音秋）。因此就各选一字为"石门市"。

1947年11月12日，华北野战军解放了石门市。朱德总司令在解放石门市后，十分激动地作了一首七律《攻克石门》：

> 石门封锁太行山，勇士掀开指顾间。
> 尽灭全师收重镇，不叫胡马返秦关。
> 攻坚战术开新面，久困人民动笑颜。
> 我党英雄真辈出，从兹不虑鬓毛斑。

在解放石家庄之前，进行了一场清风店战役，俘虏了石家庄守军司令、国民党第三军军长罗历戎。罗是黄埔军校学生，与聂荣臻有师生关系，又同是四川津县人。他要见聂，聂也接见了他。罗除了表示认真改造外（罗于1959年得到大赦，并成为全国政协委员），还"送给"聂一份"见面礼"，是他组建的50多人军乐团的档案名单。聂接受后，千方百计找到他们，从中选出40多名队员，并在此基础上又增加了新学员，建立

了军乐队。到北京后又接
收了北平警察局的军乐队，
组成了 200 人的军乐团。
这个军乐团在开国大典的
阅兵式上，按毛主席"奏
我们自己乐曲"的指示，
演奏《义勇军进行曲》。后
来，该乐团发展成千人军
乐团，那是后话了。

解放石家庄

　　1947 年 12 月 26 日，为消除敌伪时期对石家庄的影响，经晋察冀边区
中央局批准，改石门市为石家庄市，那时石家庄市人口近 19 万。

石家庄的饮食特点与特产

　　这个真是很难谈，因为石家庄移民城市的特点，应该说是汇集了全国
"南甜、北咸、东辣、西酸"的各方面的口味。既是如此，它也有一个基
调。我想基本是山东、山西和河北的混合特色，再加上自己的特点。

　　石家庄人以面食为主，早年间，粗粮多，玉米面和红薯（石家庄人称
为山药）是主粮，而石家庄人基本不蒸"窝头"，而是蒸"饼子"，将玉米
面和水，捏成片状的饼，立在笼屉里上锅蒸。蒸出来长、扁、圆、条，因
人而异，并无定制。当然，面条、饺子、馒头、烙饼、疙瘩汤都是主食，
还有菜盒子、菜团子、春饼、饸饹……

　　石家庄的菜式应该是属于鲁菜系，只是没有山东的海鲜，以鸡、
鸭、猪牛羊肉及下水为主。有名的饭店可能不少，"中华饭庄""燕春饭
店""燕风楼""中和轩""保定食府"等都较出名。据说石家庄也在创造
冀菜系，有一个代表作"金毛狮子鱼"很有特色。此外，石家庄清真美食
"金凤扒鸡"、燕风楼的"猪头肉"、美味斋的火腿肠、"中和轩"的清真菜
等也是很有名的。

　　石家庄的地方特产有赵县的雪花梨、晋州的鸭梨、赞皇的大枣、藁城
的宫面等等。但这些都是附近县的特产，石家庄本身真没有什么值得夸耀

的特产。有人最近编了石家庄"三宝"叫"修鞋、饼子、大山药",实在是很牵强的,而且用心不良。"饼子、大山药"前面已介绍了,怎么能算特产?而"修鞋"更无道理,实际上是套用了新中国成立前"破鞋"的说法,对旧时石家庄贫穷与混乱的讽刺而已。

石家庄的小吃倒可以介绍一下:有特色的首推"缸炉烧饼",那是用瓦缸制成的烤炉烤制出来方型、死面带芝麻的烧饼,别具风味。

"牛肉罩火烧"或"牛肉罩饼"也是石家庄有名的小吃。这里需要先将"火烧"与"烧饼"的区别说一下。一般北京人认为"烧饼"是带芝麻的,"火烧"是不带芝麻的。当然,各地可能有所不同,石家庄靠近北京,因此和北京的习惯是一样的。"火烧"是可以用牛肉汤去"罩"的(就是用热汤煮或浇在火烧上,使之软后,切碎食用),大致的意思和北京的"卤煮火烧"相似。"牛肉罩饼"就是把火烧改成烙饼了,进饭馆落座后要报"几罩几",牛肉在前,烙饼在后,"二罩三"就是二两牛肉、三两烙饼;"三罩二"就是三两牛肉、二两烙饼。我听我小弟弟讲了一个笑话:他带着女儿去吃牛肉罩饼,小姑娘不想吃肉,说"零罩二",跑堂的伙计愣了一下,随即爽快报出,端来一碗热气腾腾的"肉汤罩饼",可见石家庄人的热情与憨厚。

我想重点介绍一下石家庄金凤扒鸡。

2006年,商务部公布了全国第一批"中华老字号"434家,其中河北省8家,为首者"金凤扒鸡"——石家庄洛杉奇食品有限公司(注册商标:金凤)。

"金凤扒鸡"原名"马家扒鸡",始于1908年,回民马洪昌夫妇在石家庄大桥街开了一家马家鸡铺,做出来的扒鸡风味独特。虽然当时的店铺很小,但生意格外兴隆。后历经改进,成为名闻遐迩的风味美食。

"马家扒鸡"对原料鸡精挑细选,再通过冲洗、整理、别致造型等多道工序,用蜂蜜对整鸡进行上色,经严格控制的油温将产品炸至金黄色,再用陈年老汤加入18味名贵的既是香辛料又是中草药的作料焖煮十几个小时。扒鸡店虽几经变化,但直到现在还是沿用百年老汤。每天清汤,将浮油和陈渣去除，加续新料。配方属秘方，过去一直是单传，清除的渣子都要用火烧掉。即使是现在，配方也只有个别人知道，制作时由专人负责配料，其他人回避。

"马家扒鸡"一直坚持前店后厂作坊式的生产方式，1956 年公私合营后，在 30 多年的岁月中，一直是石家庄市的畅销、紧俏商品。市民们买鸡都要早早起来排队，很多出差到石的外地人也要捎回一两只作为礼物带给亲戚朋友。每当热气腾腾的扒鸡出锅后，店内店外总是挤满了顾客。因为每天供不应求，去晚了的顾客还常常买不到。

1983 年，大桥街扒鸡店迁址扩建，并在第二年正式注册了"金凤扒鸡"商标，寓意"鸡窝里飞出金凤凰"，盼望能如凤凰涅槃，让老字号走出石家庄，走出河北，冲出国门，再获新生。

"金凤扒鸡"优点多多、特点多多：选料精、造型俏、炸的匀、煮的久、焖的烂、易脱骨、色形美、香味厚、味道正、最干净、易储存、易携带、宜冷餐、可加热……再说，就要流口水了。

石家庄的旅游资源

市内旅游可先去毗卢寺，是最靠近市中心的寺庙，而且里面的壁画很有价值，据说是描绘了儒、释融合的理念。还有说里面有唐伯虎的真迹。一定去看哟！

第二处是赵陵铺的赵佗公园，这里有汉初南越王赵佗的"先人坟"。

史书上记载赵佗是真定（今河北正定）郡人，当时真定郡的治所就在今石家庄市长安区东古城村，这里也是赵佗的出生地。我小的时候家住石家庄市新华区人民公园（现在是儿童活动中心）附近，距北面十来里路有个赵陵铺的小村子，村外有几处荒冢。经常在夏天时，小伙伴们结伴儿到那里去逮蛐蛐。没有多少人明白这些荒冢的底细。后来才知道，原来那里是赵佗先人墓地。汉文帝时为了稳定赵佗"二次归汉"的信心，特意派人修建的，后来就荒芜了。到 2006 年，石家庄市重修为赵佗公园，如今成为旅游胜地。

秦始皇在公元前 219 年时，原派屠睢为主将、赵佗为副将率领 50 万大军平定岭南，屠睢因为滥杀无辜，引起当地人的顽强反抗，被当地人杀死。秦始皇重新任命任嚣为主将，并和赵佗一起率领大军经过四年努力，于前214年完成平定岭南的大业。

过了13年，天下大乱。病危的南海郡尉任嚣派人把任龙川县令的赵佗召回郡治，告诉他："秦皇无道，天下百姓吃尽苦头。现今项羽、刘邦、陈胜等人分据州郡，虎视江山。虽说南海郡地处偏远，我还是担心乱兵扰侵到此，想派兵堵塞北上的新道，以观变化。南海郡东西数千里，兼得中原人相辅助，算得上一州之地，可以立国，我看郡中官吏没有一个可以说得上话的，只能嘱托于你了。"任嚣写下委任赵佗代署南海郡尉的命令后不久就去世了。还有说任嚣把女儿也许配给了赵佗。

赵佗素有雄才大略，果然不负任嚣所望。他立刻调兵遣将，北绝新道，分拒边关，又将桂林、象郡悉归控制之下，稳住岭南局面。在西汉亡秦3年后的公元前204年，赵佗自立为王，建立南越国。赵佗定都番禺城，这就是广州城的前身。赵佗在民族政策上，实行"和辑百越"的政策，提倡汉越通婚，尊重越人风俗，促进融合和社会和睦发展。

关于赵佗两次"归汉"的故事，不再细表了，总之他是开发岭南的第一人，创立了"东西万余里"的南越国并以后"赵佗归汉"，岭南正式列入中国统一的版图。

曾经到广州去参观越秀山余脉象岗的南越王墓，而这个南越王是南越国第二代王赵眜的墓葬。参观了在赵眜墓址上建起的南越王墓博物馆，墓穴是大型石室，在岗腹地下7米深处。陵墓距今已有2100多年。陵墓中有殉人15具和1000多件（套）珍贵的随葬品，尤其是雕镂精美的各种玉器，堪称汉代玉器之大观，具有汉、楚、越文化特色的青铜器也属珍稀罕见。

赵眜在位15年，他的墓室的营造技术及丰富的随葬品，真实反映了赵佗时代的生产工艺水平和当时番禺城的繁华景象。是岭南地区迄今为止发现的规模最大、随葬品最多、最为奢华的墓葬。

有意思的是，这个第二代王赵眜是赵佗的孙子，那赵佗的儿子怎么没有接班，到哪里去了？原来是赵佗活的时间太长了，他的儿子们没有活过老子。于是，只好由孙子接班啦！

赵佗在广州执政了 65 年，汉武帝建元四年（前 137 年）时，才寿终正寝。据推算，他的年龄有 101 至 106 岁之说，可真是一位寿享"人瑞"的帝王，说得上是中国之最。

不过，现在发现了第二代南越王的墓地，那第一代南越王赵佗的墓地在哪里呢？至今是个谜！

据说赵佗生前就秘密营造了墓穴，他出殡时，有四队仪仗同时向四方出发，布成一个范围很大的迷魂阵，至今还未能发现他的墓穴。

有一种说法是赵佗墓地在唐代就被挖掘了，不过此说法没有太多的证据。而最近的考证集中在赵佗墓就在越秀山下。人们有理由相信，有朝一日人们一定会见到赵佗墓的，而赵佗墓的出现也将会给广州这座历史文化名城增添更多的色彩！

在石家庄还应该去参观华北军区烈士陵园（又称和平公园），那里埋葬着大名鼎鼎的国际主义战士白求恩大夫和柯棣华大夫；还应去参观一下原正太铁路石家庄火车站的大石桥，以及纪念正太铁路工人从法国人手里收回国有权斗争胜利的"懋华亭"（在石家庄铁路运输学校内）。

石家庄周边的旅游资源很多：前面已经谈过了正定兴隆寺等古迹。

平山有红色圣地"西柏坡"。不过不是原址了，原址在修水库时淹没了，现址是后迁置的。

井陉的苍岩山，大自然的鬼斧神工打造了悬崖绝壁，更有隋炀帝的长女在此出家修行的故事，增加了神秘色彩。始建于金代的桥楼殿，是中国三大悬空寺之一（另两座在山西浑源县和云南滇池西山）。

获鹿的风光也很不错，传说也不少。莲花山有莲花庙观。白鹿泉是当年韩信用兵时，兵困无水，有白鹿出现，韩信射之，不中，箭入石缝，拔箭出水，即"白鹿泉"。抱犊寨是神奇的山寨。只有小路通山顶，四周悬崖峭壁，山上平坦可种地。大牛上不了山，只能在牛犊时抱上去，因此得名"抱犊寨"。上山时可经过水帘洞、南天门、韩信祠、韩信藏兵洞等。

获鹿抱犊寨

如今上抱犊寨和莲花山可以乘缆车了，直接到达"南天门"，安全、快捷，关键是省力。

"获鹿""束鹿"（今辛集市）和"平山"这三个名字，都与历史事件有关，是唐朝的安史之乱时皇帝下诏改的。改鹿泉为"获鹿"，就是俘获安禄山；改鹿城为"束鹿"，就是束缚安禄山；改房山为"平山"，就是平定安禄山。有意思吧。

咱们重点聊聊赵州桥吧。

提起赵县，人们会想到雪花梨、赵州桥、柏林禅寺。这是赵州人引以为傲的"梨桥寺"，也成为当下对古赵州这座千年古县最好的诠释。在这其中，赵州桥无疑是最具分量的一个。赵县因"天下第一桥"赵州桥而享誉海内外，千百年来，对赵县的历史评说也与赵州桥紧密相关。

赵州桥位居省会石家庄市东南40多公里、赵县城南2.6公里处。赵州桥学名安济桥，得于宋哲宗所赐名，意为"安渡济民"；因桥体全部用石料建成，当地又称"大石桥"。建于隋朝大业元年至十一年（605—616年），由匠师李春设计并监造，距今已有1400年的历史。赵州桥是当今世界上现存最早、保存最

赵州桥

完善的古代敞肩型圆弧石拱桥，是凝聚了古代劳动人民智慧与结晶的标志性建筑，开创了中国桥梁建造的崭新局面。

赵州桥建于洨河之上，唐代在城西关冶河上又建起一座相似的石桥——永通桥，当地人称"小石桥"。赵州桥桥长 64.40 米，跨径 37.02 米，券高 7.23 米，两端宽 9.6 米，桥的设计合理，施工技术精妙绝伦。桥只有一个大拱，在当时可算是世界上最长的石拱。桥洞像一张弓，大拱上面的道路没有陡坡，便于车马上下。大拱的两肩上，各有两个小拱。这是世界造桥史的一个创造，不但节约了石料，也减轻了桥身的重量；在河水暴涨的时候还可以增加桥洞的过水量，减轻洪水对桥身的冲击。而且大拱加小拱与桥上雕刻的古朴精致的石栏石板相辉映，使得桥身凸显美观。尤其令人称奇的是大拱由 28 道拱圈拼成，就像 28 张同样形状的弓合拢在一起，做成了一个弧形的桥洞。每道拱圈都能独立支撑上面的重量，一道坏了，其他各道不致受到影响。

据考证，如赵州桥式的敞肩拱桥，欧洲到 19 世纪中期才出现，比我国晚了 1200 多年。

小时候经常听到一首家喻户晓的河北民歌，就是《小放牛》：

赵州桥来什么人修？
玉石栏杆什么人留？
什么人骑驴桥上走？
什么人推车压了一道沟嗯哎呀？
赵州桥来鲁班爷修，
玉石栏杆圣人留，
张果老骑驴桥上走，
柴王爷推车压了一道沟么嗯哎呀。

传说鲁班造好了赵州桥，自夸坚固无比，不怕任何碾压。这时招来了神话传说"八仙过海"中八仙之一的张果老。张果老骑着小毛驴，驴背上搭个褡裢，一边装上太阳，一边装上月亮，当然看起来就好似俩灯笼。他邀上柴王推上小车，车上放着看似几块石头的三山五岳，一同来到赵州桥头。张果老问：鲁班师父，我们这些东西，你的桥能不能经住呀？鲁班一看，两个灯笼，几块石头，有什么呀？一挥手：没问题。等两位仙人上了桥，桥身便剧烈晃动起来。鲁班一看猛醒，知道得罪了神仙，慌忙跳上船，驶到桥下大拱下，一只手死死顶住拱顶。鲁班也是仙人呀，这桥好歹算是没被压塌。等张果老和柴王过了桥，鲁班连忙告罪。张果老笑曰：鲁班呀，你的桥造的不错，经住考验了，验收合格。说完与柴王腾空而去。

而今日赵州桥上，包括历代维修丢弃的遗石上，都留有张果老的"驴蹄子印"和柴王用力推车用膝盖顶出的"坑"，还有桥下拱顶正中鲁班的一个"手掌印"。而这不光是印证神话传说的装饰，更重要的是古代行车标记和维修标记——重车应在"驴蹄子印"和"坑"的里面，即尽量靠近桥路中间行驶，不然容易将外边承重力稍差的几道桥拱压坏；桥下拱顶的"手掌印"是桥的中心和重心所在，维修时或危机时将此处顶住，桥就不会散塌。

说到赵县的美食，还得说说那里的驴肉。前面过徐水时说过漕河的驴肉火烧，而赵县的驴肉也有它的特色，在赵县到处可见驴肉馆里，卖的是"固城小香驴"。固城村在赵县城南3里地，那里的驴肉特别地道。而且这"小香驴"能做出驴肉宴，宴中呈现的是驴排、驴肝、驴杂、驴焖子、驴肉水饺、驴油烙饼等等，味道实在勾人。

谁人还识顺德府

走过石家庄后，有个新的想法。不能如前面那样一站一站地死磕啦，那"猴年马月"才能走到广州呀？而且也不是站站都有故事。再者"跨越式发展"后许多站都"停摆"了，写起来也没劲了。那从这篇起，咱就"高铁"的速度啦，逢大站再停，遇有故事的车站再叙述吧。不知这样可好，试着"旅游"吧！

前面曾说过"府见府、二百五"。从北京原称"顺天府"起，到往南依次为保定府、正定府、顺德府、彰德府，相隔都在250里左右。 现在车到顺德府——邢台。

从石家庄站到邢台站，中间有许多小站，有些名字也几经变迁：平南（原称高迁）、窦妪、元氏、大陈庄、高邑、鸭鸽营、镇内、隆尧县（原称冯村）、内丘、官庄。这里面有点意思的是窦妪，火车站设在窦妪村东南1.5公里处。窦妪是栾城县（今石家庄市栾城区）的大村镇之一，村内的玄武庙、开业寺分别建于唐代和元代，规模宏伟，在附近享有盛名。窦妪村建于隋末，传说农民起义军首领窦建德之子与奶妈曾居住此地得名。窦妪的意思就是姓窦的老太婆。

还说邢台。邢台市位于太行山东麓、古黄河西岸这片独特的大山大河的结合部，处于中华民族的核心地带。邢字古通"井"，《康熙字典》说："穴地出水曰井。"古邢台百泉竞流，故称"井方"。上古时期黄帝部族曾居住在邢台一带，史称"黄帝凿井，聚民为邑"，后世邢人为了纪念黄帝的凿井筑邑之德，乃合井、邑二字为一字，即为"邢"，此为邢台得名由来。西周时，邢侯和赵成侯、赵武灵王曾先后在邢地高筑檀台，大会天下诸侯，以标信德之义。故宋徽宗赵佶乃改当时的龙岗县为邢台县，今邢台市之名即沿用于此。邢台又别称卧牛城、邢襄，历史上旧称邢国、襄国、邢州、顺德府。顺德府是元代忽必烈为旌表邢州大治之功，升为顺德府的，明清沿袭。我们翻看京汉铁路建成初年，车站的名字就叫"顺德府站"。

说了半天，可以弄明白的是，宋代有了邢台的称呼，元代升为顺德府，后来又改邢台，原来的"顺德府火车站"现在叫"邢台站"了。

邢台市有着3500余年的建城史和600余年的建都史，是大科学家郭守敬的故乡，素有"五朝古都"之称，先后做过商朝、邢国、赵国、常山国、后赵五个朝代和国家的国都。而且邢台北通幽燕，南达黄淮，西扼太行三关，东望华北平原，自然条件优越，有"鸳水之滨，襄国故都，依山凭险，地腴民丰"的美誉。那古迹和景点一定不少，而且也一定有美食！

邢台市的旅游景点有清风楼、达活泉公园、郭守敬纪念馆、邢台森林公园、邢台历史文化公园、塔林公园、火神庙、城隍庙、天宁寺、唐代陀罗尼经幢、顺德府古城墙、七里河、小黄河、牛尾河、邢侯墓、商代邢墟遗迹、豫让桥（豫让公园）、卧牛城雕塑等。

大市范围的景致更多了：紫金山、大峡谷群、天河山、云梦山、九龙峡、崆山白云洞、天梯山、张果老山、黄巾军寨、观音寨、白云山、奶奶顶、小西天、棋盘山、北武当山、广阳山、秦王湖、映雪湖、岐山湖、九龙沟、汉牡丹园、太子岩、英谈古寨、长寿百果庄园、扁鹊庙、前南峪抗大纪念馆、邢窑遗址、天台山、不老青山、寒山、普彤塔、尧山、宋璟碑、沙丘平台、义和团纪念馆、吕玉兰纪念馆、董振堂纪念馆、武松公园、京杭大运河、万和宫、蝎子沟等。

哇，古迹和景点实在是太多了，要介绍起来就是一大本书呀。简单说几个吧！

沙丘平台遗址

扁鹊庙位于河北省邢台市内丘县神头村，这里是扁鹊行医采药之地，扁鹊庙建于汉代，至今已经2000多年历史，不远还有扁鹊墓。据说是扁鹊在秦国行医被嫉妒他的同行害死，曾被扁鹊医好病的虢国太子千方百计将其头颅接回，葬在这里。是真是假，就无法考证了。

沙丘平台在邢台广宗县大平台村，那是个著名的地方，也是个古代多发宫廷政变地方。《史记》记载，商纣王在沙丘大兴土木，增建苑台，放置了各种鸟兽，还设酒池肉林，使男女裸体追逐游戏，狂歌滥饮，通宵达旦。其荒淫奢侈程度骇人听闻。战国时期，沙丘为赵国属地，赵王又在这里设离宫。

沙丘离宫这座赵国国王的行宫，在不到 90 年的时间里，见证了一代英主赵武灵王和千古一帝秦始皇，这两大帝王的生命终结。

秦始皇统一天下，东巡回来就病死在沙丘。赵高与秦始皇的第十八子胡亥及李斯合谋，秘不发丧，改诏书，下假诏，赐死太子、胡亥的哥哥扶苏，发动了"沙丘政变"，使胡亥成为秦二世；赵武灵王，曾经"胡服骑射"英名盖世一生，最终没有处理好接班人的问题，不仅使小儿子杀了大儿子，自己也被其小儿子发动了"沙丘兵变"围困在沙丘宫，以致饿死在这里了。

吕玉兰纪念馆是在临西县东留善固村，吕玉兰曾是 20 世纪 60 年代全国劳动模范，1977 年任中共河北省委书记、省革命委员会副主任。我所以对这里熟悉，是因为"文革"初期大串联时，我们步行长征，曾经到过东留善固村，还和吕玉兰合影留念呢。

邢台美食也很多，如邢台锅贴、白牌烧鸡、威县火烧、广宗薄饼、临西饼卷肉、清河菜豆腐、邢台包、黑家饺子、隆尧羊汤、临城腌肉。可惜太多了，我都没有吃过，等有机会再去品尝吧。

不过，邢台是个比较大的地方，路过这里，一口也不吃，似乎说不过去。那就聊聊我所熟悉的邢台大锅菜吧。

邢台的传统风俗中，逢年过节，婚丧嫁娶，在招待宾客的宴席中，最少不了的便是大锅菜。尤其是农村里那种很大很大的大铁锅做大锅菜。巍巍壮观，将大锅固定在一个泥抹的大灶台上，旁边是风箱。各地做这道菜一般都用猪肉、白菜、豆腐、粉条、海带等，但这里有时还加上冬瓜、土豆。肉是五花肉或者半熟的方肉或者腌熟肉，各有风味，比较起来还是生肉片现炒来得香。

锅里倒上油，灶下烧上火，风箱拉起来。油热后放入花椒，再舀上一大勺酱放入油中，用大铁铲翻炒数下。酱炒出味后，放葱、姜、蒜、肉片下锅翻炒。然后锅中添水，放入事先炸好的豆腐泡、素丸子。拉满风箱，大火把水烧开，再把切好的白菜、冬瓜、土豆放进去，加盐，水开后改小火慢炖。最后把泡软的粉条、海带放进去，炖到软熟就可以停火了。

做好的大锅菜，热腾腾、油汪汪、香喷喷，让人馋涎欲滴。当院摆上几桌，每人盛上一大碗，滴上几滴醋，就着自家蒸的新出锅的馒头，一口菜一口馒头，鲜香浓郁，美味非常！有的人会忍不住吃上三大碗，末了儿还要把碗底汤汁儿滴入口中，再咂巴咂巴嘴，打个饱嗝，摸摸肚皮——舒服！

记住，到河北邢台一定要吃大锅菜。

邢台又是历史上名人辈出的地方，如汉末黄巾起义军首领张角、中国历史上第一位状元孙伏伽、赵州桥的建造者李春、李唐王朝的创建者李渊和李世民、八仙中的两位张果老和曹国舅的原型、后周王朝的创建者郭威与柴荣、义和团领袖赵三多、元代大科学家郭守敬、红军名将董振堂、全国劳模吕玉兰、开国上将吕正操、中国改革开放的先驱任仲夷等。现代文艺界也有许多著名人物是邢台人，京剧四大名旦之一尚小云、著名书画大师白寿章、现代大作家大学者梁实秋以及电影演员陈强、陈佩斯父子和王宝强、京剧表演艺术家李胜素、相声演员赵炎，还有中央电视台著名节目主持人邢质斌和赵忠祥，等等。

还有一位，虽说是家喻户晓，但都不知道他是邢台人的武松。武松是中国古典名著《水浒传》中的主要人物，同时还是《金瓶梅》中的重要配角。此人曾一度被误认为虚构，而事实上却是跟宋江一样，历史上确有此人。

武松生于北宋年间，今河北省邢台市清河县王什庄人，在家排行第二，人称武

清河城武松公园

二郎。其武艺高强，有勇有谋，是一个下层侠义之士。《临安县志》《西湖大观》《杭州府志》《浙江通志》等史籍，都记载了北宋时杭州府提辖武松勇于为民除恶的侠义壮举。武松原是浪迹江湖的卖艺人，杭州知府高权见武松武艺高强，人才出众，遂邀请入府充当都头，不久因功提为提辖。后来高权得罪权贵，被奸人诬陷而罢官。武松也受到牵连，被赶出衙门。继任的新知府是太师蔡京的儿子蔡鋆，倚仗其父的权势，虐政殃民，百姓怨声载道，人称"蔡虎"。武松对这个奸臣恨之入骨，决心为民除害。一日隐匿在蔡府门前，候蔡鋆前呼后拥而来之际，他冲上前去向蔡猛刺数刀结果了其性命。武松因寡不敌众被官兵捕获，后惨遭重刑死于狱中。当地"百姓深感其德，葬于杭州西泠桥畔"，后人立碑，题曰"宋义士武松之墓"。这段是真实的记载。

后来，施耐庵小说《水浒传》中武松的故事脍炙人口，使得英雄武松名满华夏。

如今，清河已被国家授予"中国武松文化之乡"称号，县城内武松大街、武松广场、武松公园、武松雕塑等正牌标识以及快活林公园、武植（武大郎）墓等副牌标识比比皆是。游客来邢台之后，就不要说那已经说惯了的"山东武二郎"了，要改口为"河北武二郎"才对。

黄粱梦站说黄粱

从邢台火车站南行20公里是"沙河市站"，这个车站建站初名为"沙河县站"，后来改名为"褡裢站"，如今却是"沙河市站"了。由此可以看出这个地方的变迁，由县发展成市，而褡裢则是沙河市的一个镇。北京人都知道有种小吃叫"褡裢火烧"，是因为用筷子夹起火烧时，两头一耷拉，像过去一种袋子褡裢而得名的，并不是这个褡裢地方出的小吃。

沙河市有一处很有名气的古迹，就是"宋璟碑"，碑文是由唐代颜真卿所书，至今尚存。

再往南行是"临洺关站"，这里历来是兵家必争之地，北伐战争时，曾有被北伐军攻克的"临洺关大捷"。临洺关也有许多名胜古迹，但最有名的是驴肉灌肠，那是著名的地方特色小吃。

临洺关站所在的县是永年县。这里的"永年酥鱼"是特色美食。此外，这里是"太极拳之乡"。著名的陈氏和武氏太极拳均出于此地。

从临洺关南行有一个小火车站，叫"黄粱梦站"。最初这里并没有设立火车站，大概是后来到这里参观的人太多了，就加设了一个车站。一般客车经过这里是不停的。南来北往的旅客，往往在不经意间瞥见车外一闪而过的站牌，大都会惊叹一声："咦，黄粱梦！黄粱美梦呀！"

黄粱梦的典故，人们耳熟能详，也都知道这个古老的传说发生在河北邯郸。故事最早见诸文字的，是唐人沈既济的小说《枕中记》，故事说的是在唐开元年间，道士吕翁成仙后，化作长者云游天下。一天，在邯郸道上的一家客店里，遇见了一位进京赶考的穷书生卢生。卢生向吕翁讲述了自己的境遇，自叹命运不济，苦不得志，颇思建功立业，尽享荣华富贵。吕翁听了，从行囊里取出一个两端有窍的青瓷枕，告诉他：用此枕，可以实现他的志向。此时，店家正煮黄粱饭。许多人认为黄粱就是小米，其实不然，黄粱、小米同为古代黄河流域重要的粮食作物之一，但二者为不同作物。黄粱是去了壳的黍子的果实，颜色淡黄，煮熟后很黏。

话说卢生听得吕翁一番话，将信将疑，姑且枕上瓷枕一试，很快进入梦乡。梦中，他回到山东老家，娶了容貌美丽的妻子崔氏，举进士，跻身官场，宦海浮沉，几经波折，终因功进为中书令，封燕国公。五子皆为官宦，姻亲均名门望族，有孙十余人。在朝50余年，位极人臣。年逾八旬，病终榻上。卢生翻身醒

老睡公

来，竟是一梦。吕翁在旁微笑，说："人生之道，不就是一场梦吗？"而店主所炊黄粱米熟。卢生觉悟，随吕翁而去。

这一故事流传甚广，几经演义，吕洞宾取代了吕翁。后人把这个村子叫做黄粱梦村。依据这一故事，在黄粱梦村东南建了八仙祠。这一古建筑群占地1.3万平方米，殿宇房舍180余间，也称卢生庙，又称邯郸古观，始建于北宋初期，是华北地区影响较大的千年古观，明清曾进行重修和扩建。

现在的吕仙祠是一座明清建筑群。该祠坐北朝南，而大门却面西。入大门迎面而立的八仙阁小巧别致，院落中部南侧是照壁，上嵌"蓬莱仙境"四个石刻大字，笔势挥舞，苍劲有力。据传吕洞宾题写前三个字，到清代，乾隆皇帝途经此地时，反复琢磨，补上"境"字，但是与前三字的仙风道骨相比，毕竟略显逊色，故有了"御笔不如仙笔"之说。

照壁对面是三间丹房，悬有明嘉靖皇帝题写的"风雷隆一仙宫"匾额。丹房北为中院，建有莲池，周围矮墙环绕，池中荷花飘香。莲池上建一座小桥，其上建一八角攒尖亭，恬静典雅。

后院中轴线上坐落着钟离殿、吕祖殿和卢生殿，是黄粱梦的主体部分。钟离殿也叫前殿，面阔进深各三间。殿前左右两侧建有钟楼和鼓楼。汉钟离复姓钟离，名权，相传为东汉咸阳人，故又被称做汉钟离。相传是他度吕洞宾而去。全真道尊他为"正阳祖师"，亦为道教传说中的八仙之一。

吕祖殿是黄粱梦的主殿，面阔进深各三间，歇山式琉璃瓦顶。吕洞宾，原名吕喦，字洞宾，道号纯阳子，唐德宗贞元十二年（796年）生于今山西省芮城县永乐镇，是著名的道教仙人，八仙之一，道教全真派北五祖之一，全真道祖师。

在民间信仰中，吕洞宾是八仙中最著名、民间传说也最多的一位。民间有句歇后语："狗咬吕洞宾——不识好人心。"可见在人们心目中吕洞宾是个大好人。道家正阳派称他为"纯阳祖师"，俗称"吕祖"。我国江湖上的杂技艺人，均供奉吕洞宾为本门的祖师爷。吕洞宾的形象很好，虽说世

吕祖庙

间画的吕祖之像不尽相同，有的画成豪气冲天的剑侠形象，有的则是文质彬彬的文士形象。但无论怎样画，吕洞宾在人们心中总体印象是仙风道骨、神采飞扬的，可谓标准的神仙模特。

《聊斋志异》的作者蒲松龄曾说过："故佛道中惟观自在（观世音），仙道中惟纯阳子（吕洞宾），神道中惟伏魔帝（关帝），此之圣愿力宏大，欲普度之身世界，拔尽一切苦恼，以是故祥云宝马，常杂处人间，与人最近。"佛、道、神三教中香火最盛的就要数观音、吕祖、关老爷了。

作为真实存在的唐末文人吕洞宾，亦可圈可点。《全唐诗》中收录了吕洞宾的诗词共200多首，《唐才子传》中也有他的传记。所以吕祖作为一名诗人也是当之无愧的。如这首《梧桐影》："落日斜，秋风冷。今夜故人来不来，教人立尽梧桐影。"此诗虽然寥寥几字，但意味深长，可媲美太白之"秋风清，秋月明。落叶聚还散，寒鸦栖复惊"。再看这首："九重天子寰中贵，五等诸侯门外尊。争似布衣狂醉客，不教性命属乾坤。""不教性命属乾坤"，这是何等的气魄！自显出仙家本色。吕洞宾的故事传说极多，精华处处，"黄粱一梦都卢生"只是其中一例。

吕祖殿后有门，可通卢生殿。卢生殿是这组建筑的后殿，硬山式布瓦顶，面阔三间，进深一间。殿内石雕卢生睡像，真人大小，与石床连为一体。卢生头西脚东，侧身而卧，两腿微屈，睡意蒙胧，惟妙惟肖，当地人称卢生塑像为"老睡公"，意即"总是在睡觉的汉子"。相传此塑像有神异，香客游人身体哪里不舒服，就摸这塑像的相应部位，可起到治疗效果。于是，这乌黑的"老睡公"便被摸得遍体光滑锃亮，端的是一大景致。

中轴线的两侧，有清末建筑的东西行宫、钟鼓楼、凉亭、假山等，殿阁门联多出自名家之手，妙趣横生，殿两旁长廊内有各代名碑古碣。宋王安石曾写下"邯郸四十余年梦，相对黄粱欲熟时。万事只如空鸟迹，怪君强记尚能追"的诗句。卢生殿楹联题道："睡到二三更时，凡功名皆成幻境；想到一百年后，无少长俱为古人。"乃是海内名联，极富人生哲理。廊下诸多碑刻，亦有看处。譬如清人陈潢的一首《题卢生卧像》，就令人眼前一亮："富贵荣华五十秋，纵然一梦也风流！我今落拓邯郸道，愿向先生借枕头。"

黄粱梦吕仙祠是国内唯一以梦为载体的文化景区，在国内外享有较高的知名度。这里新建了中国名梦馆，精选 33 个名梦，分为名人梦、帝王梦、爱情梦、发财梦等多个专题，以精美的壁画和通俗的文字展示梦故事。

我曾在黄粱梦吕仙祠流连半日，看个仔细。建议诸位有机会一定前去游览一番，感觉确实不错。

车到邯郸话丛台

列车驶过黄粱梦小站，南行十公里，就是大站邯郸。

邯郸是河北省南部重要城市，位于晋冀鲁豫四省区域中心。新中国成立 60 多年来，邯郸已由解放初期一个人口不足 3 万的小镇，逐步建设成一个主城区人口超百万的新兴的繁华都市。但这座有着 3100 年历史的城市，从战国到东汉，兴盛了 500 年之后便是 1700 多年的衰落和沉寂。只是在新中国，才给这个几近消亡的古城注入了新的生命，使之成为风光无限的"河北老三"。

邯郸作为国家历史文化名城，首先它是成语典故之乡，2005年，邯郸荣膺"中国成语典故之都"称号。据不完全统计，由邯郸历史和相关史书中所滋生、蕴积、提炼出的具有邯郸地方特色或与邯郸有密切关系的成语典故达1500条之多，如胡服骑射、邯郸学步、完璧归赵、负荆请罪、黄粱美梦、毛遂自荐、纸上谈兵、围魏救赵等，具有完整故事情节的有500条之多，还有众多的成语典故遗址景观。如"邯郸学步"的"学步桥"；"将相和""负荆请罪"的"回车巷"等。但多是明清、民国甚至今人之作，昭示着久远的沧桑变化。

"丛台"又叫"武灵丛台"，位于邯郸市内中华大街中段西侧，占地360亩，正中为丛台湖，湖面40余亩。现丛台高26米，南北皆有门。从石狮雄踞的南门拾级而上，右侧的台墙上嵌有"滏流东渐，紫气西来"八个大字，展示了丛台的地理形态。

相传丛台建于赵国武灵王时期（前325—前299年），已有2000多年的历史。赵武灵王即位之初，赵国国势衰弱，受到秦国和齐国的威胁，以及匈奴、林胡的侵扰，对外作战屡遭败绩。赵武灵王研究失败的原因，亲临战场，发现胡人穿的衣服短小，骑马射箭非常灵便，而赵国将士穿的是宽袖长袍，乘的是笨重的战车。他意识到强国之本在于强兵，生存之道唯有改革。于是决定让全军将士改穿胡服，学习骑马射箭。他的这一举措遭到了守旧大臣的反对。为排众议，赵武灵王亲自上门说服了以他的叔叔公子成为首

丛台

的保守派，率先穿上胡服，骑马射箭，并令全国军队均如此这般，大大提高了军队的战斗力。后来赵国国势日强，成为"战国七雄"之一。

历史上丛台多次毁于天灾和人祸，现在已是明代的建筑了。1945 年 10

丛台的七贤祠

月邯郸解放时，为了防止国民党军队反攻，邯郸城被迅速拆除，只剩下丛台和与之遥对的小土山。

历史上的丛台，曾发生过许多动人的故事，最著名的要数"二度梅"，并由此产生了成语"梅开二度"。这个故事演绎了主人公陈杏元和梅良玉的悲欢离合，在民间流传很广，清初被编为章回小说《二度梅全传》，后来京剧、豫剧、川剧、汉剧、湘剧等剧种都有这个剧目。1959 年拍成汉剧艺术片电影《二度梅》。

自古以来，发生在邯郸丛台的胡服骑射、梅开二度等人文故事，令游人倍感兴趣。这其中有位重要人物——乾隆皇帝。此人喜好巡游，"乾隆六下江南"的故事，几乎家喻户晓，不少名山大川、人文胜地都留下其足迹和墨迹。据说他一生所作诗文达 1300 余篇、4 万余首。至今，人们还将有的领导到外题字题诗称作"乾隆遗风"。

1750 年秋天，乾隆皇帝巡幸江南路过邯郸，登上丛台。乾隆慕风雅，喜书法，善诗文，每到一地，必留"御笔"，丛台也不例外。乾隆写下一首《登丛台》："传闻好事说丛台，胜日登临霁景开。丰岁人民多喜色，高楼赋咏谢雄才。"还有一首《邯郸行》："初过邯郸城，因作邯郸行。邯郸古来佳丽地，征歌选舞掐银筝。"

唐代三大诗人李白、杜甫、白居易都曾登楼赋诗，近代于右任、郭沫若等人也曾造访抒怀，成为古今佳话。

邯郸火车站

丛台湖中小岛有重新修建的六角亭，名"望诸榭"，是纪念乐毅的。乐毅是燕昭王"黄金台招贤"选中的大将，在五国伐齐时担任统帅，一气攻下齐国70多座城池，几乎亡齐。后燕惠王听信了齐国田单的反间计，阴谋杀害乐毅。乐毅避于赵国，被赵王封为"望诸君"。后人为了纪念这位政治家、军事家的功绩，修建了"望诸榭"。

丛台北面是七贤祠，由始建于明代万历年间的三忠祠和四贤祠改建而成。内塑春秋战国时期的韩厥、程婴、公孙杵臼、廉颇、蔺相如、赵奢、李牧7位名人塑像。他们都曾为赵国做出过卓著贡献，被称为"三忠四贤"。七贤祠西面是碑林长廊，共藏碑44统，颇有艺术价值。

邯郸美食，较著名的有主城区的"一篓油水饺"，永年的酥鱼和驴肉灌肠，大名县的"二五八"（二毛烧鸡、五百居香肠、郭八火烧）等，"一篓油水饺"传说是因廉颇而流传下来的，其他几种都在前文讲过，这里就不赘述啦。

一路风尘话曹操

过邯郸，前面就是当年曹孟德盘踞时间最长，并且埋身于此的地方了。咱们走走看吧。

邯郸南行第一站是马头站，过去叫"马头镇站"，实际这"马头"就是"码头"的谐音。这里过去可以经滏阳河乘船直达天津的，如今都是干涸的河床了。这里曾发生过一个著名的历史事件：1945 年 10 月 30 日，国民党第十一战区副司令长官兼新八军军长高树勋，在人民解放军的强大军事压力和政治攻势面前，决定率其百属新八军及河北民军等部共 1.2 万余人，在马头镇内战前线举行起义，并通电全国，宣布拒绝国民党政府的"剿匪"命令，退出内战，站到人民方面来。高树勋率部起义，开创了解放战争时期国民党军大部队起义的先例，在全国产生了巨大的政治影响。为此，毛泽东主席致电嘉奖，并号召"开展高树勋运动"，为其后全国解放战争中争取更多的国民党官兵起义树立了榜样。

马头站过去是磁县站，磁县隋代时叫磁州，宋代时这里的民间瓷器很出名，如今要有一件"磁窑"的器皿，就

可以上电视台鉴宝节目啦！这附近还有一个值得提起的古迹，就是"兰陵王碑"。北齐时，兰陵王高肃勇武貌美，能征善战，屡建奇功；因为他过于英俊，不足以震慑敌人，所以作战时就要戴上狰狞的面具。齐人曾做类似"傩戏"的兰陵王入阵图的舞蹈赞美他，流传至今已成为非物质文化遗产了。碑的北面还有俗称"尖冢"的兰陵王墓，紧挨着铁路，列车经过时可以看到。要是恰好我坐在你身边，可以给你好好讲一讲。

不是话曹操吗，怎么还没看到曹操的什么古迹呀？别忙，这就有了——"曹操七十二疑冢"就在这附近。关于疑冢之说，历史也是一直争论不休，宋代的王安石就有诗写道："青山如浪入漳州，铜雀台西八里丘。蝼蚁往还空陇亩，麒麟埋没几春秋。"更有人题诗："生前欺人绝汉统，死后欺人设疑冢。人生用智死即休，焉有余遗到丘陇。人言疑冢我不疑，我有一法君未知。尽发疑冢七十二，必有一冢葬君尸。"

可是，历来没有人采纳尽发疑冢的建议，可见从来就没有人相信这疑冢是真的。不然，曹操早见天日了。

磁县站过去就是讲武城火车站了，注意，这是北京铁路局管内最南面的一个站了，再南行，下一个站柏村站，就归郑州铁路局管辖了。

邯郸市磁县讲武城镇讲武城村，位于磁县县城南大约 10 公里的地方，紧邻京广铁路和 107 国道。村子的南面是奔腾不息的漳河，围绕着村子的北面和西面，有一道长长的高岗，据说三国时期，曹操曾经在这里筑城操练军队，高高的土岗就是讲武城遗址所在，而讲武城村名也是由此而来。古城犹存，遗址平面呈平行四边形，除南墙及东墙南段被彰河冲毁外，其余大部分尚存。由此往南两华里，就到河南了。

这里还有一个著名的古迹——西门豹祠。小学时我们都学过"河伯娶妻"的课文，这里就是这一历史事件发生地。西门豹祠有两处，相距不远，都属于古邺城历史遗迹的一部分，一处位于河南安阳市安阳县安丰乡北丰村，另一处位于河北省临漳县西南仁寿村，由于西门豹破除迷信，治邺有方，为民除害，后人修祠建庙，以为祭祀。

从讲武城这里往西，河南境内就是如今发现曹操墓的地方。

京广铁路进入河南境内的第一站是柏村站，过去叫丰乐镇站。这里往东南五六里地，就是著名的曹操所建铜雀台，那里在河北省临漳县境内。

"折戟沉沙铁未销，自将磨洗认前朝。东风不与周郎便，铜雀春深锁二乔。"唐代杜牧的诗是不是真的说出了曹操建铜雀台的目的，历来也是争论不休的。不过，铜雀台曾有"建安七子"经常聚会，饮酒作乐、吟诗作赋倒是真的。如今所谓"铜雀三台"遗址，铜雀台和金凤台只剩下两个土堆了，冰井台也是一座高大一些的普通的明清建筑，一点也看不出曹植《铜雀台赋》中"建高门之嵯峨兮，浮双阙乎太清。立中天之华观兮，连飞阁乎西城"的影子。倒是在河北涿州影视拍摄基地建起的铜雀台，有些再现当年"同天地之规量兮，齐日月之晖光"的气势。

铜雀台遗址前曹操塑像

这里找补一句，磁县特产小吃是白莲藕和鲜粉皮，临漳是扒兔，都是名闻遐迩的美食。

列车再南行，就到了古称"彰德府"的安阳了。京汉线开通时，这里就叫彰德府火车站。

三国时曹操被封于此，称为邺都。可见这里曾是曹操的老窝了。这里是闻名世界的世界文化遗产——殷墟所在地、

铜雀台下的曹操"转军洞"

汉字之都、甲骨文之乡、上古颛顼帝喾二帝陵墓所在地、隋唐著名的瓦岗寨起义地、红旗渠精神发源地，还有就是曹操墓的所在地。安阳如今是中原城市群、中原经济区重要的中心城市。

再往南行一站是汤阴，那里是著名历史英雄岳飞的故乡，当然一定会有岳王庙了。不过这里古迹还很多，司马迁在《报任安书》中有"盖西伯（文王）拘而演《周易》……"之句，说的就是周文王，姓姬名昌（前1213年—前1117年），史称西伯，是商末周族的领袖，昏庸残暴的纣王听信谗言，将姬昌囚禁于当时的国家监狱——羑里城。姬昌在被囚期间，忍受了殷纣王野蛮侮辱和折磨，甚至将其长子杀害后做成肉羹逼其吞食。但姬昌在被囚禁七年中，却凭着坚强的毅力将伏羲的先天八卦改造成后天八卦。这羑里城就在汤阴。

而说到曹操在这里留下的痕迹，就是曾在此建有粮冢三座。相传曹操当时屯兵于此，诡称作"粮台"，以迷惑敌人。也有一说，曹操与袁绍对峙时，曹军粮尽，乃堆土于粮仓之内，袁军见曹营兵多粮足，遂军心生变，撤而退之。此冢故名"虚粮冢"，该村因以得名"冢上"。如今，冢在人非。虚粮冢虽经岁月剥蚀，仍巍然屹立。

好了，古迹太多，曹操的故事传说也太多，不一一探讨了。说说曹操爱吃什么吧？曹操除了被称为政治家、军事家和文学家外，也是美食家。据说现代人根据《三国演义》的故事发掘出几十种曹操喜欢的美食，什么"华佗圆子""许田围猎""魏都莲房""貂蝉拜月"等。其中有曹操亲自命名的一种美食叫做"官渡泥鳅"。那是在曹操和袁术于官渡对峙的时候，军粮匮乏，一个饿得不行的士卒在水泽中抓泥鳅烧着吃，被以违反军纪为名抓过来交给曹操处罚。曹操让这个士卒再依样烧了两条吃，觉得味道非常鲜美。于是并没有处罚这个士卒，反而让他把做泥鳅的方法推广到全军，解除了一时的饥荒。官渡之战大胜后，曹操再次奖赏这名士卒，而且把这道菜命名为"官渡泥鳅"。不过这道菜到了安阳可能吃不到，要到许昌才能吃到，那里有专门经营三国菜的菜馆。朋友们先记下，等到了许昌再大快朵颐吧！

安阳的美食其实也有很多，如"三不沾""安阳三熏""燎花""扣碗酥肉""内黄烧灌肠""道口烧鸡"等。"三不沾"是用鸡蛋黄、淀粉、白糖加水搅匀炒成，甜糯筋道，有点像葡式蛋挞。由于不粘盘、不粘牙、不粘筷子，故称"三不沾"；"安阳三熏"即是熏鸡、熏鸡蛋、熏猪下水；"燎花"是安阳市传统名点，至今已有200多年的历史；特别是道口烧鸡，最早创始于清顺治年间，至今有350年历史。其做法最初从清宫御膳房的御厨那里求得制作烧鸡秘方，做出的鸡果然香美。正宗道口烧鸡仍用油纸包裹，几米之外就能闻到郁香。扣碗酥肉是安阳传统菜式八大碗中的一种，采用新鲜五花肉先炸后蒸，口感偏淡，但肉质筋道有嚼劲，肉香醇厚。

去安阳旅游，千万别错过这些美食呀。

淇县原本是朝歌

淇县在京汉铁路建设初始，就建有淇县火车站。但在1954—1962年间，淇县一度改名为"朝歌"，于是，铁路上就有了"朝歌火车站"。不过后来朝歌火车站的名字又改回去了，现在又叫淇县车站了。

为什么淇县火车站曾改叫"朝歌"？那是朝歌这个地方"了不得"，那是商代时的国都呀。如果赶上现在发展旅游，各地都大改其名，为旅游开道，纷纷改成"庐山""黄山"之类的名字，那淇县叫"朝歌"更能吸引游客了。

商朝武乙、帝乙、帝辛四代殷王在此建都，改称朝歌。周灭商后，封康叔在朝歌建立卫国，都于此403年。汉代置朝歌县，元代置淇州，明代改为淇县。

这里的古迹很多，有殷纣王建的摘星台、纣王墓、折胫河、纣王殿、鹿台、朝歌寨、鹰犬城、荆轲墓、王禅墓等。花窝遗址、卫国古城墙遗址、青岩绝石窟、陈婆造心经浮图等七处省级文物保护单位是研究我国历史的实物佐证。这里既有驰名中外的牧野古战场，华夏第一皇家园林——

淇园，又有数不胜数的殷商文化遗址。淇河水养育了不少仁人志士。如被孔夫子誉为"殷有三仁"的箕子、微子、比干。

战国时期的纵横家、军事家、教育大师鬼谷子——王禅的故里在河北的临漳，而他建立的久负盛名的中华第一古军校——淇县云梦山战国军校就在这里。鬼谷子是谁，知道的人不会多，但战国时期的纵横家，主张"合纵抗秦"的苏秦和主张"连横"的张仪，以及军事家孙膑和庞涓，知道的人就多了。而鬼谷子正是这四个奇才的老师，这些奇才都是在这军校里由鬼谷子培养出来的。

这里当然还有不少有关纣王的传说逸闻，比如淇县的特产"无核枣"的故事。据说在一个金风送爽、红叶染山的季节，纣王为了庆祝鹿台落成，在鹿台摆下盛宴，大宴群臣。酒过三巡、菜过五味后，内侍献上灵枣解酒，因枣大色鲜，吃起来脆甜利口，群臣莫不啧啧称赞，独纣王龙眉微皱，众大臣不解，一时殿上鸦雀无声，但见纣王道："好是好，就是有核，要是无核，岂不更好？"从那以后，破庄一带的枣树所产的枣子便都无核了。哈哈，中国的皇帝历来都是"金口玉言"呀，连枣树都不敢不听话。

提到鹿台，那是纣王为与褒姒娱乐建的宫殿高台，耗尽国力和牺牲了无数百姓的生命，而鹿台也是最后埋葬这个暴君的地

淇县火车站

鹿台遗址

方。周武王大会诸侯，联合反商，纣王大败后逃至鹿台，在这里投火自尽了。历史的烽烟除去了一个鱼肉百姓的暴君，留下了鹿台让后人遐思。

望京楼和潞王坟

从淇县火车站南行 23 公里是卫辉火车站，京汉线初始叫卫辉府站，后来改叫汲县站，现在又叫卫辉站了。"卫辉府"这个称呼说明历史上这个地方不简单，那时是府的所在地呀，一定很重要。再往南行 15 公里就是潞王坟站，这潞王坟和卫辉府在历史上都与一个皇亲有关，他就是在历史上也留下了一段精彩故事的明代万历皇帝的御弟朱翊镠。

先说这卫辉，既然是府的所在地，那留下的古迹一定很多，如国家级重点文物保护单位的殷太师比干庙，被称为"天下林氏根"。为什么比干的后人姓林？那是因为比干被纣王剜心杀害后，他的妻子儿子逃入林中，以林果求生。周武王灭纣后，赐林姓于比干的后代了。而今，天下林姓都认祖庭在此，年年都有林姓的大型祭祀活动。这里还是姜太公的故里，还有战国古长城、镇国塔、战国古墓群以及孔子击磬处等国家、省、市级文物保护单位、文化古迹 51 处。还有一处国家级重点文物保护单位的望京楼，可是全国最大的石构无梁殿建筑，而这望京楼就与这皇帝的御弟有关了。

明万历皇帝的亲弟弟叫朱翊镠（1568—1614 年），是明穆宗的第四子，被封

卫辉古城望京楼

为第一代潞王，也称潞简王。万历帝和他的生母都是孝定太后李氏。隆庆四年（1570年）朱翊镠两岁时受封潞王，居京师20年。因为与皇帝一母同胞，朱翊镠受尽了恩宠，万历帝曾赐其田地万顷。但是，明代有一个规定，被封王之后，不能在京城久居，必须去其封地。于是，万历十七年（1589年）朱翊镠只好别离宠他的母后就藩卫辉府。

离开京城和母后，潞王十分思念母亲，于是命人在卫辉城内修一座高楼，他要登楼北望母亲。这一下老百姓就遭殃了，楼修的一高再高，摔死、累死不少民工，这潞王还是看不见母亲，还要往高处修。终于，有一天，北面的河边有个妇女在梳头，有人就指给潞王看，那就是你母后，潞王这才罢休了。

今望京楼位于卫辉古城东北隅，高达33米，宽30米，进深19米，平面呈长方形，坐北向南，砖石结构。共分两层，外壁用青石砌筑，内壁用白石镶筑，外壁中间有白石腰檐。第一层东、西、北三面共有四窗，为券顶，青石窗棂残迹尚存。在东、西南角各辟一石券门，青石门框，由两门青石踏步可登至第一层楼。首层建十字拱券，四面辟门，高大宽敞。每券门上有两道木栏杆槽，下有一道石栏杆槽。北券有四门，均为青石门框。由东西两门沿青石踏步可登至第二层楼。第二层原有五间歇山式大殿，名曰"崇本书楼"，是供潞王父子藏书和习书画的宫室。崇本书楼已毁，大殿柱础尚存。大殿前、左、右有回廊，殿后有两个小门。

潞王坟

33米高的楼在当时算是绝对高大的了，可在现在也会被现代化的高楼大厦淹没了吧。不过此遗迹还在，去卫辉不妨去看看。

朱翊镠在藩 26 年。万历四十二年（1614 年）孝定太后崩，讣告到卫辉，朱翊镠悲痛不已，不久即病逝，终年 47 岁。谥号简王。葬于新乡市境内，称潞简王墓。京汉铁路修经此地，设站名就叫潞王坟站，不过现在称为新乡北站了。

潞王坟保护得不错。到那里去参观，你会发现一个潞王的次妃墓竟然比相毗邻的潞王墓还高大，这在全国是独一无二的。这个次妃赵氏墓，其建筑和布局大体与潞简王墓相似，不同的是其建筑工艺更加精良，有些建筑是潞王墓中所没有的，如梳妆台、丫鬟墓等等，其宝城和地宫较之潞王墓更为高大宽敞，地宫面积为 240 平方米，宝城高 10 米，且周围有青白石相间组成图案状。而潞王墓地宫面积仅为 180 平方米，宝城高仅 6 米。相差甚远。这是为什么呢？

原来这姓赵的次妃，本是孝定太后的贴身丫鬟，后来服侍小潞王；由于她很聪慧和体贴，小潞王也很喜欢她。于是，在潞王赴卫辉时，太后特意要她陪侍潞王。据说，这潞王从小就横行无忌，谁的话都不听，唯独能听赵的话。可惜她没有能够为潞王生下一男半女，没有资格晋升为妃子，而且死的过早，先于潞王而去。

潞王对于她的死，当然十分悲痛，接着做出两件事让后人留做了佳话：一是奏请皇帝哥哥，由万历皇帝特批赵为潞王的次妃；二是将正在修建的自己的陵墓安葬赵次妃，自己再接着新修一座。于是，有了这闻名的赵次妃墓。据说潞王在自己的墓与赵次妃的墓之间还修了一个地道，打算自己死后还能常常去看看爱妃。不想，后来明代的国力不支，不仅他自己的墓修得不如爱妃的，连那条地道也没有完成。一段离奇的传说到此为止，不然还会演绎得更精彩呢！

不管怎么说，一个王爷对一个丫鬟如此看重和钟情，倒是少有的。你有机会到新乡市，一定去参观一下，听听这富有传奇色彩的故事吧！

南渡黄河到郑州

朋友，你到过黄河吗？这个问题回答有多种，如我乘飞机飞过黄河；我乘火车跨过黄河；我开汽车越过黄河……我说这都不算——你乘船过过黄河吗？恐怕大多数人得摇头。那好，该我骄傲一回啦，请看我以前发表的一篇博文记载，我是这样过黄河的：

> 第二天，起得很早，当我们踏着早上的寒霜走上黄河北堤岸时，东方的天空刚刚出现一抹彩云，水天相连处，红、蓝、紫、白……煞是好看。迎着从宽阔的水面上吹来的沁人心肺的晨风，我们面对这美丽壮观的景色，抒发着我们的感慨。突然，那一抹彩云扩大变成一片红，而后又由红变成金色，再变成白色，然后太阳出现了，在鱼肚白色而又泛着青光的河面上，在村庄与树林的背景衬托下，一轮红色的火团慢慢升起来。好大的火团呀，那么鲜红，那么灼热，庄重而热情……

> 乘船横渡黄河是十分激动人心的。当我们来到这条中华民族的母亲河时，靠近岸边的黄河水流淌的十分平静，但船行不远，水流奔腾，越近河心，水流越是湍急。这时我们才发现渡船过黄河真不是一件容易的事。因为是人工渡船，水流急处，船工要将铁锚在船的一头沉下水底，再用力将船摇向对岸，当锚链拉直时，须将另一头的铁锚放下，拉起后锚，如此重复操作，船的行程路线在河水的作用下，成45度角到达对岸。到达黄河南岸时已近中午，岸边的冻泥已化解，我们只得在泥泞中艰难地跋涉而行……

这是"文革"中的1966年初冬，我们还是大学生时徒步串联去井冈山，途经黄河的事了。听来也很激动吧。

　　记得新中国成立初期有个电影，描写解放军军情紧急要夜渡黄河的事，老船工有一句话——自古黄河不夜渡。说明黄河的水流急湍，把握不住就会翻船的。

　　说到这里，扯远了。过黄河到郑州早就不用这样艰难了。京汉铁路修建时，黄河大铁桥是于1898年底，从南北两端同时开工的，1905年11月15日全线建成。黄河大铁桥也就成为中国历史上在黄河上建起的第一座固定式大铁桥（元、明两代曾在不同地点架过浮桥）。不过，这座大桥也是历经磨难的。民国27年（1938年）2月，日本侵略军沿京汉铁路南侵，进逼新乡，16日黄河北岸军事吃紧。守卫京汉铁桥的新编第八师，奉第一战区司令长官的命令，于17日晨5时开始引爆铁桥，至19日上午，将第39—83孔炸毁。1958年7月，黄河发生了新中国成立以来从未有过的大洪水，也是黄河有史以来实测到的最大洪水。造成郑州黄河铁路桥被冲，南北交通中断。周恩来总理两次飞临郑州指挥强修大桥，经过军民奋战十天修复。此桥1987年被拆除，只留下5孔桥梁作为文物保存在黄河南岸的原址上。如今横跨黄河的大桥可多了，仅郑州界内就不少于七座。

　　过来黄河桥就到郑州了。前面说过郑州也是火车拉来的城市，市区古迹应该不多，但有座很有意义的历史纪念建筑，即"二七"纪念塔。

　　1923年的京汉铁路工人大罢工留下纪念馆的主要集中在三个地方，一是长辛店纪念馆，二是汉口江岸的二七烈士纪念碑，三是郑州二七广场的纪念塔。郑州的纪念塔

郑州"二七"纪念塔

20世纪60年代船工艰难过黄河

保护和利用的最好。去郑州一定要去参观呀！

说郑州有什么好吃的，应该很多吧，南北大菜、各方佳肴都汇聚这里。不过，有一样食品，我吃过，现在找不到了——"鸭蛋面"。那是1975年的"文革"中，出差路过郑州火车站。那时火车站可是真有点脏乱差，尤其"盲流"非常多。好不容易找到一家小铺，当然是国营的，那时没有私营的，卖的是鸭蛋面。我很好奇，花两毛钱、四两粮票买了一碗。其实就是一碗用手撕的面片儿，形状是椭圆形的，好似鸭蛋。那时肚子饿呀，当然觉得味道可以。多年后再去郑州，哪里再去找什么鸭蛋面呀？没人给你一片儿一片儿地撕面了！

要说郑州出名的小吃应该是烩面，尤其有两家"肖记""合记"的烩面最出名。面片没什么稀奇的，关键是底汤做得别具一格。烩面好不好吃，吃过了才知道。

轩辕故里几多争

我们从郑州出来继续南行，路过一个新郑火车站。这地方就是"轩辕故里"的所在地了。在新郑西北有"轩辕丘"，据《史记》记载，"黄帝居轩辕之丘"，于是新郑人证明新郑的轩辕丘就是黄帝故里了。但此据并没有得到公认。如甘肃天水市的清水县又据"黄帝生于清水"的说法，也认定黄帝故里在清水；还有山东枣庄也说那里的寿丘才是黄帝出生与埋葬的地方。更有陕西有人称黄帝生于桥山，葬于桥山，也就是说黄帝故里在陕西的黄陵县；而河北也有邢台的"干言岗"是"轩辕丘"的转音，邢台才是黄帝的故里。在河北的涿鹿县和怀来县，历来都认定那里是黄帝与炎帝大败蚩尤的地方，那里也有桥山。而一些传说提到黄帝的陵寝本来就是在涿鹿，后来有石敬瑭给契丹当儿皇帝将燕云十六州让了出去，汉人祭祀祖先不方便了，才将黄帝陵改在陕西去了……

如此种种，中华民族的祖先连个准确的出生地也摸不清了。

不过在这许多的众说纷纭中，搞的规模大而且影响力也大的"黄帝故里"之说，还是应该非新郑莫属。

据新郑的旅游介绍，黄帝故里景区位于河南省新郑市区轩辕路，占地面积 100 余亩，黄帝故里祠始建于汉代，后曾经毁建，明清修葺。清康熙五十四年（1715 年），新郑县令徐朝柱立有"轩辕故里"碑。为弘扬中华民族优秀传统文化，缅怀始祖功德。后来，新郑市人民政府对黄帝故里景区进行了扩建。黄帝故里是海内外炎黄子孙寻根拜祖的圣地，被评为国家 4A 级景区。2000 年被公布为河南省重点文物保护单位，郑州市十大旅游景点之一。

新郑轩辕故里

不过，另有说《史记》记载：黄帝生于寿丘。西晋皇甫谧《帝王世纪》记载：黄帝生于寿丘，摘鲁城门之北。

轩辕黄帝

居轩辕之丘。唐朝《史记正义》明确把寿丘认定为曲阜城东八里。宋朝皇帝以黄帝为先祖，正式将曲阜改名为仙源，宋真宗亲自到曲阜拜祭黄帝。至今曲阜有寿丘遗址。

既然到了新郑，咱还是去新郑的轩辕丘去看看吧，黄帝祖先还是要拜祭一番的。此外，新郑这座历史古城还有裴李岗文化遗址、郑王陵博物馆、欧阳修陵园、郑韩故城等名胜古迹值得参观。

辞曹挑袍灞陵桥

沿京广线继续南行就到许昌了。这里说一下，原京广线与现在的京广高铁不是一条线的。从郑州过来到许昌，走京广原线是 86 公里。京广高铁走专线是由新建的郑州东站到许昌东站的，要 91 公里。但还是高铁快得多呀。不过，不管坐高铁还是动车组或普列都能到许昌，都会看到许昌众多古迹和品尝美食。

许昌是中华文明的核心发源地之一，第一个奴隶制王朝夏朝的发源地，夏都夏邑，位于今天的许昌禹州。特别有名的是建安元年（196 年）八月，曹操亲至洛阳朝见献帝，随即挟持汉献帝迁都许县（今河南许昌东）。从此，曹操取得了"挟天子以令诸侯"的优势，成为曹操政治上的一大成功。曹操被封为大将军、武平侯，同时也使许昌成为当时中国北方的政治、经济和文化中心。公元 221 年，魏文帝曹丕废汉立魏，因"魏基昌于许"，改许县为许昌，为魏五都之一。从此，许昌之称一直沿用至今。1947 年以许昌县城区设市。1961 年市、县分设至今。

悠久的历史为许昌留下了数以千计的文物古迹，其中的汉魏故城、关羽辞曹挑袍的灞陵桥、秉烛夜读的春秋楼，曹操的射鹿台、练兵台、屯田处，曹丕登基受禅台，神医华佗墓（华佗墓一说在徐州）等三国胜迹颇为有名。因三国文化丰富，许昌被国家列入"三国文化旅游圈"的重要城市之一。此外，大禹锁蛟井、周定王陵、后汉皇帝刘知远墓、古钧台、天宝宫、乾明寺、百陵岗等各个时期的古迹都别具特色。以"三曹"为首的建安七子，开创了彪炳史册的建安文学，使许昌成为建安文学的发祥地。许昌还曾是秦代丞相吕不韦、西汉御史大夫晁错、唐代画圣吴道子的出生地，又是宋代著名文学家苏轼、清代诗人沈德潜流寓览胜吟鸿篇的地方。许昌也是姓氏宗亲祖根的重要发源地之一，许、陈、钟、方等姓氏之根深植许昌大地，维系着海内外炎黄子孙的感情纽带。可谓故事多多。

就灞陵桥展开说说：关羽在许昌辞曹操归刘备并非虚构，历史上确有其事。据《三国志·蜀书·关羽传》记载："初，曹公壮羽为人，而察其心神无久留之意……及羽杀颜良，曹公知其必去，重加赏赐。羽尽封其所赐，拜书告辞，而奔先主于袁军。左右欲追之，曹公曰：'彼各为其主，勿追也。'"《三国演义》中说，曹操不但不准部下杀关公，而且还亲自率领部将赶到一个桥头给关羽赠袍送金，为其饯行。而关羽恐其有诈，便立马于桥上，用刀尖挑锦袍披挂身上，并勒刀回头称谢曰："蒙丞相赐袍，异日更得相会。"遂下桥往北，顺官道而去。到了建安十三年（208年），孙、刘联合，火烧赤壁，曹操83万人马（实际上曹军20多万人马，孙刘联军5万多人马），一败涂地，最后只带十数骑落荒而逃，恰逢关羽伏兵华容道，为报昔日之恩，放了曹操一条生路。因此关公辞曹的故事，既表现了关公的"忠义"之情，同时也突出了曹操爱才之心，以致千百年来传为美谈。后人于灞陵桥畔修建了关帝庙，以作纪念。

其实许昌的灞陵桥本身是个杜撰的故事。这里应该有个桥，但是叫"八里桥"。而在《三国演义》的书本里，罗贯中并没有写关羽是

许昌灞陵桥

在什么"灞陵桥"上辞别曹操，倒是说了在一个桥上，但只字没提这桥叫什么名字。在蔡东藩编写的《中国历代通俗演义》里对所谓"辞曹挑袍"以及"过五关斩六将"一概不提，说曹操既然认为关羽留不住，而且已经布置部下不得拦阻关羽，哪还有他再去送行和各关口的将士拦截关羽被斩的事？他认为《三国演义》里在不知名的桥上曹操"赠袍"、关羽"挑袍"都是没有的事。

如此说来，《三国志》更不会出现这个章节。只有在后世说书人编撰的《三国演义评话》里才添盐加醋地增加了这些吸引观众的故事超强段落。扬州评话《三国》的第一篇就是"曹操赠袍赐马，关羽思念兄长"。而且把那个没有名字的桥和长安的皇陵"灞陵"联系起来，加了个"灞陵桥"。由于这些"评话演义"，后人也就实实在在地把这里的"八里桥"演变为了"灞陵桥"。

如今成为许昌旅游热点的"灞陵桥"也不是原来的桥了。原桥是在明清时代建造的，21米长，三孔的砖石结构桥，上面画有据说是吴道子的绘画"汉关帝挑袍之图"。1969年夏天这桥毁于"汛令"，也就是发大水时毁掉了。2003年将旧桥复原在关帝庙的碑廊内。

说到灞陵桥还有些故事，在神州大地称"灞陵桥"的有两处，一处是许昌的这座桥，另一处在甘肃的渭源县。而灞陵却是指的西汉的汉文帝的陵寝，附近有条灞河，那里也有桥，但那里的桥叫"灞桥"，却不叫"灞陵桥"。有意思的是，那甘肃和许昌为什么有与灞陵毫不相干的"灞陵桥"呢？再听故事：

在明洪武年初，大将军徐达率兵西进，在渭源县城东与元将李思齐展开激战，结果元军大败，只好退守渭源城，且拆了渭河桥。此时正值暴雨连天，渭水陡涨，使明军无法涉河攻城。徐达连夜组织将士修桥，却因水势过猛卷走水中的山石木料。正在一筹莫展之时，谋士建议"木笼装石投放河底，垒成桥墩，再架桥面"，徐遂采纳，终修成一桥。徐达即命军士过河绕道临洮截断元军退路，自己亲率大军攻城。元军大势已去，只好投降。为纪念这一事件，徐达根据部下"渭水通长安绕灞陵，当为玉石栏杆灞陵桥"的建议，亲笔题名"灞陵桥"，配以玉石栏杆，当时的灞陵桥"既济行人，复通车马"这一段故事就讲明了甘肃渭源灞陵桥的来历。看来甘肃渭源的灞陵桥勉强与西安的灞陵有些联系，而许昌的灞陵桥却是与西安灞陵毫不相干的了。

许昌的名胜古迹很多，不能一一说到，再说说"禹王锁蛟井"吧。传说，远古时代天下洪水泛滥，皆因一种怪兽——蛟龙作祟。这种蛟龙能在水中兴风作浪，鼓动水势，冲垮人们所筑的堤防，淹没村庄，贻害无穷。大禹在众神的帮助下，将九条蛟龙一一制服，并把其中的一条禁锢在一口八角井中，人们就把这口井称为"禹王锁蛟井"。也有一说不是九条，只是一条蛟龙作怪，但都是说锁在这井里。传说禹王那时有一留言：此蛟要出来，除非石头开花。蛟龙记住了，天天盼石头开花。也巧，有一年一个县官来此游览，天热就将官帽放在井边的石柱顶上，那花帽一放真似石头开花了。蛟龙一见大喜，发出雷鸣之声要冲出井来，这下把此官吓坏了，连忙拿起帽子跑了。蛟龙冲到井口看到石头并没开花，只好蔫不出溜地又回去了。哈哈，这故事还是童话式的呢。不过，还有一个传说，在山西河津县城有禹门口，也是有一个禹王锁蛟处，只是蛟龙不在禹门口，也不在井里，是冲到海里去了，不是说"海底蛟龙"吗？就是这里来的。

我们的祖先真是智慧，编写了那么多的故事，弄得后人争着强辩论证。

前面在《一路风尘话曹操》一篇说到官渡泥鳅。说这道菜在安阳可能吃不到，要到许昌才能吃到，果然在许昌这是"三国名菜"里的一道著名菜。据说具体做法是：把泥鳅放在清水里一两天，让它吐出污泥，之后放到

甘肃渭源灞陵桥

高汤里一两天，让它再喝一肚子高汤，然后过油，配辽参用火煨。"官渡泥鳅"从此美名远扬。

许昌既然是"三国文化旅游圈"的重要城市之一，那它在"三国菜系"上也下来功夫的。除官渡泥鳅，还有龙门功夫鱼、皇嫂扁食（说是关公给二位皇嫂用荠菜包的饺子）、华佗打老儿丸、外婆神仙鸡等。就不一一介绍了，喜欢吃就赶快来许昌吧。

途经红色亿元村

从北京火车站出发，一路向南，我们基本上是在寻访古迹和遥远的历史故事，涉及现今社会的探访较少。今天我们经过的地方就不同了，它是一个在当前中国十分引人注目或是说很轰动的地方，号称仍旧"高举社会主义大旗，坚持集体经济所有制"的南街村。

南街村位于临颍县城关镇，离火车站不远。坐1路公交车，大概行走15分钟左右就到，有六七里的路程。

南街村是中国第一个获得"红色亿元村"称号的农村，后来还相继出现了九个。和南街村享有同样盛名的还有安徽凤阳的小岗村和江苏江阴的华西村。

南街村村口

2003年的时候，有机会路过南街村，曾经慕名前去参观。不过只是一走一过，没有仔细地寻访。但也看到了那整齐的房舍，庄严的毛主席塑像和四大伟人画像以及号称"小天安门"的朝阳门，也听到了播放的革命歌曲。

南街村之所以与众不同，就

是一直以来坚持集体经济所有制，在一段时间内集体经济得到充分发挥，村民的生活得到改善；村子里坚持工资加福利的分配方式，也使村民得到实惠；而干部都自称是"傻子"，一心为公，至今所有干部和村民一样，每

南街村广场

月只拿250元；村民坚持读毛主席著作，甚至保留着背毛主席语录、唱革命歌曲等形式；村民中青年人结婚都是集体婚礼，并且赠送毛主席著作……

村里的党支部书记王宏斌是带头人，有一定的魄力和勇气，也在村里享有威望，他试图打造一个与众不同的社会主义新农村形象。一段时间里，南街村的发展很迅速，成果斐然，的确十分震撼。受到许多中央领导干部的肯定并去参观。

不过，这种形式也曾受到不少的质疑，有许多事情的发生也使南街村经历许多风波。不过，南街村都挺过

南街村的朝阳门

来了。这里仍然是许多人想去参观、游览和关注的地方。

真诚地希望，一个让农民富裕起来的新农村健康发展并带动更多农村富裕起来。

走过南街村，祝福南街村，继续关注南街村。

悲歌一曲小商桥

小商桥火车站南距临颖火车站 12 公里，是京广铁路线上的一个四等小车站。火车站名字的由来与附近一座小商桥有关。

小商桥位于临颖县城南 12.5 公里的颖河故道上，是一座颇具特色的古桥，建于隋朝开皇四年。唐至清各代均有修葺，以元大德年间规模较大。桥为肩圆弧式拱桥，长 20.2 米，宽 6.5 米，三拱，每拱均有 20 道拱石并列砌成。主拱净跨度 11.6 米，矢高 2.2 米，拱圈厚度 0.6 米。桥上原雕刻许多精美的人物和花饰。但小商桥曾屡经战火和人为破坏，许多原有的建筑也已破败无存了。

1986 年小商桥被公布为省级文物保护单位，1994 年国家文物局拨专款进行了大修。喜欢集邮的人一定很熟悉，2003 年 3 月 29 日国家邮政局发行《中国古桥——拱桥》邮票，其中第二枚为小商桥。

小商桥火车站

小商桥在历史上很有名气，这与南宋抗击金兵南侵的故事有关。这里埋葬着南宋将领杨再兴。杨再兴是江西吉水人，南宋抗金名将。宋高宗绍兴十年，金人南侵，杨再兴作为岳飞部将英勇杀敌，屡建奇功。郾城大捷岳飞大败金兵后，金兀术不服，屯兵于临颍，合兵来战。杨再兴率部下与 12 万金兵在小商桥展开大战。由于杨再兴擒金兀术心切，跃马欲过小商河时，坐骑陷淤泥中不能自拔，被金兵乱箭射死。岳飞进驻小商桥，痛悼将军，焚化其尸，得箭镞二升，遂将骨灰葬于小商河之阳。岳飞哭祭再兴，亲刻墓碑于坟前。

据说时天下大雨，岳飞悲愤交集，于小商桥上吟作《满江红·怒发冲冠》词一首，"怒发冲冠，凭栏处，潇潇雨歇。抬望眼，仰天长啸，壮怀激烈……"慷慨悲壮的词传彻万世。但关于这首词是岳飞在什么地方、什么时候写的，历来说法不一。有人考证这首词的写作时间是在绍兴六年，岳飞镇守鄂州（今武昌）时写的。岳飞这首著名的词《满江红》，曾经在抗日战争时期被国民党二十九军谱曲为军歌。

小商桥

小商河两岸如今成为著名游览区，主要景点有小商桥、杨再兴陵园、岳杨宫、忠烈殿、小商桥古战场。杨再兴墓位于临颍县南 12 公里小商桥东 300 米，世称"忠墓"，当地俗称"杨爷墓"。

杨再兴墓

故事多多驻马店

离开小商桥，经过一个孟庙火车站，接着就到漯河火车站了。"漯河"这个名字是近些年来才叫响的。20世纪初京汉铁路在这里修建车站时，给新建的车站取名为"漯湾河车站"，因名称字多，为便于书写和称呼，省略为"漯河车站"，漯湾河镇也随之称漯河镇，属郾城县。可见原来是很不起眼的地方。

随着漯河经济的发展，几经演变，到1986年1月，经国务院批准，漯河市由县级市升格为省辖市。

历史上漯河曾经出过一个名人，就是东汉时期《说文解字》的作者许慎。

过了漯河，经过人和、西平、遂平三个小站，就是驻马店火车站了。听这名字就会想到，古时这里一定是个车马拥拥的大车店。没错，就是个驿站沿用下来的名字。京汉铁路的修通把这里逐步发展成中原一个大城市。而在这个地方，原有的历史古迹和名胜还是很多的，特别是历史故事更多，简单介绍一下。

盘古开天

泌阳县城南陈庄乡有座盘古山。传说，当初"天地混沌如鸡子，盘古生其中……天地开辟，阳清为天，阴浊为地"。盘古成为中国古代人民信仰的天地开辟者，中国的宇宙之神。后人在盘古山上建庙立祠，塑造神像供奉。

伏羲画卦

上蔡县城东15公里的白圭庙一带，有一座八角凉亭矗立在八尺高台之上，掩映在几株古槐之中，这就是历史悠久的伏羲画卦亭。传说伏羲氏为定天下凶吉，制作八卦后，曾在此台用蓍草和龟甲烧灼揲卦，亭下蓍草丛生，首若蛟龙，尾若凤凰，他认为此地的蓍草和龟甲最灵。八卦的创立对华夏文明影响深远，它为中国天文学、古文字学、数学、哲学、植物学、历法等的产生和发展奠定了基础，是华夏文化的源头。

盘古山

不过，我们在前文经过新乐站时，介绍过河北省新乐市北郊两公里处的何家庄村东，也有遗址名八卦台，也称伏羲画卦台。孰真孰假，就自己评价吧。

周公测影

郑州嵩山有周公测影台，驻马店的汝南县也有周公测影台。此台位于汝南县天中山。据说西周初年，周公营造东都洛邑时，派人到各地用土圭测影，以观测天文地理。经测定，"豫州为九州之中，汝尤在豫州之中"。人们就在这里"聚土垒石以标

天中山周公测影台

天中，名天中山"。唐代书书法家颜真卿亲书"天中山"碑刻。你现在去驻马店看看，用"天中"命名的广场、街道有许多。那地方人有一种难以释怀的"天下我为中心"的情怀呢！

梁祝故事

我国广为流传的四大民间传说之一是"梁山伯与祝英台""牛郎织女""白蛇传"和"孟姜女哭长城"，其中这"梁祝"，根据民间传说和专家考证出 10 处起源地：浙江宁波、江苏宜兴、山东曲阜、甘肃清水、安

徽舒城、河北河间、山东嘉祥、江苏江都、山西蒲州、江苏苏州。有关梁祝的古迹，目前已发现 17 处，包括读书处 6 个，坟墓 10 处，庙 1 座。而今汝南县马乡镇有一墓地，也相传为梁祝之墓，当地亦广为流传梁祝的爱情故事。

董永的故事

中国四大民间传说还有一个版本，为梁祝"白蛇传""天仙配""柳毅传书"。其中"天仙配"中董永的故事，也在这里留有遗址。

董永，东汉人，因为卖身葬父被怀县（今河南武陟县境内）县令举荐为孝廉，司徒蔡茂复议后禀报光武帝，董永遂成为传统文化"二十四孝"中的人物。汝南城西 12 华里有个董会村，志书记载，董永就住在汝南城西，那里还住了汉代另一个有名的孝子——拾桑葚救母的蔡顺。于是，那个村子就叫二孝庄，至今尚存。

董永的故事，后来被演绎为"天仙配"，就不在这里讲了，因为董永的故里也不是一处，到孝感火车站咱们再谈吧。

关羽、张飞相聚古城

《三国演义》里，张飞与关羽等人古城相聚的古城是指豫州州治汝南，这座古城在今河南省汝宁市驿城区南 10 公里处古城乡古城村，京广铁路东侧。古城遗址在古城村东北 60 米处。考古调查证实，该城实系春秋战国时遗址。今城墙和护城河等均已荡为平地，地表已没有任何遗迹，但故事流传下来了。

其实，这里的故事还有不少，太多了就听烦了，就到这儿吧。不过，你是否注意到，我介绍了六处古迹和传说，竟然有四处与外地有争议，可信度只有三分之一啦！

1975 年驻马店遭遇大水

提起驻马店还有一件历史事件，令人痛惜。1975 年 8 月 7 日，此地一天降雨 1005.4 毫米，其中 6 小时降雨为 830.1 毫米，超过了世界纪录。1975 年 8 月 8 日凌晨零时 40 分，驻马店地区板桥水库因特大暴雨引发溃坝，9 县 1 镇东西 150 公里、南北 75 公里范围内顿时一片汪洋。铁路线路都被冲毁了，由此京广线复线中断了 46 天。前水利部部长钱正英作序的《中国历史大洪水》一书则披露说，超过 2.6 万人死难。

"江南北国"誉信阳

离开驻马店，过确山和明港两个车站就是信阳火车站了。这里是河南最南部的信阳市。信阳地跨淮河，位于中国亚热带和暖温带的地理分界线（秦岭—淮河）上，属亚热带向暖温带过渡区。这种过渡气候造成淮河南北自然景观的差异：淮南山清水秀，水田盈野，稻香鱼跃，犹如江南风光；淮北平原舒展，一望无垠，盛产小麦、杂粮、棉花，北国情调浓厚。于是就有了"北国江南、江南北国"的称号。

据说，全国共有四大避暑胜地，分别是河北北戴河、浙江莫干山、江西庐山、河南信阳鸡公山。在京广线上，信阳火车站南行下一个车站就是鸡公山火车站。原名新店站，站址在信阳市浉河区李家寨乡，是个四等小站，距信阳火车站 38 公里。

鸡公山避暑早在 20 世纪初就与北戴河、庐山、莫干山齐名。而古人早就有"三伏炎蒸人欲死，清凉到此顿疑仙"的诗句，就是鸡公山清凉宜人的生

鸡公山

信阳火车站前

直系军阀吴佩孚部将靳云鹗在鸡公山建的颐庐

动描绘。三伏盛夏，山外挥汗如雨，燠热难当，山上则午前如春，午后如秋，夜如初冬。真不知道鸡公山还有这样的好处呢，有机会去那里避暑啦！

鸡公山还是天然的动植物园，这里植被丰茂，种类繁多，1700多种植物在这里安家落户，针叶树、阔叶树、山花、异草争繁斗茂，参差相杂。山上可入药的植物有600多种，其中有珍贵的灵芝、九死还阳草、马蹬草、何首乌、七叶一枝花等。

鸡公山是20世纪初才发展起来的。1898年，一名美国牧师到信阳传教，看中了这里的秀丽景色，盖起了一座教堂。经过这个牧师的宣传，很多外国商人、传教士和驻华使领馆人员，纷纷前来建筑别墅，其中很多是来自华中重镇武汉。据统计，从1898年到1936年间，山上建有300多幢各式别墅，有尖顶突起的教堂式，有环形古雅的宫殿式，有玲珑剔透的小巧别墅，有高大豪华的欧美建筑。这些不同国别、不同风格的建筑，既反映了当时我国所处的半殖民地的地位，同时也向人们展示了各国的建筑艺术。在这些建筑物中，以颐庐、将军楼、烟雨楼、会景楼、美国教堂、瑞典大厦等最有特色。

信阳灵山寺，国家4A级旅游景区，位于河南省信阳市罗山县城涩港

以南 45 公里处，是全国独一无二僧尼同寺的寺庙。千年古刹灵山寺始建
于北魏，距今有 1500 余年历史。唐明皇李隆基之女修建皇姑故后，圣上
前往降香，封为"国庙"；明朝朱元璋敕封"皇庙"。其地山势奇伟，林木
葱茂，寺宇掩藏。

　　说到这里，使人不能不提起信阳茶叶，这也是在我国非常靠北的著名茶
区了。信阳茶区也是我国一个古老茶区，产茶历史悠久，一般认为起于东周
时期，距今已有 2000 多年了。唐朝信阳已盛产茶叶，760—780 年间，我国
茶学家陆羽撰写的世界上第一部茶学专著《茶经》，把信阳划为当时八大茶
区之一的淮南茶区。宋代大诗人苏东坡曾有"淮南茶，信阳第一"的赞誉。

　　信阳毛尖茶是我国传统名茶之一，也是河南省著名的土特产之一。因
其条索细秀、圆直有峰尖、白毫满披而得名"毛尖"，又因产地在信阳故名
"信阳毛尖"，也称"豫毛峰"，素来以"细、圆、光、直、多白毫、香高、
味浓、色绿"的独特风格而饮誉中外，早在 1915 年巴拿马万国博览会上荣
获金奖，1959 年被誉为中国十大名茶之一，1982、1986、1990 年连续三次
被商业部评为全国名茶，1985 年荣获国家质量奖银质奖，1990 年信阳毛尖
又荣获国家质量奖金质奖，1999 年在昆明世界园艺博览会上荣获金奖。

　　信阳的特色小吃当属石凉粉，用的原料和制法比较特别：原料是在信阳
市处处可见的石花籽，十元钱可以买三斤。做法也简单，先备一盆清水，用
纱布包一兜石花籽，放在清水中轻轻地揉搓，揉得差不多了，盆中的清水
也有了些白色的沉淀，然后放置一段时间，等盆中的水与粉的混合物融合
得差不多了，就可以"点"了。这"点"很有意思，"点"可以用两种东西，
其一是用茄子，"点"出来的石凉粉颜色稍带些紫色；其二是用中华牙膏，
"点"出来的石凉粉则是完全无色的。是不是很奇怪、很有特色呀？

　　据当地人讲，浅底瓷碗中盛上那么一碗透明见底的石凉粉，舀一勺白
糖，再洒几滴薄荷水。浅淡的石凉粉中，白糖的绵甜，薄荷的清凉，全都
出来了。什么冰淇淋啊、绿豆汤啊，都没有石凉粉这种晶晶亮、透心凉的
感觉。在信阳，只要有冰柜的地方就有石凉粉。价钱嘛，据说前几年是 5
毛钱一碗，解渴还解饿。

　　去信阳，一定别放过石凉粉呀。

广水寿山孝子店

过了鸡公山就进入湖北境界了，京广铁路在这段的车站还挺密集，拿来20世纪50年代末的列车时刻表查一下，从鸡公山的下一站武胜关开始，到孝感站100公里的铁路上，竟设了13个车站，平均不到8公里就一个车站。

前面说了，在河南说驻马店时有一个"二孝庄"，说是"天仙配"里董永的故乡，后面湖北的孝感还会有与其争议的地方。而在这途中又出现一个"孝子店"，可见这一带真是出孝子的地方！孝子店距离北京西站1043公里，是个四等小站，设在湖北随州的孝子店乡，这个车站不是京汉铁路建成时就有的，是在1946年才建站的。

孝子店来历传说比董永晚了许多年了。清朝年间，咸丰皇帝南下路过武胜关时，听到铜锣声声，越来越近。咸丰皇帝感到很奇怪，我来私访怎么有欢迎的锣声？就命随从调查此事，得知锣声是前一个村传来的，一个叫孙锋的木匠，十分孝顺双腿瘫痪的母亲，因做木工活经常在外帮别人打家具，照料家中母亲不方便，就在母亲的床边挂了一个铜锣，母亲一旦有什么需要可以敲锣，山里锣声传得

很远。儿子听到锣声后，就赶紧回家照料母亲。当地村民介绍说，有一次孙锋的母亲病危，孙锋到药铺拣药时，听说用自己身上的肉做药引子可治好母亲的病，回到家二话没说，就从腿上割下一片肉做了药引，母亲服药后得到康复。咸丰听了孙锋行孝的故事后大为感动，于咸丰九年下圣旨褒扬其孝子精神，当地人便将皇帝的圣旨刻在石碑上，供后人瞻仰。如今孝子碑还在 107 国道孝子店大桥北 230 米路东 15 米处。这个地方也就改名"孝子店"了。看来这不是传说，是个真实的故事。最近看了那么多子女不赡养父母，甚至把老人赶到牲口棚里居住的案例，真感到我们应该好好向古人学习学习了！

广水市原是应山县，现在划入随州市管辖。由于境内的武胜关（那里也有个武胜关火车站）是全国八大著名关隘而闻名。由于武胜关地势险要，是军事重地，于是在历史上留下众多与著名战争有关的故事和遗迹：南北朝时期三关争夺战，唐朝曹王息与李希烈应山之战，明代刘六、刘七义军转战应山，李自成、张献忠义军转战应山，清代白莲教义军转战应山，捻军、太平军转战应山，辛亥革命武胜关起义，北伐军攻战鄂北三关，红四方面军西征路上第　仗，抗日战争武汉会战中的三关阻击战，新四军余家店首战告捷，解放军余家店首战告捷等。

武胜关

战争太残酷，一方面是历史留下了那些战争的范例，一方面是民生的涂炭。于是那不断减少的民众只有靠移民来补

广水寿山

充，于是就有了明初江西移民应山。

广水曾经是唐代大诗人李白驻足过的地方。李白于唐开元十三年（725年），自四川远游云梦泽，钟情于广水境内寿山，在此隐居三年，写下了著名的《代寿山答孟少府移文书》，称寿山为"淮南小寿山"，盛赞寿山"颇能攒吸霞雨，隐居灵仙"，可与"昆仑抗行"，远胜庐山、天台山等名山。李白还在寿山写下了一首流传千古的《静夜思》："床前明月光，疑是地上霜。举头望明月，低头思故乡。"还有另一首著名的《菩萨蛮》："平林漠漠烟如织，寒山一带伤心碧。暝色入高楼，有人楼上愁。玉阶空伫立，宿鸟归飞急。何处是归程？长亭连短亭。"词中的"平林"就是广水的平林镇。

这里需要说明的是，寿山位于广水、安陆、随州三市交界处平林镇的东侧，西临浕水，海拔441.2米。在方圆数十公里内，只有此山突起，平中显奇，更显得巍峨雄伟。

孝感来自汉董永

五六十岁的朋友大概对黄梅戏《天仙配》很有印象，那一首脍炙人口的"夫妻双双把家还"似乎人人都会唱，黄梅戏演员严凤英的仙女形象也会长久地留在那时人们的脑海里。但我相信，绝大多数的人并不知道这个故事的原型发生在哪里吧。

虽然我前面提到河南驻马店的二孝庄说是汉代董永的故乡，也传说有董永遇仙女的故事，但比较传统的说法是在我们就要到达的孝感。孝感原名

孝子董永墓

叫孝昌。南朝宋孝建元年（454 年），因考察此地"孝子昌盛"，遂置县名"孝昌"。后唐同光二年（924 年），庄宗李存勖因孝昌县名之"昌"字犯了其祖父名讳，遂根据"董永卖身葬父""黄香扇衾温被"和"孟宗哭竹生笋"等孝子感天动地的故事，改孝昌县为孝感县（今孝感市），是为"孝感"得名之始。今天的孝感，仍然在大力弘扬古孝子的孝德遗风，促进今日的精神文明建设。

其实，据考证，江苏省丹阳、湖北省孝感、山东省滨州、安徽省安庆等全国 14 个市县都有董永的传说，而且在《天仙配》里，董永的唱词也是"家住丹阳，姓董名永……"

2002 年 10 月，国家邮政局发行了一套《民间传说——董永与七仙女》纪念邮票，该纪念邮票一套 5 枚，外加一本小本票。为了竞争申办这套邮票的原地封首发式，这 14 个县市的集邮协会打了大半年的笔墨官司，个个都言之凿凿，声称自己那里是正宗正派的董永故里。丹阳积极参与竞争，从多方面论证了董永传说与丹阳的历史渊源。《董永与七仙女》邮票的设计者俞宏理先生还特地亲临丹阳考察，直接感受到了董永故里的文化氛围。最后，国家邮政局会同有关专家研究决定，批准丹阳、孝感、安庆、滨州四处，于 10 月 26 日同时举办《董永与七仙女》纪念邮票的首发式，让四地集体成为这套邮票的原地，丹阳列四个首发地之首。

不过孝感并没有受此影响，照样把孝感当董永故里。不但有董永墓、董永卖身葬父的墓，还有夫妻共度百日的爱巢。去孝感，不能不到董永公园看看。该公园位于孝感市槐荫大道东段，1984 年建成，2008 年重建。占地75 亩，分为三个区域。园

孝感火车站

内有孝子祠、仙女池、槐荫树、鸳鸯楼、理丝桥、涤丝亭、白步梯和升仙台等景点 12 处。景点按董永卖身葬父、孝行感天、仙女下凡、百日姻缘等情节为线索建造，歌颂了孝感人民尊老爱幼的传统美德。

不管是真是假，"百善孝为先"，行孝总是好事，希望各地都有这样的教育基地，让江河日下的道德大船再浮上水面。

孝感的历史遗迹还很多，在这里不提了，来点儿吃的吧，给朋友们补充一下旅途的营养。

宋代开国皇帝赵匡胤在没有出头的时候是干过脚夫的，曾给主家长途拉运货物。一年寒冬，他手推独轮车，从古"楚王城"（今湖北云梦）来到孝感西湖村。当独轮车满载贩购的西湖莲藕后，已是风雪黄昏，饥寒交迫。赵匡胤推车寻至西湖桥头一酒家，急欲充饥御寒。然而，饭店已经打烊，饭菜俱空。

热情而聪明的店主取客人运载的莲藕做原料，洗净去皮，切成细丝，略用盐腌渍，抖入葱、姜、香菇丝等调配料和少许面粉，用净布紧紧卷捏成一字条形，再用仅剩的两张豆油皮抹过面糊

豆油藕卷

浆包牢，以锯刀法切成形似车轮的筒片，经油炸烹制，一盘香喷喷的"豆油藕卷"送上餐桌。因那时年岁饥馑，战争频繁，朝廷严禁民间酿酒，店家就将一壶私人家酿奉送。赵匡胤非常感激，便一人独酌起来，边吃边赞曰："豆油藕卷肴，兼备美酒好，落肚体通泰，今朝愁顿消。"于是，"豆油藕卷"这一佐酒美肴即问世并沿传下来。

十多年后的公元 960 年，经陈桥兵变当上皇帝的赵匡胤，一天忽然想

起当年在孝感吃过的美酒佳肴，感慨万分。为了不忘旧情，便特对孝感颁发诏书，取消西湖禁酒令。自此，西湖酒市复兴。明代时，孝感进一步扩建了西湖桥和酒楼；清乾隆年间，还在西湖桥头立了一块"宋太祖沽酒处"的大石碑。

如今西湖桥古迹犹存，桥头牌楼和"宋太祖沽酒处"石碑则不知去向。此处乃孝感八景之一的西湖酒馆遗址。去孝感，要去那西湖喝上一壶老酒，来上一盘"豆油藕卷"，说不定啥时候你也"发迹"呢！

说起孝感，很多人会想到孝感麻糖。

确实，孝感麻糖是湖北有名的汉族传统小吃之一。配方是以精制糯米、优质芝麻和绵白糖为主料，配以桂花、金钱橘饼等，经过 12 道工艺流程、32 个环节制成，孝感麻糖外形犹如梳子，色白如霜，香味扑鼻，甘甜可口，风味独特，营养丰富，含蛋白质、葡萄糖和多种维生素，有暖肺、养胃、滋肝、补肾等功效。

孝感麻糖历史悠久，相传宋太祖赵匡胤曾经吃过并赞不绝口，从而一举成为皇家贡品。

相传孝感麻糖与董永有关。董永与下凡的七仙女配成了夫妻，然而王母娘娘冷酷无情地拆散了他们。董永与七仙女生有一子，名叫董宝，长大成人后，在预言家鬼谷子先生指点下，遇到了七位仙姑。七位仙姑送给他谷子一碗，嘱咐每天只要煮一粒，就可当作一天的口粮。而董宝回家后却把一碗谷子全煮了，结果这碗谷子变成一座饭山把董宝压在山下。后来在饭山上长出一种特殊的稻子。由于是来自天宫的仙种，所以滋味特别甘美，孝感麻糖就是用这种糯米制的糖。

大江北畔逛武汉

从北京出发，经冀、穿豫、入鄂，一路走走看看、聊聊侃侃，终于到达原京汉铁路的终点汉口了。京汉铁路于 1898 年底从南北两端同时开工，

1905 年 11 月 15 日黄河大桥建成。1906 年 4 月 1 日全线竣工通车，全长
1214 公里，原为卢汉铁路，由于八国联军打进北京，英法列强把铁路强行
延伸到前门，于是改称京汉铁路。汉口就是那时的终点。以后又经过多年
的反复，铁路真正跨过长江是 1957 年的事了。关于其中内情，放在下一
节再讲，我们先逛逛汉口和汉阳吧。武汉三镇，汉口、汉阳在江北就占了
两个，历史上留下的古迹故事当然就非常多，就拣几个聊聊吧。

"晴川历历汉阳树，芳草萋萋鹦鹉洲。"这是唐朝大诗人崔颢，在诗
里描述他登上黄鹤楼北望江北的景物。汉阳龟山东麓、长江边的禹功矶上
建有晴川阁，大家不要以为那是崔颢看到的阁楼。崔颢只说看到"晴川"，
而没有阁楼，那晴川阁则是始建于明代嘉靖年间，其名则是取自崔颢诗句
"晴川历历汉阳树"的"晴川"而已。

不过在汉阳龟山南麓的汉阳公园内，有一座不起眼的小石塔，名叫
"石榴花塔"。它比晴川阁修建的早些，是南宋遗物，并且有段如"窦娥
冤"般的凄惨故事：据碑文记载，宋朝时，汉阳一个小村里有户人家，老
太太膝下有一儿一女，还有个名叫榴花的孝顺媳妇。不知怎的，一日榴花
给生病的婆婆炖了碗鸡汤，婆婆喝后莫名其妙地死了。榴花的丈夫和小姑
子竟然把她告上了衙门，说她毒死婆婆想要独吞家产。榴花"坐罪无以自
明"，被官府屈打成招，判以死刑。临刑前，榴花折石榴花一枝，插在一

老汉口站

新汉口站

块石头的缝隙中说："若是我榴花毒死婆婆，天地不容，我死花死；若是冤枉于我，天若有情，当令此花生生世世永不枯萎。"说完，引颈受刑。

　　故事讲到这里，我倒想起前文讲过的"十年鸡头赛砒霜"。那个故事里是妻子为丈夫熬鸡汤，使丈夫被毒死。后来由苏东坡审案时，发现多年的鸡头里会产生砒霜，而为那女子平了冤狱。这榴花没有碰到苏东坡，不然就不会被冤枉了。

　　再说那石榴花枝插在石缝里，立即生根，不久就长得枝繁叶茂，花满枝头。人们这才知道榴花果真是冤枉的。为了哀悼她，便在她死的地方修了一座塔，就是现在的石榴花塔。这个故事太悲惨，不由得要骂那个愚蠢的丈夫，连自己贤惠的妻子都信不过，想什么呢？

　　还有一个"高山流水遇知音"的故事。就在汉阳龟山西麓的月湖东畔，建有琴台，是为纪念伯牙弹琴遇知音钟子期而修建的纪念性建筑。这个故事流传太广了，不再细数。不过有个关于他们的现代故事可以讨论一下，这钟子期会的是"伯牙"还是"俞伯牙"？由于于丹老师的《于丹趣品人生》书中多处提到"俞伯牙"，于是有读者提出质疑，说会钟子期的是"姓伯名牙"的伯牙，不是"俞伯牙"，俞伯牙只是明代小说家冯梦龙杜撰的名字。到底此案如何了结，没见下文。看来，在这个问题上的考证需要认真彻底一下。

　　《三国演义》里有一段"击鼓骂曹"的精彩故事，这大无畏地痛骂奸雄曹操者就是祢衡。历史上的祢衡（173—198 年），字正平，平原郡（今山东乐陵西南）人。少有才辩，为人"忠果正直，志怀霜雪，见善若惊，疾恶如仇"，恃才傲物，屡侮权贵。先是曹操召其为鼓吏，

武汉二七纪念碑
（1966 年 12 月与二七老工人合影）

令其改服鼓吏之装，借以辱之，他却在曹操及众宾客面前裸身更衣，后又在营门外，击鼓骂曹，为曹操不容，遣送与刘表，刘表亦被其侮慢，乃转送给部下江夏太守黄祖。祢衡又讽刺黄祖是"庙中之神，虽受祭祀，恨无灵验"，终被性情暴躁的黄祖杀害，年仅26岁，葬于江中芳洲之上。后人为纪念这位刚正不阿的名士，便借《鹦鹉赋》之名将他埋骨之处称为鹦鹉洲，并在洲上建正平祠，供人凭吊。古往今来，不少墨客骚人来游鹦鹉洲，凭吊祢衡墓，留下无数诗篇，使鹦鹉洲芳名远播，祢正平精神长存。

其实，鹦鹉洲在明代末年就已经完全沉没了，后人所认定的只是后来在江中流沙沉积起来的沙洲。现在人们牵强附会地在其上修了祢衡墓，也称此洲为鹦鹉洲了。

说了古代的，再说这汉口汉阳地面上现代的著名建筑物，那就当属"二七"铁路工人大罢工的"烈士纪念碑"了。前面讲过，全国纪念"二七"铁路工人大罢工的建筑物有三处，一是长辛店的"二七"纪念馆，二是郑州的"二七"纪念塔，再就是位于武汉市汉口江岸"二七"革命纪念馆院内的"二七烈士纪念碑"。此碑为纪念1923年在"二七"大罢工中牺牲的烈士而立。碑用花岗岩砌成。碑身为圭形方锥体，置于束腰石座之上，通高12.6米。碑座四面镶嵌着白色大理石的浮雕艺术装饰，前面是象征工农团结、高举革命火炬的图案，左右两侧嵌有浮雕画图，生动地再现了武汉各工团声援罢工和铁路工人赤手空拳与全副武装的反动军警英勇搏斗的壮烈场面。碑正面"二七烈士纪念碑"七个字是毛泽东主席手书。1966年11月，我参加徒步串联的长征队去井冈山，走到汉口时，曾在这个纪念碑前与当时参加"二七"大罢工的老工人合影留念。

武汉琴台

逛了一大阵子，还得说点吃的。到武汉了，最有名的小吃是什么？当然是热干面！据说，武汉热干面的问世纯属偶然。大约在 20 世纪 30 年代，汉口长堤街关帝庙一带有个人称"李包"的熟食小贩——这名字的由来是因为他脖子上长个大肉瘤，他卖的是凉粉和汤面。一年夏天，收摊儿回到家中，还剩下不少面条。他怕面条馊了，就把面条煮一下，捞起来晾在案板上，不小心碰翻了麻油壶，油全都泼在面上。李包很懊丧，可他灵机一动，索性将面条与麻油拌匀，然后扇凉后放起来。第二天早上，他就拿去上市，将面在水里烫了几下，捞起来放在碗里加上佐料卖给顾客。顾客吃了，感觉特好，问："这是什么面？"李包脱口说出："热干面。"于是，热干面在偶然的失手中诞生了。当然，之后又经过改进和再创造，终于有了武汉人人爱吃并必不可少的早点。

我去了几次武汉，吃过几回热干面，但总是不对口味，也许没有遇到正宗的，也许是我这北方人吃不习惯吧。

铁带飞挂接南北

京汉铁路修通后，在汉口建有好几个车站，如循礼门车站、玉带门车站、大智门车站、刘家庙车站等。但随着时代的变迁，这些车站早已在汉口的地图上消失了，现存下来的遗迹，有大智路保存完好的老汉口火车站博物馆，以及在老京汉铁路的遗址上新筑的一条路，就叫"京汉大道"。

在清政府开修京汉铁路后不久，从广州到武汉的铁路也动工了。只是粤汉铁路从 1898 年动工，直到 1936 年才全线通车，全长 1096 公里，前后经历 36 年。现为京广铁路南段。

现在我们坐上火车从北京到广州直来直去，非常方便，但在 20 世纪这段路途却是经过了漫长的艰苦历程。那时不仅有国内战争和日寇侵华的干扰，还有长江天堑的阻拦，铁路要顺达，何其艰难！

粤汉铁路修通后，与京汉铁路的接轨因为还没有能力建设长江大桥而

詹天佑故居博物馆

无法连接，只有靠轮渡的办法将火车车厢运来运去。武昌徐家棚作为粤汉铁路的终点站，还有一个重要的任务，就是通过轮渡与京汉铁路的汉口江岸连接起来，使京汉铁路与粤汉铁路贯通。

1937年3月10日，在汉口的江岸和武昌徐家棚，分别有两座铁路码头落成，正式办理京汉铁路与粤汉铁路的火车车辆的轮渡业务。那时南来北往的旅客，就可以凭联运车票，分别在江南徐家棚码头和江北江岸码头，坐专线轮渡去对岸火车站中转。虽然麻烦了一些，但在当时确实是非常了不起的事情，南北贯通的意义，应该是划时代的。但实际上，这个贯通也没能坚持多长时间，很快在1938年12月底，随着日寇侵占武汉而结束。

现在的武昌徐家棚江滩公园老粤汉铁路终点旁，有一个特别的地方——詹天佑广场，是为了纪念这位"中国铁路之父"对粤汉铁路的巨大贡献。1912年5月，詹天佑被聘为粤汉铁路会办兼武（昌）长（沙）铁路总办。上任第一天，他便亲赴武昌鲇鱼套车站，参加车站开工仪式。他定居武汉的第二年，就筹划设计了中国第一家交通博物馆，并且亲自主持、规划和统一全国铁路的修筑标准与铁路的类型。1919年1月，詹天佑衔命从汉口大智门火车站出发，前往海参崴和哈尔滨参加会议，后患病回汉口，4月24日与世长辞，享年58岁。

京汉、粤汉南北铁路的直接贯通，是在1957年。毛泽东主席有一首词："一桥飞架南北，天堑变通途。"就是说武汉长江大桥的建成，使长江再也不是"天堑"了。过去通过轮渡过长江，一次要五个多小时。有了大桥，火车几分钟就通过长江了。武汉长江大桥真是彻底改变了南北的交通状况。

而最早写出诗歌赞扬武汉长江大桥并且在全国有较大影响的是郭沫若，他的自由体诗《武汉长江大桥》，在 1957 年时流传很广。记得那时我在石家庄铁路中学上初中二年级，为了配合推广普通话的需要，老师组织我们集体朗诵诗歌，当时选的就是郭老这首《武汉长江大桥》，其中有一句是"一条铁带拴住了长江的腰"。一条"铁带"横跨大江，长江天堑变为坦途了。在当时，的确使满怀激情建设社会主义祖国的中国人民意气风发，斗志昂扬。

原粤汉铁路徐家棚遗址

时间过去了半个多世纪，一条"铁带"已经远远满足不了时代发展的需要了，那条从不驯服的大江已经被众多的铁带箍起来了。如今长江上横跨了多少大桥？有资料显示截止到 2005 年 3 月，宜宾到上海段已建和在建的大桥有 84 座，而武汉段就有 9 座。通途是更通了，可是长江呀，能承担起如此之重吗？

武汉长江大桥

黄鹤楼的新雄姿

武昌火车站

黄鹤楼

过了长江，就到了武汉三镇的重要一镇武昌了，到武昌一定要去的地方，当然是黄鹤楼了！"昔人已乘黄鹤去，此地空余黄鹤楼。"唐朝诗人崔颢的这两句诗，肯定把后人的口味调起来了，似乎不到黄鹤楼，那一定是没去武汉。据说，李白到了黄鹤楼，却没有作诗，因为"眼前有景到不得，崔颢题诗在上头"嘛。其实，那是个误判。据查，李白围绕着黄鹤楼、江夏周边一带作诗不下 50 首。其中一首为："一为迁客去长沙，西望长安不见家；黄鹤楼中吹玉笛，江城五月落梅花。"就因为李白这首诗，使得武汉因此获得"江城"这一桂冠。

如今去看黄鹤楼，那很是雄伟壮观，不过也是改革开放之后重新修复的。原黄鹤楼始建于三国时期，宋之后屡建屡毁，清代同治年间曾经重修，也只存在了十几年，又毁掉了。1981 年才依据同治年代的式样再重修，1985 年建成。黄鹤楼建造在蛇山顶上，外看三层，内部六层。

当然现在的建筑都是钢筋混凝土的，大概对消防也很有利。

我在 1966 年"文革"中的步行串联时，去过武汉，为了亲近长江，曾经特意乘长江上的轮渡一次，而后又步行在武汉长江大桥上来回走了一趟。当然也去寻找了黄鹤楼的遗址。那时只有光秃秃的石头地基，真是"黄鹤一去不复返，白云千载空悠悠"了。不过，那次为了不扫兴，几个同学沿着蛇山的脊顶从头走到尾。这武汉的地形的确很奇特，汉阳的龟山圆圆的，而武昌的蛇山长长的，并且是垂直地面对长江和江对面的龟山。蛇山有多长？没有查过，记得在山脊上有一条人们踩出来的小路，山上树木很多，如果一个人去走，还挺害怕的。一晃几十年了，其间再去武汉时没有关注过蛇山，恐怕再到蛇山走一遍的可能性不大了，四周的建筑应该把它紧紧地"箍起来"了。如果还可以去爬山，再到武汉时，一定去回味一下。

在武汉论及美食，"武昌鱼"是不可缺席的。毛主席的《水调歌头·游泳》中"才饮长沙水，又食武昌鱼"，使"武昌鱼"闻名天下。这段故事在"边走边吃"中讲过了，此处不再赘述。武昌还有一种美食是"老通城"香豆皮，被称为"豆皮大王"，创办于 1931 年。香豆皮皮酥米糯，让人望之流涎。

贺胜桥与汀泗桥

离开武昌南行，遇到一个站名叫咸宁的火车站。查看 20 世纪 90 年代的列车时刻表，可以查到咸宁北面 22 公里处的贺胜桥火车站和南面 12 公里的汀泗桥火车站。随着铁路大发展，许多中间小站都停业或消失了，贺胜桥火车站和汀泗桥火车站也在所难免。不过，贺胜桥和汀泗桥这两个地方却不会在人们的记忆中消失，那里曾是中国历史上北伐战争中取得决定性胜利的地方。

列车时刻表中标注的
汀泗桥站与贺胜桥站

1924 年秋，冯玉祥发动北京政变，推翻了"贿选"总统曹锟，然后邀请孙中山北上。等孙中山北上抵达时，冯玉祥已经与张作霖商定，接受段祺瑞进京任"临时执政"摄行大总统，并废除了曹锟宪法，终止《临时宪法》和取消国会。孙中山主张召开民选的国民会议，段祺瑞主张召开军政商学实力派组成的善后会议。1925 年 2 月 1 日善后会议召开。3 月 12 日孙中山在北京逝世。1925 年 7 月 1 日国民党在广州成立国民政府。同年 10 月爆发反奉战争。1926 年 4 月反奉战争失败，张作霖奉军占领北京，并与吴佩孚修好联合，段祺瑞下台。

1926 年 7 月 4 日，为完成孙中山的遗愿，国民党中央在广州召开临时全体会议，通过《国民革命军北伐宣言》，陈述了进行北伐推翻北洋军阀的理由。在苏联军事顾问的帮助下，北伐军制定了正确的行动方针，首先向军阀吴佩孚部队盘踞的湖南、湖北进军。共产党人叶挺领导的、以共产党员为骨干组成的第四军独立团是北伐先锋。在各界民众的支持下，北伐军高歌猛进。进入湖北后，军阀吴佩孚企图凭借汀泗桥、贺胜桥的险要地势阻止北伐军的进攻。经过浴血奋战，北伐军终于在 1926 年 8 月下旬攻下汀泗桥、咸宁和贺胜桥，击溃吴佩孚主力，并在 9 月 10 日攻占武昌。在战斗中，叶挺独立团战功卓著，所在的第四军被誉为"铁军"，叶挺更是被誉为北伐名将。曹渊等一批共产党员在战斗中壮烈牺牲。与此同时，北伐军向江西进军。经过艰苦战斗，11 月占领九江、南昌，并一举歼灭了军阀孙传芳的主力。同时，福建、浙江等省的军阀也纷纷倒向北伐军。国民革命军誓师北伐仅半年，就取得了惊人的进展，控制了南方大部分省区。国民革命军冯玉祥部也控制了西北地区，并准备东出潼关，响应北伐军。北伐战争的胜利大局已定。

　　但在北伐胜利进军之时，蒋介石"反共"的面目暴露出来。1927 年 4 月和 7 月，蒋介石和汪精卫先后在上海和武汉发动反革命政变，国共的第一次合作破裂，轰轰烈烈的大革命失败了。

贺胜桥烈士纪念碑

　　1926 年至 1928 年，由民国的广州国民政府及其领导下的国民革命军北进讨伐北京北洋政府及其领导下的各路军阀，是使民国在形式上完成统一的战争。1928 年 12 月 29 日张学良宣布东北三省由北洋政府五色旗改悬国民政府青天白日满地红旗，改保安委员会为东北政

汀泗桥

务委员会，即东北易帜，至此北伐成功。而北伐战争中的贺胜桥与汀泗桥的战役，无疑在北伐战争的胜利过程中占有举足轻重的地位。

火烧赤壁古战场

　　"遥想公瑾当年，小乔初嫁了，雄姿英发。羽扇纶巾，谈笑间，樯橹灰飞烟灭……"苏东坡的《念奴娇·赤壁怀古》下半阕，描述了当年周瑜火烧赤壁打败曹军的壮举。几十万大军呀，一夜间被突来的东风烧得一败

赤壁火车站

涂地，连主帅曹操都依托关羽的仗义，才得以逃生。一场赤壁大战，留下多少供后人侃聊的故事，多少军事家、政治家研究不完的课题。

故事好听，那赤壁好看吗？当然，这不就到了嘛！赤壁市，赤壁火车站，听着就耳生，这什么时候冒出来的呀？过去只知道这里有个火车站叫蒲圻。没错，赤壁市的成立也就是近十几年的事，所在地就是在蒲圻这块地方。1986 年 5 月 27 日，国务院批准撤销蒲圻县，设立蒲圻市，为县级市。1998 年 6 月 11 日，民政部批复同意将蒲圻市更名为赤壁市，由地级咸宁市代管。赤壁站就是原来的蒲圻站，不过新建的站舍，宽大漂亮多了。赤壁古战场就在如今赤壁市的西北方向 80 里地，靠近长江的地方。

从赤壁市乘汽车可以到达赤壁古战场的景区，景区主要由三座山组成。第一座山是赤壁山，就是周瑜与诸葛亮一起观看曹营以及周瑜指挥赤壁大战的督战地。当东风起，火烧曹操战船，大火将山壁映红时，周瑜激情高涨，让人拿笔来，一挥而就"赤壁"二字，赤壁山的名字就是如此而来。如今在山壁上就刻有周瑜当年的挥毫笔迹。

第二座山就是金鸾山。当年凤雏庞统，也就是庞士元就住在金鸾山半山腰的凤雏庵里，他夜里吹箫，发泄怀才不遇的牢骚，引诱蒋干把自己引荐到曹操那里，献上了置曹操大军于死地的"战船连环"计策。

第三座山就是南屏山。看过京剧《借东风》，应该记得诸葛亮那段著名的唱词："那庞士元献连环俱已停当，数九天少东风急坏了周郎。我算就了甲子日东风必降，南屏山设天台足踏正罡。"南屏山就是诸葛亮"借东风"设七星台的山头，如今还有遗址。还有使"苦肉计"打黄盖的地方，都可以寻到遗迹。

到此一游，登上山亭，俯瞰长江，怎不令人故国神游、感慨万千呀！赤壁鏖兵、火烧战船、"樯橹灰飞烟灭"的情景就会呈现眼前。不过静下心来，还是会感觉到"滚滚长江东逝水，浪花淘尽英雄。是非成败转头空。青山依旧在，几度夕阳红"。

在赤壁对岸有乌林镇，赤壁之战前那里是一片茂密的原始森林，大战把它烧成一片乌黑而得名乌林。乌林现还有曹操寨、擂鼓台、点将台、跑马场等遗迹以及称为红血港、万人坑、白骨塌、乌林寨、曹公祠、鲁公台、放马场等地方。曹操的著名诗篇"月明星稀，乌鹊南飞，绕树三匝，无枝可依，山不厌高，水不厌深，周公吐哺，天下归心"，就是在这里吟成的。因此，乌林镇也应该是赤壁古战场遗址的一部分。但它归属洪湖市管辖，可惜赤壁和洪湖两岸之间至今尚未达成统一开发的一致性意见。

据说洪湖市正规划在乌林镇建设一个三国古战场文化园，内容包括曹营水寨、曹营旱寨、擂鼓台、放马场、演兵场、曹操祠、碑林、黄蓬山自然风景区。还将兴建乌林古寨秦砖汉瓦三国街、农家乐餐饮光明街，在曹操湾建乌林之战纪念馆，在摇头山塑曹操雕像，扩建修缮曹公祠等。如果乌林规划变成现实，人们就可以从赤壁到乌林看到"赤壁之战"的全景了。

不过，赤壁大战的发生地究竟在哪儿，至今还有争议。至少有黄州说、汉阳说、汉川说、江夏说、钟祥说、嘉鱼说、蒲圻说等七种说法。其中，嘉鱼说与蒲圻说其实是同一个地点，这个地点在不同的历史时期先后归属过嘉鱼县和蒲圻县。至于汉阳说、汉川说、江夏说和钟祥说，也不过是学术界聊备一格的观点。只有黄州说与蒲圻说，双方都在引经据典，各执一词，互不相让。

黄州赤壁的由来，出自宋朝大文豪苏东坡。宋神宗元丰三年，苏东坡被贬为黄州团练副使，常常与友人到长江之滨泛舟而游。他触景生情，借题发挥，以赤鼻矶为三国赤壁，写下了《前赤壁赋》《后赤壁赋》和《念奴娇·赤壁怀古》等绝美文字。清朝康熙年间，黄州知府郭朝祚为赤鼻矶题名为"东坡赤壁",并书写了匾额。黄州赤壁因此亦名"文赤壁",区别于蒲圻的"武赤壁"。20世纪90年代初期,有学者认为黄州赤壁的地理环境符合历史上赤壁之战的描述,苏东坡所感怀的赤壁确系三国时期的古战场无疑。由此还引发了历史学界关于"文赤壁与武赤壁之争"。

赤壁地方美食也有许多,特别是赤壁肉糕是中外佳宴的一道名菜。赤壁人对赤壁肉糕情有独钟,吃肉糕成为赤壁地方的一种世风。

提起肉糕,还有一个故事呢:相传战国时楚王嗜鱼成性,但又时常被刺卡喉咙而恼火,许多厨师因此而成了楚王大怒之下的刀下鬼。后来,有一赤壁厨师在剖鱼时,意外发现鱼刺很容易从鱼肉分离开来,于是把分离出来的鱼肉和猪肉混合,配上佐料剁成泥,蒸成块形。楚王食之,惊喜不已。这样,楚王吃到了鱼肉也不被鱼刺卡喉咙了,厨师们也免成刀下鬼。

赤壁肉糕

而肉糕也从此问世,并名声大震。从那时起,肉糕技艺传流到民间,民间办理红白喜事,宴席上都少不了肉糕这道菜,而且上席的第一道菜必须以肉糕领先。在民间有"无糕不成席"的说法。去赤壁时,一定不要忘记吃赤壁肉糕呀!

岳阳楼上观洞庭

中国古代有四大名楼，说法似乎不一，我倾向于岳阳楼（湖南岳阳）、滕王阁（江西南昌）、黄鹤楼（湖北武汉）和鹳雀楼（山西永济）的说法，因为这四座楼都有历史的名篇、名作记载。如鹳雀楼就有唐代王之涣的"白日依山尽，黄河入海流。欲穷千里目，更上一层楼"。黄鹤楼就有唐代崔颢的"昔人已乘黄鹤去，此地空余黄鹤楼。黄鹤一去不复返，白云千载空悠悠"。而滕王阁和岳阳楼则分别有唐代王勃的《滕王阁序》和北宋范仲淹的《岳阳楼记》。

到底是"文以楼传世"，还是

岳阳火车站

"楼以文扬名"就细说不清了，反正有历史上的大文豪们记载了这样的楼，那就一定算是"名楼"啦！

岳阳楼在洞庭湖东畔、岳阳市内，距离岳阳火车站只有约三公里的路程，有多路公共汽车可以直达，极其方便的。

20世纪80年代初我曾去过洞庭湖，当然必须要登临岳阳楼了。那时岳阳楼刚刚经过整修，周围的杂居房屋正逐步拆除，岳阳楼的票价也很低。登上岳阳楼才知道在江南的三座楼中，岳阳楼是最矮的，也是江南三大名楼中唯一的一个木质结构的建筑。从清朝时期重修后，历经百余年加之几十年的战乱而没有被毁。岳阳楼是江南三大名楼中唯一不是在新中国成立后重新修建的，并且是保留完好的中国古代传统建筑风格的楼阁。虽说楼的高度仅有19.72米，比滕王阁（57.5米）和黄鹤楼（51米）的规模小得多，但由于她屹立在洞庭湖边上，面对浩瀚的湖水，却显得宏大与伟岸。让人真切地联想到杜甫的名句"吴楚东南坼，乾坤日夜浮"，那意思就好像说吴楚东南像裂开了口子，浩浩的湖水都向那儿奔流；整个的天和地，在湖水的冲击下日日夜夜地浮动着。

诗圣杜甫用那气势万钧而又蕴蓄深远的笔力，描绘出了洞庭湖上烟波浩荡、涵盖天地的雄奇景象。在我没有到过洞庭湖前，读来就已经胸怀豁达，急于前往观之了。而到了洞庭，这感觉就只能意会不可言传了，就如范仲淹在《岳阳楼记》里对洞庭湖岳阳楼的描写，"前人之述备矣"。一掠而过吧。

据说范仲淹在受朋友滕子京的委托为重修的岳阳楼写文章时，他并没有去过洞庭湖，而朋友之托又不能推辞，也不能胡编乱侃地瞎写。

岳阳楼

于是范大人就轻描淡写地几句话，对洞庭湖、岳阳楼概括几句，转而大发了一通感慨——"居庙堂之高则忧其民，处江湖之远则忧其君。是进亦忧，退亦忧。然则何时而乐耶？其必曰'先天下之忧而忧，后天下之乐而乐'乎。"这通感慨成了千古绝唱，对世人、对后人，有一定的警示、鞭策和激励作用。记得读中学时学了这篇文章，至今尚可背诵，对一生都有策励。

到岳阳楼，一定要入洞庭、去君山。君山是洞庭湖非常有名的湖中岛屿，古称洞庭山，洞庭湖就是由此而得名。唐代诗人刘禹锡用"白银盘里一青螺"来形容，可见君山之美。那里有许多美丽的传说，如舜帝死后，他的两个妻子娥皇与女英痛哭，眼睛都流出鲜血，洒在竹子上，于是，这里生长出上面有点点殷红的湘妃竹，还有埋葬娥皇、女英的二妃墓。此外，这里还有柳毅传书的传书亭和柳毅井，吕洞宾的朗吟亭，汉武帝的酒香亭等。

还有传说当年秦始皇游洞庭湖，遇风浪之险，便问左右："此乃何地？"侍臣回报："此地名君山，湘君女神之所在，故作此患。"并劝他去山上拜一拜湘君，求湘水神宁波息浪，可千古一帝的秦始皇却大怒，不但不肯求拜，反而令刑徒三千人伐尽岛上的树木，放火烧山毁尽其庙宇、亭台，并掘出九龙镶金的玉玺，对准岩石用力盖去，留印封山，想使湘水女神不为患。但这一切行动换来的是洞庭湖湖风更加大作，波浪滔天，船只被阻隔在君山。这时，秦始皇才明白自己是制服不了湘水神的，只得上山躬身求拜，才使得湖面风浪平息，船只畅通了。后人将秦始皇留在石壁上的四颗大印，称为"封山印"。看来，那湘水神倒是不畏强权的。

90 年代末，再去岳阳楼，发现扩展了许多，而且多出一个周瑜夫人"小乔墓"，当然门票也增长了许多。

岳阳是湖南省了，当然美食都巨辣。那真是毛泽东说的"不吃辣子不革命"，湖南省就是最革命的地方啦。美食放在长沙再谈吧，说说岳阳这地方出名的一酒、一茶。

酒是当年李白"醉杀洞庭秋"的"白云边"酒。这酒是独一无二的具有集茅台酱香、泸州老窖浓香、汾酒清香于一体，独创出的一种"兼香型"白酒。据说这酒闻之清香，进口浓香，回味酱香，三香俱全。再兼有李白做广告，名气就很大了！再就是"君山银针"名茶。到岳阳楼参观，这两样东西就是带回去送给朋友的最好礼物。

悲痛记忆荣家湾

荣家湾是岳阳市所属的岳阳县的县城所在地，总人口 10 万左右。荣家湾火车站是京广线上的一个四等小车站。就在这个小车站上，1997 年 4 月 29 日发生了旅客列车相撞事故，造成 126 人死亡、230 人受伤，其中 45 人重伤的旅客重大伤亡事故。

1997 年 4 月 29 日 10 时 48 分，一切似乎都很平常。818 次旅客列车静静地停在站内 4 道，待避由昆明开往郑州的 324 次旅客列车。324 次旅客列车通过后，这趟 818 次旅客列车也就放行了。车站值班员正常办理了列车进路，开放了绿色的进出站信号灯。324 次列车司机在绿色信号的指引下以超过每小时 100 公里的速度准备通过车站。然而，一场重大的灾祸却突如其来地向两个列车的旅客与铁路员工袭来——324 次列车拐进了停留 818 次列车的线路！

虽然 324 次列车司机采取了紧急措施，但一切都来不及了。324 次旅客列车头部与 818 次旅客列车的尾部冲突，造成 324 次旅客列车机后 1 至 9 位颠覆，10 至 11 位脱轨；818 次旅客列车机后 15 至 17 位（尾部 3 辆）颠覆。可以想象，瞬时间，荣家湾车站就如一颗小型原子弹爆炸，血肉横飞、尘烟四起、哭喊连天⋯⋯

事故的原因是什么？经过勘察、分析，确定是信号工区信号工违规作业，将车站值班员准备好的进路改动，造成道岔错误扳动，不应开放的信号开放。虽然当事的信号工和信号工长被刑事法办，一个判无期徒刑，一个判 15 年，但 126 条鲜活的生命呀，就这样极不应该地在瞬间消失了，还有这上百名造成终生痛苦的伤者。

铁路一贯是秉承"安全正点"宗旨的，而安全是第一位的。但由于种种原因，不出事故几乎是不可能的事。我们希望的是把事故压到最低限，特别是那些人为原因造成的事故更不应该出现。从 1971 年到 2012 年 7 月 23 日，铁路在 41 年间造成旅客列车的重大伤亡事故有 33 起。其中在京广线上就发生了 12 起，列数如下，愿所有的铁路员工记取这些惨痛教训，做到"安全正点、万无一失"，祝愿所有旅客旅行平安。

1. 1971 年 12 月 7 日，451 次近郊旅客列车和 837 次货车在京广线琉璃河站发生追尾相撞的重大行车事故，铁路职工和旅客死亡 14 人，伤 22 人，中断行车 1 小时 40 分；

2. 1980 年 1 月 22 日，长沙开往广州的 403 次列车，到达京广线株洲车站时，因为旅客携带发令纸燃烧起火，造成旅客 22 人死亡，4 人受伤，客车大破 1 辆，小破 1 辆；

3. 1984 年 12 月 18 日，武昌开往广州的 247 次（武汉客运段担当）旅客列车，运行在荣家湾至黄秀桥间，3 号车厢因旅客携带雷管发生爆炸，造成该旅客当场死亡，3 名旅客受伤；

4. 1986 年 1 月 15 日，武昌开往广州 247 次旅客列车，运行在京广线白石渡至坪石间，由于犯罪旅客在 7 号车厢实施爆炸，造成旅客死亡 7 人，重伤 11 人，轻伤 27 人；

5. 1987 年 7 月 18 日，郑州开往重庆的 287 次旅客列车，运行到京广线孟庙车站时，由于犯罪旅客在 9 号车厢实施爆炸，造成副列车长和另外 8 名旅客死亡，30 名旅客重伤和 39 名旅客轻伤，客车大破 2 辆；

6. 1988 年 1 月 7 日，广州开往西安的 272 次旅客列车，运行

时间	铁路事故	伤亡情况
2011 年 7 月 23 日	甬温线动车追尾	39 死*192 伤
2011 年 3 月 24 日	乌鲁木齐公交车与列车相撞	5 死 50 余伤
2010 年 5 月 23 日	沪昆线列车脱轨	19 死 71 伤
2009 年 7 月 29 日	广西柳州柳城火车脱轨	4 死 71 伤
2009 年 6 月 29 日	湖南郴州铁路火车相撞	3 死 63 伤
2008 年 4 月 28 日	胶济铁路火车相撞	72 死 416 伤
2008 年 1 月 23 日	山东动车组撞人	18 死 9 伤
2007 年 2 月 28 日	新疆列车因大风脱轨	3 死 34 伤
2006 年 4 月 11 日	京九线列车追尾	2 死 18 伤
2005 年 7 月 31 日	西安至长春列车脱轨	6 死 30 伤
2005 年 7 月 16 日	湖北一火车与运载钢管重大相撞	1 死 4 伤
2005 年 5 月 1 日	北京桑塔纳抢道被火车撞飞	2 死 1 伤
2001 年 7 月 13 日	四川达成铁路路外伤亡	22 死 16 伤
2001 年 4 月 20 日	滨洲线列车出轨	2 死 27 伤
1999 年 7 月 9 日	武昌开往湛江的列车脱轨	9 死 40 伤
1997 年 4 月 29 日	京广线湖南境内列车相撞	126 死 230 伤
1994 年 1 月 15 日	襄樊开往北京的列车与货车相撞	7 死 12 伤
1993 年 7 月 10 日	北京开往成都的列车追尾	40 死 48 伤
1992 年 3 月 21 日	浙赣线列车与货车相撞	15 死 25 伤
1991 年 8 月 18 日	武昌开往广州列车误判火灾旅客下车遇临线通过列车	数十名伤亡
1991 年 6 月 13 日	北京开往苏州的列车与货车追尾	1 死 28 伤

注：*表示死亡人数为截至 7 月 26 日的数据

图表制作：财新网（http://www.caing.com/）

财新网上的历年铁路事故表

在京广线马田墟车站时，6 号硬座车厢由于旅客携带油漆发生火灾，造成旅客 34 人死亡，30 人受伤，客车大破 2 辆；

7. 1988 年 7 月 1 日，永定门开往郑州的 415 次普通旅客列车运行至安阳至宝莲寺间，因旅客携带的银粉燃烧引起列车火灾，造成旅客死亡 6 人，重伤 6 人，轻伤 13 人，客车报废 1 辆；

8. 1991 年 8 月 18 日，武昌开往广州 247 次（武汉客运段担当），运行至京广线大瑶山隧洞时，因列车人员误判发生火灾在大瑶山隧洞内拉闸停车，旅客纷纷下车和跳车，正遇临线通过列车，造成数十名旅客伤亡；

9. 1993 年 7 月 10 日，北京开往成都（洛阳列车段担当）的 163 次旅客列车，运行至京广线新乡南场至七里营间，与前行的 2011 次货车发生追尾冲突，造成乘务员 32 人死亡，7 人重伤，4 人轻伤。旅客 8 人死亡，2 人重伤，35 人轻伤。机车中破 1 台，客车报废 3 辆，小破 15 辆。货车报废 1 辆，大破 2 辆，中断京广线正线行车 11 小时 15 分，这次事故是郑州铁路局客运乘务员伤亡最为惨重，至今事故造成的后患影响还未消失；

10. 1997 年 4 月 29 日，昆明开往郑州的 324 次旅客列车，运行到京广线荣家湾火车站时，与停在该站长沙开往茶岭的 818 次旅客列车相撞，造成乘务员和旅客死亡 126 人，重伤 45 人，轻伤 185 人，是 1971 年以来最大的一次旅客伤亡事故；

11. 1999 年 7 月 9 日，武昌开往湛江的 461 次旅客列车，运行至衡阳北和衡阳车站间发生脱轨，造成旅客死亡 9 人，重伤 15 人，轻伤 25 人。客车报废 5 辆，大破 4 辆，中破 2 辆，小破 1 辆；

12. 2009 年 6 月 29 日 2 时 34 分许，在湖南郴州站 K9017 次（长沙到深圳）客车与刚启动出站的 K9063 次（铜仁到深圳西）客车机车发生侧面冲突，K9017 次机车及机后 15 位车辆、K9063 次机车及机后 1—2 位车辆脱轨。事故造成 3 人死亡，60 余人受伤。

感谢你认真看完上述 12 个旅客列车的重大伤亡事故记录，请记住这血的教训。

屈子魂沉汨罗江

从荣家湾车站南行49公里就到了汨罗火车站。公元前278年农历五月初五日，大诗人屈原心怀"路漫漫其修远兮，吾将上下而求索"的精神，自沉于汨罗江。如今屈原投江的地方已经是岳阳市辖管的汨罗市了。汨罗不仅是

汨罗火车站

屈原投江殉节之地，也是这个世界文化名人、伟大的爱国主义诗人晚年居住、写作的地方。

战国时期，时任楚国左徒的屈原在遭奸佞诬陷被放逐江南后，辗转来到汨罗江北岸的南阳里、玉笥山居住9年，创作了《天问》《离骚》《九歌》《哀郢》《怀沙》等光辉诗篇，这些现实主义和浪漫主义相结合的作品，对中国文学艺术产生了极其深远的影响。屈原以身殉节后，当地的乡亲父老争相划船到汨罗江中，以竹筒贮米投入江中，祭奠屈原亡灵，并借此表达无限崇敬和怀念之情。这个习俗世代相传，且演绎成汨罗江的龙舟竞渡，祭品也逐步形成各式各样的叶包粽子。

两千多年来，汨罗江畔一直流传着"向天问""五月端阳""月亮光光""汨罗江上水倒流""仙匠铸金头""十二疑冢"等数十个民间传说故事。而屈原留下的不朽精神，已经和中华民族世世代代的海内外炎黄子孙们的拼搏奋进、自强不息精神紧紧地融合在一起了。

车过汨罗，应该去拜谒一下屈子祠。汨罗江西10公里的玉笥山上，植被葱茏中掩映着一座红墙朱檐的古建筑，这便是屈子祠。这里是中国现

1966年徒步串联瞻仰杨开慧烈士墓

汨罗屈子祠

存纪念屈原的唯一古建筑，有"中华第一祠"之称。屈子祠曾称屈原庙、汨罗庙、三闾庙等，最初建在屈原居住过的南阳。虽然多次经过洪水的侵蚀和冲毁，但当地民众始终是毁了又建，特别是先后有汉武帝、唐玄宗、宋光宗等多位皇帝下敕重建后，使得屈子祠留有较为完整的沿革史。两千多年来几毁几建，现存的屈子祠是奉清乾隆皇帝之旨于1754年重建的。屈子祠的正厅里以巨木雕刻司马迁的《屈原列传》和上悬"光争日月"四个大字的牌匾。后厅矗立着一尊高三米的屈原镀金塑像。屈子祠的东西厢房为八个陈列室，分别介绍了屈原的生平、作品、影响，后人对屈原的怀念。祠前台阶直通汨罗江堤。在屈子祠东侧还有1995年当地筹资450万元修建的园林式建筑屈原碑林。黄瓦红柱、金碧辉煌的碑林汇集了当时中国300多位书画名流之大作，嵌碑356块，分别书写了屈原的25篇作品。楷、行、草、隶、篆、魏碑、甲骨等字体应有尽有。有人说"北有孔庙，南有屈子祠"，应该是名副其实的。

屈原墓在1956年即公布为湖南省重点文物保护单位，有疑冢12座，分布于范家园与屈子祠镇两平方公里的汨罗山上。传说屈原投江后，尸体打捞上来时，有一边脸颊被鱼虾吃了。屈原的女儿女婴用平日在汨罗江中淘洗积攒的沙金，为父亲配上了半边金脸，葬于汨罗山上。乡人盛赞曰：

"九子不能葬父，一女打金冠。"是讽刺楚怀王客死于秦后，虽有九子，却不能及时葬父。消息传到垣襄王和公子子兰耳里，他们当然会勃然大怒，扬言要对屈原掘墓鞭尸夺金脸。消息传来，女媭跪在父亲坟前痛哭，决心在汨罗山上再筑几座假坟，以假乱真。于是，她用罗裙从山下兜土，不分白天黑夜连续苦干，好些天才筑起一座小土堆。这天傍晚，她实在太累了，终于倒在土堆旁昏然睡去。朦胧中只见一位银须飘拂的黄袍老人手持龙头杖，从身边破土而出。老人手中龙头杖越伸越长，一直伸到山下，轻轻一戳，再一抬，一座巨大的土堆随着龙头杖落了汨罗山上。老人一共指出山上 11 座与屈原墓别无二致的高大土堆后，缩回龙头杖，遁地而去。山下鸡鸣，女媭惊醒，起身一看方圆两华里的山上已出现了 12 座高大的坟墓，自己也辨别不出真假了。

现 12 座墓中，有一座在修京广铁路复线时被劈山余土所掩，其余 11 座完好无损。屈子祠及屈原墓"十二疑冢"已于 2001 年列为全国重点文物保护单位。"故楚三闾大夫之墓"墓碑为清同治、光绪年间先后刊立。其他相关景点还有独醒亭、骚坛、濯缨桥、招屈亭、桃花洞等，相关遗址还有屈原故宅、饮马塘、寿星台、藏骚阁、望爷墩、绣花墩、剪刀池、女媭祠、河泊潭、晒尸墩、凤凰山屈原庙等。

值得一提的是，2009 年，时年 81 岁的长沙籍台湾老人陈之迈，在这里守望七年并捐资 900 多万元修缮的屈原墓陵园，成为国内唯一一座完全由个人投资修建且免费向游人开放的大型公益性陵园。

过汨罗市南行是长沙县了，县内有个开慧乡（现为开慧镇），此乡原名清泰乡。这里有两位著名人物的故居，分别是中国共产党第一位女党员缪伯英，还有就是毛泽东的第一位夫人杨开慧。1966 年底我们徒步串联时，从平江县过汨罗江后，特意绕道去了开慧公社的下板仓，参观了杨开慧的故居和墓地。那时杨开慧墓地还没有修缮，杨开慧墓园是 1967 年 4 月才动工的。因此，我们见到的是旧貌。我在当时的日记里是这样描述的："故居的展览才开始 20 多天，原来住着人，'文化大革命'之后才开始重建。故居在公路侧旁，在一个小山包的凹处有几幢房子。故居南面的小山包上有烈士墓，在南面隔公路一侧是一座旧庙，即开慧小学，当年她小时上学的上板仓小学。墓地没有很好地修缮过。从北边上去是开慧烈士墓，上刻'毛母开慧之墓'男岸英、青、龙，民国十九年冬。此外还有杨怀中夫妻及杨怀中之父连在一起的墓。此墓后面是一个亭子。向西南走，是一碑，上刻杨开慧、杨开明（开慧堂弟）、杨展（开慧表妹）的生平事迹，再向西是杨开明的墓。"

几十年过去了，杨开慧的家乡也发生了巨大变化，杨开慧陵园也以新的面貌展现在后人的面前了。去汨罗，可以绕路去开慧乡，大概有50公里路程。

"1次"列车通长沙

乘坐火车，就要买火车票，而买票就要选择车次。人们总是在忙着挑选车次，但谁也不去想着车次是如何排出来的。当然，铁路在排列车次时一定要有个规律性的规定要求，比如上行、下行方向的规定，一般向首都方向是上行，从北京发出的是下行，而且下行方向车次是单数，上行方向就是双数。不是开往首都列车的上下行方向，是以各省的省会或直辖市为中心确定的。这里还有许多说道，咱就不学习啦。

长沙站

游走到长沙了，说说与长沙有关的车次吧。长沙是湖南省省会，近邻又有毛泽东主席出生的韶山冲，于是，从北京开往长沙的车次就是1次列车了。这是个很光荣的事啦。其实，这1次列车的排法还真是有它的时代特征。

民国初年铁路是如何排

车次？没有太多的研究。由于那时铁路在许多地方还没有连成网，车次没有后来的这么系统，但老北京站开出的车次还是固定的，也是从这里开出的都是单数，反之是双数。那时的第 1 次列车就是北京前门车站开往汉口的，开往汉口的其他车次还有第 11 次、第 21 次客车及开往石家庄的第 25 次、开往保定的是第 27 次和开往长辛店的客货车第 147 次。其他还有开往沈阳（奉天）、张家口、上海等方向的车次。

从这里看到，民国初年的 1 次列车是在京汉铁路修通后由北京开到汉口的。在新中国成立后，1 次列车有了变化。那时候实行"一边倒"，老大哥苏联是世界革命中心，1 次列车就变成北京至满洲里到莫斯科了；后来有了从北京经乌兰巴托到莫斯科的列车，就成为 3 次列车了。北京开往汉口的列车改为 37 次，而那时北京还没有开往长沙的直达客车。

后来，中苏交恶，莫斯科的"中心"地位丧失了，1 次列车也就掉头跑主席的故乡了。看来政治影响列车的排序还是起着关键因素的。记得 1967 年 12 月 28 日铁路线修通到韶山，有段时间 1 次列车是从北京开到韶山的。但后来还是改为通长沙了。

进入 21 世纪，铁路跨越式发展，车次也增加了许多，各种列车的名目也多起来。于是出现了（高铁）G1 次北京到上海，（直达）Z1 次北京到哈尔滨，（动车组）D1 次北京开往沈阳，而（直通）T1 次仍然保留给北京西开往长沙。看来，铁路在排车次上还是动了不少脑筋的。

到了长沙，应该去岳麓山看看，岳麓书院是个有名的古书院，书院门口"唯楚有才，于斯为盛"的对联，很表现出湖南人自信的性格。去爱晚亭会使人马上想起杜牧"停车坐爱枫林晚，霜叶红于二月花"的动人诗句。

长沙是座古城，有许多古迹、古物，如马王堆汉墓、开福寺、古麓山寺、云麓宫、天心阁、北津城遗址、长沙窑遗址、走马楼简牍、白沙古井、禹王碑、陶公庙、浏阳文庙……哎，提到白沙古井，使人想起"长沙沙水水无沙"，长沙水一定是不错的。走在古城区，你会发现有"古代自来水"的遗迹，那是古城的水系建筑，原来长沙也是通过遍布城市的水道来供应当时的居民用水的。可惜，时代变迁，人越来越多，水越来越少，这些水道如今成为"废沟"，留下了几多遗憾。

长沙近代史上的遗迹也有许多，如清水塘中共湘区委员会旧址、船山学社、新民学会旧址、湖南第一师范、贾谊故宅、黄兴墓、蔡锷墓和许多新中国领导人及革命烈士的故居。以"橘子洲头，看万山红遍"的诗句而出名的橘子洲头是一定要去看看的。

到长沙，一定要品尝美食，湘菜也是一种别有风味的佳肴，不过，辣是最大的特色。什么"剁椒鱼头""辣子炒肉"等等，没有尝辣的功底，恐怕难以消受。湖南菜里也有如"粉蒸排骨""毛氏红烧肉"之类的不放辣子的菜，倒可以吃吃。对，长沙火宫殿的特色小吃不能放过，特别是著名的臭豆腐、姊妹团子、馓子、龙脂猪血要尝尝的。

这些有名的餐点到底还保留了多少传统的风味，就很难说了，只是在街头有一种"娭毑"摊点所出售的小吃堪称长沙原汁原味的小吃。长沙人对老太婆的尊称为"娭毑"。那些老太婆制造传统食品的小吃店才是人们蜂拥而至的地方。不过，这种小吃文化的现象也由于没有接班人的问题而逐渐消失着。有机会去长沙，建议朋友抓紧时间去寻访那些"娭毑"摊点，尝尝正宗的长沙小吃吧！

魅力新城古建宁

建宁在哪儿？恐怕绝大多数朋友都不知道，也许会答是福建省三明市的建宁县吧。现在我们是在京广线上，而且是古建宁，那就肯定不对了。其实古建宁就是现在的株洲。这可是个魅力新城呀，它是湖南省"一点一线"区域经济带的重要城市，也是全省经济最发达的长、株、潭"金三角"一隅。

株洲，古称建宁，始于公元214年三国东吴在此设建宁郡。说起古建宁的设立，还有一段美丽的故事，京剧《龙凤呈祥》就是这段故事中重要的一节。有关史料中记载：东汉建安十三年（208年），曹操初定北方，大举南进，兵锋直指荆州、江陵一带。孙权采纳鲁肃、周瑜的建议，联刘抗曹。赤壁大战，火烧曹营，大败曹操，"三国分立"的局面从此形成。

建安十五年（210年），周瑜病死，孙权又采纳鲁肃建议，借荆州于刘备。刘备以荆州为依托并用诸葛亮计策，攻取了益州（今四川）。按说刘备此时应该将荆州归还孙权了。孙权也以为刘备已得益州，该归还荆州了，就封了三郡长吏去接荆州。不想这刘备听了诸葛亮的主意，耍赖了。指示关羽驱逐了孙权的官吏。孙权十分愤怒，派吕蒙领兵两万，取长沙、零陵、桂阳三郡，尽得三郡将守；又令吕蒙支援鲁肃，屯兵巴丘（今岳阳市），拒关羽于益阳。刘备因曹操进攻汉中，怕失去益州，派使者向孙权求和。孙权同意分荆州长沙、江夏、桂阳以东属东吴，南郡、零陵、武陵以西属刘备。从此，孙、刘分湘江而治。孙权取建立"安宁边疆"之意，始设建宁县，县治驻椹洲（株洲古称），以防"蜀湘南之渡"。

不过在这个历史事实之外，人们还杜撰了一个美丽的故事，就是孙权嫁妹讨还荆州，京剧的名字叫《龙凤呈祥》：说孙权见刘皇叔得了健忘症，觉得硬抢也不是办法。于是就由周瑜设计，假意要将孙权的妹妹——吴国郡主孙尚香许配给刘备，借机将刘备诓到东吴，逼他就范。不想孙权的母亲吴太后得知消息，知道要将自己的女儿当诱饵，就劈头盖脸将儿子一顿臭骂。后来，吴太后听从了乔国丈的劝说，要求在甘露寺面相刘备。太后见了刘备，十分满意："龙眉凤目帝王体，两耳垂肩手过膝。"更出乎意料的是，那位孙尚香竟然对刘皇叔一见钟情。她本来高不成低不就快成"剩女"了，突然来了一位皇族要当"白马王子"，能不满意吗？于是就马上答应了这门亲事，并死心塌地地跟了刘备。美人计弄假成真，周瑜干脆将错就错，试图让刘备贪受酒色，不回荆州，老死东吴。不过"既生瑜，何生亮"，周瑜的所有计谋，都被诸葛亮识破，孙权是"赔了夫人又折兵"。孙权才真正大怒，兵戎相见。刘备眼看要吃亏，于是求和。才有了孙权在湘江以东的一个拐弯处建立了建宁县。经历了1800多年的风风雨雨，沧桑巨变，这个小县变成了今天的株洲。有人感慨，如果没有孙权的美人计，这里也许是另一个模样。

其实，这个故事就是假的。因为孙权借出荆州时，周瑜早就过世了。哪有周瑜出主意撺掇孙权嫁妹机会呀？只要戏唱的有趣，人们也就罔顾历史事实了。

直到新中国成立初期，株洲还只是湘潭县辖下的一个小集镇。到 1951 年 5 月，株洲设专辖县级市，1956 年 3 月，升为省辖地级市，1983 年实行市带县新体制。现在的株洲由 4 个市辖城区、一个两型社会示范区、一个国家级高新区及醴陵市、株洲县、攸县、茶陵县、炎陵县组成，辖 134 个乡镇（街道）。总面积 11420 平方公里，其中市区面积 542 平方公里。总人口达 400 万人。株洲地处贯穿南北、连接东西的重要通道上。铁路有京广、湘黔、浙赣铁路在这里交汇。武广高速铁路也已建成通车。沪昆高速铁路在株洲醴陵境内设醴陵北站，株洲形成了武广沪昆两条高速铁路的十字枢纽中心。株洲火车站是全国五大客货运输特级站之一。在公路方面有 106 国道、107 国道、320 国道、京港澳高速、沪昆高速、长株高速以及连接闽南、赣南、湘南的"三南"公路都在境内穿过。还有岳汝高速将竣工通车，株洲的交通优势更加明显。航运方面，穿城而过的湘江，是长江第二大支流，四季通航，千吨级船舶可通江达海。空运方面，距黄花国际机场仅 40 公里、20 多分钟车程。株洲真正的是四通八达呀！

株洲火车站

如今株洲是湖南第二大城市、综合实力第二强市。株洲既是全国的老工业基地，又是新兴的工业城市，被誉为"中国电力机车的摇篮"和"中国电力机车之都"，也是亚洲最大的有色金属冶炼基地、硬质合金研制基地、电动汽车研制基地。是国家

"一五""二五"时期重点建设的八个工业城市之一，中国第一台航空发动机、第一枚空对空导弹、第一台电力机车、第一块硬质合金等100多个中国工业史上的第一都诞生在株洲。生产的六轴9600千瓦电力机车，是当今世界功率最大的机车，整个机车的技术领先世界20年。简言之，株洲已经是一座具有发展潜力的魅力新城啦！

衡阳雁去无留意

"文革"中，我在东北某小站当工人，思念家乡的时候，就翻翻唐诗宋词中那些描述离愁的诗篇，范仲淹的《渔家傲》中"塞下秋来风景异，衡阳雁去无留意……浊酒一杯家万里，燕然未勒归无计……"虽然那景意未必相符，但思归的心情是一样的。而"衡阳雁"却是深深刻在脑海里，每每在入秋看到成行的大雁南飞，就想到那是飞往衡阳的大雁呀！何时也去看看它们栖居过冬的地方？

终于在30年后的21世纪初，去衡山的南岳旅游时到了衡阳。

为什么此地称谓衡阳？一种说法是，南岳七十二峰，衡阳那里有位于最南端的山峰，南为阳嘛，衡阳也就是衡山之阳的意思；还有一个说法是那里有条河叫"衡水"，水之北为阳，于是称谓衡阳。不过后一种说法我没有得到验证，那里有"衡水"吗？

到了衡阳一定去看那儿南岳最南面的山峰，叫"回雁峰"，也就是人们都向往的衡阳雁落脚地。其实看过后会觉得那峰真是太小了，与想象中的山峰相比，不过是个石头山包而已。这个号称"南岳第一

衡阳火车站

回雁峰

峰"的山峰，海拔只有 96.8 米，总面积 6.32 公顷，而今那里是个公园了。上面有些建筑，比较有名的是这里为明末清初的思想家王夫之出生地，建有纪念他的"此君轩"；还有"回雁寺"，里面供有 3 米高的端坐寿佛。相传寿佛俗家姓周，湖南郴州人，号宗慧，享年 139 岁（728—867 年）。

到回雁峰游览，最有意义的是了解回雁峰名字的由来。在那里现存一块碑记：某年冬天有群大雁栖息于衡阳某山，因一雄雁被猎人射死，一雌雁也撞死山头，故不肯飞走，整日在城市上空哀鸣，发出很凄切悲凉之声。人们不知怎么回事。过了冬，怎么驱赶都不飞走。时任县令就贴出一张悬赏榜来解决。后来，回雁峰某长者听出了大雁的哀鸣声很悲伤，就到大雁经常栖息的地方走访猎户。看有没有人射死了大雁，并找到那猎人揭了榜。于是，县令惩罚了那个猎人，并颁布法令：不准射杀大雁，且在山上雕筑大雁像立碑挽诗及在雁峰寺焚香三日超度，那群大雁才飞走。此后每年大雁南飞，飞经雁峰山时，仿佛都听到那双死去大雁的哀鸣召唤声，都不再南飞，便栖息在雁峰上度冬。至今衡阳民间有不准射杀大雁的习俗。衡阳"雁城"之名由来已久。

其实，大雁是选择这里气候适于过冬而已。故事也许发生过，也只是巧合或大雁群体的集体主义表现。不过，气候的变化和人为的干扰，回雁峰的大雁越来越少了，回雁峰再也不是大雁们流连忘返的佳地了。

历史上许多文人墨客都在寺内题写不少挽雁诗。故范仲淹词云:"衡阳雁去无留意",还有一些大文豪留下有关佳作名句,最著名的应该是唐初四杰的王勃《滕王阁序》中"渔舟唱晚,响穷彭蠡之滨;雁阵惊寒,声断衡阳之浦"了。

到衡阳还应该去参观有关衡阳保卫战、史称"衡阳会战"的有关纪念物。1944年,日军为了扭转太平洋战场上急剧失利的厄运,日本大本营参谋总长杉山元大将上奏日本天皇,提出了"一号作战"——"打通大陆作战",向豫湘桂黔地区发动了大规模的战略性进攻。1944年6月22日,日军11万入侵衡阳,方先觉将军率中国国民革命军第十军约1.8万人抵抗。日军由于久攻不下,7月18日,日本首相东条英机终于被迫辞职下台。直到1944年8月8日,历时47天,衡阳才失陷。第十军死伤1.5万余人,日军死亡2万余人、6万余人受伤。

衡阳保卫战为中国八年抗战作战时间最长、敌我双方伤亡将士最多、程度最为惨烈的城市争夺战,被誉为"东方的莫斯科保卫战",为中国抗战史上最成功的战役和以寡敌众的最典型战例,也是日本战史中记载的唯一一次日军伤亡超过我军的战例。毛泽东在1944年8月12日《解放日报》发表社论:"坚守衡阳的守军是英勇的,衡阳人民付出了重大牺牲。"国民政府授予雁城衡阳"抗战纪念城"的称号,并于1947年8月举行奠基典礼,在岳屏山建塔纪念。

到衡阳如果谈美食,最好的应该是这里的佛家斋食。衡山传统佛教斋食中的南岳素食,品种繁多,取材多样。许多菜式看似大鱼大肉,其实都是素菜,看了比吃了更过瘾。而其中以豆腐制品为四时皆备、乡土风味浓郁的主要菜肴。品种繁多,主要有家常豆腐、砂锅豆腐、豆腐丸、夹心豆腐、凉拌豆腐、翻皮油豆腐、带馅油豆腐、五香豆腐干等,炸、炖、蒸、煮、炒技法多样,酸、甜、咸、辣、香五味俱全,食之回味无穷。到衡阳不妨去品尝一下以豆腐为主的佛家斋食,感觉那是相当好。

耒阳不是无名地

从衡阳火车站南行 63 公里到达耒阳火车站。耒阳这个名字来自湖南的耒水之阳。耒阳是中华始祖神农氏发明耒耜之地，也是中国农耕文化发祥地之一。在耒阳的东面有个酃县，那里就有神农氏炎帝陵。

耒阳火车站

耒阳为中国四大发明之首造纸术发明家蔡伦的故乡，蔡伦纪念园原为蔡侯祠，建于东汉末年，为蔡伦衣冠冢。墓为单室券顶砖室墓，墓室高 2.2 米，长 7.84 米，宽 2.7 米，花岗岩墓围，有墓门、阶梯入墓室，砖有汉墓常见的几何形纹饰。墓碑正面刻有郭沫若 1959 年题 "蔡伦之墓"。2001 年，以蔡侯祠为基础扩建成蔡伦纪念园，占地 8 万多平方米，园内主要由主大门、蔡子池、怀圣台、碑廊、手工造纸作坊、思侯亭、蔡侯祠、蔡伦墓等景点组成。

和许多名人一样，由于名气太大，就有后人来争夺。首先是蔡伦墓似乎已有定论，陕西的洋县有埋葬蔡伦的墓，那耒阳的蔡伦墓就是衣冠冢了；而出生地却有附近的桂阳来争了，桂阳那边有蔡伦摩崖石刻，还有相传千年的蔡伦井呢！不过，耒阳是 "有恃无恐" 的，因为耒阳是蔡伦的出生地得到了国家的认定，一时半时是不怕别人认领走的。

耒阳另一个著名的地方是杜甫墓，位于耒阳市一中校内。墓封土为圆形，径 5 米。基砌麻石，高 50 厘米，上堆封土，通高 1.5 米，正面麻石镌刻有"唐工部杜公之墓"。上款署"景定癸亥夏孟"（南宋理宗景定四年四月，1263 年 4 月），下署"县令王禾立石"。墓前立有 1940 年薛岳撰《重修杜公墓》碑。墓后有古石碑座，惜碑已失其所在。墓周砌有石栏，占地 100 平方米。

据记载杜甫确实是死于耒阳的。那年杜甫穷困潦倒，离川南下来到耒阳，又赶上耒阳发大水，贫病交加的杜甫想起耒阳有个相识的聂县令，于是就写信求救。聂县令接到杜甫的信，本要去探望，只因抢险救灾，一时抽不出身，便派人给杜甫送了些牛肉和白酒。据郭沫若考证，送去的牛肉有 15 斤之多。本来这聂县令敬慕杜甫，送来酒肉是好事，但这酒肉却要了诗圣的性命。至于

蔡伦造纸作坊

蔡侯祠

蔡伦塑像

杜甫的死亡有两种说法，一是杜甫见到多日未沾唇的酒，一时失控喝多了，失足掉入耒水而亡故；二是那聂县令送来的牛肉太多了，杜甫一次吃不完，接着再吃。不想南方天气太热，杜甫的船上又没有制冷的冰箱，牛肉就开始腐败。据郭沫若考证牛肉在开始腐败时毒性最大，杜甫是吃了腐败的牛肉，急性中毒而亡故的。不管怎么讲，都是聂县令好心办了坏事，把一代诗圣留在了耒阳。

耒阳杜甫墓

其实，杜甫在四川待得好好的，虽然有些困难，总归好办一些。非要离川，犯了"老不离蜀"的大忌。记得郭沫若写过一本依附"评法批儒"的书《李白与杜甫》，批杜甫离川是要到江南寻找美女，杜甫不是有诗句"越女天下白"吗？这真是胡拉硬扯了！不过，既然杜甫死在了耒阳，如今也就给耒阳留下一份旅游资源。

不同于蔡伦的是，杜甫墓地的争夺甚是激烈：湖北声称那里的一座是真的，即杜甫的祖籍地襄阳（今属襄樊）；另一座在河南偃师，与杜甫祖父墓毗邻；还有一座在河南巩义，杜甫出生地；湖南的耒阳、平江各一座，均与诗人的最后行踪有关；陕西也有两座，鄜州（今陕西省富县）一座，华州（今陕西省华阴市）一座，因为杜甫早年就在那一带游历；最后一座在四川成都，杜甫晚年生活地。

"一个人身后有八座坟墓，但真墓只有一座。"据说，杜甫落水而死并没有找到尸体，只找到一只靴子，杜甫墓只埋葬了杜甫的一只靴子，也称"靴墓"。但据郭沫若考证，耒阳的墓地为杜甫真墓。

耒阳还与《三国演义》里的人物有关。看过《三国演义》的朋友，一定记得刘备开始不重用"凤雏"庞统，把他弄到一个小县城当县令。这个小县城就是耒阳。庞统当然闷闷不乐，竟然三年不理民案。刘备得知派张飞巡查，庞统立即用三日理清积压了三年的案卷，让张飞感叹不已，汇报给刘备引起重视，马上委任庞统为左军师。耒阳不是无名的吧！还有许多典故，更有自然风光和现代化的经济发展成果，不一一表述了。

讲一个美食吧：米豆腐，相信在南方许多地方都有，唯独耒阳的米豆腐更有来历，至今在此地还有一个美丽的传说。神农氏创耒时，耒河洪水时常泛滥成灾，沿河百姓生活农田被淹，生活很艰苦。只能把大米磨成浆状，加水熬煮成糊粥一样给百姓填充饥饿。有一天伙房误把与米浆相似的石灰水倒入其中，为慎重起见决定舍弃。神农看见了连忙劝阻，眼前的这几十大锅糊粥，可以挽救多少人的生命呀！于是便吩咐把这些糊粥用竹筛装好。神农亲自把结成米冻状的米糊划成方格块状煮好并带头食之，不但无妨害，且其味甚佳。后来，人人仿效做之，并取名为米豆腐，也有的乡镇称它"绿豆糕"。

耒阳米豆腐的做法颇有讲究，用优质大米淘洗浸泡后，加水用石磨碾成米浆，再用石灰碱水做"酵母"，用铁锅一边煮一边搅拌，成稠糊状时，倒在事先洗净的竹筛上搪平，冷却后用竹片刀和竹尺划成寸宽方块。待铁锅中水烧开后，用捞篱把米豆腐放到锅中，加上红红的酸辣椒或油辣椒、青绿的葱花、白花花的蒜米、爽脆的榨菜丁，酸溜溜的陈醋，黑黝黝的酱油。待再沸腾时，掀开锅盖，撒适量葱花、醋和味精等佐料，顿时香味扑鼻。几口下肚之后，常有吃得满头大汗、周身通泰的食客，感觉不过瘾，会意犹未尽地喊道："爽，再来一碗！"

会不会有这样的感觉？那你就去耒阳实践一下吧！

郴州女排集训地

中国女排郴州公寓

我们继续南行，前面就是郴州火车站了。提到郴州，你会想起什么？那一定会想到中国人曾经的骄傲——中国女排！郴州正是中国女排的福地，凡是在郴州训练基地训练后，中国女排在国家大赛中就一定有好成绩。你若不信，那就看看历史记录吧：

1979 年，中国女排第一次完成郴州集训之后，就在当年的亚锦赛上夺得冠军。随后，冠军一个接着一个到来，从 1981 年到 1987 年，中国女排五夺世界大赛冠军，包揽了这一时期女排世锦赛、世界杯、奥运会的所有冠军。有意思的是，中国女排在 1988 年至 2001 年期间，曾中断了每年赴郴州集训的惯例，这段时间也正是中国女排的低谷，13 年没有取得任何一项世界冠军。2001 年后，随着中国女排在陈忠和的带领下恢复了每年在郴州集训的传统，中国女排也实现了二次崛起的梦想。她们先后在世界杯和奥运会上夺得冠军。

是不是有点儿奇怪？不管怎么说，这是事实，所以郴州人也由此更加自豪——中国女排姑娘的两次腾飞都有郴州的支持。

说起来，郴州成为中国女排的训练基地，只是个偶然的机会：1978 年 2 月，当时的国家体委提出三大球要打"翻身仗"的目标，女排则是实现这一目标的先头部队。为了排除一切干扰、专心训练，中国女排开始在北京之外寻找训练基地。因为当时女排领队张一沛是湖南人的关系，郴州市找到了中国女排，希望能获准在郴州建立女排训练基地，为国家作一些贡献。就这样，郴州为了能够邀请到女排，也是花了很多工夫，包括在40多天里建起了一座竹棚训练馆。国家体委很快作出了郴州成为女排训练基地的决定，这也拉开了中国女排从郴州开始腾飞的序幕。最初邀请中国女排把训练基地建在郴州时，谁也没有想到女排在日后的成就能如此辉煌，并成为郴州人从此难以割舍的感情寄托。

不管这里有否迷信的味道，郴州人对女排的感情是真挚和朴实的。随着中国女排走向辉煌，郴州也跟着沾了光，这座原本默默无名的小城，在过去30年一跃成为湖南省重要的经济城市和著名的旅游城市之一。这究竟是中国女排沾了郴州"福地"的光，还是郴州沾了中国女排辉煌的光，现在谁也说不清楚。

郴州这地方有个苏仙岭，那可是道教的"天下第十八福地"。传说在西汉汉文帝年间，郴州东门外住着一户姓潘的人家。一天，年方二八的潘家姑娘到郴江边洗衣服，从上游漂来的一根红丝线缠住了她的手指，潘姑娘想用牙齿咬脱红丝线，不料红丝线却溜进了她的肚子里，使潘姑娘怀孕了。她只好躲到离家不远的牛脾山桃花洞里，生下一个男孩取名苏耽。苏耽没有衣服，洞外水池边的白鹤用自己的双翼覆盖着他；没有奶吃，洞里的一只白鹿就用奶水哺育他。苏耽长大懂得孝敬母亲，尊敬呵护他的白鹤和白鹿，后来他得异人传授仙术，13岁时修道成仙，跨鹤飞去。后人把牛脾山改名为苏仙岭，把桃花洞改名为白鹿洞，并在苏仙岭顶上建造了苏仙观。

看得出，仙人成仙的地方一定是个不简单的地方，再加上那里绿树成荫、气候适宜，当然空气中的负离子含量也高，女排在这里培训一定受益匪浅，打出冠军就理所当然啦。

郴州苏仙岭

岭南 *Jiyu* 寄语
Lingnan

铁路曾有"坪石口"

在京广线上一路南行，马上就要进入广东省了，也马上就要遇到"五岭逶迤腾细浪"的高山峻岭之阻了。前面就是广东的北大门乐昌，而坪石镇则是站在这北大门的卫士。

早在秦末，盘踞"越"的越王赵佗就在坪石建了赵佗城，位于乐昌城西岸的武水泷口，曾叫任嚣城。任嚣是秦始皇派去攻打南越的主帅，赵佗是副帅。任死后赵接任而独立。据史料记载，赵佗曾分别于仁化县的城口和乐昌市的泷口等要隘修筑城池，建造工事，加强防卫，重兵把守，以断绝秦皇在粤北的新辟通道。如今坪石仍然留有遗址。可见乐昌坪石乃是"一夫当关、万夫莫开"的险要之地。

到了近代，粤汉铁路修通了，打通了跨越五岭大瑶山的险要。但是那条路在以后几十年的时间里，都是在弯弯曲曲的大瑶山山间逶逦而行。速度慢，运量也极低，在20世纪90年代之前就成了北方铁路运往南方物资的"限制口"。据记载，在改革开放的头20年里，铁路在国民经济

发展中的瓶颈地位异常突出，全国范围的运输能力只能满足需求的 70% 左右。全国运输能力卡脖子的限制口有许多，最多时已增加到 24 个，只能满足需求的 30%—40%。"坪石口"就是最大、最紧张的限制口。那时候常跟铁路打交道的都知道，要想往广东发运货物，过"坪石口"是难上加难的。于是，位于乐昌的坪石火车站在全国也大大地出名了。如果你查一查坪石的经济状况，有一个企业很大，就是火力发电厂。为什么建在坪石？那大概就是因为北方的煤运不过"坪石口"，只好就地建发电站，然后向广东省内输电了。

大瑶山隧道图

　　为了解决这个瓶颈问题，国家决定京广线直穿大瑶山，大瑶山隧道从 1980 年 11 月开工，于 1987 年 5 月 6 日胜利贯通，经过近七年的艰苦努力，1988 年末顺利通车。大瑶山隧道是中国已通车的最长的双线电气化铁路隧道，其长度在世界铁路隧道中列第 10 位。位于京广铁路广东省北部的坪石至乐昌间，自北向南穿越大瑶山，全长 14295 米。隧道埋深 70—910 米，双线铁路电力牵引断面，由于采用截弯取直的长隧道设计方案，隧道建成后，比既有铁路坪石至乐昌间缩短约 15 公里。京广线这段旧的铁路"坪石口"于 2006 年发洪水时停止运营，结束了它的使命。后来，乐昌地区又建水电站，将"坪石口"那段老粤汉线部分淹没在库底，使其彻底消失在人

不起眼的坪石站

们的记忆中了。如果有兴趣，可以在那山间走走，寻访一下当年铁路的遗迹，也许会很有意思。

到乐昌市坪石镇，有一处奇景要去欣赏，就是金鸡岭，那岭四周悬崖绝壁直如刀削，东西两隘筑有城墙，西北峰顶有一奇石，昂首北望，引颈欲啼，貌似雄鸡，故名金鸡岭。据说在太平天国时，洪秀全的妹妹洪宣娇曾领两千女兵驻守此岭，阻击北援清兵，至今岭上还保留着当年的练兵场、秣粮坡、鱼池、点将台、观武台、舂米石、兵器岩等遗迹。洪宣娇的故事，被以 16 组壁雕的形式，刻在兵器岩内长近百米的石壁上。

金鸡岭风景区是广东省四大名山八大风景区之一，除"金鸡"外，主要景点还有万古金城、一点天、老鹰岩、狮子岩、石窗、姐妹岩、螺旋梯、望夫台、骆驼峰、刺猬石等，值得一观。金鸡岭属丹霞地貌，海拔338 米，相对高度 168 米，到过金鸡岭的游客称它有华山之险、黄山之奇、峨眉之秀、青城之幽，如同盆景，集各名山之特色于一身——是不是"言过其实"，就亲自去体验一下吧！

乐昌还有许多可以游览的地方，有一处也极为特殊，就是林彪的"7011 工程"。乐昌坪石镇水浸角村，距省道 248 线 1 公里地方是原"天下第一漂"九泷十八滩漂流的起点，"7011 工程"就位于武江咽喉要塞，是一座神秘的地下堡垒工程，被称为岭南神宫。因工程于 1970 年 1 月 1 日动工建设，代号"7011"而得名。景区占地面积 2 万平方米，地下面积 6000 多平方米，由展览区、营房区和地下指挥中心三部分组成。它是林彪 1970 年打着"备战备荒为人民"的旗号，秘密修建的据点，据说是为其阴

7011 工程游览图

谋篡党夺权，在广东另立中央而建。这个神秘的"工程"，外看其貌不扬，宛若仓库，里面却是一个封闭完整的世界，防化防核设施完善。重重铁门，道道关卡，各种通道纵横交错，形同迷宫，碉堡群射击孔，作战室参谋间，形成完备的军事指挥中心，它充满着阴森、恐怖、惊奇、刺激……说到这里，你是不是动了要亲自来观察的念头？

乐昌是一个不大的城市，那里的人都好悠闲，而且小吃非常有特色。那里有一种牛腩串（牛杂）糖水铺就有几十间了。牛杂吃法很特别，除了主食牛杂外，还配有蔬菜，如海带、平菇、萝卜丸等，再淋上自制的或辣或不辣酱料，味道真是好极了。乐昌当地人非常吃得辣，牛腩串配上自制的辣酱料，一定辣到你 hold 不住。

乐昌金鸡岭

不过，我看过后，突然想起，这不就是北京大街到处都在卖的"麻辣烫"嘛！也许这遍地"麻辣烫"的最初发源地，就是在乐昌了！

韶关有座南华寺

在秦末汉初，佛家传入中国后，中国佛教逐步形成三大系列，即汉传佛教、藏传佛教和云南傣族等地区的上座部佛教（巴利语系）。汉传佛教又主要分有八个大乘宗派和两个小乘宗派。其中俱舍宗、成实宗为小乘教派。大乘的八个宗派为禅宗、天台宗、华严宗、密宗、法相宗、律宗、三论宗、净土宗。其中禅宗和净土宗流传较广。

说起禅宗，就不能不提到位于韶关的南华寺以及富有传奇色彩的禅宗六祖惠能了。我们现在从乐昌火车站南行 50 公里就游走到韶关火车站了，那就去南华寺看看吧。这座寺庙坐落在韶关市曲江区马坝镇东南 6 公里的曹溪之畔，距韶关市中心城区 22 公里，是我国著名的佛教古刹，也是佛教禅宗六祖惠能弘扬"南禅宗法"的发祥地。

南华寺

这六祖是怎么来的呢？那得从禅宗的创始人菩提达摩说起。大家都知道周恩来的一首诗："大江歌罢掉头东，邃密群科济世穷。面壁十年图破壁，难酬蹈海亦英雄。"诗中的"面壁"就是借用达摩祖师的故事。达摩是天竺人，禅宗二十八代佛祖。他是把禅学带入中土的第一人，也是禅宗在中国的第一代祖师。他为弘扬佛法东渡中土历尽艰辛，终在少林寺后山面壁九年得悟大道和高深武艺。其经历充满传奇性和戏剧性。

达摩之后，再下传是二祖慧可、三祖僧璨、四祖道信，至五祖弘忍后就分为南宗惠能、北宗神秀。而惠能就是禅宗正传的六祖。这里就有故事了，说弘忍在南岳衡山传法时，其大弟子是神秀，此时的神秀对禅宗教义已经理解很深了。而这惠能原本在一家小旅馆里打杂，一天在为客人收拾房间的时候听客人在念一本佛教经典著作《金刚经》。惠能听罢，便觉其中奥义极深，就辞工不干出家了。于是就投在五祖弘忍门下，每日只是做杂务。

有一日，五祖弘忍要弟子们将自己领悟的佛法写做一偈，神秀是老大，思索许久后在墙上写的是："身若菩提树，心如明镜台。时时勤拂拭，不教惹尘埃。"众弟子们看罢都钦佩得五体投地。不过，惠能看后就请求一游客帮自己把所领悟的写到墙上。游客问他怎么不自己写呢？惠能说我从未读书，不识得字，但我能领悟。游客笑道：你若能领悟，别忘记引我入法门啊！于是，惠能说出："菩提本无树，明镜亦非台。本来无一物，何处惹尘埃？"众人看后大惊，才知惠能果然领悟了佛法真谛，也为五祖看好。但五祖怕大弟子等不服，惠能会受害，便偷偷地将衣钵传予惠能，让其避到其他地方修行了。后来惠能成为禅宗南派宗师，而神秀则是北派一代宗师。

南华寺始建于南北朝梁武帝天监元年（502 年），至今已有 1500 多年历史。建成后，梁武帝赐额为"宝林寺"。唐中宗神龙元年（705 年）赐改"中兴寺"，神龙三年又赐改"法泉寺"。宋太祖赵匡胤开宝元年（968 年）赐改"南华禅寺"，沿称至今。六祖惠能在此传授禅法 37 年，得法弟子 43 人，传播全国各地，后来形成河北临济、湖南沩仰、江西曹洞、广东云门、南京法眼五宗，即所谓"一花五叶"或"五叶流芳"。临济宗后来又形成黄龙、杨岐两派。法眼宗远传泰国、韩国；曹洞、临济盛行于日本；云门及临济更远播欧美。故南华禅寺有禅宗"祖庭"之称。

南华寺如今真是香火鼎盛呀。要知道这里的祖殿里，供奉着的是六祖真身塑像，人们一定坚信在这里拜佛会是很灵验的吧！

韶关除了有南宗禅法的发祥地南华寺外，还有国家级风景区丹霞山，著名的"马坝人"出土处、"石峡文化"遗址狮子岩，有"地下宫殿"之称的古佛岩，全国保存最完好的古驿道梅岭古道和珠江三角洲居民的发祥地珠玑巷等。

韶关绝对是可以一游的地方。

清远又称为凤城

过了韶关，下一个大站就是清远了。清远又叫凤城，也就是凤凰城。先说说全中国有多少称为"凤凰城"的，恐怕你一时还真答不上来。

中国的"凤凰城"除有辽宁凤凰城和湖南凤凰城实名县市外，还有 18 个市或县的别称在历史上曾经称为凤凰城：山西宁武、大同、运城、文水、中阳，山东聊城、临沂、高密、利津，河北唐山、盐山、宁晋，广西南宁、扶南，宁夏银川，江苏泰州，江西南昌，河南睢县，而且不仅中国有"凤凰城"，连美国的亚利桑那州州府也叫凤凰城呢。看来世人对凤凰是多么喜爱。

清远火车站

清远之所以称为凤凰城，当然会有一个传说跟着了：说很久以前，这里暴雨倾盆，北江河水上涨，淹没了清城。有个叫张易的青年，水性很好，诨名叫"潜水易"。在洪水中，一连救出了几个灾民。此时已精疲力竭，正准备休息时，忽传来一阵吱吱吱的哀叫声。张易一看，露出水面的一棵梧桐树上有个凤巢，一窝刚生出不久的小凤凰在求救。心地善良的张易便拖着疲乏的身子奋力游向梧桐树，将几个小凤雏救上了高地，而他自己却永远地闭上了眼睛。

不久，飞来了一只大凤凰，就是小凤凰的母亲，在焦灼不安地寻找自己的孩子时，发现她的孩子们已被救起和张易已累死，非常感动。这时洪水还在上涨，许多无助的灾民在洪水中挣扎。大凤凰不忍心看到这种惨象，便毅然扑入洪水中，竭力做隆背、振翅、翘尾状，让灾民通过其身体爬上高地。灾民们得大凤凰之助，终于死里逃生，但大凤凰却因泡水太久而死去。后人为纪念这起人凤互救的故事，便把张易生前住过的巷子改名为"起凤里"，又在大凤凰死去的空地处

清远风景

筑建了"凤凰台"，从此清远城也称为凤城了。虽然是传说，但也十分感人，传递着世人美好的愿景。助人为乐、舍己救人是古来就有的。

进入广东省了，早就听说"吃在广东"。广东人在吃上很有研究的，俗话说，在广东，除了会飞的不吃飞机、会跑的不吃坦克、会下水的不吃军舰外，广东人什么都敢吃。虽然是笑话，但说明广东人很会吃。但是广东人连蛇、猫、狗都吃的食习，却真是让外地人不好接受的。

清远的特色美食真是好多，列一下瞅瞅，不过有几样恐怕你要闭眼啦：白切清远鸡、吊烧清远鸡、母鹅煲、母鸡煲、刀切糍、艾糍、洲心烧肉、洲心大粥 、白切阳山鸡、山塘腊肉、山塘烧肉、全菇宴、全羊宴、全鹿宴、石潭豉油鸡、石潭豆腐、浸潭山坑鱼仔、山坑螺、东陂腊乳狗、东陂马蹄、白切狗、狗脑煲、连州花肠、酿田螺、东陂水角、酸辣豆角干、黄茅粽……

吃食真是不少，可其中的东陂腊乳狗、白切狗、狗脑煲是不是让人感到不舒服，特别是狗脑煲，一只狗就一个脑子呀，还说是很珍贵的美食呢，爱狗的人士听着就会不寒而栗啦！

北人乱侃粤美食

沿京广铁路旅行，从北京开始，一路向南，边聊边走，马上就要到终点站广州火车站，快下车了。下车前咱再聊聊广州美食吧，好让你下车后能选择美食。

广州是国家历史文化名城，是中国南方最大最繁华的城市，无论是历史还是现实，可看可聊的地方极多。太厚重、太丰富了，反而让人眼花缭乱，对于初来广州的朋友有点儿找不到北，不知如何是好了。特别是饮食方面，作为北方人到广州这样的南方城市去品美食，由于饮食习惯的不同，还有那种不用掩饰的少见多怪，很难品出它的内涵美味。以下以自己来过广州的感受乱侃一气吧，方家见笑啦。

广州的菜就是粤菜系了，为中国八大菜系之一。在多年的体验中，我这个北方人由不习惯到逐渐习惯并比较喜爱了。个人的观点认为，那里的饮食可以粗略地分为三部分。

广州早茶点很丰富

一是以海产品、水产品为主的高水平美食，俗话说是"生猛海鲜"之类的。广州乃至广东邻近南海并有珠江水系，海产品和淡水产品极其丰富，这就为美食奠定了食料基础。许多名贵的鱼种、虾蟹之类的简直目不暇接。什么东星斑、老鼠斑、老板鱼、苏眉、金龙鱼、银龙鱼、海参、鲍鱼、龙虾、濑尿虾、文蛤……应有尽有。记得在广州的珠江入海口产有一种膏蟹，由于江中的淡水与海水的不同作用，它有两层壳，味道极其鲜美。不知道如今污染的珠江会不会还有这种蟹的存在了。此外，广州紧邻香港，非常开放，也会有远洋捕捞的大洋深处的海鲜应市。比如那个头儿大大的非洲濑尿虾就很是受人欢迎的。至于鱼翅、燕窝现在不提倡了，就不提了。

粤菜的吃法与北方就餐习惯不同，开餐的第一道菜往往是"卤水拼盘"，或是烤乳猪拼成的"鸿运当头"之类拼盘。接着就是上汤了。北方人就餐，汤在最后上的，而最后一道菜基本是鱼，鱼上来了，也就是上菜结束了。而粤人就餐时，是先上汤的，什么文蛤汤、乌鸡汤、高级的是鱼翅汤。上来先进汤，这大概是个科学的进食方法，开胃或叫醒胃吧。鱼当然是活鱼为主，不一定在最后上。往往最后上的是一盘鸡肉，如富贵鸡之类的。这鸡是有说道的，不仅是好兆头，而且是为没吃饱的食客加餐的，说来不无道理。

二是广东人最普遍的早茶，广东人的土话叫"唉早茶"。这早茶是很多饭店都在经营的，高档的有，普通的也有。茶餐厅更是普遍。经常看到一个上年纪的老头儿点两份当心，沏壶茶水，拿着一大摞报纸，一泡就是一上午。也有几个老婆婆凑一起，或带着孙子孙女集体"唉早茶"。广东的早茶品种样式多，服务员不厌其烦地一车一车地将几十种不同的面点、小菜和粥面推来，随你点用，然后在你的单子上画道儿或盖戳，最后算账。那面点有虾饺、烧卖、小笼包、韭菜饺、叉烧包等，还有春卷、萝卜糕、马蹄糕、糯米鸡、肠粉、奶黄包、菠萝包、榴莲酥太多品类。小菜则是凤爪、小排骨、牛肚、鸭血等，也有青菜。早茶中不可缺的还有各种粥，艇仔粥、及第粥、鱼片粥、鱼丸粥、肉片粥、皮蛋瘦肉粥等，不胜枚举。在广东吃早茶真是一种享受。

三是广东人的特殊饮食，就是蛇、狗、猫、果子狸、穿山甲等，这些东西往往是在大排档上或是夜市上大行其道的，当然也有许多专门的蛇馆。在北京，于 20 世纪末的时候，有个顺德酒楼开在西便门附近，就是经营蛇的，现在大概没有了。粤人吃蛇还要吃活蛇，现杀现做，而且要把蛇胆取出泡酒，当场喝下，据说是可以"明目"的。吃狗肉的方法就更多了，白切、红烧、狗肉煲以及腊狗肉。广州市里还好，经营这些店铺少些，到近郊的县市就会多起来。不过，随着保护动物的力度越来越大，这种饮食习惯是不是也会逐步改变？

当然，广东的美食不仅仅这些，限篇幅和本人所知就说这些吧。就我这北方人来说，对于广州的饮食，觉得有三样美食是我喜欢的，也许是比较适合北方人口味。

一是皮蛋瘦肉粥。就广东各地来讲，皮蛋瘦肉粥的做法也不尽相同。正宗的做法应该是比较复杂的，首先这大米要选好米，据说东北的大米最佳。米是要先泡的，将米淘洗干净后，要用适量的食用油、盐和

皮蛋瘦肉粥

水腌至少半小时到两小时；煮粥的瘦肉要先用沸水略微煮煮，然后洗净；用少许盐，均匀涂抹在肉上，放冰箱冷藏箱腌12小时让其入味；煮粥的水要充分沸腾才下材料，先下肉块、姜片，到了沸水中，然后待水再次沸腾时下腌好的米和切碎的皮蛋；要先大火煮20分钟，然后再转小火煮1个半小时。真是好复杂，不过这样煮出的粥才地道。根据我的经验如今如此操作的不多了。许多地方都是白粥现加一些皮蛋、瘦肉对付的，味道很差了。要想喝到正宗的除非自己做或跟本地人打听到做得不错的店铺里去吃了。

干炒牛河

二是干炒牛河。干炒牛河外，相对的还有汤河，我们只说干炒吧。什么是"牛河"？"牛"就是牛肉啦，而这"河"就需要解释，那是指广东一个有名气生产河粉的地方，是沙河镇。那地方出的河粉，叫沙河粉，简称河粉，到干炒时更简化为"河"了。据说，干炒牛河的出现是在20世纪30年代。有个广州厨师叫许彬，在1938年创制的。干炒牛河是以芽菜（豆芽菜）、河粉、牛肉等炒成的。几乎是广东所有茶餐厅必备的食品。有经验的食客知道干炒牛河讲究"镬气"，必须猛火快炒。炒匀之余，手势不能太快，不然粉会碎掉。油的分量亦必须准确控制，不然会出油不好吃。因此干炒牛河被认为是考验广东厨师炒菜技术的一大测试，手艺好坏一试便知。

三是烧鹅，广州和香港人都喜欢吃烧鹅。前面介绍过"深井烧鹅"最著名。这里要重复介绍一下：香港有一个地名叫"深井村"，店家往往都打这招牌经销烧鹅的。无独有偶，广州黄埔长洲岛也有个深井村，也是以经营"深井烧鹅"出名。其实，所谓"深井烧鹅"指的所谓"深井"是一种特殊烤炉形式。并非一个什么叫"深井"的地方出的烧鹅。那两个叫

"深井"的地方实际是"因名得福"。不过，那里的烧鹅也确实不错。

真正因用地名制作而在广东一带出名的烧鹅是"古井烧鹅"。是有关一段宋亡的历史故事引出的。有机会去广州或香港，一定要品尝因地名而出名

烧鹅

的"古井烧鹅"和因制法而出名的"深井烧鹅"呀！

介绍烧鹅的目的是因为广东的烧鹅做得的确地道，而且很适合北方人的口味。建议你去广州或香港就点那皮蛋瘦肉粥和干炒牛河。一来因为它们都带咸味，二来这沙河粉很劲道，有点面条的感觉，再加上煮的米粥，基本上是对北方人口味的。一碗皮蛋瘦肉粥、一盘干炒牛河，再来一份鲜美的烧鹅和一盘清炒芥蓝，那就是一餐极美的食谱了，而且两个人就餐都够量。

我这里仅仅介绍这三种广州美食，只是以我这"一孔之见"，只帮北方的朋友参谋参谋。南方朋友肯定首选海鲜，当然还是那些海鲜更美味了！

终点广州五车站

从北京火车站出发，沿京广铁路游走。虽然我们只描述了50多个站，实际上路过了200多个车站了。如今终于到达京广铁路的终点广州火车站了。很有意思的是，京广线一南一北两端的铁路所在的城市，居然都有五个以各自城市命名的火车站。本文开始时介绍过，北京有北京站、北京西站、北京东站、北京南站和北京北站，五个火车站都基本以客运或辅助客运为主。而广州站也正好是如此，除广州站外也分别有广州西站、广州东

广州站

站、广州南站和广州北站，各自的功能也是以客运或辅助客运为主。

说起广州这五个火车站，也同北京的那五个火车站一样，都经历过一个历史演变的过程，在经历超过 100 年的发展变化后形成如此的格局。广州最早的火车站是 1901 年兴建的旧广州南站，又名黄沙火车站。1946 年 12 月 18 日，黄沙站客运业务移到大沙头站后改名广州南站，旧广州南站曾隶属于广州铁路（集团）公司，为特等站。不办理客运业务。货运办理整车、零担、集装箱货物发到。曾是华南地区最大、历史最悠久的铁路货运站。 不过，根据广州市发展布局，于 2005 年 7 月关闭。旧广州南站彻底消失。

广州站原址位于广州城东南角的大沙头，原名大沙头火车站，始建于 1911 年，是广九铁路在广州的终点站。1974 年 4 月 10 日广州新客站竣工，广州新客站正式命名为广州站，成为广州最主要的客运火车站。广州站位于环市西路，是广深铁路、京广铁路、广三铁路及广州地铁二、五号线交会的车站，也是华南最大的火车站和广州市内最主要的铁路客运站。

广州新站建成后，位于大沙头的原广州站易名为广州东站。1988 年 4 月 1 日，天河站更名为广州东站，位于大沙头的广州东站改回大沙头火车站，也成了一个"遗留"的车站，再也没有铁路连接，于 1985 年初被清拆。到 1996 年，港穗直通车从广州站作为重点站的任务迁往位于天河区的广州东站，从广州乘火车进出香港都是在这里验证过关的。广深线"和谐号"列车也全数以广州东站为终点站及始发站。

随着武广高铁的建成，新的广州南站诞生了，现在的广州南站是指位于广州市番禺区的新广州南站。有的报道说新广州南站在佛山，是不对的。只是新广州南站距离佛山很近了，有 19 公里。而南站距离广州市中心也有 17 公里。不过，新南站建成的同时，配套的交通工具也相应完备，到哪里都是方便的。只是乘坐高铁的朋友去广州，一定要明白到底在哪个车站下车，以方便有朋友接站时不搞错。

广州东站

广州北站指的是原来的花都火车站，位于花都区新华街。1999 年 9 月 15 日，经铁道部批准后更名为广州北站，并把原来的北站更名为江村站，从历史上看，广州北站是三易其所了。该站距广州站 28 公里，是广州地区一个重要的交通枢纽，分担了广州火车站的部分客流。

另一个分担广州火车站部分客流任务的火车站是广州西站。广州西站原名称为西村站。位于广州市荔湾区西村站前路，建于 1901 年。离广州站只有 3 公里，离三水西站 52 公里，隶属广东三茂铁路股份有限公司管辖。

广州西站日常只办理货物运输

广州北站原来叫花都站

广州南站

这个火车站在非春运时期并不办理客运营业。从 1998 年开始，广州西站在春运期间才作为临时客运站，以分流广州站的旅客，减轻广州站的客运压力。货运则办理整车、零担货物发到、整车货物承运前保管。

好，一路南行两千三，二百车站难阅完。但愿听罢有忆处，美食佳景记心田。

听，列车员广播了——

"各位旅客请注意。本次列车的终点站——广州火车站到了，请各位旅客带好自己的行李物品，准备下车。欢迎您对本次列车的服务提出宝贵的意见。各位旅客，下次乘车再见！"